Copyright © 2015 by Clive Barker

Todos os direitos reservados, incluindo os direitos de reprodução integral ou de partes em qualquer formato.

Tradução para a língua portuguesa © Alexandre Callari, 2016

Título original
The Scarlet Gospels

Os personagens e as situações desta obra são reais apenas no universo da ficção; não se referem a pessoas e fatos concretos, e não emitem opinião sobre eles.

Diretor Editorial
Christiano Menezes

Diretor Comercial
Chico de Assis

Editor
Bruno Dorigatti

Capa e Projeto Gráfico
Retina 78

Designer Assistente
Pauline Qui

Revisão
Ana Kronemberger
Isadora Torres
Ulisses Teixeira

Impressão e acabamento
Ipsis Gráfica

DADOS INTERNACIONAIS DE CATALOGAÇÃO NA PUBLICAÇÃO (CIP)
Angélica Ilacqua CRB-8/7057

Barker, Clive
   Evangelho de sangue / Clive Barker ; tradução de Alexandre Callari. — Rio de Janeiro : DarkSide Books, 2016.
   320 p.

   ISBN 978-85-66636-85-7

   1. Literatura norte-americana 2. Contos de terror
I. Título II. Callari, Alexandre

16-0475   CDD 813

Índices para catálogo sistemático:
   1. Literatura norte-americana

[2016]
Todos os direitos desta edição reservados à
DarkSide® *Entretenimento LTDA.*
Rua do Russel, 450/501 - 22210-010
Glória - Rio de Janeiro - RJ - Brasil
www.darksidebooks.com

Tradução
Alexandre Callari

DARKSIDE

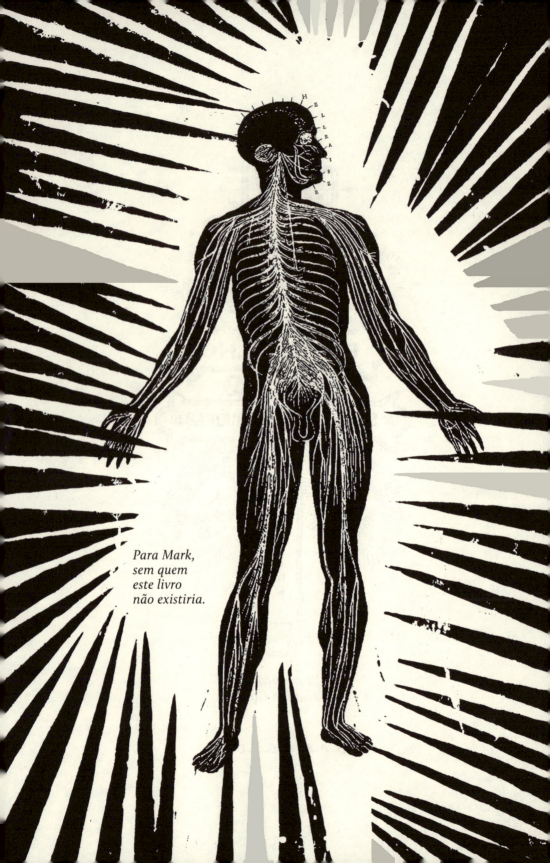

Para Mark, sem quem este livro não existiria.

*Seu amigo perguntou o que era o escarlate,
e o homem cego respondeu que era
semelhante ao som da corneta.*
— *John Locke,*
Ensaio Acerca do
Entendimento Humano

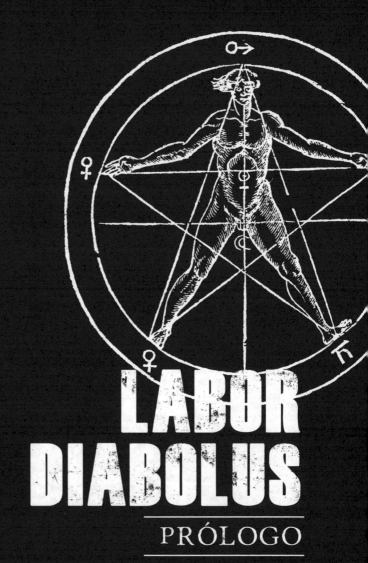

LABOR DIABOLUS
PRÓLOGO

Agitou-me os cabelos, abanou-me a face,
Como a aura faz na primavera...
Mesmo a mesclar-se estranhamente
aos meus temores,
De boas-vindas era.

— **Samuel Taylor Coleridge** —
A Balada do Velho Marinheiro

CLIVE BARKER
EVANGELHO DE SANGUE

I

Após a longa quietude do túmulo, Joseph Ragowski falou, e sua voz não possuía nem som, nem sentimento agradáveis.

"Olhem só para vocês", ele disse, examinando os cinco magos que o haviam despertado de seu sono sem sonhos. "Parecem fantasmas, cada um de vocês."

"Você também não está lá essas coisas, Joe", disse Lili Saffro. "Seu embalsamador se entusiasmou um pouco demais com o blush e o lápis de olho."

Ragowski rosnou, sua mão subiu à bochecha e limpou parte da maquiagem que fora usada para esconder a palidez doentia da morte brutal que o acometera. Ele fora embalsamado às pressas, sem dúvida, e ocupara o espaço previsto dentro do mausoléu da família, num cemitério nos arredores de Hamburgo.

"Espero que não tenham se dado a todo este trabalho apenas para fazer troça de mim", Ragowski disse, avaliando a parafernália que atulhava o chão em volta dele. "Independente disso, estou impressionado. Trabalhos necromânticos exigem atenção obsessiva aos detalhes."

O Feitiço N'guize, aquele que fora utilizado para erguer Ragowski, exigia que ovos de pombas brancas fossem injetados com o sangue da primeira menstruação de uma garota, e quebrados dentro de onze tigelas de alabastro ao redor do cadáver, cada qual contendo outros ingredientes obscuros. A pureza era a essência daquele trabalho. A penugem dos pássaros não podia ter manchas, o sangue precisava ser fresco e os dois mil e setecentos e nove numerais, que tinham sido inscritos com giz negro começando sob o anel de tigelas e seguindo em forma de espiral para dentro, tinham de seguir uma ordem precisa, sem rasuras, correções, quebras e sem serem apagados.

"Isto foi obra sua, não foi, Elizabeth?", Ragowski perguntou.

A mais velha mística do grupo, Elizabeth Kottlove, uma mulher cuja habilidade em algumas das mais complexas e voláteis preservações mágicas não bastara para impedir que o rosto dela se parecesse com o de alguém que perdera tanto o apetite quanto a habilidade de dormir décadas atrás, assentiu.

"Sim", ela disse. "Precisamos de sua ajuda, Joey."

"Faz muito tempo que não me chama assim", observou Ragowski. "E em geral o fazia quando estávamos trepando. Está tentando me foder agora?"

Kottlove deu uma breve olhadela para seus colegas magos — Lili Saffro, Yashar Heyadat, Arnold Poltash e Theodore Felixson — e viu que eles não estavam se divertindo mais com os insultos de Ragowski do que ela.

"Vejo que a morte não roubou sua língua venenosa", ela disse.

"Caralho, pelo amor de Deus", disse Poltash. "Este tem sido o problema o tempo todo! O que fizemos ou deixamos de fazer, o que tivemos ou deixamos de ter, nada disso interessa!" Ele balançou a cabeça. "O tempo que perdemos brigando, tentando superar uns aos outros, quando poderíamos ter trabalhado juntos... me dá vontade de chorar."

"Pode chorar", emendou Theodore Felixson. "Eu vou lutar."

"Sim. Por favor. Poupe-nos de suas lágrimas, Arnold", disse Lili. Ela era a única dos cinco invocadores sentada, pelo simples motivo de não ter a perna esquerda. "Todos gostaríamos de mudar as coisas..."

"Lili, querida", Ragowski interrompeu, "não pude deixar de notar que você não é mais a mulher que foi. O que aconteceu com a sua perna?"

"Na verdade, eu dei sorte. Ele quase me pegou, Joseph."

"Ele...? Quer dizer que ele não foi detido?"

"Somos um povo caminhando para a morte, Joseph", Poltash falou. "Uma espécie em extinção."

"Quantos Círculos restaram?", Joseph perguntou com uma súbita urgência na voz.

Fez-se silêncio, enquanto os cinco trocaram olhares hesitantes. Foi Kottlove quem finalmente falou.

"Somos tudo o que restou", ela disse, olhando para uma das tigelas de alabastro e seu conteúdo manchado de sangue.

"Vocês? *Cinco?* Não." Todo o sarcasmo e os joguetes triviais desapareceram da voz e dos trejeitos de Ragowski. Nem mesmo a vívida pintura do embalsamador conseguia moderar o horror em seu rosto. "Quanto tempo fiquei morto?"

"Três anos", respondeu Kottlove.

"Só pode ser uma piada. Como é possível?", ele inquiriu. "Havia duzentos e setenta e um só no Círculo Supremo!"

"Sim", respondeu Heyadat. "E esses eram apenas os que optaram por serem contados entre nós. Não é possível dizer quantos ele pegou fora dos Círculos. Centenas? Milhares?"

"E não dá para saber o que possuíam também", Lili Saffro completou. "Tínhamos uma lista razoavelmente minuciosa..."

"Mas mesmo ela era incompleta", Poltash disse. "Todos têm suas posses secretas. Eu sei que eu tenho."

"Ah, isso é verdade", Felixson concordou.

"Cinco..." Ragowski meneou a cabeça. "Por que vocês não se juntaram e descobriram uma maneira de detê-lo?"

"Foi por isso que tivemos todo este trabalho para trazer você de volta", Heyadat disse. "Acredite, nenhum de nós ficou feliz com isso. Acha que não tentamos pegar o filho da puta? Nós tentamos pra *caralho*! Mas o demônio é esperto demais..."

"E fica cada vez mais esperto", Kottlove observou. "De certo modo, você devia ficar lisonjeado. Ele acabou com você no começo porque tinha se preparado muito bem. Sabia que você era o único que poderia nos unir contra ele."

"E, quando você morreu, nós discutimos e culpamos uns aos outros, como se fôssemos crianças brigonas", Poltash suspirou. "Ele nos apanhou, um após o outro, movendo-se pelo globo de maneira que nunca sabíamos onde atacaria a seguir. Muita gente foi apanhada sem que ninguém ficasse sabendo de nada a respeito. A gente só descobria mais tarde, em geral, meses depois. Às vezes, até um ano. Por acaso. Você tentava contatar alguém e descobria que a casa havia sido vendida, queimada ou simplesmente deixada para apodrecer. Visitei alguns lugares assim. Lembra a casa de Brander, em Bali? Eu fui lá. E o lar do dr. Biganzoli, nos arredores de Roma? Também. Não havia sinal de qualquer pilhagem. Os moradores estavam assustados demais por causa do que tinham ouvido falar sobre os ocupantes para se arriscarem adentrar o local, mesmo sendo óbvio que não havia ninguém em casa."

"O que descobriu?", Ragowski perguntou.

Poltash apanhou um maço de cigarros e acendeu um, enquanto prosseguia. Suas mãos tremiam e foi preciso a ajuda de Kottlove para firmá-las e segurar o isqueiro.

"Tudo que tinha algum valor mágico havia desaparecido. Os textos Ur de Brander, a coleção de Apócrifos do Vaticano de Biganzoli. Tudo, até o mais trivial panfleto blasfemo se foi. As prateleiras estavam vazias. Era óbvio que Brander resistira. Tinha bastante sangue na cozinha, de todos os lugares..."

"A gente realmente precisa falar sobre tudo isso de novo?", questionou Heyadat. "Todos sabemos como essas histórias terminam."

"Vocês me arrastaram de uma morte acolhedora para ajudar a salvar suas almas", Ragoswki falou. "O mínimo que podem fazer é me inteirar sobre os fatos. Prossiga, Arnold."

"Bem, o sangue era antigo. Havia bastante, mas secara meses atrás."

"Foi o mesmo com Biganzoli?", Ragowski perguntou.

"A casa de Biganzoli ainda estava selada quando a visitei. Persianas fechadas e portas trancadas, como se ele tivesse saído de férias, mas ele ainda estava lá dentro. Eu o encontrei no estúdio. Ele... Meu Deus, Joseph, ele estava pendurado do teto por correntes. Estavam presas a ganchos colocados em sua pele. E estava quente lá dentro. Meu palpite é que ele havia morrido naquele calor escaldante há pelo menos seis meses. O corpo estava completamente seco. A expressão no rosto dele pode ter sido a forma como a pele retraiu em volta da boca enquanto secava, mas, por Deus, a impressão era de que ele morrera gritando."

Ragowski estudou os rostos diante de si. "Então, enquanto estavam travando suas guerras particulares por causa de amantes e garotos, este demônio matou e pilhou a mente dos magos mais sofisticados do planeta?"

"Para resumir?", Poltash disse. "Sim."

"Por quê? Qual é a intenção dele? Vocês ao menos descobriram isso?"

"Achamos que a mesma que a nossa", Felixson respondeu. "Obter e manter o poder. Ele não apanhou apenas nossos pergaminhos, grimórios e tratados. Apanhou também todas as vestes, os talismãs e os amuletos..."

"Silêncio", Ragowski falou de repente. "Escutem."

Fez-se silêncio entre eles por um momento, então, um sino fúnebre soou suavemente ao longe.

"Ah, Deus", Lili bradou. "É o sino dele."

O morto riu.

"Ele encontrou vocês."

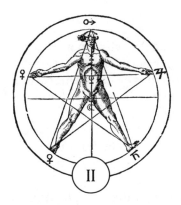

O grupo reunido, com exceção do recém-revivido Ragowski, soltou imediatamente uma torrente de orações, protestos e súplicas, sendo que nenhum deles fora no mesmo idioma.

"Obrigado pela dádiva de uma segunda vida, velhos amigos", Ragowski disse. "Poucas pessoas têm o prazer de morrer duas vezes, especialmente pelo mesmo carrasco."

Ragowski saiu de seu caixão, chutou a primeira tigela de alabastro e veio traçando o caminho pelo círculo necromântico em sentido anti-horário. Os ovos quebrados e o sangue menstrual junto com os outros ingredientes das tigelas, cada qual diferente mas vital para o Feitiço N'guize, se derramaram no chão. Uma tigela rolou sobre a reborda numa série de curvas selvagens, antes de bater nas paredes do mausoléu.

"Isso foi infantil", Kottlove disse.

"Jesus Cristo. O sino está ficando mais alto", observou Poltash.

"Nós fizemos as pazes para nos ajudar e nos proteger", Felixson gritou. "Render-se não pode ser a única opção. Não aceito isso!"

"Vocês fizeram as pazes tarde demais", Ragowski falou, transformando em pó as tigelas quebradas com pisões. "Quem sabe se houvesse cinquenta de vocês, todos partilhando conhecimento, poderia haver esperança. Mas, da forma como está, vocês estão em menor número."

"Em menor número? Quer dizer que ele tem subalternos?", perguntou Heyadat.

"Meu Deus. São as brumas da morte ou os anos que se passaram? Honestamente, não me recordo de vocês serem tão estúpidos. O demônio absorveu o conhecimento de incontáveis mentes. Ele não precisa de apoio. Não há uma única encarnação na existência que possa detê-lo."

"Não pode ser verdade!", Felixson gritou.

"Tenho certeza de que devo ter dito a mesma coisa sem esperança três anos atrás, mas isso foi antes de minha morte precoce, Irmão Theodore."

"Devíamos nos dispersar", sugeriu Heyadat. "Todos em direções diferentes. Eu vou para Paris..."

"Você não está escutando, Yashar. É tarde demais", Ragowski falou. "Não é possível se esconder dele. Eu sou a prova."

"Você está certo", concordou Heyadat. "Paris é óbvio demais. Quem sabe algum lugar mais remoto..."

Enquanto Heyadat expunha seus planos assustados, Elizabeth Kottlove, aparentemente resignada à realidade das circunstâncias, aproveitou para conversar com Ragowski.

"Disseram que seu corpo foi encontrado no Templo de Phemestrion. Parece um lugar estranho para você estar, Joseph. Ele o levou para lá?"

Ragowski parou e a observou por um instante, antes de responder. "Não. Na verdade, o local era meu esconderijo. Havia um cômodo atrás do altar. Pequeno. Escuro. Eu... achei que estaria seguro."

"Mas ele o achou de qualquer maneira."

Ragowski assentiu. Então, tentando manter o tom de espontaneidade, perguntou: "Como eu estava?".

"Eu não fui lá, mas, pelo que todos disseram, foi aterrorizante. Ele o deixou dentro de seu pequeno esconderijo com os ganchos ainda presos no corpo."

"Você contou a ele onde estavam seus manuscritos?", Poltash inquiriu.

"Com um gancho e uma corrente subindo pelo meu cu e puxando o estômago até as entranhas, sim, Arnold, contei. Eu guinchei como um rato numa armadilha. Então, ele me deixou lá, com a corrente lentamente me estripando, até que tivesse ido à minha casa e trazido de volta tudo o que escondi. Àquela altura eu queria tanto morrer que recordo-me de ter literalmente implorado que ele me matasse. Dei informações que ele nem precisou perguntar. Tudo que eu queria era a morte. O que, enfim, consegui. E nunca fui tão grato por algo na vida."

"Pelo amor de Deus", Felixson gritou. "Vejam só todos vocês com esses choramingos! A gente acordou o filho da mãe pra obter algumas respostas, não para recontar as drogas das histórias de horror que ele viveu."

"Você quer respostas?", Ragowsi bradou. "Aí vai. Arrume papel e caneta e escreva o paradeiro de todos os grimórios, panfletos e artigos de poder que ainda possui. Tudo. Ele vai conseguir a informação de qualquer maneira, cedo ou tarde. Você, Lili... possui a única cópia conhecida de *Crueldades*, de Sanderegger, certo?"

"Talvez..."

"Cacete, mulher!", Poltash se intrometeu. "Ele está tentando ajudar."

"Sim, eu tenho", respondeu Lili Saffro. "Está num cofre enterrado debaixo do caixão da minha mãe."

"Escreva isso. O endereço do cemitério. O local da lápide. Faça uma maldita planta, se for preciso. Facilite para ele. Com um pouco de sorte, ele retribuirá o favor."

"Não tenho papel", Heyadat observou, com a voz repentinamente estridente e juvenil de medo. "Alguém me arrume um pedaço de papel!"

"Aqui", disse Elizabeth, arrancando uma folha de uma agenda que tirara do bolso.

Poltash estava escrevendo em um envelope que pressionara contra a parede de mármore do mausoléu. "Não vejo como isso vai impedir que ele mexa com nossas mentes", comentou, escrevendo furiosamente.

"Não vai, Arnold. É só um gesto de humildade. Algo com o qual nenhum de nós foi muito familiar ao longo da vida. Mas quem sabe — e não garanto nada — possa ter alguma influência."

"Ah, Deus!", Heyadat bradou. "Vejo a luz entre as rachaduras."

Os magos desviaram o olhar das anotações para ver do que ela estava falando.

Na extremidade do mausoléu, uma luz azul fria começou a ser emitida das rachaduras entre os blocos de mármore.

"Nosso visitante está chegando", disse Ragowski. "Elizabeth, querida?"

"Joseph?", ela respondeu, sem tirar os olhos das anotações febris que fazia.

"Poderia me libertar, por favor?"

"Num minuto. Deixe-me terminar de escrever."

"Liberte-me, maldita!", ele disse. "Não quero estar aqui quando ele chegar. Nunca mais quero ver aquele rosto horrível!"

"Paciência, Joseph", Poltash respondeu. "Só estamos seguindo o conselho que você nos deu."

"Alguém devolva minha morte! Não posso passar por tudo aquilo de novo! Ninguém deveria ter de fazê-lo!"

A luz que crescia além das paredes do mausoléu passou a ser acompanhada agora de um rangido, ao que um dos enormes blocos de mármore na altura dos rostos dos magos era lentamente empurrado para fora da parede. Quando já tinha se movido aproximadamente vinte e cinco centímetros, um segundo bloco, abaixo e à esquerda do primeiro, também começou a deslizar. Segundos depois, um terceiro, desta vez à direita e acima do primeiro, também se moveu. Os raios de luz azuis platinados que iniciaram aquela descostura surgiam onde quer que houvesse uma rachadura.

Ragowski se enfureceu diante da indiferença do grupo que o ressuscitara e retomou a destruição dos trabalhos necromânticos de Kottlove de onde parara. Ele apanhou as tigelas de alabastro e as arremessou contra a parede em movimento. Então, tirando o paletó com o qual fora enterrado, se ajoelhou e o utilizou para apagar os números que Kottlove escrevera naquela espiral imaculada. Por mais que estivesse morto, gotas de fluidos começaram a aparecer em sua testa conforme esfregava. Era um líquido escuro e espesso que se avolumou na testa, até finalmente pingar da face, espalhando-se no chão; uma mistura de fluido de embalsamamento e resquícios dos próprios sucos corporais corroídos. Mas os esforços dele de desfazer a ressurreição começaram a compensar. Um bem-vindo entorpecimento se espalhou dos dedos para os braços e um peso surgiu por detrás dos olhos, ao que os conteúdos quase liquefeitos de seu crânio respondiam aos comandos da gravidade.

Olhando além de seu trabalho, ele viu os cinco magos rabiscando loucamente como estudantes correndo para terminar um teste importantíssimo antes que o sinal tocasse. Exceto, claro, que o preço do fracasso seria bem pior do que uma nota ruim. Ragowski olhou da labuta deles para a parede, onde seis blocos de mármore estavam em movimento agora. O primeiro dos seis a ter respondido à pressão do outro lado finalmente cedera, despencando da parede para o chão. Um raio de luz frígida, com solidez emprestada pelo pó de cimento que pendia no ar lançado pelo bloco deslocado, derramava-se do buraco e cruzava toda a extensão do mausoléu, até a parede oposta. O segundo bloco caiu poucos instantes depois.

Theodore Felixson começou a rezar alto conforme escrevia; a divindade a quem a oração se destinava era propositalmente ambígua:

> *"Teu é o poder,*
> *Teu é o julgamento.*
> *Leva minha alma, Senhor,*
> *Molde-a e use-a.*
> *Eu sou fraco, Senhor.*
> *Eu sou medroso..."*

"Não é de outro 'Senhor' que precisamos aqui", observou Elizabeth. "É de uma deusa." Assim, ela começou a própria súplica.

"Seios doces tu possuis, Neetha,
Chamai-me de filha, eu os sugarei..."

...enquanto Felixson prosseguia com a própria oração.

"...salve-me, Senhor
do medo e das trevas.
Segura-me firme
contra teu coração, Senhor..."

Heyadat interrompeu esta batalha de rezas com um berro que somente um homem com suas consideráveis proporções poderia ter dado.

"Nunca escutei tamanha hipocrisia na vida. Quando foi que os dois tiveram fé em algo além da própria cobiça? Se o demônio estiver escutando vocês, deve estar rindo."

"Você está errado", disse uma voz vinda do mesmo lugar da luz fria. As palavras, embora não fossem propriamente notáveis, pareceram ampliar a rendição da parede. Outros três blocos começaram a deslizar para a frente, enquanto mais dois caíram da parede e se juntaram aos detritos no chão do mausoléu.

O visitante oculto continuou a se endereçar aos magos. Sua voz, com severidade glacial, fez por contraste a desagradável luz parecer quase tropical.

"Sinto cheiro de carne podre", o demônio falou. "Mas com um perfume vívido. Alguém foi trazido de volta dos mortos."

Mais blocos caíram no chão, de modo que agora havia um buraco na parede grande o suficiente para permitir a entrada de um homem de estatura mediana, exceto pelo fato de que escombros bloqueavam o terço inferior do espaço. Porém, para a entidade que estava prestes a fazer sua entrada, tais questões podiam ser facilmente resolvidas.

"Ovat Porak", disse. A ordem foi obedecida instantaneamente. Os escombros, ouvindo com atenção, se dividiram. Até mesmo o próprio ar foi purgado para ele, pois, enquanto falava, cada partícula de pó de cimento saía de sua frente.

Assim, com o caminho livre, o Cenobita estava diante dos seis magos. Ele era alto, bastante similar àqueles nos livros de demônios notáveis sobre os quais aquelas pessoas tinham se debruçado nos últimos meses, procurando em vão por alguma possível fraqueza da criatura. Era óbvio que não encontraram nada. Mas agora, quando surgia em carne e osso, havia um distintivo senso de humanidade naquele ser; algo do homem que fora no passado, antes que os trabalhos monstruosos de sua Ordem tivessem sido feitos. Sua carne era virtualmente branca, a cabeça careca tinha sido ritualisticamente marcada com sulcos profundos que corriam tanto horizontal quanto verticalmente, sendo que em cada interseção um prego fora martelado através da carne sem sangue até o osso. Talvez, outrora, os pregos tenham brilhado, mas os anos os tornaram opacos. Não importava, pois eles possuíam certa elegância, ampliada pela forma como o demônio erguia a cabeça, como se observasse o mundo com um ar de condescendência cansada. Quaisquer que fossem os tormentos que ele planejara para aquelas últimas vítimas — e o conhecimento que tinha da dor e de seus mecanismos teriam feito os inquisidores parecerem um bando de valentões do jardim da infância — seriam piorados exponencialmente se qualquer um deles ousasse murmurar aquele irreverente apelido, Pinhead, cujas origens haviam há muito se perdido em reivindicações e reconvenções.

Quanto ao resto de sua aparência, ela era como fora descrita em gravuras e xilogravuras das listas de demônios ao longo do milênio: vestes pretas cujas orlas tocavam o chão, manchas de carne esfolada expondo músculos frisados de sangue e a pele costurada firmemente ao tecido dos mantos. Sempre houve debates se a alma condenada que usava aquela máscara de dor e suas vestes fora um único homem que vivera pelo tempo de muitas vidas humanas ou se a Ordem de Gash passava as cicatrizes e os pregos para outra alma após os trabalhos da tentação terem exaurido seu atual possessor. Certamente havia evidências para ambas as crenças no demônio que estava diante deles.

Ele parecia uma criatura que vivera demais; os olhos acomodados em charcos feridos, um caminhar constante ainda que lento. Mas as ferramentas penduradas em seu cinto — uma serra de amputação, uma broca trepanadora, um pequeno formão e três seringas prateadas — e o avental sujo de sangue, feito de uma malha de elos iguais aos utilizados em matadouros, eram uma confirmação de que o aparente cansaço dele não o impedia de fazer pessoalmente o trabalho de infligir agonia.

Ele também trouxe moscas consigo; milhares de moscas gordas preto-azuladas. Muitas zumbiam ao redor da cintura dele, pousando nos instrumentos para tentar obter sua porção de carne humana. Elas eram quatro ou cinco vezes maiores que as moscas terrestres, e o barulho que faziam ecoava por todo o mausoléu.

O demônio parou e olhou para Ragowski com alguma curiosidade. "Joseph Ragowski", disse o Cenobita. "Seu sofrimento foi doce. Contudo, você morreu rápido demais. Me agrada vê-lo de pé aqui."

O mago se retesou. "Faça o seu pior, demônio."

"Não tenho necessidade de pilhar sua mente uma segunda vez." Ele se virou e encarou os outros magos trêmulos. "Foram esses cinco que vim buscar, mais para obter um encerramento do que por esperar alguma revelação da parte deles. Viajei pela magia do início ao fim. Explorei os limites mais extremos e raramente — muito raramente — explorei a mente de um pensador de fato original. Se, como Whitehead disse, toda a filosofia não passa de notas de rodapé para Platão, então toda a magia não passa de notas de rodapé para os doze grandes textos. Textos que agora possuo."

Lili Saffro começara a hiperventilar um pouco durante o discurso do demônio e, agora, vasculhava freneticamente o interior caótico de sua bolsa.

"Minhas pílulas. Meu Deus, ah Deus... onde estão minhas pílulas?"

No estado nervoso em que ela se encontrava, desequilibrou a bolsa, derrubando todo o conteúdo pelo chão. Ela ficou de joelhos, encontrou um frasco e apanhou os comprimidos, sem pensar em mais nada, senão em colocá-los na boca. Ela mastigou e engoliu os grandes tabletes brancos como se fossem doces e ficou no chão, abraçando o peito e respirando fundo. Felixson falou, ignorando a explosão de pânico dela.

"Tenho quatro cofres", confidenciou ao demônio. "Escrevi aqui onde estão e as senhas. Se for inconveniente para você, eu mesmo posso apanhá-los. Ou você poderia me acompanhar. A casa é grande. Quem sabe você goste dela. Custou-me dezoito milhões de dólares. É toda sua. Você e seus irmãos são bem-vindos lá."

"Meus irmãos?", perguntou o Cenobita.

"Perdoe-me. Há irmãs na sua Ordem também, já estava me esquecendo. Bem, estou certo de que possuo trabalhos suficientes para você dispensar. Sei que você disse que já está de posse de todos os textos mágicos. Mas tenho algumas boas primeiras edições, a maioria em condições quase perfeitas."

Antes que o demônio pudesse responder àquilo, Heyadat disse: "Meu Senhor. Ou seria sua Graça? Sua Santidade...".

"Mestre."

"Como... como um cachorro?", Heyadat gaguejou.

"Claro", Felixson disse, querendo desesperadamente agradar o demônio. "Se ele diz que somos cachorros, então é o que somos."

"Bem colocado", afirmou o demônio. "Mas falar é fácil. De joelhos, cão."

Felixson esperou um instante, na esperança de que tivesse sido apenas uma observação descartável. Mas não era.

"Eu disse de joelhos", alertou o Cenobita.

O mago começou a se ajoelhar. O demônio prosseguiu:

"E nu. Cães ficam nus, não?"

"Sim... Claro... Nu." Ele começou a tirar a roupa.

"E você...", o demônio disse, apontando o dedo pálido para Kottlove. "Elizabeth Kottlove. Seja a cadela dele. Tire a roupa também e fique de quatro." Ela começou imediatamente a desabotoar a blusa, mas ele disse "Espere", e caminhou na direção dela, as moscas voando das roupas ensanguentadas conforme ele se movia. Elizabeth estremeceu, mas o demônio apenas tocou o baixo ventre dela.

"Quantos abortos você fez, mulher? Contei onze aqui."

"E-e-está c-c-certo", ela gaguejou.

"A maioria dos úteros não sobreviveria a tais maus-tratos." Ele cerrou o punho e Elizabeth deixou uma pequena arfada escapar. "Entretanto, mesmo na sua idade avançada, posso dar ao seu útero debilitado a capacidade de finalmente fazer o que foi criado para fazer..."

"Não", Elizabeth respondeu, mais em descrença do que em negação. "Você não poderia."

"A criança chegará em breve."

Elizabeth perdeu a fala. Ela apenas encarou o demônio como se pudesse, de algum modo, fazê-lo se apiedar dela.

"Agora", ele prosseguiu, "seja uma boa cadela e fique de quatro."

"Posso dizer algo?", Poltash se intrometeu.

"Pode tentar."

"Eu... poderia ser bem útil para você. Digo, meu círculo de influência chega até Washington."

"O que está oferecendo?"

"Estou apenas dizendo que há muita gente do alto escalão que deve sua posição a mim. Poderia fazer com que se reportassem a você com um único telefonema. Não é poder mágico, eu sei, mas você parece já ter o suficiente disso."

"O que quer em troca?"

"Apenas minha vida. Então, diga quem quer aos seus pés em Washington e eu farei acontecer."

O Cenobita não respondeu. Sua atenção fora desviada para Felixson, que estava de pé de cueca, com Elizabeth ao seu lado, ainda preservando sua modéstia. "Eu disse nus!", o demônio gritou. "Os dois. Olhe para sua barriga, Elizabeth. Veja como ela incha! E quanto a esses peitos cansados? Como está a aparência deles agora?" Ele arrancou os restos da blusa dela e o sutiã por baixo. As bolsas murchas que eram os seios dela estavam de fato mais cheias. "Você servirá para mais uma cria. E, desta vez, não a arrancará do útero."

"O que achou da minha oferta?", Poltash perguntou, desviando a atenção do demônio.

Antes que ele pudesse responder, no entanto, Heyadat interrompeu. "Ele é um mentiroso. É mais um cartomante do que um conselheiro."

"Cala a porra dessa boca, Heyadat!", Poltash gritou.

O homem continuou. "Sei com certeza que Washington prefere aquela mulher, Sidikaro."

"Ah, sim. Tenho os resquícios dela", o demônio observou, tocando sua têmpora.

"E você passa tudo para a sua Ordem, certo?", Heyadat perguntou.

"Será?"

"Com certeza os outros membros da Ordem..."

"Não estão comigo."

Heyadat empalideceu, compreendendo repentinamente a situação. "Você está agindo sozinho..."

A revelação de Heyadat foi interrompida por um gemido de Elizabeth Kottlove, que agora estava de quatro ao lado do outro cachorro do Cenobita, Theodore Felixson. A barriga e os seios dela estavam redondos e maduros; a influência do Cenobita era poderosa o suficiente para que os mamilos já vazassem leite.

"Não deixe isso ser desperdiçado", o Cenobita disse a Felixson. "Ponha a cara no chão e lamba."

Enquanto Felixson se curvava à tarefa, Poltash, que aparentemente perdera a confiança em sua oferta, correu de forma desenfreada para a porta. Ele estava a dois passos da soleira, quando o Cenobita deu uma olhadela para a passagem de onde viera. Lá, algo reluziu e partiu velozmente, serpenteando do outro lado da parede, cruzou a câmara e acertou o mago na nuca. Um instante depois, três outras vieram:

correntes, todas culminando no que pareciam ser ganchos grandes o bastante para fisgarem tubarões, enrolando-se no pescoço, no peito e na cintura de Poltash.

Ele gritou de dor. O Sacerdote do Inferno escutou o som que o homem fez com a atenção de um *connoisseur*.

"Estridente e barato. Esperava mais de quem durou até aqui."

As correntes se moveram em três direções diferentes, trissecando Poltash num piscar de olhos. Por um momento, o mago ficou ali com um olhar pasmo, então, sua cabeça rolou do pescoço e caiu no chão do mausoléu com um ruído repugnante. Segundos depois, o corpo a seguiu, derrubando no chão os intestinos e o estômago, junto com seus conteúdos semidigeridos. O demônio levantou o nariz e inalou, absorvendo o aroma.

"Melhor."

Então, um pequeno gesto do Cenobita e as correntes que acabaram com a vida de Poltash serpentearam pelo chão e deslizaram até a porta, se enrolando na maçaneta. Elas fecharam a porta e ergueram as cabeças de ganchos como uma trindade de cobras, dissuadindo qualquer outra tentativa de fuga.

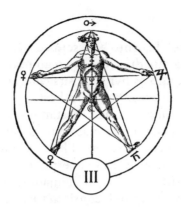

III

"Algumas coisas são melhores se feitas na privacidade, não acha, Joseph? Lembra como foi conosco? Você se ofereceu para ser meu assassino pessoal. E aí se cagou nas calças."

"Não está um pouco cansado de tudo isso agora?", Ragowski respondeu. "Quanto sofrimento pode causar antes que não consiga mais obter o que quer que seja a coisa doentia e triste de que necessita?"

"Cada um na sua. Você passou por uma fase em que não tocava uma garota com mais de treze anos."

"Por que não o faz de uma vez?", Ragowski disse.

"Em breve. Você será o último. Depois de você, não haverá mais jogos. Somente guerra."

"Guerra?", Ragwoski inquiriu. "Não terá sobrado ninguém para lutar."

"Vejo que a morte não o deixou mais sábio, Joseph. Você realmente achou que tudo isso era só por sua deplorável sociedade secreta?"

"Então, por quê?", Heyadat perguntou. "Se vou morrer, gostaria de saber o motivo!"

O demônio se virou. Heyadat encarou as trevas brilhantes que eram os olhos dele e, como se numa resposta para a pergunta, o Cenobita cuspiu uma palavra na direção da parede aberta. Uma revoada de vinte ganchos presos a correntes reluzentes acertou Heyadat em todos os lugares — boca, garganta, peitos, barriga, virilha, pernas, pés e mãos. O Cenobita estava pulando a parte da tortura e do interrogatório e indo direto para a execução. Perdido em suas agonias, Heyadat balbuciou enquanto os ganchos se aprofundavam cada vez mais em seu corpanzil de cento e sessenta quilos. Era difícil compreender qualquer coisa que dizia em meio ao muco e às lágrimas, mas ele parecia estar listando os livros de sua coleção, como se ainda fosse capaz de fazer uma barganha com a besta.

"...o *Zvia-Kiszzorrr Dialo*... o único... restante... do *Nullll*, de Ghaffari..."

Então, o Cenobita convocou mais sete ganchos, os quais vieram com velocidade de todas as direções. Eles se prenderam ao corpo trêmulo da vítima e se enrolaram tão apertado que a carne do homem gordo escorreu por entre os elos enferrujados.

Lili se encolheu num canto e cobriu o rosto com as mãos. Os outros, até mesmo Kottlove, que parecia estar agora com oito meses de gestação, enquanto Felixson a penetrava por trás, olharam para cima, enquanto Heyadat continuava a soluçar e balbuciar.

"...os *Nomes*, de Mauzeph... n-n-nomes dos... Territórios Infernais..."

As vinte e sete correntes estavam agora agarradas ao corpo do homem. O Cenobita murmurou mais uma ordem e elas começaram a apertar ainda mais, puxando o corpo de Heyadat em diversas direções. Mesmo com a carne e os ossos sofrendo um estresse insuportável, ele continuava a listar seus tesouros.

"...oh, Deus... a *Sinfonia*, de Lampe, a... a... Sinfonia da Morte... o *Noite Amarela*... o *Noite Amarela* de..."

"Romeo Refra" Ragowski completou. Ele assistia ao tormento de Heyadat com um desapego que somente um morto poderia demonstrar.

"...sim... e...", Heyadat começou a dizer.

Contudo, a lista parou quando Heyadat, só agora compreendendo o que estava acontecendo consigo, lançou uma torrente de súplicas, cada qual mais alta que a anterior, enquanto seu corpo era sujeitado às exigências contrárias dos ganchos. O corpo dele não conseguia mais sustentar o tormento. Sua pele começou a rasgar, enquanto ele se debatia selvagemente; as últimas palavras coerentes, seus rogos, foram sendo suplantados por uivos de agonia.

A carne da barriga foi a que cedeu primeiro. O gancho ali estava mais profundo. Ele arrancou um naco de gordura amarelada de vinte e cinco centímetros de grossura e parte do músculo por baixo. O peito veio a seguir; carne e gordura, seguidas de sangue.

Até mesmo Lili assistia agora por entre os dedos, enquanto o espetáculo chegava ao ápice. O gancho na perna esquerda de Heyadat, que entrara atrás da tíbia, quebrou-a com um som alto o suficiente para ser escutado acima dos gritos do mago. As orelhas dele saíram junto com pedaços do couro cabeludo, as omoplatas se quebraram quando os ganchos presos a elas se libertaram.

No entanto, apesar da tortura, dos gritos e da poça de sangue negro sob o corpo dele, agora tão grande que lambia a bainha das vestes do Cenobita, o demônio não estava satisfeito. Ele emitiu novas instruções, usando o mais velho dos truques da magia: sussurros no ar.

Ele murmurou as instruções e três novos ganchos, maiores do que todos os anteriores — as extremidades afiadas como bisturis — voaram até a carne e a gordura expostas no peito e estômago de Heyadat, e abriram caminho até o interior dele.

O efeito de um dos ganchos foi imediato: perfurou o pulmão esquerdo. O grito foi interrompido e o mago começou a resfolegar, seus movimentos tornando-se convulsões desesperadas.

"Acabe com ele, em nome da misericórdia", Ragowski falou.

O Cenobita deu as costas para a vítima e encarou Ragowski. O olhar frio e sem vida do demônio fez com que a rígida pele reanimada do homem se eriçasse.

"Heyadat foi o último a querer me dar ordens. Seria sábio de sua parte não seguir os passos dele."

De algum modo, mesmo após ter experimentado a mão da própria morte, Ragowski ainda se viu com medo do demônio calculista que estava diante de si. Respirando fundo, ele reuniu toda a coragem que pôde.

"O que quer provar? Acha que se matar um número suficiente de pessoas da pior forma possível, darão a você um nome como o Louco ou o Açougueiro? Não importa quantas torturas abomináveis você cometa. Sempre será o Pinhead."

O ar ficou estático. O lábio do Cenobita se curvou. Rápido como um raio, ele foi até Ragowski, agarrou o pescoço magro do morto e o puxou para perto de si.

Sem desviar o olhar negro do mago nem por um instante, o demônio tirou a trefina do cinto, ativando o dispositivo com o dedão, enquanto a levava para o centro da testa de Ragowski. Ela disparou um pino no crânio da vítima e, então, se retraiu.

"Pinhead", o homem repetiu, sem se intimidar.

O Cenobita não respondeu. Apenas prendeu a trefina de volta ao cinto e colocou os dedos dentro da própria boca, buscando algo que parecia estar alojado lá dentro. Ao encontrar, tirou a coisa — um naco pequeno, escorregadio e enegrecido, como um dente podre. Ele voltou os dedos para o buraco no crânio de Ragowski, inseriu o objeto e soltou o pescoço do homem no mesmo instante.

"Acredito que em breve estarei morto, certo? Parafraseando Churchill, eu estarei morto pela manhã, mas você *ainda* será Pinhead", Ragowski grunhiu.

O Cenobita já tinha dado as costas a ele. Os ganchos que mantinham Heyadat no lugar claramente esperaram seu mestre virar-se antes de dar seu golpe de misericórdia. Agora, abençoados pelo olhar dele, mostraram as suas habilidades.

Um gancho em especial, uma arma que o demônio tinha afetuosamente chamado de Gancho do Pescador, estava preso a uma corrente ligada ao teto. Subitamente, ele arrebentou o céu da boca de Heyadat, erguendo o corpo inteiro dele do chão. No instante em que o olhar do Cenobita pousou sobre os elos enferrujados e ensanguentados, erupção seguiu erupção. As mãos de Heyadat se partiram em dois pedaços, os pés também. As coxas corpulentas foram cinzeladas da virilha aos joelhos. A face foi despida da pele e os três ganchos metidos em seu peito e estômago arrancaram o coração, pulmões e vísceras de uma só vez. Seguramente, jamais houvera autópsia mais rápida.

Com sua tarefa completa, os ganchos arrastaram as partes dele que puderam clamar através dos charcos de sangue, retornando para o local de onde tinham vindo. Apenas um restara: o Gancho do Pescador, no qual a carcaça vazia e significativamente mais leve de Yashar Heyadat estava pendurada, oscilando para a frente e para trás, as portas escancaradas de seu estômago — brilhando por causa da gordura — abrindo e fechando com a oscilação.

"Todos os fogos de artifício foram vermelhos de novo esta noite", o Cenobita disse, como se tudo aquilo o tivesse entediado.

Felixson, ainda copulando como um cão, saiu de dentro de Kottlove e se afastou do sangue que se espalhava. Suas mãos tocaram algo macio enquanto tateava. Ele virou e seu rosto estremeceu.

"Lili...", foi tudo o que disse.

O demônio virou-se para ver do que Felixson estava falando. Era Lili Saffro. A visão do massacre de Heyadat fora aparentemente demais. Ela estava morta, caída contra a parede oposta. Seu rosto trazia uma expressão de pavor e suas mãos ainda agarravam o peito.

"Vamos acabar com isso", o demônio disse, voltando-se para os três magos restantes. "Você. Felixson."

O rosto do homem era só muco e lágrimas. "Eu?"

"Você foi um bom cão. Tenho um trabalho para você. Espere por mim no corredor."

Felixson não precisou que ele repetisse. Limpando o nariz, seguiu as instruções do demônio e correu para a saída. Embora estivesse indo para o Inferno completamente nu e nos calcanhares da criatura que massacrara quase todos os amigos que ele já tivera, estava feliz com sua sina.

Tão feliz, na verdade, que, ao atravessar a porta do mausoléu para onde esperaria seu novo Mestre chegar, não ousou olhar para trás. Ele andou o suficiente pelo corredor para se certificar de que não escutaria os gritos de seus amigos e, então, agachou-se contra a parede em ruínas e chorou.

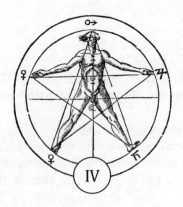

"O que há de errado comigo?", Ragowski perguntou.

"Você foi infectado por um irmãozinho meu, Joseph. Um verme, feito com um pedaço de mim. Eu o passei de seu berço ao lado de minha bochecha para o buraco em seu crânio. Seu corpo está repleto de pequenos ovos que precisam apenas da presença de calor e nutrição para nascerem."

Ragowski não era idiota. Ele entendeu totalmente o significado do que acabara de escutar. Aquilo explicava o desconforto em sua cabeça; o movimento gerado atrás de seus olhos; o sabor do fluido amargo que era drenado pelo nariz e descia pela garganta.

Ele puxou um chumaço de catarro e cuspiu no Cenobita, que o defletiu com um breve movimento da mão. Quando o cuspe caiu no chão, o mago viu a verdade da questão. Não fora catarro que ele puxara, mas um pequeno nó de vermes.

"Você é um cretino", Ragowski disse.

"Você tem a mais rara das oportunidades de morrer duas vezes e desperdiça o fôlego com insultos banais? Eu esperava mais de você, Joseph."

Ragowski tossiu e, no meio do acesso, perdeu o fôlego. Tentou recuperá-lo, mas a garganta estava bloqueada. Ele caiu de joelhos e o impacto bastou para romper a pele frágil, de modo que veios de vermes caíram de seu corpo, atulhando o chão ao redor dele. Reunindo as últimas forças, ele ergueu a cabeça para desafiar seu destruidor com seu olhar, mas, antes que pudesse fazê-lo, os olhos caíram das órbitas, o nariz e a boca seguindo-os rapidamente. Em segundos, o rosto desaparecera por completo, deixando apenas um bojo de ossos transbordando com os descendentes contorcidos do Cenobita.

Houve um grito arrepiante atrás dele e, tendo finalmente terminado com aquele homem, o demônio virou-se na direção dos demais, apenas para descobrir que, enquanto se preocupava em acabar com Ragowski, perdera a única gravidez que Kottlove levou até o fim. Mas o grito não tinha vindo dela. A mulher estava morta, caída de costas e rasgada ao meio; morta pelo trauma do nascimento de sua prole. A coisa que o demônio tinha criado dentro dela, contudo, estava numa poça de seus próprios fluidos fétidos, gritando num tom que a besta confundira com a voz da mãe. A criatura era uma fêmea e, até onde ele podia ver, virtualmente humana.

O demônio examinou o mausoléu. Era, sem dúvida, um espetáculo abrangente. Os pedaços de Poltash espalhados na porta; a cabeça e a carcaça mutilada de Heyadat ainda balançando levemente, pendurada no Gancho do Pescador; Lili Saffro, para sempre congelada, o corpo devastado pelo tempo, o rosto dela um testamento angustiante do poder empírico do medo em si, a vida dela reclamada pela única Coisa à qual todas as almas têm de responder; e, finalmente, Ragowski, colapsado em pouco mais do que uma bagunça de ossos e vermes.

Os vermes, convidados desrespeitosos que eram, já tinham começado a abandonar os restos dele em busca de outro banquete. Os primeiros já haviam encontrado pedaços de Heyadat em uma direção e o cadáver mutilado de Elizabeth Kottlove na outra.

O Cenobita se ajoelhou ao lado das pernas ensanguentadas de Kottlove e escolheu uma lâmina do cinto. Segurando o cordão umbilical roxo da criança em uma das mãos, ele o cortou e deu um nó. Então, encontrou a blusa da mãe, piedosamente imaculada, e enrolou a criança nela. Mesmo enfaixada, ela continuou a emitir sons como um pássaro zangado. O demônio a observou com curiosidade totalmente despida de preocupação.

"Você está com fome", ele disse.

O Cenobita se levantou, segurando uma extremidade dos panos de seda, e soltou a criança, deixando-a se desenrolar bem acima do cadáver da mãe. O bebê tombou, então cravou as garras fundo na blusa e ficou agarrado, olhando fundo dentro dos olhos de seu cuidador, emitindo um sibilo reptiliano enquanto o fazia.

"Beba", ele instruiu.

Ele sacudiu o tecido com sua criação pendurada, derrubando-a sobre o cadáver da mãe. Ficando de quatro, a criança engatinhou vacilante até o seio esquerdo de Elizabeth, onde amassou a carne fria com as mãos, em que já tinham começado a brotar dedos incomumente longos para um bebê tão jovem. E, quando o leite de Kottlove começou a fluir do seio sem vida, a criança o sugou gananciosamente.

Então, o demônio deu as costas para o bebê e voltou por onde tinha vindo, com o leal cão Felixson aguardando-o no corredor.

Conforme os tijolos e a argamassa começavam a retornar às posições originais, fechando-se atrás do demônio que partia, a criança, ainda crescendo, agora era pelo menos duas vezes maior do que quando nascera. Já passava um pouco da alvorada quando o Cenobita saiu do mausoléu e, àquela altura, sua progenitura já tinha esvaziado os dois seios e estava despedaçando o corpo da mãe, em busca da carne. O estalido do esterno do cadáver ecoou alto dentro do pequeno cômodo mofado.

O corpo da garota nua começava a sofrer um crescimento violento e o som da dor podia ser escutado aqui e ali, abafado por estar vindo de dentes fechados. Sem se dar conta da partida do pai, a jovem demônia moveu-se pelo local como um porco em um cocho, devorando avidamente os restos dos outrora poderosos magos, apagando os últimos resquícios de uma ordem mística que movera-se por trás das sombras da civilização durante séculos.

Quando a polícia chegou, alertada pela alma infeliz que descobrira o hediondo espetáculo que era o mausoléu — uma pessoa cuidadora de alguns túmulos que jurou nunca mais colocar os pés num cemitério de novo —, a garota, totalmente evoluída para uma mulher em menos de doze horas, havia desaparecido.

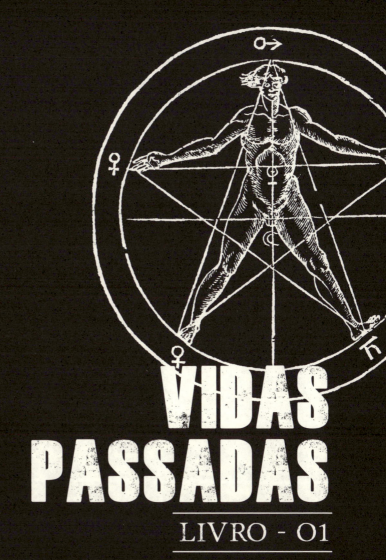

VIDAS PASSADAS

LIVRO - 01

*Três pessoas são capazes
de guardar um segredo,
se duas delas estiverem mortas.*

— BENJAMIN FRANKLIN —
Almanaque do Pobre Ricardo

CLIVE BARKER
EVANGELHO DE SANGUE

I

Há duas décadas, Harry D'Amour fizera vinte e três anos, em New Orleans, bêbado como um rei da Bourbon Street. Agora, estava na mesma cidade que sofrera terríveis ferimentos de furacões e da ganância humana, mas, de algum modo, sobrevivera a tudo mantendo incólume o gosto pela celebração. Ele estava bebendo no mesmo bar, na mesma rua, vinte e quatro anos depois. Um quinteto de jazz tocava, sendo liderado, por incrível que pareça, pelo mesmo trompetista e vocalista de outrora, um certo Mississippi Moses, e ainda havia flertes de uma noite rolando na pista de dança, assim como há quase um quarto de século atrás.

Na época, Harry dançou com uma linda garota que dizia ser filha de Mississippi. Enquanto dançavam, ela disse que se eles quisessem fazer "alguma coisa errada naquela noite" — Harry se recorda perfeitamente da forma como ela sorriu ao dizer *errada* —, ela tinha um lugar onde poderiam brincar. Eles subiram para um quartinho sobre o bar, onde a música do pai dela podia ser ouvida alta e clara, vinda de baixo. Aquele pequeno fato deveria tê-lo avisado que aquela era uma questão de família e que homens que têm filhas costumam ter também filhos. Mas Harry ficou fora de si uma vez que levantou o vestido dela. Bem na hora em que havia deslizado um dedo para dentro do calor úmido da mulher, a porta se abriu e a garota fez uma pantomina ao olhar para os dois irmãos, parados ali, quase convincentes em seu aborrecimento. Os dois intrusos desempenharam uma cena que provavelmente já haviam executado dúzias de vezes por noite, informando-o de que sua adorável irmãzinha era virgem e que não havia um só homem no bar que testemunharia tê-lo visto se eles arrastassem sua carcaça ianque até uma árvore escondida atrás de um muro a apenas um minuto de caminhada dali, onde um laço já estava pendurado, à espera de uma vítima. Porém, eles o asseguraram de que eram pessoas razoáveis e, se D'Amour tivesse dinheiro suficiente consigo, poderiam fazer vista grossa para as transgressões — só daquela vez, claro.

Harry, naturalmente, pagou. Ele esvaziou a carteira, os bolsos e por pouco não perdeu seus melhores sapatos de domingo para o mais alto dos irmãos. Por sorte, o calçado era grande demais para o homem. Os irmãos lhe deram uns tapas enquanto saía, jogando os sapatos de Harry nele, mas tomando o cuidado de deixar a porta aberta para que ele fugisse; algumas centenas de dólares mais leve, mas, de modo geral, ileso.

Todos aqueles anos depois, Harry aparecera no bar na esperança de que a garota ainda estivesse lá — evidentemente mudada por conta da passagem de todos aqueles anos, mas ainda reconhecível. Contudo, ela não estava. E nem seus gigantescos irmãos. Só o velho jazzista, olhos fechados enquanto tocava, deslizando ao longo de canções de amor que já eram velhas quando Harry escutara Mississippi Moses tocá-las pela primeira vez, tantos anos atrás.

Porém, aquela nostalgia não fez muito para melhorar o estado mental de Harry. Seu reflexo, que ele captava no espelho corroído pelo tempo atrás do bar sempre que levantava os olhos, também não ajudava. Não importava quanto álcool bebia, o reflexo se recusava a ficar borrado, e Harry via claramente todas as cicatrizes de batalha e da idade. Ele reparou que seu olhar, mesmo quando apressado, assumira um formato desconfiado. Havia uma curvatura para baixo no canto de seus lábios, consequência de muitas mensagens indesejadas entregues por mensageiros desagradáveis: notas dos mortos, intimações de cortes infernais e o frequente fluxo de notas fiscais do zelador no Queens, que queimaria qualquer coisa em sua fornalha se você lhe pagasse.

Harry D'Amour jamais quisera uma vida assim. Ele tentou ter uma vida normal, uma vida não maculada pelos terrores secretos das presenças que encontrara pela primeira vez ainda criança. Manter a lei, ele concluiu, seria um bastião tão bom quanto qualquer outro para combater as forças que espreitavam sua alma. Então, carecendo da esperteza e da destreza verbal necessárias para ser um bom advogado, ele se tornou membro da polícia de Nova York. No início, o truque pareceu dar certo. Dirigir pelas ruas da cidade, lidando com problemas que iam do banal ao brutal e de volta ao banal na mesma hora, ele achou relativamente fácil arquivar dentro da mente aquelas imagens que estavam além do alcance de qualquer arma ou lei que já tenham sido criadas.

Isso não significa que ele não reconhecia os sinais quando eles surgiam. Uma rajada de vento carregando o odor da corrupção bastava para convocar uma maré negra dentro de seu cérebro, a qual ele só conseguia conter pela pura força de vontade. Mas a normalidade tinha um preço. Não houve um único dia em sua época como policial em que não tenha sido necessário contar uma ou duas mentiras rápidas para impedir que seu parceiro, um homem de família conhecido afetuosamente como Sam "Sacana" Schomberg, descobrisse a verdade. Afinal, Harry não queria que a verdade fosse imposta a ninguém. Entretanto, a estrada para o Inferno é pavimentada com o cimento irregular das boas intenções e, no final, as mentiras e meias-verdades de Harry não bastaram para salvar o parceiro.

O apelido "Sacana" de Schomberg, por mais que fosse usado com carinho, era merecido. Louco pelos cinco filhos como era ("Os quatro últimos foram acidentes"), a mente dele nunca distava daquela sarjeta que, nas noites quando estava de serviço e era acometido pelo desejo, o obrigava a usar seu tempo dirigindo para cima e para baixo pelas ruas esquálidas, onde prostitutas ofereciam seus serviços, até encontrar uma garota que parecesse saudável o bastante ("Deus sabe que não posso levar nenhuma porra de doença pra casa!") para prender e, posteriormente, liberar uma vez que tivesse recebido alguns serviços de cortesia num beco próximo.

"Mais um Jack?", o barman perguntou, tirando Harry de suas reflexões.

"Não", respondeu. Uma lembrança do olhar abobado libidinoso de Sacana lhe veio à mente e, a partir dali, suas memórias deram uma série de saltos autônomos ao longo da vida do parceiro. "Não preciso disso", Harry disse mais para si mesmo do que ao barman, enquanto se levantava do banquinho.

"Perdão?", o homem estranhou.

"Nada", Harry respondeu, deslizando a nota de dez dólares que lhe restara na direção do homem, como se estivesse pagando-o para não fazer mais perguntas. Ele tinha de sair dali e deixar as lembranças para trás. No entanto, apesar do olhar alcoolizado, sua mente ainda estava mais rápida que os pés e, a despeito dos protestos de Harry, ela o levou de volta àquela terrível noite em Nova York. De súbito, ele se viu sentado numa viatura, descendo a 11th Street, esperando que Sacana gozasse.

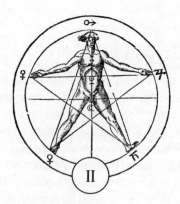

II

Sacana e seu receptáculo de escolha estavam fora de vista, tendo descido alguns degraus que levavam para o porão do edifício. O local estava vazio, as portas e janelas fechadas com tijolos ou tábuas mais minuciosamente do que Harry se lembrava de já ter visto. Ele olhou para o relógio. Eram duas e dez da madrugada, no meio de junho. Harry estava ficando um pouco agitado e sabia o porquê. Seu corpo sempre percebia antes do cérebro quando havia algo ruim nas redondezas.

Harry batucou impacientemente no volante, examinando a rua deserta em busca de alguma pista do paradeiro do que quer que tivesse inspirado a irritação no seu sistema. Quando criança, ele apelidou aquilo de CI — sigla para Coceira Incoçável. A maturidade não lhe deu qualquer motivo para mudar o nome, então a CI ainda fazia parte do vocabulário particular que ele criara para ajudar a pôr alguma ordem no caos mental que a presença dela sempre gerava.

Havia algo sob a lâmpada piscando do outro lado da rua? Se havia, estava no limite da capacidade dos olhos dele de separar substância de sombras. Para Harry, a Possível Coisa pareceu se mover com graça felina. Não. Ele entendeu errado. Não era nada...

Mas, assim que formulou aquele pensamento, a Possível Coisa confirmou as suspeitas iniciais ao recuar e se retirar para as sombras, sua forma musculosa mudando como água movida pela brisa, enquanto as sombras a apagavam. A partida da Coisa, contudo, não amenizou o "I" na CI de Harry. Não tinha sido a causa do formigamento em sua pele. Não, aquilo ainda estava por perto. Ele abriu a porta da viatura e saiu, movendo-se lentamente para não atrair atenção. Então, estudou a rua de uma extremidade a outra.

Três quarteirões acima da 11th, amarrado a um hidrante, um bode. Ele parecia ao mesmo tempo digno de pena e improvável, preso ali na calçada, as peculiaridades de sua anatomia — laterais distendidas, olhos esbugalhados, crânio ossudo — categoricamente de outro mundo. Harry fechou a porta do carro e começou a cruzar a rua em direção ao seu parceiro, a mão indo instintivamente para a arma na cintura conforme o fazia.

Ele tinha dado três passos, quando sentiu a ci acertá-lo como uma onda. Harry parou, olhando para a pequena extensão de calçada vazia que havia entre ele e as escadarias escuras por onde Sacana tinha descido com a garota. Por que estava demorando tanto?

Harry deu dois passos hesitantes e chamou pelo parceiro:

"Tá bom, Sacana. Suba as calças. Hora de ir."

"Quê?", Sacana gritou. "Ah, Deus, isso é bom... Tem certeza de que não quer um pouco, parceiro? Essa vagabunda é..."

"Eu disse que é hora de ir, Sam."

"*Uno momento*, Harry... só um... caramba... isso, isso, assim... O Sacana gosta assim..."

O olhar de Harry voltou-se para o bode. A porta da frente do prédio diante do qual o animal estava preso se abrira. Luzes azuis ardiam de seu interior, como chamas de velas da meia-noite, flutuando numa missa. A Coceira de Harry foi além do que era suportável. Lentamente, mas com propósito, ele atravessou a calçada rachada até o topo das escadas e olhou para baixo na escuridão, onde pôde divisar vagamente Sacana inclinado contra a parede, a cabeça pendendo para trás, enquanto a prostituta estava de joelhos diante dele. A julgar pelos sons desesperados e molhados do trabalho que ela realizava, ela queria que o policial gozasse logo, para que pudesse cuspir tudo e ir embora.

"Porra, Sam", Harry disse.

"Meu Deus, Harry. Eu já ouvi."

"Você já se divertiu."

"Ainda não gozei."

"Que tal acharmos outra garota em outra rua?"

Enquanto falava, Harry olhou para o bode e depois para a porta aberta. As chamas azuis das velas tinham se aventurado para a rua, sem estarem ligadas a pavios ou cera. Elas estavam iluminando o caminho para alguma coisa. A intuição de Harry disse a ele que não era bom estar por perto quando esse Algo enfim se revelasse.

"Ah, você é boa", Sacana disse à prostituta. "Boa de verdade. Melhor do que a porra do meu cunhado." Ele riu consigo mesmo.

"Agora chega", Harry disse e desceu os degraus restantes, perdendo de vista a luz que saía pela porta e o bode, enquanto segurou a jaqueta de Sacana pelo ombro. Harry puxou o parceiro, com a garota se desequilibrando e tendo de se apoiar com as mãos, quando D'Amour arrastou o amigo pelas escadarias acima.

"O que tá rolando?", ela inquiriu. "Isso quer dizer que vão me prender?"

"Cala essa boca", Harry falou num tom de censura. "Você não vai ser presa. Mas se eu voltar a ver você neste quarteirão..."

O bode emitiu um guincho miserável naquele instante, que durou uns três segundos, enquanto ecoava pelo ar noturno sobrenaturalmente estático. Então, o som cessou de forma abrupta, deixando mais uma vez tudo em silêncio.

"Bosta. Bosta. Bosta", Harry disse.

"O que foi isso?", Sacana perguntou.

"Um bode."

"Quê? Não vi bode nenhum..."

"Sacana?"

"Hein?"

"No três nós corremos até o carro, entendeu?"

"C-certo... Mas..."

Harry o interrompeu, falando com urgência apressada. "Não tem 'mas'. Você olha para o carro e continua olhando para ele até estar dentro e a gente sair daqui. Senão, já era."

"Harry, quê...?"

"Confie em mim. Agora vamos."

"Meu Deus, o zíper emperrou."

"Esquece a porra do zíper. Ninguém vai olhar pro teu pau, prometo. Vamos nessa."

Sacana correu. Harry, seguindo logo atrás, olhou para o fim da rua, enquanto ia em silêncio para o carro. O pescoço do bode tinha sido rasgado, mas ele não estava morto. Seu assassino, trajando mantos, estava ali parado, segurando pelas pernas o animal que se debatia, a cabeça puxada para trás para alargar o corte parcial no pescoço e acelerar o fluxo do sangue.

A força vital do bode saía em jorros, como água de uma torneira quebrada. Porém, o animal e o matador não eram as únicas presenças. Havia um terceiro membro na festa, com as costas viradas para Harry. Quando o policial cruzava a rua em direção ao carro, esse terceiro elemento virou-se para olhar para trás. Harry teve um vislumbre de seu rosto — um borrão mutilado de carne disforme, como um naco de argila se desfazendo — antes de o homem mergulhar as mãos no sangue que brotava do bode.

Sacana já estava na metade do caminho até o carro quando, desconsiderando as instruções de Harry, olhou para a pavorosa cena. Aquilo o fez estancar. Harry transferiu a arma da mão direita para a esquerda e utilizou a mão direita para agarrar o parceiro pelo braço.

"Vamos."

"Você viu?"

"Vamos, Sacana."

"Aquilo não tá certo, Harry."

"E nem ganhar um boquete de uma adolescente que fugiu de casa."

"Isso é diferente. As pessoas não podem ficar matando bodes no meio rua. É nojento pra caralho." Sacana apanhou a arma. "Ei, seus degenerados do lado do bode. Não se movam. Vocês estão presos."

Ao dizer isso, ele começou a atravessar a rua em direção a eles. Harry praguejou e o seguiu. Em algum lugar ali perto, a não mais de dois ou três quarteirões, o som de uma sirene de ambulância o lembrou de que o mundo racional, de algum modo, ainda estava próximo daquela cena horrível. Mas Harry sabia que não importava. Aquelas coisas, todas elas parte de um mistério insondável, cobriam a si próprias com véus que dificultavam serem vistas por olhos comuns. Se Sacana estivesse sozinho, era provável que tivesse passado diante daquela cena grotesca sem nem registrar sua existência.

Ele só a viu porque o parceiro estava junto — e saber daquilo era como uma pedra no estômago de Harry.

"Ei, palhaços", Sacana bradou, seus gritos ecoando entre as fachadas dos prédios desertos. "Parem já com essa merda."

Os dois homens fizeram a pior coisa possível em resposta: obedeceram. Harry suspirou quando o carniceiro deixou o bode cair no chão, suas pernas pretas ainda dando quiques. E o homem do rosto de barro que lavara as mãos no sangue levantou-se e encarou os dois policiais.

"Santo Deus", Sacana murmurou.

Harry compreendeu o motivo da blasfêmia do parceiro; o que há dois minutos era uma massa de carne indefinível, agora estava se organizando. A matéria barrenta que Harry vira antes havia se alterado; havia quase um nariz, quase uma boca e dois buracos como impressões digitais onde deveriam existir olhos. O homem de barro começou a andar na direção deles, vapor subindo das mãos ensopadas de sangue.

Sacana parou de avançar e lançou uma olhadela para Harry, breve o bastante para captar um leve aceno do parceiro indicando que voltassem para o carro. Naquele ínterim, as feições mutáveis do homem de barro se firmaram numa boca, a qual ele agora abria, permitindo que um som grave escapasse, como um grunhido de aviso de um animal nervoso.

"Cuidado!", Harry disse, e, em duas passadas, a coisa foi de um caminhar para uma corrida. "Fuja! Fuja!", Harry gritou e, apontando a arma, disparou na coisa; uma vez, duas e, ao ver que as balas retardaram a corrida, o sangue brotando na roupa onde ela havia sido atingida, Harry atirou mais três vezes: duas no tronco e uma na cabeça. A criatura parou por um momento no meio da rua, olhando para a própria camisa cheia de sangue, a cabeça levemente inclinada, como se estivesse surpresa.

Harry escutou Sacana atrás de si entrar no carro e bater a porta. Ele ligou o motor e os pneus cantaram quando o carro fez uma curva derrapando e parou ao lado de Harry.

"Entra!", Sacana berrou.

A criatura ainda observava seus ferimentos. Harry tivera um momento de graça e o aproveitara. Dando as costas para a fera, deslizou por sobre o capô do carro, abriu a porta e atirou-se no banco do passageiro. Antes que ele sequer fechasse a porta, Sacana acelerou. Harry teve um vislumbre da criatura quando passaram rapidamente ao seu lado e viu, como se estivessem perfeitamente parados e ele tivesse todo o tempo do mundo para captar todos os detalhes do momento, sua pesada cabeça se erguer, mostrando dois pequenos focos de luz queimando dentro das órbitas escuras. A fera pronunciava uma sentença de morte com o olhar.

"Você só pode estar de sacanagem", Harry disse.

"Ruim assim, é?"

"Pior."

Eles já estavam a quase um quarteirão de distância da criatura e, por alguns momentos enganosos, Harry pensou que talvez tivesse interpretado mal o olhar do oponente e que talvez chegariam à segurança de uma rua movimentada ilesos. Então, sua Coceira voltou, bem na hora em que o parceiro berrou: "Puta que o pariu!".

Harry olhou para trás e viu que seu inimigo os estava perseguindo, igualando a velocidade deles a cada passada. A fera tinha erguido as mãos manchadas de sangue na frente do corpo, palmas para fora, dedos abertos de forma bizarra. Enquanto corria, suas mãos ficaram mais brilhantes, como as brasas quase mortas de uma fogueira, despertadas pelo vento. Faíscas branco-amareladas voavam delas, transformando-se em fumaça e escurecendo conforme o faziam.

Harry ligou a sirene e as luzes de emergência na esperança de que a criatura fosse do tipo que pudesse ser intimidada por tais táticas. Mas, longe de dissuadir o inimigo da perseguição, os alarmes pareceram dar ainda mais velocidade a seus pés.

"Caralho! Ele tá quase em cima da gente, Harry!"

"Eu sei."

"Quantas balas você meteu naquela coisa?"

"Cinco."

"Que merda."

"Só continua dirigindo."

"Que merda."

"Conhece alguma oração, Sacana?"

"Nenhuma."

"Que merda."

Então, a fera estava sobre eles, batendo suas mãos ardentes na traseira do carro com tanta força que o capô do veículo se ergueu. Por poucos segundos, as rodas saíram do chão e, quando acertaram a rua novamente, o oponente estava atravessando a janela traseira. O fedor do sangue frito do bode invadiu o carro.

"Sai!", Harry gritou.

Sacana abriu a porta. O carro ainda estava em movimento, mas ele saiu mesmo assim. Harry sentiu o calor das mãos do oponente atrás de sua cabeça e o cheiro dos cabelos queimados na nuca. Ele abriu a porta — apenas alguns centímetros — mas estava aberta. Então, segurou o painel com a mão esquerda para forçar sua saída e jogou-se contra a porta.

O ar limpo e frio o encontrou por um segundo; então, foi a vez da rua. Ele tentou rolar ao cair, não conseguiu e aterrissou de cabeça, raspando a lateral do rosto no asfalto rachado até finalmente estancar. A adrenalina em suas veias minimizou as fraquezas do corpo, ao menos por alguns segundos. Ele se levantou, limpou a sujeira e o sangue dos olhos e olhou para o parceiro. Sacana estava a dez metros de Harry, meio escondido pela fumaça preta que saía do carro em chamas. Ele estava com a arma apontada diretamente para Harry.

"Sacana, que diab..."

"Atrás de você!"

Harry se virou. A fera levantou-se em meio à fumaça, a menos de dois metros de onde Harry estava. Seus trajes humanos tinham sido queimados pelas chamas que ele próprio começara, o que deu a Harry uma visão incômoda do quanto a criatura estava se deleitando com toda aquela loucura. Seu pênis estava ereto, a cabeça mosqueada para fora. O pelo ao redor da base estava queimando, de modo que o membro parecia se erguer de uma labareda. E se a saudação rija não era prova suficiente da condição alegre da fera, o sorriso em seu rosto era.

Ele levantou a mão direita. As chamas começaram a apagar, deixando-a preta e fumegante, mas sem ferimentos. Os únicos pontos em que a lembrança do fogo se mantinha eram nas linhas nas palmas do monstro, que ainda brilhavam pelo calor, as brasas mais fortes no centro. Harry queria desviar os olhos, mas eles pareciam colados, até que ele viu o centro da palma da criatura arder ainda mais e, enfim, disparar uma nódoa de fogo branco que passou ao lado da sua cabeça, errando-o por centímetros.

Em seu estado estupefato, ele teve tempo de agradecer pela fera ter errado o alvo. Então, se deu conta de que o disparo da criatura não mirava nele. Virou-se, gritando para Sacana, mas tanto o movimento quanto o alerta foram lentos... lentos demais, como se o ar ao redor dele tivesse consistência de piche.

Harry observou Sacana, de pé a dez metros dali, com os mesmos olhos aprisionados pelo piche, indefeso quando a nódoa de fogo branco acertou-o direto no pescoço. Ele ergueu lentamente a mão livre para afastá-la, mas antes que a alcançasse, a nódoa explodiu e duas linhas brilhantes de fogo circundaram seu pescoço, uma pela esquerda, a outra pela direita, dando a volta completa e se encontrando novamente na altura do pomo de adão.

Por um momento, o ar em volta da cabeça de Sacana brilhou, tremeluzindo como uma onda de calor sobre terra chamuscada. Porém, antes que o homem pudesse dizer uma só palavra, uma labareda engoliu seu rosto. Sua cabeça estava em chamas, do pomo de adão até a careca na moleira, a qual ele sempre escondia penteando o cabelo por cima. Foi nesse momento que Sacana começou a gritar. Terríveis gritos guturais semelhantes a talheres sendo jogados no duto de lixo.

O tempo continuou a se desdobrar no mesmo ritmo indolente, obrigando Harry a assistir ao calor devorar a carne do parceiro. A pele de Sacana ficou cada vez mais vermelha, com grânulos reluzentes de gordura aparecendo dos poros e explodindo enquanto corriam pelo rosto. Harry chegou a erguer as mãos para tirar a jaqueta — sua mente apenas clara o bastante para imaginar que ele ainda poderia aplacar o fogo antes que este causasse algum dano de verdade. Entretanto, quando estava prestes a se mover, a fera o segurou pelo ombro, girou-o em sua direção e puxou-o para próximo de si. Agora, encarando a pavorosa criatura, Harry apenas a assistiu fazer uma conchinha com a mão ainda ardente e a posicionar logo abaixo do queixo de Harry.

"Cuspa", disse o monstro com uma voz equivalente à aparência estranha e disforme.

Harry não fez nada.

"Saliva ou sangue", a fera alertou.

"Assim fica fácil", Harry falou.

Ele não sabia por que a coisa precisava de algo dele, e também não gostava particularmente da ideia de ela possuir um pedaço seu, mas a alternativa era claramente pior. O policial fez seu melhor para reunir uma boa escarrada, mas a oferta que cuspiu sobre a mão da criatura era rala. A adrenalina tinha deixado sua boca tão seca quanto um esqueleto banhado pelo sol.

"Mais", disse a fera.

Harry foi fundo desta vez e reuniu tudo o que pôde da garganta e da boca; reuniu, preparou e cuspiu com gosto na palma da fera. Sem dúvida era uma bela obra de arte. A julgar pelo sorriso cru e sem lábios no rosto da criatura, ela estava satisfeita.

"Observe", o monstro falou.

Então, ele enrolou a mão na qual Harry cuspira em sua ereção.

"Observar?", Harry perguntou, olhando para baixo, enojado.

"Não!", a criatura falou. "Ele. Você e eu. Nós o observamos." Enquanto falava, começou a acariciar seu membro com movimentos longos e prazerosos. A mão livre da fera ainda descansava sobre o ombro de Harry e, com sua enorme força, virou o policial na direção do parceiro.

Ele ficou consternado ao ver que os danos causados nos poucos segundos em que seu olhar fora divergido já haviam deixado Sacana irreconhecível. O cabelo tinha queimado totalmente; a cabeça nua era uma bola vermelha e negra, cheia de bolhas; os olhos haviam sido virtualmente lacrados pela carne derretida; a boca estava escancarada, com a língua tostada apontada para fora como um dedo acusador.

Harry tentou se mover, mas a mão no ombro o impediu. Ele tentou fechar os olhos contra aquele horror, mas a criatura, embora estivesse atrás dele, de algum modo sabia que Harry estava desobedecendo a instrução. A fera apertou o dedão contra os músculos crispados no ombro de Harry, penetrando-o com a mesma facilidade que um homem enterra seu dedão em uma fruta podre.

"Abra!", a fera exigiu.

Harry fez como mandado. A carne endurecida no rosto de Sacana havia começado a enegrecer, a pele esgarçando e curvando-se para trás dos músculos.

"Deus me perdoe, Sacana. Caralho, que Deus me perdoe!"

"Oh", a criatura bradou. "Sua putinha boca suja!"

Sem aviso, o monstro gozou. Então, deu um suspiro estremecedor e virou Harry para encará-lo novamente; os dois focos de luz que eram seus olhos pareciam se enterrar dentro da cabeça do policial e arranhar a parte de trás de seu crânio.

"Fique fora do Triângulo", disse o monstro. "Entendeu?"

"Sim."

"Repita."

"Eu entendi."

"Não isso. A outra coisa. Repita. Como antes."

Harry pressionou os dentes. Havia um ponto definitivo em que sua fuga seria suplantada pelo desejo de lutar e ele estava se aproximando rapidamente.

"Repita", a fera ordenou.

"Deus me perdoe", Harry disse por entre os dentes crispados.

"Não. Quero guardar na minha cabeça para mais tarde. Me dê algo bom para poder trabalhar."

Harry reuniu a voz da súplica da melhor forma que pôde, o que, na verdade, não foi tão difícil assim.

"Deus. Me perdoe."

III

Harry acordou por volta de meio-dia; os gritos de seu parceiro mais vívidos do que as memórias encharcadas de álcool das celebrações de aniversário da noite anterior. As ruas do lado de fora de seu quarto estavam silenciosas, graças a Deus. Tudo que ele escutava era um sino, convocando aqueles que ainda eram fiéis para a missa matinal de domingo. Ele pediu café e suco, que chegaram quando estava tomando banho. O dia estava úmido e, quando ele se secou, já havia começado a suar um pouco.

Enquanto bebia seu café, forte e doce, observou as pessoas indo e vindo na rua, dois andares abaixo. Os únicos apressados eram um casal de turistas com um mapa; todos os demais estavam cuidando de seus assuntos num passo lento, adequado ao dia quente e à provável noite abafada que o seguiria.

O telefone tocou. Harry atendeu.

"Ligou para me investigar, Norma?", ele perguntou, tentando soar o mais humano possível.

"Acertou na mosca, detetive", a mulher respondeu. "Mas não adiantaria nada, certo? Você é um mentiroso bom demais, Harry D'Amour."

"Você me ensinou tudo o que sei."

"Puxa-saco. Como foi o aniversário?"

"Fiquei bêbado..."

"Que novidade!"

"...e comecei a pensar no passado."

"Meu Deus, Harry. Eu já falei para deixar essa merda em paz."

"Eu não *convido* esses pensamentos para entrar na minha cabeça."

Norma escarrou uma gargalhada sem humor. "Querido, nós dois sabemos que você nasceu com o convite carimbado na testa."

Harry sorriu.

"Só posso dizer o que já foi dito", ela prosseguiu. "O que está feito está feito. O bom e o ruim. Então, faça as pazes com isso ou o passado vai devorá-lo inteiro."

"Norma, quero fazer o que vim fazer aqui e dar o fora desta cidade maldita o quanto antes."

"Harry..."

Mas ele já tinha desligado.

Norma pressionou os lábios e também desligou. Ela sabia o que esperar de Harry D'Amour, mas isso não significava que havia se habituado à fachada torturada e taciturna dele. Sim, a Alteridade tinha uma maneira de encontrar Harry onde quer que ele fosse, mas havia coisas a se fazer quanto àquilo — medidas que poderiam ser tomadas, caso a pessoa estivesse disposta. Harry D'Amour jamais tomara tais medidas porque, Norma sabia, Harry D'Amour amava seu trabalho. Mais importante, ele era muito bom nele e, enquanto fosse o caso, Norma perdoaria suas transgressões.

Norma Paine, negra, cega e declarando ter sessenta e três anos de idade (embora a verdade fosse mais próxima dos oitenta ou mais), estava sentada em sua cadeira favorita, próxima à janela, no seu apartamento no décimo quinto andar. Era naquele lugar que ela passara doze horas de seu dia nos últimos quarenta anos, conversando com os mortos. Era um serviço que oferecia aos recém-falecidos que, na experiência dela, costumavam estar perdidos, confusos e assustados. Ela via os mortos com o olho da mente desde a infância.

Nascida cega, fora um choque e tanto quando se deu conta pela primeira vez que os rostos gentis dos quais se recordava olhando para ela por sobre o berço não eram os de seus pais, mas sim daqueles que já haviam partido. Da forma como ela encarava, tinha sorte. Não era cega de fato — apenas via um mundo diferente do que maioria das pessoas, e isso a deixava numa posição única para fazer algum bem à humanidade.

De alguma forma, se alguém estivesse morto e perdido em Nova York, mais cedo ou mais tarde, chegaria até Norma. Em algumas noites, havia fantasmas alinhados por mais de um quarteirão, às vezes apenas uma dúzia. E, ocasionalmente, ela era tão inundada por espíritos em necessidade que tinha de ligar todas as cento e três televisões em seu apartamento — todas com o volume baixo, mas ligadas em canais diferentes, numa babel de programas de auditório, novelas, telejornais, escândalos, tragédias e banalidade — a fim de mandá-los embora.

Não era frequente que os conselhos de Norma dados aos recém-falecidos se sobrepusessem à vida de detetive particular de Harry, mas sempre havia exceções. Carston Goode era uma delas. De natureza boa, fora assim que ele vivera a vida. Goode fora um pai de família que casara com sua namorada de colégio. Juntos, eles viveram em Nova York com seus cinco filhos para criar e dinheiro suficiente para fazê-lo, graças aos ganhos dele como advogado, alguns bons investimentos e uma profunda fé na generosidade do Senhor, que — como Carston costumava dizer — "tomava conta daqueles que com Ele se importavam". Ao menos essa fora a crença dele até seis dias atrás, quando, num espaço de uma centena de segundos, sua adorada vida temente a Deus foi para o Inferno.

Carston Goode estava indo para o trabalho pela manhã, ávido como um homem de metade de sua idade para se envolver com os negócios, quando um jovem arremeteu contra ele em meio ao ajuntamento de pessoas na Lexington Avenue e arrancara a maleta de suas mãos. Indivíduos menos capazes teriam gritado por ajuda, mas Carston Goode tinha mais confiança na sua forma física do que a maioria dos homens de sua idade. Ele não fumava ou bebia. Malhava quatro vezes por semana e apenas raramente se rendia à paixão por carne vermelha. Entretanto, nada disso impediu que ele fosse acometido por um fulminante ataque cardíaco, assim que estava a dois ou três passos do sujeito que decidira perseguir.

Goode estava morto, e a morte era ruim. Não apenas porque deixara sua amada, Patricia, sozinha para criar os filhos, ou porque não poderia escrever agora o livro sobre revelações pessoais e direito, o qual se comprometeu a fazer todo Ano-novo pela última década.

Não, o que era realmente ruim de estar morto era a casinha no quarteirão francês de New Orleans, que Patricia não sabia que ele possuía. Ele fora bastante cuidadoso ao manter em segredo qualquer traço da existência dela. Mas, ao fazer seus preparativos, não contara com a possibilidade de cair duro na rua, sem aviso. Agora, se via diante da iminente dissolução de tudo aquilo que lutara tanto para alcançar.

Cedo ou tarde, alguém — ou Patricia remexendo na sua gaveta de documentos, ou algum de seus associados fielmente ligados ao trabalho que ele deixara inacabado na firma — faria alguma referência ao número 68 da Dupont Street, na Louisiana e, ao rastrear o proprietário daquele endereço, descobririam que era Carston. Seria apenas uma questão de tempo até alguém ir a New Orleans e descobrir os segredos que ela revelaria. E segredos não faltavam.

Bem, Carston Goode não permitira que isso acontecesse. Uma vez ajustado ao seu estado incorpóreo, aprendeu como as coisas funcionavam do Outro Lado. Pondo suas habilidades de advogado em uso, logo conseguiu furar uma longa fila e se viu na presença de uma mulher que lhe afirmaram ser capaz de resolver seus problemas.

"Você é Norma Paine?", ele perguntou.

"Isso mesmo."

"Por que tem tantas televisões? Você é cega."

"E você é um mal-educado. Vou te dizer uma coisa, quanto maior o valentão, menor o pinto."

O queixo de Carston caiu.

"Você pode me ver?"

"Infelizmente, sim."

Carston olhou para o próprio corpo. Como todo espírito que encontrara desde a sua morte, estava nu. Suas mãos rumaram imediatamente para o pênis encolhido.

"Não precisa ofender", ele disse. "Agora, por favor, eu tenho dinheiro. Então..."

Norma levantou da cadeira e andou direto até Goode, murmurando para si própria.

"Toda noite recebo um desses babacas mortos, achando que podem comprar seu lugar no Céu. Minha mãe me ensinou um truque quando soube que eu tinha o dom", ela disse a Goode. "É chamado de Empurra-Fantasma." Com a palma da mão esquerda, ela acertou Goode no meio do peito. Ele titubeou para trás.

"Como você..."

"Mais dois desses e você vai estar fora daqui."

"Por favor! Me escute!"

Ela empurrou de novo. "Só mais um. Diga boa-noite..."

"Eu preciso falar com Harry D'Amour."

Norma parou e disse: "Tem um minuto para me fazer mudar de ideia sobre você".

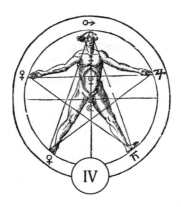

IV

"Harry D'Amour. Ele é um detetive particular, certo? Me disseram que você o conhece."

"E se conhecer?"

"Preciso com urgência dos serviços dele. E, como disse, dinheiro não é problema. Eu preferiria falar diretamente com D'Amour, depois de ele assinar um acordo de confidencialidade, claro."

Norma deu uma gargalhada bruta e longa.

"Eu nunca deixo...", ela começou a responder, as palavras tendo de competir com sua diversão irrestrita, "...deixo... de me surpreender... com os absurdos que podem ser ditos com plena seriedade por tipos como você. Caso não tenha notado, você não está mais em seu escritório de advocacia. Não adianta se apegar aos seus segredinhos porque não tem mais nenhum lugar pra guardá-los, a não ser no próprio cu. Então pode começar a falar ou vai ter de procurar outra médium."

"Tá bom, tá bom. Só... não me mande embora. A verdade é que tenho uma casa em New Orleans. Nada muito elegante, mas a utilizo como um local onde posso fugir das minhas... responsabilidades... como homem de família."

"Ah, já escutei essa história antes. E o que acontece nessa sua pequena casinha?"

"Diversão."

"Aposto que sim. E quem se diverte?"

"Homens. Jovens. Maiores de idade, mas, mesmo assim, jovens. E não é o que está pensando. Nada de drogas, nada de violência. Quando nos encontramos, nós fazemos... magia." Ele sussurrou a última palavra como se pudesse estar sendo ouvido por mais alguém. "Nunca foi nada sério. Só algumas besteiras que tirei de livros antigos. Acho que deixam as coisas mais interessantes."

"Ainda não ouvi um motivo convincente para ajudá-lo. Então você tinha uma vida secreta. Aí morreu e as pessoas vão descobrir. Você arrumou a cama, agora terá de deitar nela e seguir em frente."

"Não. Você não entendeu. Não tenho vergonha. Sim, no começo, lutei contra isso, mas fiz as pazes com tudo há muito tempo. Foi quando comprei a casa. Não dou a mínima para o que as pessoas pensarem do legado que deixei para trás. Estou morto. Que diferença faz agora?"

"Foi a primeira coisa sensata que você disse a noite inteira."

"É. Bom, não adianta negar. Esse realmente não é problema. Eu adorei cada momento que passei naquela casa. O problema é que também amei a minha esposa. Ainda amo. Tanto que não suporto a ideia de ela descobrir. Não por mim, mas porque sei que isso acabaria com ela. Por isso preciso de sua ajuda. Não quero que a minha melhor amiga morra sabendo que não me conhecia de verdade. Não quero que meus filhos sofram as consequências das minhas... indiscrições. Preciso saber que eles vão ficar bem."

"Há o bastante nessa história para me fazer supor que talvez você seja um ser humano decente por baixo de todas essas camadas de mentiras de advogado."

Goode não levantou a cabeça. "Isso quer dizer que vai me ajudar?"

"Vou falar com ele."

"Quando?"

"Deus, você é impaciente."

"Me desculpe, mas cada hora que passa torna maior a chance de que Patricia, minha esposa, descubra algo. E, quando ela o fizer, as perguntas vão começar."

"Você morreu há quanto tempo?"

"Oito dias."

"Bem, se sua esposa gosta tanto de você quanto afirma, é provável que ela esteja ocupada de luto, em vez de fuçando seus documentos."

"Luto", Goode disse, como se a ideia de a esposa sofrer por conta da morte dele ainda não tivesse lhe acometido.

"Sim, luto. Vou presumir que não esteve em casa para ver por conta própria."

O advogado balançou a cabeça.

"Não consegui. Tive medo. Medo do que posso descobrir."

"Como disse, vou ver o que dá pra fazer. Mas não prometo nada. Harry é um homem ocupado. E cansado, embora não admita. Então, esteja avisado: preocupo-me com ele como se fosse de minha própria família. Se esse assunto em New Orleans azedar por conta de algo que não tenha me contado aqui e agora, farei com que uma multidão de mortos persiga sua bunda branca e a pendure num poste na Times Square até a chegada do Julgamento Final. Entendeu?"

"Sim, srta. Paine."

"Norma está bom, Carston."

"Como você sabe..."

"Deixe disso. Posso ver seu traseiro morto pelado e você não imagina como sei o seu nome?"

"Certo."

"Tudo bem. Vamos fazer o seguinte, então. Volte amanhã, à noitinha. Vou estar menos ocupada. E verei se posso convencer Harry a juntar-se a nós."

"Norma?", Carston murmurou.

"Sim?"

"Obrigado."

"Não me agradeça ainda. Quando contratar Harry D'Amour, verá que as coisas têm uma tendência a ficarem... complicadas."

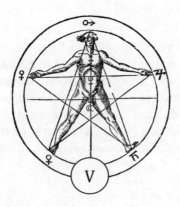

O encontro posterior correra de modo agradável; o morto sr. Goode deu a Harry o número de um cofre cheio de dinheiro ("Para aquelas pequenas despesas que não queria que meu contador soubesse") do qual Harry poderia retirar tanto quanto achasse apropriado para seus serviços, voos, hotéis e ainda o bastante para cobrir qualquer eventual problema que pudesse desaparecer com "lubrificação monetária". Tudo isso levara D'Amour onde estava agora: diante da Casa do Pecado de Carston Goode.

Não havia muito para ver pelo lado de fora. Só um portão de ferro fundido numa parede de três metros e meio, com o número pintado num azulejo de cerâmica azul e branco. Carston fornecera a Harry descrições detalhadas sobre o tipo de brinquedos incriminadores que ele encontraria no local, mas não fora capaz de fornecer as chaves. O detetive falou para que ele não se preocupasse com isso, pois jamais encontrara uma fechadura que não pudesse abrir.

De fato, abrira o portão em menos de dez segundos e atravessava o caminho desigual que era cercado de ambos os lados por vasos de formas e tamanhos diferentes; a fragrância misturada de suas flores era tão intensa quanto uma dúzia de frascos de perfumes quebrados. Harry viu que ninguém aparecia por lá para cuidar do jardim de Goode há um bom tempo. O chão estava escorregadio por causa das pétalas decompostas e muitas flores nos vasos tinham morrido devido à falta de cuidados. Harry ficou surpreso com as condições do local. Um homem tão organizado quanto Goode sem dúvida teria feito preparativos para manter o jardim limpo e organizado, mesmo quando não estivesse por perto. Então, o que aconteceu com o jardineiro?

Dando mais quatro passadas, Harry chegou à porta da frente e obteve sua resposta. Havia trinta ou mais feitiços pregados à porta, algumas pequenas garrafas contendo sabe-se lá Deus o quê, e uma pequena representação de barro de um homem, o pinto e o saco não mais entre as pernas — mas amarrado em volta do rosto com corda endurecida por cola. As genitálias estavam de ponta-cabeça, de modo que os testículos pudessem ser vistos como olhos e o pênis, como um nariz vermelho brilhante.

Não foi a primeira vez naquela viagem que Harry olhou ao redor, procurando algum indício de que o espírito de seu empregador estivesse em algum lugar nas redondezas. Harry estivera na companhia de fantasmas com frequência suficiente para saber quais pequenos sinais deveria buscar: certa estranheza na forma com que as sombras se moviam, às vezes, um zumbido grave, noutras, o reles silêncio dos animais nas redondezas. Ele, porém, não sentiu nada no jardim banhado pela luz solar que indicasse a companhia de Goode. Era mesmo uma pena; teria tornado a missão de busca e destruição que tinha pela frente mais divertida se soubesse que o dono da Casa do Pecado estava testemunhando tudo.

Havia uma linha grossa do que sem dúvida era sangue seco derramado na soleira da porta. O detetive voltou a apanhar seu grampo e rapidamente abriu as duas fechaduras.

"Toc, toc", ele murmurou, ao girar a maçaneta.

A porta rangeu, mas não se moveu. Ele girou várias vezes a maçaneta para ter certeza de que ela estava funcionando, então forçou com o ombro, pondo em uso seus noventa quilos. Vários dos feitiços ensacados liberaram o cheiro de seus conteúdos conforme ele os comprimia: uma poeira de incenso e carne morta. Harry prendeu a respiração e empurrou a porta.

Houve mais rangidos, um estalido alto que ecoou no muro do jardim e então ele entrou, afastando-se dos feitiços antes que respirasse novamente. Lá dentro, o ar estava mais limpo do que do lado de fora. Inerte, sim, mas nada que disparasse os alarmes do detetive. Harry parou por um instante. O telefone em seu bolso tocou. Ele atendeu.

"Impressionante. Todos os casos que resolvemos juntos, você me liga assim que estou na..."

"Merda?"

"Não, Norma. Na casa. Acabei de entrar na casa. E você sabia. Você sempre sabe."

"Acho que é sorte", Norma disse. "E aí? É um covil de sodomia?"

"Ainda não, mas o dia mal começou."

"Está se sentindo melhor?"

"Bom, comi vários pastéis e tomei três xícaras do café mais gostoso da minha vida. Então, tô pronto pra ir em frente."

"Vou deixar você à vontade."

"Na verdade, tenho uma pergunta. Havia feitiços cobrindo a porta da frente, algumas jarras com um tipo de merda dentro, um carinha de barro com genitálias desfiguradas e sangue na soleira."

"E?"

"Tem alguma ideia do que seja isso?"

"É o que feitiços fazem. Alguém está tentando evitar que as coisas erradas saiam e que as coisas certas entrem. Eles pareciam recentes?"

"A julgar pelo sangue, mais ou menos uma semana."

"Então não foi obra de Goode."

"Definitivamente, não. Além disso, era coisa bem mais elaborada. É possível que Goode tenha feito magia de verdade aqui?"

"Duvido. Pela maneira que falou, ele usava a magia como pretexto para deixar seus convidados pelados. Pode ter matado uma galinha ou desenhado algum círculo de araque para dar alguma graça, mas não acho que tenha feito nada além disso. De qualquer modo, tenha cuidado. Eles fazem as coisas de forma diferente por aí. Vodu é uma merda poderosa."

"Pois é. E parte dela tá nos meus sapatos."

A conversa terminou ali. Harry guardou o celular e começou sua busca.

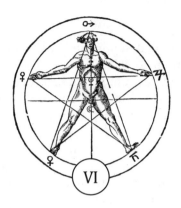

Fazia pouco mais de um minuto que Harry desligara o telefone, quando sua exploração dos três pequenos cômodos do andar de baixo o colocou em contato com uma corrente de ar frio na cozinha, que era um sinal claro da presença do Outro Lado. Ele não tentou se retirar nem recitar os doze versos que sabia, e que essencialmente significavam "Afaste-se da porra do meu caminho". Em vez disso, ficou parado, o ar tão gelado que sua respiração formava uma nuvem densa ao sair dos lábios, enquanto o vento gélido o circulava várias vezes.

Em Nova York, quando Harry finalmente deixou a polícia, ele buscou uma forma diferente de proteção. Seus questionamentos logo o puseram em contato com um tal Caz King, um tatuador conhecido pela experiência com símbolos arcanos. Caz tatuava defesas visuais contra forças sinistras no corpo dos clientes.

Seguindo as instruções de Harry, Caz tentou cobrir o corpo dele com todos os sistemas de alarme em seu arsenal, aplicáveis a todas as formas de vida não humanas que Harry pudesse encontrar. O tatuador fizera um trabalho minucioso, pois logo os símbolos e códigos estavam lutando para conseguir espaço. E o que era melhor: o sistema de alarme realmente funcionava. Naquele instante, uma das pequenas tatuagens que Caz fizera em Harry estava crispando, dizendo a ele que seu visitante gélido e invisível era algo chamado Cordão Yart; uma entidade nervosa e inofensiva, que se parecia, nas palavras daqueles que a estudaram, com macacos de ectoplasma vagamente configurados.

Harry dava o comando, "No go, Yart", sendo que as duas primeiras palavras davam vida ao complexo design que Caz passara um mês pintando no peito dele. O desenho tencionava ser um repelente universal e funcionava muito bem.

Harry sentiu a tinta ficar um pouco mais quente sob a pele e, de repente, o trecho de ar frio saiu das redondezas. Ele esperou alguns segundos para ver se havia outras presenças curiosas aguardando para inspecioná-lo, mas tudo continuava quieto. Após dois ou três minutos vasculhando a cozinha sem encontrar nada vagamente interessante, Harry seguiu para os dois outros cômodos naquele andar. Um tinha uma mesa de jantar polida mas arranhada. Havia grandes acessórios de metal abaixo de cada canto da mesa, postos ali, ele supôs, para facilitar amarrar alguém a ela. Ele encontrou o mesmo tipo de mesa na outra sala e teria que dar um jeito em ambas antes de ir embora..

Contudo, lá em cima, a história foi outra. No chão do primeiro dos três quartos, havia uma estátua de bronze de um metro e meio de um sátiro em estado de extrema excitação, sua intenção lasciva maravilhosamente capturada pelo escultor. Logo ficou claro que Carston tinha um olho e tanto para antiguidades eróticas.

Numa parede deste mesmo quarto havia um arranjo de leques chineses, espalhados para mostrar de forma elaborada as orgias coreografadas que decoravam cada um. E não eram as únicas antiguidades eróticas ali. Havia gravuras que pareciam recriações eróticas do Velho Testamento, e um grande fragmento de uma bordadura em que os integrantes de uma orgia se interligavam em configurações elaboradas.

Havia uma cama de casal no quarto, com um colchão manchado e uma penteadeira que continha roupas casuais e algumas cartas que Harry guardou sem ler. Enterrado na parte de trás da cômoda, o detetive encontrou outro envelope com um só conteúdo: uma fotografia do que supôs ser a família de Goode, de pé ao lado de uma piscina, para sempre congelada num momento feliz.

Enfim, Harry tinha uma imagem de Goode — o sorriso espontâneo, o braço firme ao redor da alegre esposa ao seu lado. Os filhos — três meninas e dois meninos — pareciam tão felizes quanto os pais. Sem dúvida, havia sido bom ser Goode naquele dia. E, por mais que Harry examinasse o rosto dele, não via sinais de que se tratava de um homem com segredos. Todas as linhas no rosto dele eram de riso, e seus olhos encaravam a lente da câmera sem a menor reticência.

Harry deixou a fotografia sobre a cômoda para que visitantes posteriores a encontrassem. Então, seguiu para o próximo quarto. Estava escuro. Harry ficou na soleira, procurando o interruptor.

Nada do que vira na casa até então o preparara para o que foi revelado quando a única lâmpada pendurada no centro do cômodo se acendeu. Ali havia finalmente algo que divertiria Norma ao ser descrito; um balanço erótico de couro pendurado do teto, preso por pesadas cordas. O objeto parecia uma rede preta criada para aquelas pessoas especiais que descansavam melhor com as pernas erguidas e abertas.

As janelas do quarto estavam seladas com tecidos opacos. Entre a janela e o local onde Harry estava, havia uma grande coleção de brinquedos sexuais: consolos cuja escala variava do invasivo ao inconcebível, chicotes, chibatas, bengalas de aparência antiga, duas máscaras de gás, cordas enroladas, cilindros plásticos com tubos de borracha presos a eles, prensas de rosca e uma dúzia de outros itens que pareciam equipamento cirúrgico esotérico.

Tudo estava meticulosamente limpo. Até o leve odor de desinfetante de pinho ainda estava presente. Porém, por mais bizarras e intensas que as cerimônias de dor tivessem sido ali, não havia nada na sala que tenha feito as tatuagens de Caz avisar Harry de problemas iminentes. O cômodo estava limpo, tanto em termos de bactérias quanto metafísicos.

"Entendi o que quis dizer, sr. Goode", Harry murmurou ao criador daquela câmara de possibilidades, ainda que ele estivesse ausente.

O detetive foi para o quarto seguinte, que já antecipara conter provas ainda maiores dos excessos de Goode. Ele abriu a porta, que era a única *dentro* da casa que tinha sigils gravados — símbolos que muitos creem ter algum poder mágico. Harry não tinha certeza se eram para manter longe convidados indesejados ou elementos perigosos dentro, mas sabia que logo descobriria. Ele acendeu a luz — outra lâmpada nua pendurada num fio — e iluminou o cômodo que, em comparação ao anterior, era um modelo de decoro. As janelas também estavam enegrecidas ali e, como o resto do cômodo, estavam pintadas de cinza-claro.

As tatuagens de Harry lançaram um aviso quando ele pisou na soleira. Ele aprendeu a interpretar as diferenças sutis dos sinais ao longo dos anos. Aquele sinal era o equivalente a uma luz amarela piscando. Indicava que algum tipo de magia fora feito ali. Mas onde estava a evidência? O quarto continha duas cadeiras de madeira, uma tigela cheia de algo que ele supôs ter sido comida de cachorro, com seus restos secos ainda atraindo algumas moscas preguiçosas.

Com as tábuas nuas e janelas escuras, o quarto certamente fora preparado para a magia. Havia duas coisas estranhas na construção do cômodo que Harry reparou no momento em que o examinou; a janela à direita fora posta próxima demais ao canto do cômodo, o que significa que o arquiteto havia feito um péssimo trabalho ou que o quarto fora encurtado em algum momento de sua sórdida história, com uma parede falsa posta para criar um espaço estreito e oculto.

Harry tateou a parede, buscando alguma forma de entrar; a multiplicação dos sinais enviados pelas tatuagens indicava que ele estava sem dúvida chegando mais perto. Ele olhou para a palma da mão esquerda, onde Caz tatuara dolorosamente o Sigil do Buscador. Por um instante, ele se viu de volta à 11th Street, e a mão não era a sua, mas a de um demônio.

"Cuspa!", Harry escutou as palavras saírem das paredes no espaço claustrofóbico.

"Vai se foder", ele disse, e tirou a visão da cabeça ao pressionar a mão tatuada contra a parede.

Agora ele encontrara algo. Uma ordem silenciosa, do tipo que viajava através dos pensamentos, tomando conta da mão de Harry e a movendo pela parede, abaixando-a mais e mais, até que o seu dedo mindinho estava tocando o chão. Harry sentiu a satisfação do Sigil do Buscador diante da caçada, acelerando quando a mão se fechou naquilo que ele procurava. Havia uma marca na tinta cinza, ligeiramente mais escura que o resto da parede. E, antes que Harry percebesse, sua mão já havia elegido o dedo médio para terminar o trabalho. Ele pressionou de leve o local, um clique foi ouvido e Harry se viu obrigado a recuar quando uma porta, perfeitamente oculta na tinta cinza, abriu com suas dobradiças silenciosas.

Aparentemente, o sr. Goode tinha mais a esconder do que sua grande coleção de brinquedos e, satisfeito com a descoberta, Harry adentrou o pequeno cômodo para descobrir o que seria isso. Como seus predecessores, aquele apertado local tinha apenas uma única lâmpada para iluminá-lo, mas, enquanto não havia nada nos quartos anteriores de qualquer interesse para Harry, aquela estreita passagem era algo completamente diferente.

Uma parede era destinada a livros — o cheiro de antiguidade dominando o local. Era um cheiro que os seis anos de Harry como aluno da Escola para Jovens Católicos de St. Dominic o ensinaram a abominar. Ele trazia à tona muitas memórias indesejadas das casuais brutalidades do local. Claro, existiam as habituais punições de réguas batendo em mãos e bastões desferidos contra nádegas nuas, mas parte da equipe da St. Dominic tinha outros apetites que uma mera surra não saciava.

Todos os padres tinham seus favoritos. Harry, porém, fora poupado das "aulas particulares", como eram chamadas. Ele tinha mais rebeldia dentro de si do que qualquer um dos padres estava disposto a lidar.

Entretanto, como dizem, as pessoas machucam umas as outras como resultado da própria dor, e os alunos perpetravam sua versão particular do jogo. Harry fora vítima deles em várias ocasiões, e a biblioteca costumava ser o local de escolha. O padre Edgar, supervisor do local, estava frequentemente fora de sua mesa, dando uma dura em garotos relaxados quanto à devolução dos livros. Era ali, entre as prateleiras, que o mais forte suplantava o mais fraco; e foi naquele local que Harry, com a cabeça apertada contra o chão enquanto era abusado, aprendeu a odiar o cheiro dos livros antigos.

Dissipando o odor de suas memórias invasoras, Harry examinou a biblioteca secreta de Goode, pausando só quando passava por títulos que despertavam um interesse em particular. A pequena mas impressionante coleção de Goode incluía as *Derivações da Carapaça*, uma série de livros que sem dúvida levara praticantes mais ineptos à automutilação mais do que qualquer outra coisa naquelas prateleiras; dois volumes gêmeos de autoria não registrada que pareciam um guia ilustrado para o suicídio; um livro de *Mágika Sexual* (o "k" usado, Harry supôs, como uma referência às explorações de Crowley naquele território); e *Os Diálogos de Frey-Kistiandt*, um grimório que supostamente só tivera um único volume (o qual ele segurava agora), cujos rumores diziam ter sido encontrado nas cinzas de Yedlin — a criança genial de Florença que fora queimada num dos expurgos de Savonarola. A curiosidade insaciável de Harry não resistiu à tentação de pô-lo à prova. Ele ergueu o livro aberto à altura do rosto e respirou profundamente. Sentiu cheiro de fogo.

De repente, Harry viu o rosto de Sacana, com os olhos espirrando para fora das órbitas conforme queimavam, e fechou rapidamente o grimório. Decidiu que já vira o bastante da coleção de Goode.

Voltou a atenção para a parede oposta. Lá, havia mais algumas fileiras de prateleiras. Aquelas guardavam o tipo de coisa que Goode provavelmente utilizava para pôr seus jovens e impressionáveis convidados no clima: velas de cera vermelha e preta na forma de falos, uma fila de garrafas decoradas com grânulos multicoloridos que estavam cheias de um licor que ardia os olhos, com um cheiro que lembrava vagamente uísque ou conhaque, porém, claramente adulterados com algum ingrediente secreto de Goode. Harry percebeu que o líquido de algumas garrafas era constituído de ervas, mas a maioria não era.

Só Deus sabe quais ingredientes ele dissolvera na sua "poção sagrada": tranquilizantes, provavelmente, e talvez algumas pílulas mágicas criadas para resolver problemas de ereção.

Claro, tudo aquilo teria de desaparecer, assim como a maior parte do conteúdo restante nas prateleiras: os frascos com pó branco, que ele presumiu ser cocaína, a fila de bonecos enfeitiçados, com os rostos de jovens cortados de fotografias e presos na cabeça deles com alfinetes, junto com um segundo conjunto, este com genitálias, os retratos presos da mesma maneira, mas entre as pernas. Harry contou vinte e seis bonecos naquilo que assumiu ser o harém de Carston Goode. Ele teria que se aconselhar com algum especialista local antes de queimá-los, só para se certificar de que não atearia fogo de verdade nos vinte e seis rapazes que eles representavam.

Tendo explorado as prateleiras superiores, Harry se abaixou, os joelhos estalando, conforme examinava as fileiras do meio. Havia diversos jarros grandes com tampas que fechavam a vácuo para conservas caseiras. No entanto, o conteúdo dos jarros não era tão benigno quanto geleia de amora ou cebola temperada. Os jarros traziam coisas mortas numa solução que provavelmente era formol: algumas aberrações (um rato de duas cabeças, um sapo albino de olhos vermelhos), outras decididamente sexuais (um pênis humano, um jarro cheio até a boca de testículos como ovos de codorna, um feto com um cordão umbilical longo o bastante para enrolar-se em seu pescoço) e algumas que apenas tinham apodrecido e se desintegrado no fluido preservador, deixando pedaços de cartilagens irreconhecíveis no escuro. Para livrar-se daqueles itens, assim como dos bonecos, ele precisaria da ajuda de algum especialista local.

Tudo aquilo sugeria que o interesse de Goode por magia ia bem além da teatralidade requerida para atrair um bando de hóspedes e deixá-los sem roupa. Decerto algumas daquelas coisas aberrantes deviam ter sido usadas como utensílios para emprestar veracidade às falsas cerimônias, mas isso não explicava a biblioteca ou a fileira de bonecos com retratos nos rostos.

Ele ficou de joelhos para vasculhar os recessos mais escuros das prateleiras de baixo. Havia outros jarros alinhados ali, mas atrás deles, sua mão cega descansou sobre algo bastante diferente. Uma pequena caixa, talvez com dez centímetros quadrados em cada lado, esculpida intrinsicamente com símbolos em todos os seis lados dourados.

Harry soube o que era no instante em que a trouxera à luz. Era uma caixa de segredo, uma peça mais valiosa e perigosa do que todo o restante da coleção de Goode junto.

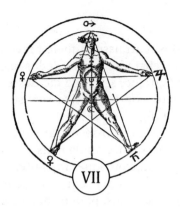

Os dedos de Harry moveram-se pela caixa sem a necessidade de instrução, ávidos para se familiarizarem com a sensação do objeto. A caixa, ao contato de seus dedos curiosos, liberou uma série de estímulos, que fez Harry sentir um calafrio na barriga; então, depois de oferecer aquele gosto de êxtase, ela repentinamente o rejeitou, deixando o detetive vazio. Ele tentou reproduzir os movimentos que fizera no primeiro contato com o objeto, mas o êxtase não seria concedido uma segunda vez. Se quisesse mais, Harry sabia, pelas histórias que escutara, teria de resolver o quebra-cabeça que a caixa apresentava.

Ele se levantou e inclinou-se na prateleira de livros para examinar melhor o objeto reluzente. Jamais havia visto uma caixa de segredo até então. Batizados em homenagem ao projetista francês, aqueles objetos eram conhecidos apenas como caixas de Lemarchand. Porém, em outros círculos mais especializados, os cubos eram chamados com um nome mais fidedigno: Configuração do Lamento. Existe um número desconhecido daquelas caixas no mundo. Algumas, como aquela, estavam escondidas, mas muitas ficavam à disposição dos apetites e desejos humanos, tendo causado muitos danos terríveis. Resolver o quebra-cabeça significava abrir uma porta para o Inferno, ou era o que as histórias diziam. O fato de a maioria das pessoas que resolveram o enigma ser gente inocente, que as encontrara por acaso, parecia não ter a menor importância para o Inferno e seus agentes demoníacos. Aparentemente, uma alma era uma alma.

Ainda que conhecesse bem o perigo de uma Configuração do Lamento, Harry não conseguiu convencer-se a colocá-la de volta ao lugar, atrás dos jarros. Ele deixou que o prazer espasmódico sentido pelas pontas dos dedos o atraísse. Aquele breve contato com a caixa o instigara de modo arrebatador, e seus dedos não conseguiam esquecer a sensação, de modo que, sem que ele desse a ordem, suas mãos já investigavam o objeto, como se estivessem se familiarizando novamente com um velho amigo.

Harry as observou, sentindo-se estranhamente alheio ao movimento frenético que imprimia, e ainda mais alheio às possíveis consequências. Ele poderia parar a qualquer instante, disse a si próprio, mas por que parar tão rápido se podia sentir pequenos gorjeios de prazer subindo dos dedos para as mãos, para os braços e por todo o seu corpo cansado? Ele tinha bastante tempo para pôr fim àquilo antes que se tornasse perigoso. Então, por que não gozar a panaceia que a caixa oferecia, enquanto amainava as dores em suas juntas e costas e mandava um fluxo de sangue para sua virilha?

Naquele momento, a lembrança não tão distante de Sacana, as humilhações em St. Dominic e outros fantasmas de muitos passados não lhe causavam qualquer dor. Era tudo parte de um padrão, como as laterais da caixa de Lemarchand; com o tempo, tudo se encaixaria na grande trama — ou foi o que seus pensamentos desembaraçados o convenceram. De repente, uma sutil vibração da caixa, e Harry lutou para focar-se mais claramente na natureza do poder em sua mão. Sabia que ela estava se resguardando, escondendo seus propósitos sinistros atrás das dádivas do prazer e da validação.

Largue isso, Harry disse a si próprio. Mas seu corpo estivera embotado por tanto tempo (algum filão calvinista dentro de si negava qualquer coisa que cheirasse a autoindulgência, como se isso pudesse enfraquecê-lo quando a batalha começasse, como um dia ele sabia que aconteceria), que aquela alegria nascida dos dedos bastou para seduzi--lo por um momento, tirando-o daquela estreita estrada pela qual caminhara com tanta obsessão.

Em tempo, ele não largou a caixa, mas continuou a investigá-la com algo bastante próximo da ternura. O enigma estava sucumbindo a ele com uma facilidade que inspirava desconfiança no limiar de seus pensamentos. Começou a revelar suas entranhas, as superfícies tão intrincadamente inscritas quanto os seis lados externos. Os dedos dele não podiam errar agora. Eles deslizavam, pressionavam, afagavam; e, a cada estímulo, a caixa respondia com seus próprios floreios: deslizando seus lados para revelar um interior labiríntico de mecanismos florescentes e semeados.

Harry teria se perdido naquele magnetismo se não tivesse sido envolvido por uma súbita golfada de vento frio não natural, que transformou a doçura da excitação que sentia nas costas e na fronte numa capa de gelo. O feitiço quebrou-se instantaneamente, e seus dedos — desta vez movidos pela instrução — soltaram a caixa a seus pés. Ela fez um som estranho dentro do estreito espaço, como se algo bem maior tivesse atingido o chão. O Cordão Yart havia retornado.

"Ah, pelo amor de Deus", Harry disse.

Para sua surpresa, ele recebeu uma resposta. Dois pequenos jarros na prateleira de cima giraram e caíram ao chão, se espatifando. A presença espectral causara tamanho calafrio que seus dentes rangeram.

"No. Go. Yart", Harry falou, a voz envolta em irritação.

O ar frio se dissipou. Assim que o Yart atendeu ao comando dele, uma sintonia banal surgiu do chão, emitida pela Configuração do Lamento que permanecia reluzindo em meio às jarras despedaçadas e seus conteúdos espalhados.

"Que diabo...?", Harry falou.

Era para aquilo que Goode atraíra a atenção de Harry. Embora tivesse soltado a caixa, a amaldiçoada coisa assumira a responsabilidade de resolver o próprio enigma. Para Harry, aquilo era uma novidade. Sempre que encontrara alguma referência ao objeto, a vítima assinava a garantia da própria morte ao resolver sozinha o quebra-cabeça.

"Essas coisas não se resolvem por si só, certo?", o detetive perguntou para o ar.

Várias das pequenas garrafas bateram umas nas outras.

"É uma resposta da qual não tenho muita certeza", Harry observou.

O fantasma passou por trás dos livros, derrubando cada terceiro ou quarto volume no chão.

"Seja lá o que está querendo me dizer..."

Harry não terminou a sentença porque sua pergunta estava sendo respondida. E a resposta era sim. A caixa, de fato, resolveu a si própria, com as peças de sua anatomia interna deslizando e erguendo o corpo do objeto. As partes que surgiam eram assimétricas, fazendo com que a caixa virasse de lado. Agora, havia espaço para instigar o estágio seguinte de sua própria resolução; uma separação em três direções da superfície de cima, que fez liberar uma ondulação perceptível de energia que trazia o sutil, porém discernível, odor de leite coalhado.

As manobras da caixa ganharam velocidade e, olhando para ela, Harry decidiu que era hora daquele jogo terminar. Ele ergueu o pé e pisou nela, com a intenção de destruí-la. Não deu certo. Não porque seu peso era insuficiente para tal, mas sim porque a caixa tinha um mecanismo de defesa com o qual ele não contava que, de algum modo, forçou seu pé para o lado quando estava a menos de alguns centímetros do alvo, fazendo com que se desviasse como uma sola de borracha pisando em rocha escorregadia. Ele tentou mais uma vez e fracassou novamente.

"Que merda", ele pontuou, soando bem menos indiferente do que se sentia.

A única opção que restava era sair do local antes que os pescadores que haviam lançado aquela isca brilhante viessem recolhê-lo. Ele passou por cima da caixa, que continuava a resolver os próprios enigmas. Harry achava que aquele era um bom sinal, já que indicava que a porta para o Inferno ainda não fora aberta. No entanto, mal tinha se confortado com esse pensamento, e as paredes da passagem começaram a sacudir. Pequenos tremores, em questão de segundos, progrediram para o que ele sentia serem golpes poderosos, desferidos de todos os lados contra o estreito espaço. Todos os itens nas prateleiras que não haviam sido derrubados pelo fantasma de Goode vieram abaixo: os demais livros, grandes e pequenos, os jarros com os espécimes e todas as outras bizarrices da coleção.

As paredes em que as prateleiras estavam afixadas começaram a rachar do chão ao teto, e feixes de luz fria escaparam das fendas. Harry conhecia por experiência própria a natureza daquela luz e o que ela trazia. Um observador casual poderia tê-la considerado azulada, mas isso ignoraria todas as suas nuances. Aquela era uma palidez contagiosa; a cor da dor e do desespero.

Harry não precisava de sua Coceira Incoçável, pois a obra de Caz estava enlouquecendo, alertando-o com fisgadas e tremores que aquele não era um bom lugar para se estar. Ele estava prestes a seguir os conselhos da tatuagem, chutando para o lado tudo que caíra das prateleiras, para conseguir chegar à saída. Porém, ao fazê-lo, a curiosidade levou a melhor e, por um momento, o detetive parou para olhar pela rachadura que se alargava atrás das prateleiras à sua direita.

O vão na parede estava com pelo menos trinta centímetros de largura e abria cada vez mais. Ele julgou que algum horror imprevisível estava vindo através da passagem; um vislumbre era tudo de que ele precisava, o bastante para que pudesse contar a Norma algo ainda mais interessante do que tinha antecipado.

Porém, para a surpresa e certo desapontamento dele, não havia demônios à vista. O que ele pôde ver através da rachadura na parede foi uma paisagem vasta. Ele deu uma rápida olhadela para as demais rachaduras, mas viu apenas a mesma luz fria e morta, e escutou o som de um vento forte que soprava ao longo da imensidão que tinha diante de si, levantando todo tipo de lixo do chão — nada particularmente infernal; apenas sacos plásticos, folhas de papel sujo e poeira marrom. Parecia uma zona de guerra.

Agora ele conseguia ver os padrões de velhas ruas de paralelepípedos entrecruzando o terreno e, em alguns pontos, as ruínas de algum edifício antigo que provavelmente estivera no local em questão. Entretanto, à distância, surgindo por detrás do véu de fumaça cinza, prédios inteiros, milagrosamente poupados do bombardeio que tinha derrubado todo o resto, ainda estavam de pé. Em tempos melhores, eles haviam sido belos, o que o surpreendeu. Em sua elegância, pareciam refugiados das antigas cidades da Europa.

O vão na parede agora estava do tamanho de uma porta, e Harry tinha avançado um ou dois passos através dele, sem nem ter consciência de tê-lo feito. Não era todo dia que um homem tinha um vislumbre do Fosso. Ele estava determinado a absorver tanto quanto possível daquela oportunidade. Mas, em sua avidez para compreender toda aquela vista, se esqueceu de olhar para os pés.

Estava no degrau de cima de uma escadaria de pedra, cuja base desaparecia em meio a uma névoa cinza-amarelada. E, daquela névoa, uma figura emergia. Era um homem nu, os braços magricelas, a barriga, um cântaro, os músculos do peito cobertos por uma camada de gordura que se parecia com seios rudimentares. No entanto, foi a cabeça que atraiu o olhar pasmo de Harry. O homem havia claramente sofrido terríveis experimentos, com consequências tão severas que Harry mal acreditava que o paciente ainda estava vivo.

A cabeça fora cerrada através do osso, do topo do crânio à base do pescoço, cortando ao meio o nariz, a boca e o queixo, deixando apenas sua língua inteira, que descansava à esquerda da boca. Para impedir que ossos e músculos voltassem à posição natural, um grosso bastão de ferro, talvez com doze centímetros de comprimento, tinha sido enfiado dentro do vão da cabeça dividida.

Porém, o pedaço de ferro fazia mais do que apenas manter as duas metades separadas; ele também — por meio de algum truque em sua estrutura — empurrava as metades da sua posição frontal, direcionando o olhar do homem num ângulo de quarenta e cinco graus em cada direção. Aquela cirurgia cruel deixara a vítima com uma aparência reptiliana, os olhos esbugalhados encarando direções opostas e, como resultado, conforme caminhava, ele girava a cabeça numa direção e depois na outra, para manter o olhar fixo em Harry.

Como a anatomia de um ser humano, ou mesmo sua sanidade, poderia ter sobrevivido a uma reconstrução tão pavorosa estava além da compreensão do detetive. Mas sobrevivera e, apesar de possuir incontáveis outras partes de sua anatomia também cortadas, depiladas, marteladas e rosqueadas, o homem subia as escadarias na direção de Harry com incrível facilidade, como se tivesse nascido naquelas condições.

"Hora de ir", Harry disse a si próprio, embora sua curiosidade estivesse longe de ser satisfeita.

Ele sabia como selaria a porta, presumindo que o método convencional de reverter o feitiço — fechar a caixa que fizera a conexão — não estava disponível. Ele usaria uma das três peças da magia — Encantamentos Universais (os magos os chamavam de U-eez) — que cumpririam a tarefa sem a necessidade de muita preparação.

O homem bifurcado continuava a vir na direção dele, quando uma voz penetrante saiu da névoa.

"Felixson. Rápido."

O homem bifurcado congelou.

Enfim a presença daquela coisa mutilada nas escadas fez sentido. Ela não estava só. Era propriedade de algum poder maior que, aparentemente, acelerara sua subida, de modo que sua forma ficou lentamente mais clara. Era um homem trajando as vestes negras e eternas dos Cenobitas, uma ordem infernal de sacerdotes e sacerdotisas.

No entanto, aquele não era um Cenobita qualquer concretizando suas tarefas de sempre de aprisionar almas numa rede de prazeres prometidos. Aquele era um figurão no panteão do Inferno que muitos incapazes de dizer o nome de três anjos conseguiriam reconhecer. Alguém até mesmo lhe dera um apelido que rapidamente tornou-se popular. Ele era chamado de Pinhead; um epíteto que, conforme Harry via agora, era tão apropriado quanto insultuoso. Um padrão de estrias quadrangulares, lembrando o modelo de um tabuleiro de xadrez, tinha sido entalhado em sua pele pálida, e onde as linhas se cruzavam, os alfinetes que lhe valeram o apelido (na verdade, não alfinetes de fato, mas pregos robustos) haviam sido martelados até penetrar os ossos e o cérebro.

Harry não permitiu que o choque de reconhecê-lo o segurasse por mais do que um instante. Deu um passo para trás, para dentro do quarto estreito e caótico atrás de si e murmurou cinco palavras de um Encanto Universal:

"Emat. Thel. Mani. Fiedoth. Uunadar."

O demoníaco Sacerdote do Inferno escutou o encanto e gritou para sua fera:

"Pegue-o, Felixson! Rápido!"

Em resposta à instrução de Harry, a matéria entre as realidades já se costurava de volta, um véu se espessando entre este mundo e o Inferno.

Contudo, Felixson, o homem bifurcado, foi mais rápido do que o encanto. Antes mesmo de chegar ao topo da escadaria, ele saltou para o portal, usando o corpo para manter o véu aberto conforme mergulhava. Harry recuou até a porta que o levaria para o quarto cinza vazio. Mas a curiosidade mórbida, uma das incontáveis matizes de curiosidade que Harry possuía, o impediu de sair do apertado cômodo escondido, antes que pudesse dar uma olhada mais próxima na criatura chamada Felixson, que entrava agora no espaço estreito e, aparentemente, esquecera seu propósito no instante em que o fizera. O detetive observou aquele arremedo de homem abaixar sua abominável cabeça e examinar os restos da biblioteca de Goode.

Então, para a surpresa de Harry, Felixson falou, ou chegou tão próximo de fazê-lo quanto o seu palato dividido permitia.

"Livroosshh...", ele disse em meio a gotículas de saliva voando de sua boca.

Um tipo de ternura tomou conta da criatura, que se sentou com os dois lados de sua cabeça sorrindo.

"Livros?", Harry murmurou, enquanto Felixson apanhava a bagunça que se tornara a biblioteca secreta de Carston Goode.

A voz dele bastou para arrancar a criatura de seu devaneio. Felixson soltou o grimório que estava adoravelmente examinando e olhou para Harry.

"Você! Fiiica!", ele disse.

"Não."

Harry levantou a mão e a deslizou por trás da estante de livros que estava entre ele e Felixson, empurrando-a com toda a força. A sala era estreita demais para permitir que a estante caísse até o chão, de modo que ela bateu nas prateleiras da parede oposta, derrubando o restante de seus conteúdos.

Quando ela caiu, Harry foi para a porta, que havia se fechado, e chegou à sala cinza. Atrás de si, escutou o barulho de madeira se partindo enquanto Felixson despedaçava o gabinete para alcançar a porta. Harry a fechou. Ela trancou automaticamente e, mais uma vez, a ilusão da porta invisível estava completa. No entanto, não permaneceu assim por muito tempo. Supostamente possuído por uma força sobre-humana, o monstro trombou com a passagem, arrancando de suas dobradiças a porta oculta na parede .

"Morra agora, detetive!", Felixson disse, saindo do pequeno gabinete. Antes que Harry pudesse processar o conhecimento inexplicável que Felixson tinha de sua profissão, uma luz vinda de dentro da saleta estreita queimou com súbita ferocidade, iluminando tudo com a lucidez desordenada de explosões de raios. Como se pontuando a demonstração, uma corrente com um gancho na ponta saiu de dentro da pequena sala e chicoteou na direção de Harry, emitindo um som parecido com uma lamúria. A resposta de Felixson foi cair imediatamente no chão, fazendo o melhor para proteger suas cabeças. Enquanto isso, a tatuagem que Caz adicionara recentemente ("Porque", o tatuador afirmara, "você merece, cara") estava coçando absurdamente, com uma sensação desagradável e inequívoca: *Isso é uma ameaça de morte.*

Harry, porém, não era o alvo do gancho, e sim a porta atrás dele, para onde a corrente se arremessara com força considerável. A porta bateu e o gancho prendeu-se à maçaneta, enrolando a corrente várias vezes em volta do metal mosqueado. Finalmente, o interesse cedeu lugar a um pânico mais nivelado, e foi quando Harry titubeou até a porta e tentou abri-la. Ele conseguiu abrir alguns poucos centímetros antes de sentir uma dor aguda no pescoço e uma onda de calor úmido que se dividiu em seu ombro, correndo pelas costas e pelo peito.

Um gancho o tinha penetrado, mas Harry não deu atenção e continuou a tentar abrir a porta. Rangendo os dentes e ignorando a dor que sabia que viria quando se libertasse, soltou uma série de pragas e puxou a porta, mas o gancho em seu ombro penetrou ainda mais fundo. Então, a corrente à qual ele estava preso retesou, e Harry foi puxado para longe da porta e de qualquer esperança de fuga.

"Não se incomode em correr, Harry D'Amour," o Cenobita falou. "Pois não há para onde ir."

"Você... sabe o meu nome", Harry disse.

"E você, sem dúvida, sabe o meu. Diga-me, Harry D'Amour, quais palavras ouviu serem sussurradas que o fizeram deixar de lado os confortos do lugar-comum para viver, como me foi dito que vive, envolvido em constantes conflitos contra o Inferno?"

"Acho que você pegou o Harry D'Amour errado."

"Sua modéstia me nauseia. Seja fanfarrão enquanto ainda tem fôlego para isso. Você é Harry D'Amour: detetive particular, flagelo do Inferno."

"Parece que esses pregos furaram muita massa cinzenta."

"Você é um clichê magnífico. Ainda assim, tem costurado esperança demais em muita sujeira indigna. Contra todas as expectativas, ela cresceu e se espalhou, e, a despeito da chance de sua sobrevivência ser mínima, ela prosperou; seu presente para os amaldiçoados e desesperados. Um presente que hei de exterminar."

O Cenobita fez um gesto com a mão esquerda e outro gancho e corrente atravessaram a porta, desta vez oscilando rente ao chão como uma serpente e, então, de repente saltando sobre o peito de D'Amour. Harry sentiu os desenhos de talismãs interligados que Caz pintara em seu peito convulsionarem, e o gancho foi arremessado para trás com tamanha força que bateu contra a parede oposta, enterrando sua ponta no reboco.

"Inspirador", observou o Cenobita. "O que mais aprendeu?"

"Espero que o bastante para impedir que fique igual àquele pobre--diabo", D'Amour respondeu, referindo-se ao ainda deferente Felixson.

"As aparências enganam. Devia saber disso. Você está na presença de um dos magos mais renomados do planeta."

"Quê..." As palavras repentinamente tocaram um acorde na memória de D'Amour. Ao longo dos últimos anos, os magos mais poderosos do mundo vinham sendo sistemática e ritualmente massacrados. Ninguém sabia por quê. Harry, agindo como detetive, começava a juntar as peças.

"Felixson?", ele murmurou. "Conheço esse nome de algum lugar. É... Theodore Felixson?"

"O último do Círculo Supremo."

"Que merda aconteceu com ele?"

"Poupei a vida dele."

"Se a salvação é assim, eu abro mão dela."

"A guerra não é nada além da continuação da diplomacia por meios alternativos."

"Guerra? Contra quem? Um bando de magos mimados?"

"Talvez você descubra. Talvez não. Obrigado por aceitar nossa isca e abrir a caixa."

"Isca? Isso foi a porra de uma armadilha?"

"Você devia se sentir honrado. Embora eu não consiga ver o que o distingue do resto dos vermes, sua reputação o precede. Proponho um teste. Deixarei Felixson aqui para cuidar de você. Se ele fracassar, voltarei a você com uma oferta que não poderá recusar."

O Sacerdote do Inferno virou-se para sair.

"Quer que eu lute contra essa coisa aleijada?", D'Amour perguntou.

"Como falei, as aparências enganam."

Dito isso, o Cenobita tirou um facão e um gancho de seu cinto e os jogou diante de Felixson, que rapidamente os apanhou, sentindo o peso das armas. Um maligno sorriso duplicado, ainda mais grotesco por conta de sua sinceridade, apareceu no rosto fendido.

"Gancho!", ele bradou em excitação para o Cenobita, que estava voltando através da passagem dentro da biblioteca secreta de Carston Goode. "Você nunca... deu...", ele estava se esforçando para acertar as palavras, "...gancho."

"Ao vitorioso, concederei mais espólios."

Houve um breve ruído, como um trovão distante. Depois, ele desapareceu junto com o Sacerdote do Inferno.

"Então é com a gente", Harry disse e, antes que Felixson pudesse atacar, ele apanhou sua arma e disparou duas vezes no coração da criatura.

As balas abriram dois buracos no peito do monstro, mas não o mataram, e as bocas do mago voltaram-se para cima, num sorriso arrogante.

"Estúpido Da More. Não pode matar Felixson. Nunca!"

"Você diz isso como se fosse uma coisa boa."

"A melhor!"

"Você está muito errado", D'Amour respondeu.

"Morra. Descobre quem está errado", Felixson disse, investindo contra Harry, agitando a corrente contra ele como um chicote.

Felixson apontou para Harry e disse algo incompreensível para o gancho. Ele voou de suas mãos, foi até o detetive e mergulhou em sua virilha, cortando a carne macia e saindo por outro ponto; dois ferimentos pelo preço de um.

Harry urrou de dor.

Felixson puxou a corrente de volta através da carne da coxa de Harry. O gancho voltou para ele, que o arremessou novamente. Mais uma vez, a arma investiu, acertando o lado oposta da virilha dele.

"Bom", Felixson disse. "Só mais um gancho e adeus *pequeno* Da More."

Harry mal teve tempo de reagir à promessa de emasculação de Felixson. Sua atenção fora atraída para a porta de entrada. Ela estava sacudindo violentamente, como se animais selvagens estivessem tentando arrebentá-la.

"Que *isso*?", a criatura perguntou, observando a porta também.

"Não tenho... a menor ideia", Harry respondeu, agarrando-se à consciência.

A porta não aguentaria muito mais contra a pressão que estava sofrendo. A madeira ao redor das dobradiças e da fechadura estava cedendo, lançando farpas de madeira e lascas de tinta.

"Quem?", Felixson perguntou. "Eu mato Da More. Se você entrar."

A aberração grunhiu e recolheu a corrente, arrancando o gancho da coxa de D'Amour em um só movimento. As veias no pescoço de Harry pulsaram quando ele soltou um grito gutural.

"Viu!", Felixson berrou para a porta, enquanto acariciava afetuosamente a curva letal do gancho ensanguentado.

Felixson emitiu um terceiro encanto e, mais uma vez, a corrente com cabeça de gancho serpenteou contra Harry como uma cobra preguiçosa, a cabeça elevada durante a investida contra a virilha de Harry. Uma apavorada colagem de imagens sexuais irrompeu através do terror que o detetive sentia — ele se masturbando atrás do ginásio da St. Dominic com Piper e Freddy, a garota (era Janet ou Janice?) com quem transara num ônibus noturno indo para Nova York e as adúlteras choronas que estavam dispostas a pecar um pouco mais ao se oferecerem para dobrar as propostas de Harry. Essas e uma centena de outras lembranças percorreram sua mente conforme o instrumento abria caminho para arrancar sua masculinidade.

Então, sem aviso, ele cessou sua aproximação preguiçosa e atacou. Harry não estava disposto a permitir que aquela coisa o emasculasse sem lutar. Ele esperou até que o gancho estivesse a poucos centímetros de suas calças e o agarrou em pleno voo com a mão direita e a corrente, logo atrás, com a esquerda. A corrente começou imediatamente a se debater brutalmente para libertar-se do aperto dele.

"Idiota!", Felixson gritou. "Você tudo piorou!"

"Cala a boca, filho da puta!", Harry retrucou para Felixson. "Cretino puxa-saco."

"Mata Da More!", Felixson ordenou às correntes ofídias.

As mãos suadas de Harry estavam perdendo lentamente a aderência no metal sujo de sangue. Mais alguns segundos e o gancho o acertaria. Ele se aproximava da virilha do detetive ao que as palmas suadas o deixavam na mão. A castração era iminente. Harry viu, com o olho da mente, o gancho mergulhando na carne de seu pinto.

Segurou a corrente com o resto das forças e soltou um grito primitivo de protesto e, como se respondesse à deixa, a porta finalmente sucumbiu a quem queria entrar. A fechadura voou e a porta foi arremessada para o lado, batendo com tanta força na parede adjacente que uma chuva de pedaços de reboco caiu no quarto, como uma tempestade de pó. Harry sentiu um sopro de ar gelado contra seu rosto. O amigo de Harry, Cordão Yart, atravessara a porta selada e estava mais uma vez sobre ele. Mas, desta vez, Harry sentiu que o Yart não estava só.

Infelizmente, a abertura da porta não desviou o gancho de açougueiro de suas intenções. Ele ainda pretendia atacar a virilha de Harry e nem mesmo seu aperto firme, com as falanges esbranquiçadas por causa da força, conseguia impedir que a corrente se aproximasse de suas partes íntimas. Harry sentiu a presença fria de um espírito movendo-se em volta de sua mão, agradecendo pelo frescor. A presença refrescou seu corpo desgastado, secou as palmas e devolveu a força a seus tendões. Ele empurrou a corrente para trás uns bons doze centímetros, então jogou a coisa no chão e colocou o gancho debaixo do seu joelho.

"Toma essa, cretino", Harry disse.

A corrente-cobra não ficou nada satisfeita com isso. Mesmo aprisionada sob o peso de Harry, ela ainda tentava se libertar, e era apenas uma questão de segundos, ele sabia, antes que conseguisse, pois os ferimentos nas coxas sangravam profusamente e o pouco que restara de suas forças em breve desapareceria. Porém, a presença dos fantasmas o acalmara e confortara. Ele não estava mais sozinho naquela luta. Tinha aliados — só não conseguia vê-los. Mas, aparentemente, Felixson sim. Os olhos do homem tinham se arregalado e ele descansou sua cabeça partida sobre o ombro esquerdo, depois sobre o direito, movendo-se de um lado para o outro no ponto onde estava, como se quisesse avaliar a força dos novos inimigos, falando com eles todo o tempo.

"Felixson vai pegar vocccês e fazer comer vocês!" Ele cambaleou, investindo contra os espíritos invisíveis, murmurando encantos, maldições ou ambos, enquanto tentou apanhar um deles, rodopiando pelo cômodo.

Com a atenção de seu invocador redirecionada, a corrente lentamente perdeu sua vontade de agir e os espasmos morreram. Com cautela, Harry tirou o joelho de cima dela e a apanhou. Desta vez, temia não ser capaz de ficar consciente. No entanto, ele teve ajuda, ao que um dos espíritos gelados, aparentemente sentindo sua aflição, envolveu seu corpo como um bálsamo etéreo.

Embora a dor não tivesse diminuído, o espírito o afastou dela, levando-o para algum recôncavo de sua alma onde ele jamais estivera antes. Era um lugar numinoso, repleto de pequenos jogos para encantar seu corpo esgotado pela dor.

Então, a presença dentro dele pareceu falar. Harry a escutou dizer *Prepare-se* e, enquanto a última sílaba ainda reverberava dentro de si, o sonho balsâmico evaporou e Harry estava de volta ao quarto com Felixson que, por mais impossível que fosse de acreditar, parecia ter ficado ainda mais insano. Ele apertara alguma coisa invisível contra a parede e a estava destruindo. Em sua agonia, a vítima invisível emitia um grito agudo.

"Diga amigos mortos!", Felixson falou, seu discurso decaindo conforme o frenesi crescia. "Diga amigos mortos como você. Diga eles que Felixson acaba com eles! Se meter nos assuntos do Inferno? Nunca! Ouviu? Diga!" Ele torceu os dedos no ar vazio e sua voz subiu uma oitava. "Não ouvi nada!"

Embora Harry não conseguisse ver os fantasmas, podia senti-los e também a agitação deles. As ordens de Felixson pareciam apenas deixá-los nervosos. O cômodo inteiro começou a vibrar; as velhas tábuas se lançavam de um lado para o outro em fúria, abrindo rachaduras na parede sempre que a atingiam.

Harry assistiu aos seus aliados arrancarem vários pedaços do gesso do teto e, na nuvem de pó que se erguia do chão quando esses pedaços caíram, achou ter visto os fantasmas, ou pelo menos, um contorno vago deles. Rachaduras surgiram no teto, ziguezagueando ao longo do gesso. A lâmpada pendurada se balançava, fazendo a sombra de Felixson pinotear enquanto os espíritos se moviam pelo local; o desejo deles de destruir Felixson e aquele lugar era palpável. Ficou claro que os fantasmas estavam tentando pôr a casa abaixo. Pó de reboco preenchia o quarto como uma névoa branca.

Felixson voltou a olhar para Harry.

"Harry Da More eu culpo! Ele paga!"

Felixson alcançou a corrente, e Harry viu quando a névoa branca foi movida para o lado por um fantasma, sua descida espelhada por um segundo espectro vindo da direção oposta e se interceptando na corrente que, atingida no ponto exato em que os fantasmas se cruzaram, partiu-se ao meio, deixando um pedaço de vinte centímetros de metal preso ao gancho. O golpe gerara um ferimento na testa de Felixson. O mago não estava preparado para aquilo. Ele praguejou e limpou o sangue do olho direito.

Então, mais dois fantasmas convergiram não só no que restara da corrente, mas diretamente na mão que a segurava. Antes que Felixson pudesse soltá-la, os espíritos atacaram a mão dele. Ao se encontrarem, fragmentos de carne, ossos e metal explodiram. Com Felixson ferido e desarmado, os espíritos começaram a destruir o covil de iniquidades de Carston Goode. O local inteiro sacudiu. A lâmpada no centro do quarto brilhou de modo sobrenatural e, em seguida, se apagou.

Harry percebeu que era hora de sair dali. Ele estava a dois passos da porta quando a segunda tatuagem que Caz lhe dera, um sigil de alerta no meio de suas costas, mandou um pulso que se espalhou por todo o corpo. Ele se virou bem a tempo de sair da frente de Felixson, cujos lábios estavam recolhidos para expor os dentes chanfrados. Ele mordeu o ar onde a cabeça de Harry estivera dois segundos atrás, e o impulso que dera o fez ir de encontro à parede ao lado da porta.

Harry não deu a Felixson chance de atacar uma segunda vez. Ele saiu pela porta, ganhando o corredor. Os fantasmas estavam num estado alucinado, em todos os lugares, arremessando-se para a frente e para trás. Eles batiam nas paredes como martelos invisíveis. Àquela altura, o reboco já tinha sido removido, expondo as ripas por debaixo dele. Houve um estrondo de destruição do outro lado do corredor, sugerindo que as escadas haviam sido destruídas com o mesmo gosto que as paredes, mas o pó e a escuridão conspiravam para limitar a visão de Harry a apenas um palmo do rosto. Apesar dos sons de algo desfazendo-se diante de si, ele não tinha escolha senão arriscar.

Enquanto isso, as tábuas no chão se contorciam e gemiam, cuspindo os pregos que as mantinham no lugar. Harry passou por elas o mais rápido que conseguiu, atravessando um cômodo que agora era uma parede de pó sufocante e por sobre as tábuas se debatendo. As ripas de madeira sucumbiam aos golpes dos corpos espirituais ainda mais rápido que o reboco. Harry cruzou os braços diante do rosto para se proteger das farpas que atravessavam o ar. Ele corria às cegas. Pela terceira vez, a presença gelada interferiu, adentrando Harry e falando como um trovão em seus ouvidos.

Para trás! Agora!

Harry respondeu na mesma hora e, ao saltar para trás, Felixson passou por ele, a boca aberta de onde um urro sólido escapava, cessado repentinamente. As escadas tinham desaparecido e algo na forma como o grito de Felixson diminuíra informou aos instintos de Harry que havia um vazio agora sob a casa para onde o cão do Cenobita fora despachado. A julgar pela distância do uivo de Felixson, o vazio era profundo e seria improvável que alguém pudesse sair lá de dentro, ainda mais quando a casa desabasse.

Harry voltou na direção de onde viera. Foi para o quarto dos fundos, tentando não se focar no corredor que colapsava à sua volta, as tábuas desaparecendo na escuridão sobre a qual ele saltava.

Quando voltou ao quarto, o pó do reboco já tinha quase desaparecido, sugado para o vazio abaixo. Havia apenas um único caminho de ripas nada confiáveis entre Harry e o buraco. Mas, ao menos, agora ele tinha uma visão clara de sua última esperança e único alvo: a janela. Confiando que seus pés não o desapontariam, ele cruzou o quarto sem incidentes. Havia uma saliência a umas quatro tábuas da janela, mas não parecia que ficaria ali por muito tempo. As tábuas já tinham perdido a maior parte dos pregos.

Harry começou a arrancar o tecido negro que protegia a janela. Ele tinha sido pregado à armação por alguém obsessivo, mas o trabalho fora feito vários anos atrás, pois o tecido, embora grosso, começava a apodrecer após tantos verões de umidade extrema. Quando puxado, o material rasgou como papel. A luz de fora inundou o cômodo.

Não era luz do sol direta, mas mesmo assim era brilhante e mais do que bem-vinda.

O detetive espiou o lado de fora. Era uma longa descida e não havia nada de ambos os lados. Um cano teria sido adequado. Uma escada de incêndio tornaria a descida plausível. Mas não, ele teria de saltar e torcer pelo melhor. Empurrou o beiral da janela, tentando erguê-lo, mas estava lacrado. Então, deu meia-volta e arrancou uma tábua, diminuindo ainda mais sua saliência. Quando se voltou na direção da janela com sua arma, captou a visão de algo com o canto dos olhos e virou-se para descobrir que não estava mais sozinho no quarto.

Ferido, ensanguentado e coberto de poeira — os dentes arreganhados, os olhos estreitados em duas fendas furiosas —, o cão raivoso de Pinhead, Felixson, o encarava. Embora com certeza tivesse despencado para o vazio, a criatura escalara de volta para concluir o negócio sangrento que havia entre eles.

"Você fez umas coisas idiotas pra caralho, D'Amour...", Harry disse a si próprio.

De súbito, Felixson investiu contra ele, as tábuas despencando conforme pisava. Harry arremessou a tábua que segurava pela janela, despedaçando o vidro, e se esforçou para tentar sair. Uma multidão se reunira lá embaixo. Harry captou fragmentos do que estavam gritando — algo sobre ele quebrar o pescoço, algo sobre apanhar uma escada, um colchão ou um lençol — mas, apesar de todas as sugestões, ninguém se moveu para ajudar caso Harry saltasse, pois não queriam perder aquele momento.

E, dois segundos depois, ele poderia tê-lo feito se tivesse a chance, mas Felixson não estava disposto a perder sua presa. Com um último salto, a monstruosidade cobriu a distância entre eles e agarrou a perna de Harry, cravando os dedos nela, mergulhando-os nos buracos ensanguentados nas coxas de Harry, sua força claramente ampliada pela impiedosa fusão de metal e carne.

Apesar da dor tremenda, o detetive não gastou a energia que lhe restara pondo-a para fora.

"Tudo bem, maldito", ele disse. "Você vem comigo."

Então, se atirou para fora da casa. Felixson o segurou até o beiral da janela, então, talvez por conta do medo de ser visto, o soltou.

Harry se espatifou no asfalto. Ele conhecia bem o barulho de ossos se partindo para saber que com certeza tinha quebrado alguns. No entanto, antes que pudesse pedir a qualquer um dos espectadores uma carona para o hospital mais próximo, a casa emitiu um longo grunhido de rendição e desabou, desdobrando-se em si mesma e caindo sobre o que restara da estrutura; as paredes desmoronando em alguns pontos e, em outros, sessões inteiras de tijolos caindo aos montes. Aquilo aconteceu com velocidade incrível, toda a estrutura indo ao chão em menos de um minuto, seu colapso enfim liberando uma nuvem marrom de poeira.

Enquanto as paredes sucumbiam, o corpo de Harry também cedeu. Uma onda de tremores o atravessou e, mais uma vez, sua visão foi tomada por uma treva pulsante. Desta vez, ela não foi embora, mas se espalhou em todas as direções. O mundo ao redor dele se estreitou até um círculo remoto, como se o estivesse vendo pelo lado errado de um telescópio. O pulso de dor manteve o ritmo com o da nulidade que o invadia; todos se movendo de acordo com sua pulsação cardíaca.

Distante dali, do local para onde sua consciência partia, Harry viu alguém se aproximar em meio à multidão; um homem pequeno, careca e pálido, com um olhar tão penetrante que ele pôde sentir sua intensidade, mesmo estando a quase um mundo de distância. O homem passou pela multidão com facilidade, como se uma presença invisível tivesse aberto caminho para ele. A visão dele deu aos sentidos sitiados de Harry um motivo para se sustentarem um pouco mais, para resistir ao chamado do vazio que ameaçava apagar o local por onde ele caminhava. Mas foi difícil. Por mais que quisesse saber quem era aquele intenso liliputiano, a mente de Harry estava se fechando.

Harry suspirou, determinado ao menos a dizer seu nome para o homem. Mas não precisou.

"Temos de ir agora, sr. D'Amour", o homem disse. "Enquanto todos ainda estão distraídos."

Então, o homem segurou gentilmente a mão de Harry. Quando seus dedos fizeram contato, uma onda de calor atravessou a palma e a dor de seus ferimentos cedeu. Ele se sentiu confortado como um bebê nos braços da mãe. E, com esse pensamento, o mundo enegreceu.

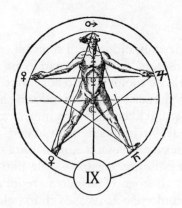

Não houve sonhos no começo. Harry apenas permaneceu deitado nas trevas, sarando e, vez ou outra, retomando a consciência, porque alguém falava sobre ele perto de onde dormia ou, quem sabe, no corredor do lado de fora. Ele não queria acordar e tomar parte na conversa, mas escutou o que falavam ou, ao menos, fragmentos da conversa.

"Este sujeito tinha de estar no hospital, Dale", disse a voz de um homem mais velho.

"Não acredito em hospitais, Sol", respondeu o homem que era Dale, sua voz trazendo o sotaque cadenciado da Louisiana. "Especialmente para alguém como ele, que não vai estar protegido lá. Pelo menos sei que aqui não vão conseguir pegá-lo. Por Deus, tinha um *demônio* na casa da Dupont Street."

"A mesma casa que ele pôs abaixo", replicou o homem chamado Sol.

"*Ele* não fez aquilo."

"Como pode ter certeza? Não gosto disso, Dale", Sol disse. "Seja como for, que diabo foi fazer na Dupont Street?"

"Você sabe dos meus sonhos. Eles me dizem aonde ir e eu vou. Aprendi há muito tempo a não fazer perguntas. Isso só traz problemas. Eu apareci e *ele* estava lá. Eu o trouxe até aqui doando um pouco das minhas energias. Por pouco ele não desabou no caminho."

"Isso foi idiotice da sua parte. Habilidades como a sua devem permanecer em segredo."

"Foi necessário. De que outro modo eu o traria até aqui sem ser visto? Olha, sei que é loucura, mas temos de ajudá-lo a se recuperar."

"Tá bom. Mas, assim que estiver curado, eu quero ele fora daqui."

Dale, Harry pensou. O nome de seu salvador era Dale. Ele não sabia quem era o outro homem da conversa, mas Harry tinha certeza de que o conheceria na hora apropriada. Enquanto isso, havia aquela confortável escuridão onde podia se aninhar — o que ele fez, certo de que estava em segurança.

Houve outras conversas, ou pedaços de conversas, que vieram e se foram como navios noturnos movendo-se pelas trevas. Então, chegou o dia em que, sem aviso, tudo no estado onírico de Harry mudou. Começou com Dale falando com ele, seu rosto próximo do de Harry, de modo que pudesse dizer em sussurros o que precisava.

"Harry, meu querido, sei que pode me ouvir. Você vai receber uma visita hoje. Solomon foi buscá-la. O nome dela é Freddie Bellmer. Ela e Sol são amigos há um bom tempo. Sol acha que a srta. Bellmer poderá ajudar seu corpo a se curar um pouco mais rápido. Se bem que, cá entre nós, às vezes me pergunto se você não está perfeitamente feliz adormecido dessa forma. Sei que passou por maus bocados. Aquela queda foi um deles. Ah, e sinto muito, mas devo informar que seu celular não sobreviveu a ela. Mas estou divagando. Assim que Solomon limpou você, e não me importo de falar que fiquei com um pouco de ciúme por ele não ter me deixado ficar e assistir, ele me chamou para ver suas tatuagens. Não sei o que todas elas significam, mas sei o bastante. Elas são proteções, não? Deus, você me parece um homem que precisa de muitas como essas. Eu... como vou dizer isso?"

Ele fez uma pausa, como se buscasse as palavras certas ou, se já as tivesse, buscasse a maneira mais diplomática de utilizá-las. Por fim, voltou a falar, embora fosse um pouco difícil.

"Eu... sempre soube... mesmo quando era jovem, sabe? Sempre soube que não era igual aos outros garotos. Quando minha mãe morreu — eu nunca conheci meu pai —, fui viver com meu tio Sol. Tinha acabado de fazer seis anos e, assim que o tio Sol pôs os olhos em mim, ele disse 'Deus, veja só as cores que saem de você. É um espetáculo e tanto'. Foi quando soube que minha vida seria diferente da vida dos outros. Eu teria de guardar segredos. E tudo bem, pois sou bom em guardar segredos. E não sei qual é o seu, mas queria que soubesse que, quando decidir acordar, vou acreditar com entusiasmo em qualquer coisa que queira me dizer sobre o mundo fora desta cidadezinha fedorenta. E estou ansioso pelos problemas em que vamos nos meter juntos. Não sei ainda do que se trata, porque meus sonhos não mostraram, mas sei que será uma loucura..."

Então, o suspiro foi substituído pela voz grave de Solomon.

"Você tá beijando ele?"

"Não", Dale respondeu, sem se virar. "Só estamos conversando."

Não foi Solomon quem replicou, mas uma nova voz, a da srta. Bellmer. A voz dela era severa e intensa. Não era feminina como Harry teria esperado. E, como ele logo descobriria, a dona da voz também não era.

"Se acabou de brincar de médico, recomendo que se afaste da cama", a srta. Bellmer disse a Dale, "e me deixe dar uma olhada no paciente."

A voz dela ficou mais alta conforme se aproximava, então Harry escutou as molas da cama protestarem quando a mulher se sentou. Ela não o tocou, mas ele sentiu a proximidade de sua mão conforme ela se movia por seu rosto e depois por seu corpo.

Nada foi dito. Solomon e Dale estavam impressionados demais para interromper a srta. Bellmer durante o exame do paciente.

Enfim, ela falou:

"Não recomendo manter este homem debaixo de seu teto nem um instante a mais do que o necessário. Os ferimentos físicos estão curando bem. Mas... tenho algo...", ela disse, enquanto vasculhava sua bolsa, "...algo que vai ajudá-lo a ficar de pé mais rápido."

A obesa srta. Bellmer se levantou.

"Uma colher de chá disso em meia xícara de água quente."

"O que isso vai fazer?", Dale perguntou.

"Vai lhe dar pesadelos. Ele está confortável demais no escuro. É hora de acordar. Os problemas estão a caminho."

"Aqui?", Solomon disse.

"O mundo não gira em torno de você e de sua casa, Solomon. E este aqui, o sr. D'Amour, será alvo de algumas coisas bem ruins. Me ligue quando ele acordar."

"Ele está em perigo?", Dale perguntou.

"Querido, isso é um eufemismo."

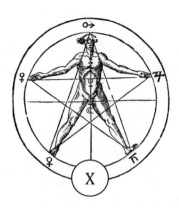

Antes de sair, a provocadora srta. Bellmer deu a Harry sua poção de pesadelos. As energias sutis que o toque dela liberara ainda pulsavam em seu corpo, bem depois que os três cuidadores o deixaram a sós para dormir. Agora, contudo, era um tipo de sonho diferente, como se o tônico da srta. Bellmer tivesse sutilmente reordenado os pensamentos dele.

Fragmentos de significado brilhavam nas trevas, dois ou três *frames* cortados do filme caseiro *O Diabo e D'Amour*. Nunca havia dois demônios iguais. Todos tinham suas propensões monstruosas, e vinham das profundezas do subconsciente para visitá-lo. Havia, claro, a criatura com cara de barro que assassinara Sacana e se deleitara com o fato. Havia o imbecil falante chamado Essência que chegara perto de matar Harry num elevador em queda, uma década atrás ou mais. Houve Ysh'a'tar, o íncubo de New Jersey que o detetive apanhara dando a santa comunhão numa manhã de domingo, na Filadélfia. Outro foi Zuzan, o assassino profano que tomara a vida do amigo e mentor de Harry, o padre Hess, numa casa no Brooklyn. Havia outros que ele não sabia nem nomear, talvez porque não tivessem nomes. Eram apenas sonhos maliciosos e estúpidos que cruzaram seu caminho ao longo dos anos, às vezes numa rua vazia bem depois da meia-noite, mas também frequentemente em avenidas lotadas ao meio-dia, quando criaturas do Inferno realizam seus atos malignos em plena vista, desafiando os olhos humanos a acreditarem que elas são reais.

Porém, após um período, o desfile de atrocidades minguou, e Harry voltou a afundar nas trevas de onde a chegada da srta. Bellmer o arrancara. Quanto tempo ficou lá, recuperando as forças e se curando, ele não sabia, mas decerto foram muitas horas. Quando enfim saiu da escuridão medicinal, foi ao som de chuva. E não era um ruído leve. A chuva fustigava a janela e o barulho lembrou-lhe de repente o quanto precisava ir ao banheiro.

Ele forçou os olhos a abrirem e viu que estava numa sala iluminada apenas pela luz que vinha da rua. Ao se descobrir, percebeu que estava completamente nu e que não havia sinal de suas roupas, que deviam estar imundas e cheias de sangue após tudo o que ocorrera na Dupont Street. Ao perceber sua nudez, ele observou, pela primeira vez, as feridas das quais estava sarando. Olhou direto para elas. A carne parecia seca, mas, quando tocou o local, não sentiu nada além de um leve desconforto. As pessoas que o tinham resgatado claramente conheciam o ofício da cura. Ele tirou o lençol da cama, enrolou em volta de si e deixou o quarto em busca de um lugar onde pudesse se aliviar. Havia três velas colocadas em tigelas brancas simples, dispostas ao longo da parede do lado de fora de seu quarto. Harry viu que estava no segundo andar de uma casa grande, em estilo colonial francês.

"Olá?", ele chamou. "Estou acordado. E pelado."

Exceto pelo som da chuva batendo no telhado, o chamado dele foi respondido apenas com silêncio. Harry percorreu o corredor acarpetado, passou por outros dois quartos, até enfim encontrar um banheiro. O chão de azulejos lhe deu um arrepio por causa dos pés descalços, mas o detetive não se importou. Tirando o lençol, ele levantou a tampa da privada e liberou o conteúdo de sua bexiga com um suspiro de alívio.

Foi até a pia e deixou a água quente correr. Os canos emitiram uma série de ruídos irregulares; o barulho ecoando nas paredes azulejadas. Ele jogou um pouco de água no rosto e examinou o pálido reflexo no espelho. O ruído nos canos começou a ficar mais alto; ele percebeu que conseguia sentir os lamentos deles através do chão. Então, houve outro som, surgindo em meio aos ruídos dos canos.

Parecia com alguém vomitando — ali, no banheiro, com ele. Não era difícil de rastrear. O barulho estava vindo da banheira, ou melhor, de seu ralo que, Harry via agora, estava regurgitando uma água cinza-escura, trazendo consigo um emaranhado de cabelos negros e o que pareciam nacos de excremento reciclado. Um fedor inconfundível veio cumprimentá-lo das trevas: o de restos humanos.

Era um cheiro com o qual Harry estava lamentavelmente familiarizado, embora ainda carregasse poder. O fedor não era só repugnante, era também um lembrete de locais onde ele estivera e de valas que tinha descoberto, onde os mortos jaziam deitados e decompostos, as peles mal contendo o movimento dos vermes para os quais haviam se tornado um lar.

O trabalho de Caz se pronunciou. Não havia dúvida: ele acordara há menos de cinco minutos e já estava encrencado. As águas infectas e sua carga nauseabunda tinham vindo para ferir Harry. O modo como o fariam não era um enigma que ele pretendia resolver. O detetive apanhou suas roupas improvisadas do beiral da banheira, voltou a enrolar-se nelas e seguiu para a porta. Ele a tinha fechado quando entrara, mas, uma vez que não havia nem chave nem ferrolho para assegurar qualquer privacidade, ficou surpreso ao descobrir que, quando puxou a maçaneta, ela se recusou a se mover.

Foi um lembrete desagradável das portas da Dupont Street — algumas das quais estavam visíveis, alegremente envoltas em ganchos e correntes, todas conspirando contra ele. Harry virou a maçaneta em ambas as direções, na esperança de conseguir abri-la, mas havia mais do que um mecanismo defeituoso impedindo a porta de se mover. Ele fora trancado lá dentro com... com o quê, não sabia.

Voltou a olhar para a banheira. Os cabelos que tinham surgido de dentro do ralo agora se erguiam até a superfície da água em vários pontos e estavam se juntando, formando o que era o inequívoco contorno de uma cabeça, as águas em movimento, como se um peixe estivesse preso a uma rede. Harry desviou o olhar daquela bizarrice para focar a atenção em tentar sair dali. Ele agarrou a maçaneta com ambas as mãos e forçou brutalmente a porta para abri-la.

"Abra, sua filha da puta!"

No entanto, não houve movimento, nenhum sinal, por mínimo que fosse, de que a porta estava cedendo ao ataque. Ele desistiu da maçaneta e tentou outra abordagem: espancar a porta com os punhos e gritar por ajuda. Gritou repetidas vezes, mas não houve resposta — somente o som da coisa que estava com ele no banheiro. Harry olhou duas vezes para a banheira enquanto batia na porta e, em cada ocasião, a forma crua de um ser humano, aglomerando-se com cabelos, água e merda, parecia mais próxima de estar completa.

Na primeira olhadela, viu apenas a cabeça, os ombros e um esboço do busto. Na segunda, o torso já estava completo até a virilha assexuada, os braços sem ossos movendo-se mais como tentáculos do que como membros humanos. A criatura nem tentara criar mãos de seus emaranhados. Em vez disso, ela deslizara e se enrolara até dar a si própria o aspecto de duas cabeças de martelo, sendo que uma golpeou a parede com força assustadora. Os azulejos que ela acertou se esmigalharam, mandando fragmentos longe o bastante a ponto de acertar a pele de Harry.

A intensidade do fedor de excremento aumentara de forma consistente conforme o monstro se erguia e saía de seu local de nascimento, ficando tão agudo que levou lágrimas aos olhos de Harry. Ele as limpou com as costas da mão e, com a vista momentaneamente clara, olhou ao redor em busca de algo que pudesse usar para se defender. Tudo que tinha era o lençol que vestia. Não era muito, mas era melhor que nada. Ele o desenrolou, encarando seu adversário de mãos de martelo. A criatura estava saindo da banheira, derrubando gotas de fluido pegajoso ao fazê-lo.

O fedor era insuportável. Os olhos de Harry voltaram a lacrimejar, mas não havia tempo para limpar a vista agora. A coisa estava fora da banheira, brandindo o braço esquerdo por cima do ombro direito, enquanto investia contra Harry, que abriu o lençol e jogou bem em cima das águas fétidas que formavam a cabeça do monstro. O lençol aterrissou e aderiu como folhas numa calçada molhada.

A criatura ficou desorientada. Se Harry realmente tinha cegado a fera por um momento — o que parecia improvável — ou se apenas a confundira brevemente, o efeito foi o mesmo. A coisa brandiu sua mão-martelo no alto, buscando esmagar a cabeça de sua vítima, mas nos quatro ou cinco segundos entre a cegueira e o golpe, Harry se abaixara, saindo do caminho da martelada.

O golpe errou Harry por centímetros, mas, pela primeira vez, ele sentiu as feridas causadas pelo Sacerdote do Inferno se abrirem por causa dos movimentos súbitos. Sua mão buscou os ferimentos nas coxas e o sangue começou a escorrer pela lateral das pernas e para o linóleo debaixo dele.

O detetive arrastou seu traseiro ensanguentado pelo chão, na esperança de se afastar dos martelos. Somente quando suas costas tocaram os azulejos e ele não podia ir mais longe, que ousou olhar para cima. O lençol provara ser mais valioso do que ele antecipara, absorvendo a imundície cinzenta que havia entre os cabelos trançados da cabeça e das costas, o tecido encharcado agarrado implacavelmente à criatura, muito para a visível frustração dela.

A fera tentou se livrar de seu fardo, mas suas mãos eram feitas para matar, não para mover mortalhas. Então, em seu frenesi, ela jogou o corpo inteiro para a frente e para trás, fazendo com que parte dos fluidos escapasse da frágil jaula que os prendia.

A criatura titubeou e, por um único segundo, Harry temeu que ela fosse cair sobre ele, mas a coisa girou e acabou tombando para o lado oposto, batendo contra a porta. O peso da água e da sujeira em queda bastou para arrancar a porta das dobradiças, derrubando-a sobre o corredor acarpetado.

A queda abriu uma laceração em zigue-zague na lateral da criatura e um líquido escuro verteu do ferimento, sendo instantaneamente absorvido pelo tapete que estava sob o corpo dela. Harry assistiu, fascinado, à criatura sangrar, deixando para trás apenas um cadáver de cabelo e fezes que vagamente se assemelhavam a um corpo humano.

Enquanto ele lutava para se pôr de pé, escutou a voz de Dale.

"Harry? Você está bem?"

Aquilo soou como se Dale estivesse no banheiro com ele. Harry, ainda em choque, examinou o local e viu o papel de parede brilhar como as chamas atiçadas de uma vela. Harry suspirou.

"Porra", ele disse. "Mas nem a pau que eu tô sonhando isso."

Então, ele acordou.

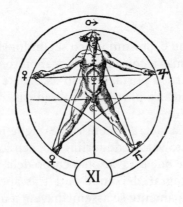

"Eu chamei a srta. Bellmer", disse Solomon, enquanto Dale e Harry se sentavam à sala de estar, tomando bebidas fortes e conversando sobre o que havia acontecido nos últimos dias. Solomon, um homem com pelo menos setenta e cinco anos de idade, era alto e esguio, de cabelos grisalhos. Ele era uns bons trinta centímetros mais alto que Dale e facilmente trinta anos mais velho. "Você tem inimigos, sr. D'Amour?", ele perguntou.

"Perdi a conta antes de me formar na escola", Harry respondeu.

"Ah, por favor", Dale retrucou, com uma insinuação provocadora nos trejeitos.

"Bem, isso explica", Solomon prosseguiu. "Algo o seguiu até aqui e decidiu assassiná-lo enquanto você estava longe de seus protetores de sempre."

"Protetores?"

"O pessoal que sabe quem você *realmente* é", Dale explicou.

"Acho que esses seriam Caz e Norma."

"Só?", Solomon perguntou. "Você não confia em muita gente, não é?"

"A maioria das pessoas em quem confiava não está mais por perto."

"Ah, querido", Dale disse. "Eu posso ser seu amigo."

"Sinto muito", Solomon completou.

"Tudo bem", Harry disse. "Alguns morrem antes da hora. A maioria vive tempo demais."

Antes que um dos dois pudesse responder, alguém bateu firme na porta da frente.

"Deve ser a srta. Bellmer", Solomon disse. "Fiquem aqui."

Solomon foi abrir a porta e a Coceira Incoçável de Harry começou a se manifestar. Harry se remexeu no lugar.

"Qual o problema, Sol?", Harry escutou a srta. Bellmer dizer do extremo do corredor. "Você parece perturbado."

"Ah, não mais que de costume", ele respondeu.

"Agradecemos ao Senhor por esses pequenos presentes. Como está nosso paciente?"

"Bem."

Então, Solomon levou a srta. Bellmer até a sala. Freddie Bellmer pareceu mais do que surpresa ao ver Harry. Tirando a reação dela, o detetive reparou que a mulher tinha um belo rosto: malares altos, grandes olhos pretos e lábios tão perfeitos que pareciam esculpidos. Mas também percebeu que havia algo de estranho em sua estatura (ela era tão alta quanto Solomon) e nas roupas dela (embora coloridas e volumosas, ocultavam cuidadosamente a forma do corpo), o que criava certa ambiguidade.

"Seu tônico funcionou", Solomon pontuou.

"Estou vendo", ela respondeu.

"Detetive D'Amour, conheça a srta. Freddie Bellmer," Solomon disse. "Ela é uma amiga desde... bem..."

"Desde antes de eu ser a *srta.* Bellmer", ela interrompeu. "Tenho certeza de que seu paciente já deduziu. Não é verdade, detetive?"

Harry deu de ombros enquanto se levantava para apertar a mão de Bellmer. "Eu estou de folga."

Dale deu uma risadinha. Bellmer soltou um sorriso largo que, de algum modo, pareceu uma denúncia para Harry. A mulher tomou a mão dele nas delas. Suas palmas calejadas desmentiam seu aperto de mão delicado.

"Você está bem mais vivaz que da última vez que o vi", ela disse.

"Tenho uma boa saúde."

"Sem dúvida. Porém, devo avisá-lo, sr. D'Amour. Não chequei apenas seus ferimentos físicos, mas vi coisas importantes também. A vontade. A alma. Meu Deus, você passou por maus bocados. Você é uma grande cicatriz psíquica. Nunca vi tanta bagunça em toda a minha vida."

"É preciso um para reconhecer o outro."

Dale tentou disfarçar um sorriso, mas estava claramente apreciando o espetáculo.

"Cresça, Dale", disse a srta. Bellmer. "Sua princesinha idiota."

"Pelo menos esta princesinha ainda pode mandar você chupar o pau dela", Dale respondeu.

Agora foi Harry quem disfarçou o sorriso.

"Crianças, sem brigas...", Solomon se intrometeu.

A srta. Bellmer suspirou, levando a mão à testa. "Sol, querido, há alguma chance de termos vodca nessa casa?"

"Agora mesmo", Sol sorriu e foi em busca da bebida, deixando a srta. Bellmer para continuar a conversa com Harry.

"Como se sente?", ela perguntou.

"Vivo", Harry respondeu. Então ele se inclinou até a mulher e sussurrou: "Não graças a você. Admita, você ficou surpresa de me ver quando entrou. Eu me lembro de sua voz. Lembro-me do que aconteceu quando me visitou. E alguma coisa me diz que, se a criatura nojenta de meu sonho tivesse me apanhado, não estaríamos conversando agora. Então, o que eu gostaria de saber é: para quem você vendeu sua alma e em troca do quê".

A srta. Bellmer sorriu, limpou a garganta e disse: "Estou certa de que você não sabe o que está falando, detetive".

"Muito convincente", D'Amour disse, enquanto se afastava de Bellmer e voltava cuidadosamente para o sofá.

"Freddie, acho melhor retocar a maquiagem, querida. Você está branca como um lençol", Dave falou.

"Vá se foder, Dale", Bellmer disse, a voz de repente mais grave. "Quanto a você, D'Amour, eu acho melhor tomar cuidado. Tenho amigos poderosos em lugares importantes. Importantes pra caralho. Estou protegida."

"Acredite em mim", Harry disse. "Eles realmente não dão a mínima pra gentalha como nós. Somos só bucha de canhão pra eles."

"Você não sabe quem eles são."

"Como queira, *senhor*. Mas lhe prometo uma coisa. Vai chegar o dia em que você vai estar lá fora, na chuva, que nem eu."

A resposta de Harry despertara dúvida suficiente na mente da srta. Bellmer para silenciá-la.

Os lábios dela estavam pressionados, enquanto ela se esforçava para não dar mais corda a D'Amour com a qual se enforcaria.

"Nunca vi você tão quieta, Freddie", Dale provocou, feliz em atiçar as chamas. "Qual o problema, boneca? O gato comeu seu pinto?"

Bellmer mandou um dedo do meio longo e de unha feita para os dois. "Tenho algo especial pronto para um monte de gente. E os dois estão na lista agora. Idiotas como vocês vão direto pra vala. Farei com que cavem as próprias covas. Então vou chutá-los pra dentro e tapar o buraco. Fácil. Limpo. Anônimo."

"Santo Deus", Dale falou. "Pra que isso?"

"Você já tentou me matar uma vez", D'Amour disse. "Se tentar de novo, pode ser que eu não goste."

"Vamos ver o quanto vai gostar quando estiver comendo grama pela raiz, filho da puta. Aceite o meu conselho e vá pra casa!"

"Freddie?", Solomon disse. "O que deu em você?"

Solomon tinha vindo da cozinha com uma garrafa de vodca fechada e quatro copos a tempo de apanhar o fim da discussão. A mulher virou-se e viu o desapontamento no rosto do amigo.

"Sol", Bellmer disse, tentando se recompor. "Vim aqui para avisá-lo. Este homem é perigoso. Acho..."

"Eu *acho* que você devia ir embora", Sol abreviou.

Freddie Bellmer levou um tempinho para digerir as palavras de Solomon. Quando ficou claro que ele não voltaria atrás, ela sacudiu a longa cabeleira por sobre os ombros e consultou o relógio, que parecia minúsculo em seu punho largo.

"Veja só", ela disse, tentando manter um mínimo de compostura. "Estou atrasada para meu próximo paciente."

E, sem dizer adeus, ela já havia saído. Houve um momento de silêncio e, então, Dale disse:

"Sempre soube que ela era uma escrota."

Harry tomou o voo do meio-dia para fora de New Orleans no dia seguinte. Ele ofereceu dinheiro a Solomon e Dale pelas muitas gentilezas prestadas, mas claro que eles não aceitaram um centavo, e o detetive sabia que pressioná-los só geraria desconforto, então apenas agradeceu e deu seu cartão, antes de voltar para uma Nova York cinza e chuvosa.

Ao chegar em casa, ficou feliz ao ver que tudo estava como havia deixado. O apartamento estava caótico e a cozinha cheia de latas de cerveja e embalagens de comida chinesa que tinham se transformado em pequenos ecossistemas de mofo. Ele deixou para arrumar tudo outro dia. O que queria era dormir um pouco mais, desta vez sem pesadelos potencialmente fatais. Tirou a jaqueta e os sapatos, cambaleou até a cama e despencou. Mal havia puxado as cobertas quando o sono prevaleceu, e ele afundou em suas profundezas sem resistir.

Após dormir por quase vinte e seis horas, Harry permitiu lentamente que seu corpo dolorido se familiarizasse com o estado de vigília e, após um saudável interlúdio de debates internos, levantou-se e foi para o banheiro com os olhos ainda turvos.

Enquanto sentia a água cair sobre si, Harry imaginou que ela não só limpava os óleos expelidos naturalmente pelo corpo, como também os eventos dos últimos dias. E, enquanto a água lavava da melhor forma possível as lembranças dele, seus pensamentos voltaram-se para os ferimentos. Ele olhou para baixo e viu que as coxas estavam quase totalmente curadas, embora soubesse que teria algumas novas cicatrizes para exibir. Tudo em um único dia de trabalho.

Meia hora depois — de banho tomado, trajando roupas limpas e portando um revólver carregado confortavelmente escondido —, ele estava de volta às ruas, rumo à casa de Norma. Tinha muito a contar. As chuvas tinham seguido adiante e a cidade resplandecia ante o sol do fim do verão.

Ele estava de bom humor, até mesmo otimista, o que era raro. Goode podia ter mentido sobre algumas coisas, mas ao menos o dinheiro do cofre dele era real e, por causa disso, Harry podia finalmente pagar o aluguel que devia — três meses de atraso, talvez quatro — e quem sabe até comprar um par de sapatos que não tivessem buracos. Depois disso, voltaria à estaca zero.

O problema de ser um detetive particular cuja carreira era periodicamente sequestrada por forças além de seu controle não era o fato de os poderes sobrenaturais o deixarem coberto de pó e sangue, mas sim que eles raramente pagavam bem. Dito isso, havia um prazer inegável de saber algo sobre a vida secreta de sua amada cidade que as outras pessoas não sabiam; mistérios que as lindas mulheres que devolviam os olhares de admiração dele com encaradas frias ou os executivos poderosos com seus cortes de cabelo de mil dólares viveriam e morreriam sem jamais saber.

Nova York não era a única cidade do mundo que tinha magia no sangue. Todas as grandes cidades da Europa e do Oriente Médio também tinham seus segredos — muitos mais antigos do que qualquer coisa que Nova York pudesse se vangloriar —, mas não havia nenhum outro lugar no mundo que tivesse tamanha concentração de atividade sobrenatural quanto Manhattan. Para aqueles que, como Harry, treinaram a si mesmos para enxergar além das distrações gloriosas que a cidade oferecia, as evidências de que a ilha era um campo de batalha onde os melhores anjos da natureza humana guerreavam contra as forças da discórdia e do desespero estavam em todos os lugares. E ninguém era imune àquilo.

Se Harry tivesse nascido sob uma estrela menos gentil, ele poderia ter acabado entre os visionários nômades da cidade, passando os dias mendigando dinheiro para comprar esquecimento em forma líquida e as noites tentando encontrar um lugar onde não escutasse os adversários cantando ao executarem os labores da escuridão. Até hoje eles só haviam cantado uma música próximo a Harry, e esta fora "Danny Boy", aquele hino à morte e aos sentimentos piegas que Harry escutara com tanta frequência que conhecia as palavras de cor.

A caminho da casa de Norma, ele parou na lanchonete Rueffert e comprou o mesmo desjejum que comprava sempre que estava na cidade nos últimos vinte e cinco anos. Jim Rueffert sempre servia o café de Harry no balcão, cheio até a boca, com açúcar e um pouquinho de creme.

"Harry, meu amigo", Jim cumprimentou. "Faz uma semana que não vemos você. Minha mulher achou que tinha morrido, mas eu disse: 'Não o Harry. Nem a pau. O Harry não morre. Ele vai viver pra sempre'. Não é verdade?".

"Às vezes, parece que sim, Jim."

Harry deixou um dinheiro na caixa das gorjetas — mais do que podia bancar, como sempre — e foi para a porta. Ao sair da lanchonete, trombou com um homem que parecia apressado, ainda que deixasse a impressão de não saber para onde ia. O homem resmungou "Aqui não" e entregou discretamente um pedaço de papel nas mãos do detetive. Então, contornou-o e continuou a descer a rua.

Harry seguiu o conselho do estranho e foi em frente, com a curiosidade acelerando seu passo. Ele dobrou uma esquina para uma rua mais sossegada, sem planejar qualquer rota em particular, apenas perguntando-se de onde estava sendo vigiado e por quem, para que o mensageiro tivesse de alertá-lo daquela maneira. Ele checou o reflexo das janelas do lado oposto da rua, para ver se alguém o seguira, mas não viu ninguém. Continuou a andar, apertando o papel dentro da mão esquerda.

Depois da metade do quarteirão, havia uma floricultura chamada Eden & Co. Ele entrou, aproveitando a oportunidade para olhar para trás. Se estava sendo seguido, seus instintos e suas tatuagens diziam que não era por nenhuma das seis pessoas que caminhava em sua direção.

O ar dentro da loja estava fresco, úmido e carregado do perfume de dúzias de botões de flor. Um homem de meia-idade com um bigode meticulosamente aparado que seguia a linha da boca como se fosse um terceiro lábio surgiu do fundo da loja e perguntou a Harry se ele estava procurando algo em particular.

"Só estou olhando", Harry respondeu. "Eu, hã, adoro flores."

"Bem, me avise se gostar de alguma coisa."

"Pode deixar."

O homem de bigode perfeito atravessou uma cortina frisada para os fundos da loja e imediatamente iniciou uma conversa em português, cuja chegada de Harry tinha aparentemente interrompido. Assim que o homem voltou, uma mulher se dirigiu a ele falando rápido. Ela estava obviamente irada.

Enquanto a acalorada conversa continuava, Harry andou pela floricultura, olhando discretamente para fora a fim de ver se alguém o observava da rua. Enfim convencido de que não estava sendo espionado, ele abriu o punho e desembrulhou o pedaço de papel. Antes mesmo de ler uma só palavra, sabia que era de Norma.

Não vá ao meu apartamento. Está mal. Estou no local antigo.
Venha às três da madrugada. Se sentir a coceira, vá embora.

"Uma mensagem?", uma voz de mulher perguntou.

Harry olhou para cima. Ele mal teve tempo de engolir o *"Cristo!"* que quase murmurou ao vê-la. Três quartos do rosto da mulher eram uma massa rígida de cicatrizes manchadas e o restante — seu belo olho esquerdo e a fronte acima dele (mais uma elaborada peruca que era uma massa de cachos) — parecia apenas fazer com que o restante do rosto dela parecesse ainda pior. O nariz fora reduzido a dois buracos, o olho direito e a boca eram despidos de cílios e lábios. Harry fixou a atenção no olho esquerdo da mulher e tropeçou em sua resposta, que era apenas uma repetição da pergunta:

"Mensagem?"

"Sim", ela disse, olhando para o pedaço de papel nas mãos dele. "Quer que a coloque junto com as flores?"

"Ah", Harry disse, suspirando de alívio. "Não, obrigado."

Ele guardou rapidamente o papel no bolso, acenou com a cabeça e deixou a floricultura e seus maus presságios para trás.

Harry levou a mensagem e suas dúvidas, além de uma fome feroz, para o Cherrington's Pub, um lugar tranquilo e melancólico que ele conhecera no primeiro dia que chegara a Nova York. Era comida à moda antiga servida com o mínimo de exagero, e ele era tão conhecido lá que bastava ir até o seu canto e acenar com a cabeça para uma garçonete chamada Phyllis que, em sessenta segundos, às vezes menos, um copo de bourbon sem gelo estaria em sua mesa. Ter uma rotina que beirava a estagnação tinha seus benefícios.

"Você parece estar bem, Phyllis", Harry falou quando ela trouxe seu drinque em tempo recorde.

"Vou me aposentar."

"O quê? Quando?"

"No final da semana que vem. Vou fazer uma festinha na sexta à noite só para a equipe e alguns clientes. Vai estar na cidade?"

"Se estiver, eu venho."

Harry a estudou. Ela estava na casa dos sessenta, o que significava que, quando Harry descobriu o lugar, ela devia estar indo rumo aos quarenta. Quarenta e alguma coisa para sessenta e alguma coisa era bastante tempo de vida. Várias chances que vieram e se foram, e que jamais retornariam.

"Você vai ficar bem?", Harry perguntou.

"Sim, sim. Não planejo morrer nem nada assim. Só não aguento mais este lugar. Eu não durmo à noite. Estou cansada, Harry."

"Não parece."

"Caras como você não deveriam mentir bem?", ela replicou, enquanto se afastava da mesa, poupando Harry de formular uma resposta.

Harry recostou-se no canto e apanhou o bilhete novamente. Não era comum Norma ter medo. Ela vivia no que era, sem sombra de dúvida, o apartamento mais assombrado da cidade. Aconselhava os falecidos há mais de três décadas em suas sessões — ouvindo histórias sobre mortes violentas daqueles que as experimentaram em primeira mão: vítimas de assassinatos, suicídios, pessoas mortas ao atravessar a rua ou que foram atingidas por algo derrubado de uma janela. Se alguém pudesse honestamente afirmar que já tinha ouvido de tudo, esse alguém era Norma. O que teria feito com que ela deixasse seus fantasmas, seus televisores e sua cozinha onde sabia a localização de absolutamente tudo?

Ele olhou para o relógio sobre o bar. Eram seis e trinta e dois. Ele ainda tinha oito horas. Não poderia esperar tanto.

"Que se foda essa merda das três da matina", Harry disse. Ele tomou seu bourbon e chamou a garçonete. "Pode fechar a conta, Phyllis."

"Onde é o incêndio?", ela perguntou, voltando à mesa de Harry.

"Tenho de ir a um lugar mais rápido do que pensei."

Ele pôs uma nota de cem dólares na mão dela.

"Pra que isso?"

"Pra você", Harry disse, já virando em direção à porta. "Caso eu não consiga vir à sua festa."

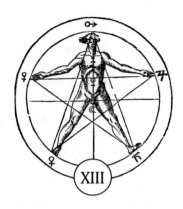

Harry desceu do táxi na esquina da 13th com a Ninth Street. A interseção não era o verdadeiro destino dele. Este ficava alguns quarteirões adiante, no que havia sido um edifício bem-conservado que outrora abrigara advogados e médicos, inclusive psiquiatras. Foi na sala de espera de um desses, um psiquiatra chamado Ben Krackomberger, Ph.D., que Harry conhecera Norma Paine.

Após a morte de Sacana, Harry fora afastado do trabalho. A versão que ele contou sobre os eventos que levaram à perda do parceiro naquela noite provaram ser algo maior do que o departamento conseguia digerir. Então, eles o enviaram a Krackomberger que, de modo cortês mas insistente, continuava a pressionar Harry quanto aos detalhes do que ele "imaginara" ter visto.

Harry repassava tudo diversas vezes, um momento após o outro, estragando as tentativas de Krackomberger de apanhá-lo em alguma inconsistência após tantas narrativas. Enfim, o médico disse: "A coisa se resume ao seguinte, Harry. No final, sua versão dos fatos daquele dia é um disparate. Em uma situação menos séria, eu chamaria de risível".

"É mesmo?"

"Sim."

"Então eu venho abrindo a porra do meu coração pra você..."

"Acalme-se, sr. D'Amour."

Harry se levantou. "Não me interrompa. Você está dizendo que todo esse tempo em que me fez repassar essa história mil vezes, estava rindo por dentro?"

"Eu não disse... por favor, sr. D'Amour, sente-se ou serei obrigado a..."

"Tá bom, já estou sentando. Tudo bem?", Harry disse, sentando-se sobre a mesa que ficava entre o bom doutor e seu divã.

"Certo, mas se sentir a necessidade de se levantar de novo, sugiro que vá embora."

"E se eu for, o que vai escrever em meu arquivo?"

"Que não está apto para o serviço por conta de um estado deliran-te extremo, quase com certeza ocasionado pelo trauma do inciden-te. Ninguém o está chamando de louco, sr. D'Amour. Só preciso dar a seus superiores uma avaliação honesta de sua condição."

"Estado delirante extremo...", Harry disse de modo suave.

"As pessoas respondem ao tipo de pressão que o senhor sofreu de formas diferentes. Você parece ter criado uma espécie de mitologia pessoal para conter toda esta experiência terrível e conseguir dar sen-tido a ela..."

Ele foi interrompido por uma série de barulhos na sala ao lado, onde ficava a secretária de Krackomberger.

"Não fui eu!", disse uma voz de mulher — não a da secretária.

O médico se levantou, pedindo desculpas a Harry, e abriu a porta. Ao fazê-lo, várias revistas passaram voando por ele e aterrissaram no tapete persa do consultório do doutor. De repente, os pelos na nuca de Harry se arrepiaram. Sua ci lhe dizia que o que estava errado na sala ao lado não era apenas um paciente zangado. Era algo bem mais estranho.

Ele respirou fundo, se levantou e seguiu Krackomberger até a sala de espera. Enquanto o fazia, o médico recuou, tropeçando nos pró-prios pés apressados.

"Que diabo está acontecendo aqui?", Harry perguntou.

Krackomberger olhou para ele com o rosto pálido e uma expres-são alucinada.

"Você fez isto?", ele disse a Harry. "É algum tipo de piada?"

"Não", respondeu a mulher na sala de espera.

Harry seguiu a voz da mulher e a viu. Ela tinha as bochechas e os lábios generosos de uma mulher que tivera no passado uma beleza clássica. Porém, a vida a marcara profundamente, gravando a pele ne-gra com marcas de expressão e rugas ao redor da boca. Os olhos eram de um branco leitoso. Era óbvio que ela não conseguia ver Harry, mas, independente disso, o homem sentia o olhar dela sobre si, como uma brisa suave soprando em seu rosto. O tempo todo, alguma coisa na sala estava se divertindo, revirando cadeiras, derrubando metade dos objetos na mesa da secretária no chão.

"Não é culpa dele", a mulher disse a Krackomberger. "E nem minha." Ela apanhou sua bengala e deu um passo na direção deles. "Meu nome é Norma Paine", disse a cega.

Krackomberger congelou. Harry falou em nome do médico.

"O nome dele é Ben Krackomberger. E eu sou Harry. Harry D'Amour."

"Não o mesmo D'Amour que estava envolvido naquela bagunça do policial morto?"

"Sim, o *mesmo.*"

"É um prazer conhecê-lo, sr. D'Amour. Deixe-me oferecer um conselho", ela disse a Harry, enquanto apontava para o médico, "Seja lá o que este homem esteja tentando dizer sobre o que você viu ou não, apenas concorde com ele."

"Quê? Por que eu faria isso?"

"Porque gente que nem ele tem interesse em silenciar gente como nós. Nós causamos problemas, entende?"

"É isso o que você está fazendo agora?", Harry perguntou, indicando os retratos que estavam sendo arrancados da parede um a um. Não apenas caindo, mas sendo erguidos dos ganchos, como se apanhados por mãos invisíveis, então arremessados com tanta violência que o vidro se quebrava.

"Como já mencionei, não estou fazendo isso", Norma respondeu. "Um dos meus clientes está aqui comigo..."

"Clientes?"

"Eu falo com os mortos, sr. D'Amour. E este cliente em particular acha que não estou lhe dando a devida atenção. Dr. Krackomberger, diga olá ao seu irmão."

O queixo do médico tremeu. "Im-impossível", ele murmurou.

"Warren, não é?" Norma disse.

"Não. Warren está morto."

"Bem, claro que sim", Norma ralhou. "Por isso estou aqui."

O médico parecia completamente desnorteado pela lógica daquele raciocínio.

"Ela está dizendo que fala com os mortos, doutor", Harry explicou.

"Não estou falando grego", Norma disse a Harry. "Não preciso de um intérprete."

"Não sei, não", Harry observou, olhando para o dr. Krackomberger. "Ele parece bem confuso."

"Tente prestar atenção, doutor", Norma prosseguiu. "Seu irmão pediu que eu o chamasse de Shelly, porque esse é o seu nome do meio e poucas pessoas sabem disso. É verdade?"

"...você poderia ter descoberto isso de muitas maneiras."

"Certo. Esqueça", Norma disse, dando as costas ao médico. "Preciso de um conhaque. Gostaria de se juntar a mim enquanto brindo à idiotice dos psiquiatras, sr. D'Amour?"

"Ficaria feliz de beber a isso, srta. Paine."

"Warren!", Norma disse. "Vamos. Estamos deixando pessoas inocentes assustadas."

Ela estava falando, Harry supôs, da recepcionista, que se escondera atrás da mesa quando os retratos começaram a cair e desde então não saíra de lá.

"Espere", Krackomberger disse, enquanto eles iam para a porta. "Você é cega, não é?"

"E você é muito perceptivo", Norma disse.

"Então... como pode ver meu irmão?"

"Não faço ideia. Só sei que posso. O mundo é invisível para mim, mas perfeitamente claro para você. Os mortos são invisíveis para você, mas perfeitamente claros para mim."

"Está dizendo que pode ver meu irmão? Agora mesmo?"

Norma virou-se e olhou para dentro do escritório. "Sim. Ele está deitado no sofá."

"O que ele está fazendo?"

"Quer mesmo saber?"

"Eu perguntei, não foi?"

"Está se masturbando."

"Jesus. É ele."

Daquele encontro ao acaso, a amizade de Harry e Norma floresceu. E, como grande parte do que ocorre ao acaso, esta colisão de almas não poderia ter sido mais essencial a ambos. Harry vinha duvidando de sua sanidade naquelas semanas recentes — o combustível para aquele incêndio oferecido pelo dr. Krackomberger — e, de repente, lá estava Norma, conversando com o sobrenatural como se fosse a coisa mais normal do mundo; algo que estivesse ocorrendo o tempo todo e por toda a cidade.

Foi ela quem disse pela primeira vez — quando Harry tirou dos ombros seu peso e contou o que vira no dia da morte de seu parceiro — que acreditava em cada palavra e que conhecia homens e mulheres por toda a cidade que poderiam narrar histórias que eram prova da mesma alteridade, presente no dia a dia de Nova York.

Quando Harry chegou ao velho prédio, ficou surpreso ao descobrir o quanto ele mudara nos últimos anos. As janelas estavam fechadas com tábuas ou quebradas, e, aparentemente, um incêndio ocorrera em algum momento da história da construção e alcançara ao menos um terço do local, deixando marcas de queimado que escureciam a fachada acima das janelas queimadas. Era uma visão triste mas, sobretudo, perturbadora. Por que Norma deixaria o conforto de seu apartamento para vir àquele canto esquecido por Deus?

Todas as portas estavam trancadas, mas isso não seria problema para Harry, cuja solução para tal revés era sempre a força bruta à moda antiga. Ele escolheu uma das portas fechada com tábuas e arrancou-as. Foi um trabalho barulhento e, se houvesse algum tipo de segurança protegendo o edifício, como várias placas espalhadas diziam que havia, ele certamente teria vindo correndo. No entanto, como Harry suspeitava, as placas eram uma mentira, o que permitiu levar seus assuntos adiante sem interrupções. Após cinco minutos, tinha arrancado todas as tábuas da porta e chutado a fechadura que ficava atrás delas.

"Bom trabalho, garoto", ele disse a si mesmo, enquanto entrava.

Harry pegou sua lanterninha e iluminou o cômodo. Tudo que fora distintivo no saguão elegante onde Harry se encontrava agora — os espelhos em estilo art déco, as gravuras nas cerâmicas sob seus pés e a forma dos lustres — estava destruído. Quer a destruição tenha sido resultado da tentativa de arrancar as cerâmicas para venda e descer os espelhos e os lustres intactos com o mesmo objetivo, ou quer o lugar tenha simplesmente sido atacado por vândalos sem nada melhor para fazer, o resultado era o mesmo: caos e destroços no lugar de ordem e propósito.

Ele passou pelos cacos de vidro e cerâmica e foi até as escadas, então começou a subir. Aparentemente, havia maneiras mais fáceis de entrar no prédio do que arrombar uma porta como ele fizera, porque o fedor agudo de urina e fezes humanas ficava mais forte conforme ele subia. As pessoas usavam aquele lugar como banheiro, mas também provavelmente como dormitório.

Ele deslizou a mão por sobre o revólver enfiado confortavelmente dentro do coldre, só para o caso de se ver na necessidade de discutir questões imobiliárias com inquilinos nervosos. A boa notícia era que suas tatuagens estavam inativas. Nem uma coceira, nem um espasmo. Aparentemente, Norma escolhera o lugar certo para se esconder. Podia não ser o ambiente mais salubre, mas se ele a mantivesse escondida em segurança do adversário e de seus agentes, então Harry não tinha do que reclamar.

O consultório do dr. Krackomberger ficava na sala 212. O tapete de pelúcia bege que recobrira o corredor e levava até lá tinha sido removido, deixando apenas tábuas nuas. A cada dois ou três passos que Harry dava, uma delas rangia, e ele fazia uma careta. Enfim, chegou à porta do antigo escritório de seu psiquiatra e forçou a maçaneta, esperando que estivesse trancada. A porta se abriu sem protesto, e ele deu de cara com mais um espetáculo de vandalismo. Parecia que alguém atacara as paredes internas com uma marreta.

Ele arriscou uma palavra. "Norma?" Então, várias outras. "Norma? É o Harry. Recebi sua mensagem. Sei que cheguei cedo. Você está aqui?"

Ele foi até o escritório de Krackomberger. Os livros que se alinhavam nas paredes do médico não tinham sido levados. Contudo, ficou claro que, a certa altura, eles haviam sido tirados das prateleiras e uma pilha fora utilizada para fazer uma fogueira no centro da sala. Harry agachou-se ao lado da fogueira improvisada e testou as cinzas. Estavam frias. Não encontrando mais nada, Harry deu uma espiada dentro do banheiro particular de Krackomberger, tão devastado quanto o resto do local. Norma não estava lá.

No entanto, o levara até aquele lugar por uma razão, disso ele tinha certeza. Harry arriscou dar uma olhada no espelho do banheiro e lá viu, rabiscada na superfície do vidro sujo, uma flecha desenhada com cinzas. Ela apontava para baixo, na direção dos andares inferiores. Norma deixara uma migalha de pão. O detetive saiu do escritório onde conhecera a amiga cega tantos anos atrás e foi para o porão.

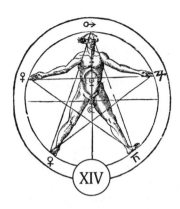

O exclusivíssimo clube que outrora ocupou o porão do edifício há muito esquecido fora criado para a elite dos nova-iorquinos de gostos mais exagerados, que os empórios sexuais que existiam na Eighth Avenue e na 42nd Street não conseguiam satisfazer. Harry o vira em operação há muitos anos, quando fora contratado pelo dono do prédio — um tal Joel Hinz — para investigar sua esposa.

Apesar de Hinz dirigir um estabelecimento dedicado a todo tipo de hedonismo diretamente sob os pés dos legisladores da cidade, ele era um homem bastante conservador em sua vida pessoal, e ficou realmente contrariado quando começou a suspeitar da infidelidade da esposa.

Harry fizera suas investigações e, umas três semanas depois, levou, para um mortificado sr. Hinz, a confirmação na forma de fotografias incriminadoras da sra. Hinz dentro de um grande envelope pardo. A pedido de Hinz, o assistente dele, J.J. Fingerman, foi enviado para acompanhar Harry até o clube, servir-lhe um drinque e apresentar rapidamente as instalações. Foi bastante esclarecedor: *bondage*, punições com chicotes e pedaços de pau, chuva dourada — o clube oferecia uma miscelânea de perversões praticadas por homens e mulheres, a maioria vestindo uniformes que anunciavam suas preferências particulares.

Um homem de cinquenta anos, que Harry reconheceu como sendo o braço direito do prefeito, estava andando para lá e para cá de salto alto em um uniforme de empregada francesa; uma mulher que levantava fundos junto a celebridades para os sem-teto e os menos afortunados rastejava nua, com um consolo enfiado na bunda, cuja base trazia um rabo de cavalo negro pendurado. No palco principal, um dos escritores de maior sucesso de musicais da Broadway estava amarrado a uma cadeira tendo a pele do seu escroto esticada e pregada a uma pele de madeira por uma mulher vestida de freira. A julgar pelo estado de excitação do escritor, o procedimento era pura benção.

Quando a turnê de Harry terminou, ele e Fingerman voltaram ao escritório de Hinz, e descobriram que a porta estava trancada por dentro. Em vez de esperar que as chaves fossem localizadas, Harry e Fingerman a abriram aos chutes. O marido traído estava esparramado sobre a mesa e as fotografias que Harry lhe entregara da sra. Hinz em seus diversos momentos de traição, espalhadas. As fotos haviam sido borrifadas pelo sangue, pelos fragmentos de ossos e pelos pedaços do cérebro que espirraram em todas as direções quando Hinz pusera a arma dentro da boca e apertara o gatilho.

A festa tinha acabado. Harry aprendera muita coisa naquela noite sobre a proximidade que havia entre a dor e o prazer em certas situações, e também sobre o que as pessoas eram capazes de fazer motivadas pelas fantasias e pelos desejos.

O detetive encontrou um conjunto de interruptores no topo das escadas e os testou. Apenas dois funcionaram: um acendeu uma lâmpada diretamente sobre a cabeça de Harry, derramando-se sobre as escadas pintadas de preto, o outro acendeu uma lâmpada na cabine onde os hóspedes pagavam a entrada e recebiam uma chave para um pequeno camarim, onde podiam tirar suas personas públicas e vestir as máscaras de quem realmente queriam ser.

Harry desceu as escadas com cuidado. Uma de suas tatuagens acenou com uma breve atividade: o desenho de um colar ritualístico que Caz chamara de Anel Decorativo. Enquanto muitas tatuagens de Caz eram apenas simples talismãs e não tinham pretensão de solidez, o Anel Decorativo fora tão meticulosamente pintado, num estilo *trompe-l'oeil*, que a sombra sob ele era densa a ponto de dar a impressão de o colar estar realmente sobre a pele de Harry.

A função dele era relativamente simples: alertar Harry da presença de fantasmas. Porém, considerando que os espíritos dos mortos estavam em todos os lugares, alguns em condições de pânico e agitação, outros apenas tomando um ar após suas mortes sufocantes, o Anel Decorativo os discriminava e não alertava o detetive da presença de qualquer um, somente dos que representavam uma possível ameaça.

E, aparentemente, havia agora um fantasma assim — *pelo menos um* — nas proximidades imediatas de Harry. Ele fez uma pausa no fundo das escadas, contemplando a possibilidade de aquela ser mais uma armadilha. Talvez fosse uma criatura ligada aos poderes que ele confrontou e envergonhou em New Orleans. Mas, se quisessem vingança, por que atraí-lo até ali e mandar alguns poucos fantasmas? Eles eram capazes de assustar os desavisados, com certeza, mas Harry não era um desses. Um showzinho de assombrações não o faria estremecer. Ele seguiu em frente.

O clube parecia ter sido deixado no mesmo estado que estava no dia em que Hinz meteu uma bala na cabeça. O bar ainda se encontrava intacto, as garrafas de bebida alinhadas, aguardando clientes sedentos. Harry escutou os copos empilhados debaixo do bar começarem a tremer quando um dos espíritos deu início à sua performance.

Quando o detetive ignorou o barulho e seguiu adiante, o espírito jogou vários copos para o alto. Eles se espatifaram contra o bar com tamanha violência que alguns cacos atingiram Harry. Ele não respondeu à demonstração. Apenas passou pelo bar e foi até o grande saguão, com a cruz de Santo André posicionada no palco, onde, no passado, os chicoteadores demonstravam sua experiência.

Com a laterna, Harry procurou algum sinal da presença na sala. Subiu no estrado pretendendo continuar a busca por Norma nos bastidores, mas, ao se aproximar da cortina de veludo, escutou um barulho à direita. Seu olhar mirou na direção do som. Havia um conjunto de bastões, chicotes e pás pendurados na parede oposta — talvez cinquenta instrumentos no total. Alguns itens mais leves caíram no chão e, então, uma das pesadas pás de madeira arremeteu na direção dele, acertando em cheio seu joelho.

"Ah, puta que o pariu", disse, saltando do palco e caminhando direto na direção do ataque. "Minhas tatuagens estão dizendo que você é uma ameaça. Mas não estou nem um pouco intimidado por seja lá quem for, então, se continuar jogando essa bosta em mim, vou escarrar uma silogística que o fará desejar nunca ter morrido. Prometo."

Assim que ele deu voz à ameaça, um dos maiores chicotes foi arrancado da parede e recolhido, em preparação para um ataque.

"Não faça isso", Harry avisou.

O aviso foi ignorado. O manejo do chicote por parte do espírito ou foi sorte, ou ele sabia o que estava fazendo. No primeiro ataque, ele acertou a bochecha de Harry, uma ferroada certeira que fez os olhos dele se encherem de lágrimas.

"Seu merda", xingou. "Não diga que não avisei." Ele começou a vociferar uma das primeiras silogísticas que aprendera:

"E vuttu quathakai,
Nom-not, nom-netha,
E vuttu quathakai,
Antibethis..."

Harry mal havia chegado a um terço do caminho, mas o encanto começou a revelar as presenças dentro do cômodo. Elas se pareciam com sombras projetadas no vapor, com as beiradas evaporando e as feições rabiscadas no ar, como se um artista estivesse trabalhando sob a chuva. Havia três, todos homens.

"Pare a silogística", um deles murmurou.

"Me dê um motivo para isso."

"Só estamos seguindo ordens."

"De quem?"

Os espíritos trocaram olhares de pânico.

"Minhas", disse uma voz familiar, vinda da sala ao lado.

Harry abaixou a guarda imediatamente. "Norma! Que porra?"

"Não os incomode, Harry. Só estavam tentando me proteger."

"Certo", Harry disse a eles. "Acho que ganharam mais um tempo."

"Mas fiquem em seus postos", Norma disse. "Ele pode ter sido seguido."

"Sem chance", Harry bradou confiante, enquanto adentrava a sala de trás.

"Essas são últimas palavras famosas", a mulher respondeu.

Harry testou o interruptor e as luzes embutidas da parede ligaram; lâmpadas vermelhas para bajular a nudez dos antigos clientes.

Norma estava de pé no meio da sala, apoiada numa bengala; seus cabelos grisalhos, quase brancos, soltos pela primeira vez em anos. Harry a conhecia bem. O rosto dela, embora ainda possuísse sua elegante beleza e força, estava exausto. Apenas os olhos traziam movimento, as pupilas descoloridas parecendo assistir a uma partida de tênis entre dois jogadores absolutamente iguais — esquerda para direita, direita para esquerda, esquerda para direita, direita para esquerda, a bola nunca parando.

"Pelo amor de Deus, Norma. O que você tá fazendo aqui?"

"Vamos nos sentar. Me dê seu braço. Minhas pernas estão doendo."

"A umidade aqui não ajuda. Você devia ser mais cuidadosa na sua idade."

"Nenhum de nós é jovem como costumava ser", Norma disse, enquanto levava Harry pelo que fora no passado o quarto onde os clientes entravam apenas quando estavam a fim de praticar brincadeiras mais extremas. "Não posso mais fazer isso, Harry. Estou muito cansada."

"Você não estaria cansada assim se estivesse dormindo na própria cama", Harry respondeu, olhando para o colchão esfarrapado que estava largado no chão, coberto por alguns cobertores devorados por traças para mantê-la aquecida. "Meu Deus, Norma. Há quanto tempo você está aqui?"

"Não se preocupe com isso. Estou segura. Se estivesse na minha cama agora, estaria morta. Se não hoje, então amanhã, ou depois. Goode armou pra cima da gente, Harry."

"Eu sei. Entrei numa armadilha das boas na casa dele. Mal consegui sair com vida."

"Deus, sinto muito. Ele foi convincente pra cacete. Acho que estou relaxando. Isso nunca teria acontecido se eu ainda fosse jovem."

"Ele armou pra nós dois, Norma. Estava trabalhando com magia muito poderosa. Sabe todos os magos que foram assassinados? Um deles ainda está vivo. Bem... dependendo da sua definição de vivo."

"Como assim?"

"É uma longa história, mas sei quem os matou. Um demônio. Eu o encontrei na casa de Goode. Ele é um jogador e tanto."

"Ah, Deus. Eu temia isso. É o outro motivo de estar enfiada neste buraco imundo. Acho que queriam nos separar. Assim que você saiu, meu apartamento foi comprometido. Senti a magia negra vindo e dei o fora dali rápido! Há caminhos abertos, Harry. Caminhos que deveriam estar fechados. E há algo vindo por um desses caminhos — ou talvez por todos —, o que significa que eu, você e muitas outras pessoas estão em perigo."

"Acredito em você. Mas isso não muda o fato que não pode ficar aqui. Este lugar é nojento. Temos de levá-la a um lugar onde não precisará dormir no chão úmido, com ratos passando por seus pés. Isso sem mencionar o que já foi feito nesse colchão. Não dá para ver as manchas, Norma, mas tem um monte delas, em uma variedade de cores."

"Você tem algum lugar em mente?"

"Na verdade, sim. Vou preparar tudo e volto para buscá-la, certo?"

"Se você diz."

"Confie em mim. Vejo você em breve. Vamos superar essa coisa toda. Prometo."

Enquanto ele dava um beijo na testa dela, Norma segurou sua mão.

"Por que você é tão bom para mim?", ela perguntou.

"Como se você não soubesse."

"Pode puxar o saco."

"Porque não tem ninguém no mundo que signifique mais pra mim do que você. E isso não é puxar o saco. É a verdade."

Ela sorriu contra a mão dele. "Obrigada", disse.

Harry a olhou carinhosamente por um momento, então, sem dizer mais nada, virou-se e saiu em busca de um lugar seguro.

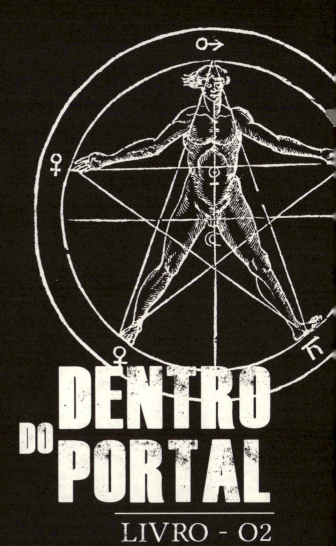

DENTRO DO PORTAL

LIVRO - 02

*Algo inexpremível uniu-me a ele;
reboca-me com um cabo que
com nenhuma faca consigo cortar.*

— HERMAN MELVILLE —
Moby Dick

CLIVE BARKER
EVANGELHO DE SANGUE

I

O Monastério da Ordem dos Cenobitas era uma fortificação cercada por enormes muralhas. Foi construído há setecentos mil anos numa colina amaldiçoada de pedra e cimento. Só era possível entrar nele por uma rota, uma escadaria estreita cuidadosamente vigiada pelos guardas do monastério. Ele fora erguido durante uma época de guerra civil iminente, com facções de demônios em constantes conflitos. O chefe da Ordem dos Cenobitas, cuja identidade só era conhecida pelos oito membros que o elevaram ao Alto Escalão, decidira que, em nome do bem maior da Ordem, ele usaria uma pequena parte da vasta riqueza que eles tinham acumulado para construir um santuário-fortaleza, onde os sacerdotes e as sacerdotisas estariam seguros da política volátil do Inferno. A fortaleza fora construída dentro dos mais rigorosos padrões, com paredes cinzentas impossíveis de serem escaladas.

Com o passar dos anos, os Cenobitas passeavam cada vez menos pelas ruas da cidade que Lúcifer projetara e construíra (uma cidade chamada, por alguns, de Pandemonium, mas batizada de Pyratha por seu arquiteto), e as histórias sobre o que acontecia dentro das lustrosas paredes lúgubres da fortaleza proliferavam, e os incontáveis demônios e amaldiçoados que a observavam tinham suas próprias narrativas sobre os excessos de seus ocupantes.

Entre o monastério e Pyratha, a grande cidade do Inferno, havia a vasta favela chamada Trincheira de Fike, onde os amaldiçoados que trabalhavam nas mansões, nos templos e nas ruas se retiravam para dormir, comer e, sim, copular (e, se tivessem sorte, gerar um ou dois infantes que pudessem ser vendidos no matadouro, sem que perguntas fossem feitas).

As histórias da fortaleza e das coisas monstruosas que ocorriam lá dentro eram trocadas como moeda local, e ficavam cada vez mais elaboradas. Era uma forma de conforto compreensível para os amaldiçoados — cuja vida cotidiana era tão repleta de terror e de atrocidades — saber que existia um local onde tudo era ainda mais terrível, para onde poderiam olhar e dizer a si próprios que podia ser pior. Assim, cada homem, mulher e criança agradecia por não estar entre as vítimas da fortaleza onde os inomináveis aparelhos da Ordem violariam até mesmo suas memórias mais estimadas. Assim, os amaldiçoados existiam dentro de uma estrutura de trabalho de algo que lembrava vagamente uma vida; vivendo em excrementos e exaustão, os corpos desnutridos e os espíritos famintos, eles se conformavam com a ideia de que pelo menos alguns poucos estavam sofrendo mais do que eles mesmos.

Tudo isso foi um choque para Theodore Felixson. Em vida, ele gastara grande parte dos lucros angariados por seus trabalhos mágicos (o que ele gostava de chamar de ganhos obtidos pela *vontade*) em arte, sempre comprando de acervos particulares, porque as pinturas que ele colecionava transitavam, isso quando transitavam, fora do alcance dos cães farejadores dos museus. Todos os quadros que adquirira se relacionavam, de algum modo, ao Inferno: um Tintoretto da queda de Lúcifer, suas asas arrancadas do corpo, seguindo-o para dentro do abismo; um maço de rascunhos de Luca Signorelli para seu afresco *Os Condenados do Inferno*; um livro dos horrores que ele comprou em Damasco porque seu autor desconhecido encontrara uma forma de fazer as meditações de cada hora se transformarem em pecado e punição. Aqueles eram os itens mais horrendos de sua considerável coleção com o tema Inferno, e nenhum lembrava nem remotamente a verdade.

Havia uma simetria elegante em Pyratha, com suas oito colinas ("Uma a mais que Roma", ostentava seu arquiteto) lotadas de edifícios de incontáveis estilos e tamanhos. Felixson não sabia nada sobre as regras da cidade, se é que existia alguma. O Sacerdote do Inferno se referira a ela de passagem em uma única ocasião, falando com o desprezo de uma criatura que via cada morador de Pyratha como inferior, com seu hedonismo acéfalo equiparável somente à estupidez lasciva. A cidade que Lúcifer construíra para superar Roma caíra — exatamente como Roma — em decadência e autoindulgência; seu governo demasiadamente preocupado com as próprias lutas internas para purgar a cidade de sua imundície e devolvê-la ao estado disciplinado que fora antes do desaparecimento de Lúcifer.

Sim, por mais surpreendente que a arquitetura do Inferno fosse para Felixson, descobrir que o anjo que fora expulso do Céu por sua rebelião estava ausente do trono desafiava todas as expectativas; ainda que fizesse certo sentido. Assim na Terra como no Céu, Felixson pensou.

Havia incontáveis teorias sobre o desaparecimento de Lúcifer, e Felixson escutara todas. Dependendo de em qual história você acreditava, Lúcifer ou tinha enlouquecido e morrido nas terras áridas, dessa forma escapando de vez do Inferno, ou estava andando pelas ruas de Pyratha, disfarçado de plebeu. Felixson não acreditava em nenhuma delas. Ele guardava as opiniões sobre o assunto — na verdade, as opiniões sobre qualquer assunto — para si mesmo. Sabia que tinha sorte por estar vivo e, embora as torturantes cirurgias tivessem destruído sua habilidade de formar sentenças inteligíveis, ainda era plenamente capaz de pensar com clareza. Se ele esperasse o momento certo e jogasse da forma correta, tinha certeza de que cedo ou tarde uma rota de fuga surgiria. Quando isso acontecesse, ela a tomaria e desapareceria. Voltaria para a Terra, trocaria de nome e rosto, e renunciaria à magia pelo restante de seus dias.

Este fora o plano até perceber que viver sem poder não era o pesadelo que ele achava que seria. Felixson estivera entre os magos mais talentosos e ambiciosos do mundo, mas manter essa posição exigira quantidades inacreditáveis de energia, vontade e tempo. Quando ele finalmente se permitiu aprender com os Cenobitas, descobriu que as questões da alma, o negócio complexo que o atraíra em primeiro lugar aos mistérios daquela arte, tinham sido completamente negligenciadas. Somente agora, como escravo de um demônio, é que ele estava livre para começar a longa jornada do eu dentro do eu; uma jornada da qual a obtenção da magia o distraíra. Viver no Inferno o manteve ciente da possibilidade do Céu, e ele nunca se sentira tão vivo.

Felixson estava no início da escadaria que levava ao portão da fortaleza, com uma mensagem firmemente apertada na mão mutilada há pouco tempo. A epístola lhe fora entregue por um dos mensageiros do Inferno, os únicos seres de fato belos do submundo. Eles existiam com o único propósito de garantir que os acordos mais sujos do Inferno sempre viessem embalados dentro do pacote mais bonito.

À frente, ele podia ver a Trincheira de Fike e, além dela, Pyratha. Na estrada, indo na direção dele, marchava um pequeno exército de sacerdotes e sacerdotisas do Inferno; uma procissão de três dúzias dos mais formidáveis soldados da Ordem. Entre eles, Felixson tinha orgulho de dizer, estava seu mestre.

Felixson desviou o olhar para os pináculos esfumados da cidade e voltou a observar a procissão de Cenobitas que se aproximava. Um vento surgiu, ou melhor, *o* vento, pois só existia um: ele soprava gelado e atiçava os odores fétidos do sangue queimado que preenchiam perpetuamente o ar. Agora, a força do vento acre aumentava, uma rajada após a outra, açoitando os mantos cerimoniais negros dos Cenobitas e desfraldando as bandeiras de dez metros feitas de pele humana oleada que vários sacerdotes e sacerdotisas seguravam serpenteando acima de suas cabeças. Os buracos onde antes estiveram olhos e bocas faziam Felixson imaginar que as vítimas ainda podiam ver, com descrença, o voo da lâmina que as havia matado, gritando para sempre enquanto a pele era habilmente arrancada dos músculos.

O sino na torre da fortaleza, chamado de Convocador (na verdade, era o mesmo sino que aqueles que abriam a Configuração de Lemarchand sempre escutavam soando ao longe), tocava para dar boas-vindas aos irmãos e às irmãs da Ordem na fortaleza. Ao ver seu mestre, Felixson se ajoelhou na lama, a cabeça curvada com deferência tal que tocou o chão enquanto a procissão subia os degraus rumo ao portão da fortaleza. Com a cabeça plantada firmemente na sujeira, Felixson esticou o braço, segurando a missiva diante do mestre.

Seu senhor saiu da procissão para falar com Felixson, enquanto os demais Cenobitas seguiram caminho.

"O que é isto?", perguntou, apanhando a carta da mão de Felixson.

O escravo levantou a cabeça suja e dividida, virando-a para a esquerda, de modo a poder examinar com um olho a reação de seu mestre. O rosto do Cenobita era inescrutável. Ninguém sabia qual era a idade dele — Felixson fora esperto o bastante para não perguntar —, mas o peso dos anos se acumulava em suas feições, esculpindo-as em algo que nunca poderia ser fabricado, apenas cinzelado pelas agonias da perda e do tempo. A língua de Felixson se desenrolou da cabeça, pousando sobre a rua revestida de lama e fezes. Ele pareceu não se importar. Estava à mercê de seu mestre.

"Fui chamado à Câmara do Não Consumido", disse o Sacerdote do Inferno, olhando para a carta em sua mão.

Sem dizer mais nada, o Cenobita virou-se na direção oposta à maré dos membros da Ordem e moveu-se para Pyratha. Felixson foi atrás, alheio aos detalhes, mas leal até o fim.

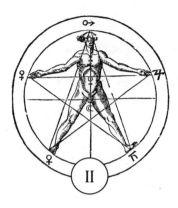

Após a imundice da Trincheira, as ruas da cidade do Inferno eram comparativamente limpas. Eram amplas e, em alguns pontos, adornadas com um tipo de árvore que não necessitava da luz do sol para viver, seu tronco, seus galhos negros e até suas folhas azuladas brotavam retorcidamente, como se cada centímetro delas tivesse nascido em convulsões. Não havia carros nas ruas, mas havia bicicletas, liteiras e riquixás — até algumas carruagens, puxadas por cavalos de pele quase transparente e cabeças sem carne tão planas e largas (os olhos posicionados nas beiradas dessas expansões de ossos) que se pareciam com jamantas costuradas sobre os corpos de jumentos.

Nas ruas, as notícias sobre a aparição do Cenobita chegaram antes dele e, em cada interseção, até mesmo o trânsito mais pesado foi contido por demônios usando uniformes roxos (a coisa mais próxima que Pyratha tinha de uma força policial), para que o Cenobita pudesse passar pela cidade sem ser perturbado por nenhum cidadão.

Quando ele passava, a maioria dos cidadãos ou fazia sinais de devoção — tocando o umbigo, o peito e a fronte, antes de inclinar a cabeça —, enquanto oficiais ficavam de joelhos para demonstrar sua veneração. Não eram só híbridos e demônios que iam ao chão; muitos dos amaldiçoados também o faziam. O Sacerdote do Inferno não prestou atenção neles, mas Felixson absorveu tudo aquilo.

De perto, as construções pelas quais eles passaram apressadamente pareciam ainda mais impressionantes aos olhos de Felixson do que vistas da colina onde ficava o monastério. As fachadas eram decoradas com o que pareciam ser cenas detalhadas das mitologias pessoais de Lúcifer. As figuras foram criadas para serem contidas dentro de um rigoroso formato quadrado que evocou à mente de Felixson as decorações que vira certa vez em templos incas e astecas. Havia todo tipo de atividade naquelas decorações: guerras, celebrações e até mesmo seres fazendo amor — tudo mostrado de forma bem gráfica. Tendo passado um longo período nas celas claustrofóbicas da fortaleza, sendo capaz de ver a cidade somente por alguns poucos minutos roubados aqui e ali, Felixson teve uma sensação de algo que parecia vagamente com satisfação diante daquele banquete para os olhos.

"*Ali*", disse o Sacerdote do Inferno, arrancando Felixson de seu total devaneio.

Felixson viu o Cenobita apontando para o que era seguramente a construção mais alta da cidade. Ela se erguia além do que os olhos podiam ver, perfurando o céu escuro. Apesar de toda a sua enormidade, o edifício era despido de detalhes. Um espigão inexpressivo, sem janelas; sua fachada era a própria essência do mundano. O palácio era uma verdadeira obra de arte; um prédio tão sem graça que não tinha apelo suficiente nem mesmo para ser considerado desagradável. Era uma piada, Felixson pensou, que deve ter divertido seu arquiteto.

Quando eles estavam a três passos da entrada, uma porta se abriu para dentro, embora não houvesse ninguém a vista para abri-la. Felixson notou um pequeno tremor na mão do Sacerdote do Inferno. O Cenobita lançou seus olhos sem luz para o topo do espetáculo pétreo que se elevava acima deles e disse: "Estou aqui para ser julgado. Se o julgamento for contra mim, você deve destruir todos os meus empreendimentos. Entendeu?".

"Toda coisa?", Felixson inquiriu.

"Não ceda ao sentimentalismo. Tenho tudo de que preciso aqui." Ele tocou a têmpora com o dedo indicador deformado da mão direita. "Nada será perdido."

"Eu poder, mestre. Eu poder fazer."

O Cenobita ofereceu uma aprovação sutil com a cabeça e, juntos, ambos entraram.

III

O Palácio do Não Consumido era tão despido de detalhes do lado de dentro quanto do lado de fora. O saguão de entrada estava cheio de burocratas infernais de ternos cinza, costurados para acomodar quaisquer que fossem os defeitos físicos que afligiam os condenados. O terno de um, que tinha um tumor do tamanho de uma bola de futebol crescendo nas costas, circundava perfeitamente cada uma das protuberâncias pulsantes. Alguns usavam capuzes de tecido que reduziam suas expressões a dois pequenos buracos para os olhos e um retângulo horizontal para a boca. Havia sigils costurados no tecido, cujos significados excediam o conhecimento de Felixson.

Os corredores fastidiosos eram iluminados por lâmpadas nuas, cuja luz jamais era constante, mas tremeluzente — não, flutuante —, como se a fonte de energia dentro delas estivesse viva. Após dobrar as esquinas dos corredores seis vezes, cada uma delas memorizada por Felixson, eles desembocaram num local de esplendor atordoante. Ele assumira que o prédio inteiro era uma colmeia de corredores monótonos, mas estava errado. Aquela área era um espaço aberto, banhada em luz e consistindo de um único tubo de metal refletor, com algo em torno de três metros de largura, que se estendia até o topo, do chão ao teto, este tão acima da cabeça deles que não podia ser visto.

O Cenobita apontou para as trevas acima deles e disse uma única palavra:

"*Ali.*"

A subida foi concretizada por meio de uma escadaria em espiral que ficava dentro do tubo refletor. Cada um dos degraus de metal estava soldado ao seu núcleo. Porém, mesmo ali, naquela construção elegante, o toque infernal não fora negligenciado. Cada degrau não estava posicionado a noventa graus do núcleo, mas a noventa e sete, ou cem, ou cento e cinco; cada qual era diferente do anterior, mas todos mandavam a mesma mensagem: nada era certo ali, nada era seguro. Não havia corrimão para impedir a queda, caso alguém escorregasse; somente degrau após degrau, criados para tornar a subida tão vertiginosa quanto possível.

Contudo, o Cenobita era audaz. Em vez de subir as escadarias próximo à coluna, onde poderia ao menos gozar da ilusão da segurança, andava próximo à extremidade aberta dos degraus, como se desafiasse o destino a agir. Às vezes, o degrau precedente fora feito com uma inclinação mais precipitada, de modo que subir para o seguinte necessitava de um esforço considerável, mas, de algum modo, o Sacerdote do Inferno conseguia ascender com uma dignidade livre de esforços, deixando Felixson para trás, agarrado desesperadamente ao núcleo. Na metade da jornada, ele começou a contar os degraus. Felixson chegara a trezentos e oitenta e nove antes de o Sacerdote do Inferno desaparecer de vista.

Quase sem fôlego, Felixson continuou a subir até encontrar um arco que tinha mais que o dobro de sua altura, no topo das escadarias. O Cenobita já o tinha atravessado e ficou surpreso ao ver que não havia guardas — ao menos, nenhum visível — na soleira. Felixson seguiu seu mestre, mantendo a cabeça tão baixa que não conseguia ver nada da câmara onde estavam. Ele percebeu que se tratava de um grande domo, que tinha por volta de sessenta metros no cume, embora fosse difícil julgar com apuro mantendo a cabeça baixa. A câmara inteira parecia esculpida em mármore branco, incluindo o chão — frio como gelo sob a sola dos pés. Apesar de Felixson ter se esforçado para ser silencioso, o domo captava cada ruído mínimo e o ecoava para a frente e para trás, antes de acrescentá-lo ao reservatório de murmúrios, passos e choramingos que corriam como encanamentos sob a borda mais distante do chão.

"Aí já está bom", alguém disse, o comando se desdobrando em um milhão de ecos.

Um bafo quente atingiu Felixson e o Sacerdote, vindo do centro do domo. O único objeto no cômodo circular era um trono cujas dimensões excediam tanto as de um móvel convencional que mereceria uma palavra melhor, ainda a ser inventada. A coisa era feita de blocos sólidos de metal, com vinte ou vinte e cinco centímetros de espessura: uma laje para as costas, uma para cada braço, uma para o assento e uma quinta correndo em paralelo com as lajes dos braços, mas posicionada ao lado do trono.

Gases inflamáveis queimaram de seis amplas ventosas, uma de cada lado do trono e duas diretamente abaixo dele. As chamas tinham cor de safiras, que se intensificaram até assumirem uma tonalidade branca, salpicadas por partículas vermelhas no centro. Elas cresceram bem mais do que as costas do trono, que tinha facilmente três metros de altura, e se aproximaram, trançando-se numa única coluna flamejante. O calor dentro do domo teria sido letal se este não fosse perfurado por vários buracos concêntricos que acomodavam poderosos ventiladores que drenavam o excesso de calor. Diretamente sobre o trono, o mármore branco da câmara estava chamuscado.

Quanto ao trono em si, ele era virtualmente de um branco quente, e sentado nele, numa pose formal, havia uma criatura cuja indiferença às chamas lhe valera um apelido adequado: o Não Consumido. Felixson já ouvira falar dele em sussurros. Qualquer que tenha sido a cor original da pele da criatura, fora agora enegrecida pelo calor. Seus trajes e calçados (se um dia já os tivera) e seu bastão que indicava sua posição social (se um dia já usara algum) haviam sido queimados, assim como todos os pelos de sua cabeça, seu rosto e seu corpo. Contudo, de algum modo, o resto dele — pele, carne e ossos — não era afetado pelo calor vulcânico do local onde se sentava.

O Sacerdote do Inferno parou no lugar. Felixson fez o mesmo e, ainda que não tivesse recebido a ordem, ficou de joelhos.

"Cenobita. Sabe por que foi convocado?"

"Não."

"Aproxime-se. Deixe-me ver melhor seu rosto."

O Cenobita se aproximou, ficando a seis passos do trono, sem demonstrar preocupação pelo calor incrível que emanava do local. Se o sentia, não dava sinais disso.

"Fale-me sobre a magia, Cenobita", disse o Não Consumido. Sua voz soou como as chamas: limpas e constantes, exceto por aqueles salpicos escarlates.

"Um artifício humano, meu soberano. Mais uma das invenções do homem feita para alcançar a divindade."

"Então, por que ela o preocupa?"

Não foi o Não Consumido que perguntara, mas uma quarta presença na câmara. Um Abade da Ordem dos Cenobitas fez sua presença ser notada, saindo das sombras atrás do trono do Não Consumido, e caminhou em passo de procissão ao longo da câmara. Ele carregava seu bastão da Alta União, moldado como o cajado de um pastor, gritando condenações conforme se aproximava. Pelas costas, o Abade era comumente chamado de "Lagarto", um apelido que obtivera por conta das incontáveis escamas de prata polida, cada qual cravejada por uma joia, marteladas em cada centímetro visível de sua pele. Elas supostamente recobriam todo o seu corpo.

"Encontramos os seus livros, Sacerdote. Volumes obscenos de trabalhos desesperados dos homens. É heresia. Você faz parte da Ordem. Responde somente às leis dela. Por que guarda segredos?"

"Eu sei..."

"Você não sabe de *nada*!", disse o Abade, batendo o cajado no mármore frio, punindo os ouvidos do Cenobita com seu estrondo. "Um Cenobita tem de trabalhar dentro do sistema. Você parece satisfeito por trabalhar fora dele. A partir deste momento, está exilado da Ordem."

"Muito bem."

"E, pessoalmente", prosseguiu o Abade, "eu o executaria. Mas o julgamento final cabe ao Não Consumido..."

"E eu não vejo punição em uma execução", emendou o Não Consumido. "Você nunca mais colocará os pés no monastério. Seus bens foram confiscados. Está banido para a Trincheira. O que acontecerá com você lá não é da minha conta."

"Obrigado", disse o Sacerdote do Inferno.

Ele se curvou, então virou-se e foi para o arco. Sem nada dizer, ele e seu servo saíram da câmara e iniciaram a longa descida.

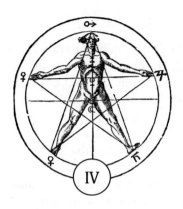

IV

Caz nunca acordava cedo, mas havia uma campainha de emergência escondida num nicho entre os tijolos ao lado da porta da frente, que somente um grupo seleto de pessoas conhecia. Harry a utilizou. O interfone emitiu alguma estática e então:

"Caz não está em casa."

"É o D'Amour. Me deixa entrar."

"Quem?"

"Harry. D'Amour."

"Quem?"

Harry suspirou. "Harold."

Sessenta segundos depois, o detetive estava sentado no sofá de Caz, que ocupava vinte e cinco por cento de toda a sala de estar. Outra parcela significativa era ocupada por livros, seus lugares perfeitamente delineados. Os assuntos de interesse dele não poderiam ser mais ecléticos: patologia forense, a vida de Herman Melville, a guerra franco-prussiana, folclore mexicano, o assassinato de Pasolini, os autorretratos de Mapplethorpe, as prisões da Louisiana, titereiros servo-croatas, e assim por diante; as torres de livros parecidas com a visão que um pássaro tem de uma grande cidade metropolitana. Harry conhecia a etiqueta dos livros. Você poderia apanhar alguma coisa das pilhas, mas tinha de recolocá-la no mesmo lugar. Podia até levar algum emprestado, mas o preço de uma devolução tardia sempre era alto.

De todos os homens que Harry já chamara de amigo, Caz era com certeza o mais intimidador. Ele tinha quase dois metros de altura e o corpo era uma massa de músculos tatuados, uma boa porção delas feitas no Japão pelo mestre que ensinara o ofício a Caz. Ele utilizava uma camada de tintas e cores que só parava no pescoço, punhos e tornozelos; seus desenhos eram um compêndio de assuntos japoneses clássicos: nas costas, havia um samurai em close combatendo um demônio num bambuzal varrido pela chuva, dois dragões subiam pelas pernas, as línguas se entrelaçando e enrolando em volta do comprimento do pênis dele. Ele era careca e não usava barba. Se alguém o visse saindo de um bar às duas da manhã, sem camisa e suado, com toda a certeza atravessaria a rua.

Sem dúvida, sua aparência era intimidadora. No entanto, uma olhada em sua face revelaria uma história bem diferente. Caz encontrava alguma fonte de deleite em todas as coisas e, como resultado, tinha uma bondade incomparável no olhar. Raramente não estava sorrindo ou gargalhando alto, sendo a única exceção significativa a porção do dia que ele passava gravando palavras e imagens no corpo das outras pessoas.

"Harold, meu amigo, você parece preocupado", Caz disse ao detetive, usando um tratamento que Harry permitia que ele — e somente ele — usasse. "O que o está perturbando?"

"Se vou responder isso, preciso de uma bebida antes."

Caz preparou sua especialidade (Bénédictine com uma pitada de cocaína) no pequeno escritório ao lado da loja, e Harry contou a ele tudo o que havia acontecido até então, cada maldito detalhe — às vezes remontando até os primeiros encontros deles.

"...então, essa coisa com a Norma", ele disse a Caz. "Quero dizer, eles pegaram a gente, sabe? Como puderam enganar nós dois? Eu raramente a vejo com medo, Caz. Talvez umas duas vezes na vida, mas nunca assim. Nunca se escondendo num buraco de merda por medo do que estivesse vindo atrás dela."

"Bem, podemos tirá-la de lá esta noite, se quiser, cara. Podemos trazê-la aqui e deixá-la confortável. Ela estará segura."

"Não. Eu sei que eles estão nos observando."

"Então, devem estar mantendo alguma distância", Caz observou, "porque eu não senti nem uma pontada."

Ele virou as palmas para cima, onde dois dos seus sigils de alarme sintetizados tinham sido tatuados por um ex-amante, em Baltimore.

"Também não senti nada", Harry falou. "Mas isso pode significar que estão mais espertos. Talvez estejam transmitindo algum sinal de interferência para bloquear os nossos alarmes. Eles não são idiotas."

"E nem a gente", Caz disse. "Vamos levar Norma para algum lugar seguro. Algum lugar..." ele fez uma pausa e um sorriso surgiu em seu rosto, "...o Brooklyn."

"Brooklyn?"

"Confie em mim. Conheço a pessoa *certa*. Vou até lá agora. Você volta para Norma que telefono quando tudo estiver pronto."

"Estou sem telefone", Harry disse. "Perdi o meu na demolição."

"Certo", Caz disse. "Eu bato na porta. Tem alguma ideia de quantos estão atrás de vocês?"

Harry deu de ombros. "Não. Não consigo nem compreender por que nos escolheram. Estou no mesmo escritório desde que comecei neste ramo. E ela no mesmo apartamento, fazendo a mesma coisa, todos esses anos. Nunca houve um problema vindo do Poço antes. O que acha que eles querem?"

"Você", Caz respondeu. "Pura e simplesmente."

"Quê?", Harry bradou. "Não. Se me quisessem, teriam vindo atrás de mim. Por Cristo, você sabe que fazem isso com frequência."

"É", Caz completou. "Mas sempre falham."

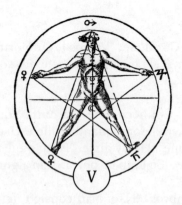

Harry voltou ao porão do clube de sexo e encontrou Norma conversando com um espírito que ela apresentou como sendo "Pregos" McNeil, que não viera atrás dela, mas estivera vagando para se refamiliarizar com seu local favorito.

"Ele adorava ser crucificado nos solstícios do verão e do inverno", Norma disse a Harry. Ela escutou, enquanto a presença invisível acrescentou alguma coisa. "Ele diz que você deveria experimentar, Harry. Uma crucificação e um bom boquete. É o Paraíso na Terra."

"Valeu, Pregos", o detetive respondeu. "Mas acho que fico com a boa e velha punheta. Dito isso, vou descansar por umas duas horas no palco próximo à porta. Cenário de muitos dos melhores momentos do sr. McNeil, aposto."

"Ele desejou bons sonhos."

"Isso está fora de questão, mas o que vale é a intenção. Trouxe um pouco de comida, Norma, um travesseiro e conhaque também."

"Você é um anjo. Não devia ter se dado ao trabalho. E também não precisa ficar. Eu estou bem."

"Não tem problema."

Norma sorriu. "Vamos manter nosso papo baixinho", ela disse.

Harry jogou o travesseiro no palco, preparando-se para dormir sob uma cruz, em tábuas que sem dúvida tinham visto uma boa dose de fluidos corporais. Devia haver algo significativo naquilo, ele pensou vagamente, mas estava cansado demais para se aprofundar na questão. O sono o superou com rapidez e, apesar dos bons sonhos desejados por Pregos McNeil, o sonho de Harry — no singular — não foi bom. Ele passou as horas entorpecidas sonhando que estava de volta ao táxi que o levara ali, só que as ruas familiares de Nova York estavam agora desoladas, e seu motorista — longe de ignorar aquilo que os perseguia — dizia apenas sem parar: "Faça o que quiser, só não olhe para trás".

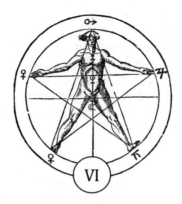

VI

O Sacerdote do Inferno deixou a fortaleza e saiu da cidade sem dizer uma palavra, seguido de perto por Felixson. Somente quando alcançaram os limites do Monastério, ele falou.

"Está vendo aquela fileira de árvores, um quilômetro à esquerda?"

"Sim."

"Vá até lá e me espere. Vou encontrá-lo depois."

Eles se separaram ao passarem pelos portões. Em circunstâncias ideais, o Sacerdote do Inferno teria visto seus deveres realizados num passo mais vagaroso do que era obrigado a impor agora. No entanto, ele estava pronto para seguir em frente, pois se preparara por muitos anos para aquilo, e era um alívio finalmente ver os soturnos negócios que tinha diante de si serem encaminhados. Quando agradeceu ao Não Consumido, estava sendo sincero.

Tudo que estava prestes a fazer dependia de possuir bastante magia, claro. Aquela fora a chave de sua empreitada desde o início. E ele se deleitara ao descobrir que a maioria de seus colegas Cenobitas, quando o assunto era magia e sua eficiência, nutriam nada além de desprezo por ela; aquele fato tornava ainda mais irônico o que rapidamente iria ocorrer.

Ele foi diretamente ao corredor de edifícios anônimos que se estendia em paralelo à lateral da borda mais distante da fortaleza, onde o declive na qual ela se encontrava ficava mais íngreme. Eles eram chamados de Casas do Canal. Para compensar o declive, a parede daquele lado era duas vezes mais alta na frente, com o topo repleto de pontas de ferro viradas para cima, para dentro e para fora. Essas, por sua vez, eram cobertas por farpas que tinham enlaçado centenas de aves, muitas apanhadas no processo de tentar cutucar vítimas anteriores. Aqui e ali, entre os ferros e os ossos, havia alguns prisioneiros recentes, flutuando ocasionalmente por alguns segundos e, então, se acomodando de novo para reunir as forças e fazer mais uma tentativa inútil em busca da liberdade.

O propósito original das Casas do Canal fora esquecido há muito tempo. Muitas delas estavam completamente vazias. Algumas serviram como depósitos de aventais e luvas de cota de malha, usados na vivissecção dos amaldiçoados; o equipamento sujo de sangue fora jogado e deixado para as moscas. Porém, mesmo elas, tendo alimentado e produzido diversas gerações ali, tinham exaurido a utilidade do material e desaparecido.

Ninguém mais ia ali, somente o Sacerdote do Inferno; e mesmo ele só o visitara duas vezes: uma para encontrar um lugar onde esconder sua própria contribuição à tradição de tormento da Ordem, a outra para realmente escondê-la. Na verdade, fora a visão dos pássaros no topo dos muros que inspirara a solução simples mas elegante de como ele poderia levar as notícias — notícias que passara muitos meses de estudos refinando — aos seus receptores. Usando o conhecimento letal que havia adquirido em suas pesquisas e o único livro de sua biblioteca secreta que não era sobre magia, *Senbazuru Orikata ou Como Dobrar Mil Garças,* o mais antigo volume original sobre a arte do origami, ele se debruçara sobre seu trabalho secreto com uma avidez que não se lembrava de sentir por boa parte do tempo de uma vida humana.

Agora, ao adentrar a sexta Casa do Canal, onde seus trabalhos adormeciam dentro de uma grande gaiola, ele tornara a sentir aquela avidez, castigado pelo conhecimento de que não haveria tempo ou oportunidade para fazer aquilo duas vezes, o que não lhe dava margem para erro. Desde que levara seu trabalho secreto para lá, a quantidade de adeptos da Ordem inflara; uma circunstância para a qual ele se planejou. Ele tinha de atrair as novas identidades para seu rebanho com um pincel fino e tinta, chamados de Escala Cremada. Isso levaria apenas alguns minutos. Enquanto trabalhava, estava atento a qualquer som além dos pássaros moribundos — um sussurro, um passo, qualquer sinal de que estavam procurando por ele — inscrevendo sem interrupção as Ordens de Execução em papéis extras que havia deixado dobrados e incólumes justamente para aquela situação. Ele reuniu tudo na gaiola com outros que já havia feito, enquanto um sentimento quase alienígena se insinuou em seus pensamentos. Intrigado, ele lutou para nomeá-lo. O que era?

Soltou um grunhido de reconhecimento quando a resposta veio. Era dúvida. Mas, quanto à fonte dela, ele se sentia completamente ignorante. Não duvidava da eficácia do trabalho que estava prestes a realizar; tinha certeza de que seria mais do que suficiente. Também não estava duvidando da forma que o executaria. Então, o que o conturbava?

Olhou para a gaiola com papéis dobrados, enquanto elucubrava sobre sua emoção indesejada e, de repente, tudo ficou claro. A dúvida estava enraizada na certeza — certeza de que uma vez que a magia fosse elaborada naquele quarto, não haveria mais volta. O mundo que conhecera quase por tanto tempo quanto sua memória era capaz de remontar mudaria além do reconhecimento. Ele estava a instantes de liberar o completo caos, e a dúvida simplesmente o lembrava deste fato. Ela o estava testando. Perguntava a ele: *Você está pronto para o apocalipse?*

Ele ouviu a pergunta na cabeça, mas respondeu com os lábios.

"Sim", ele disse.

Com a dúvida definida e respondida, se pôs a trabalhar, apanhando a gaiola e levando-a até a porta, a qual abriu, colocando a gaiola sobre a soleira.

Por segurança, apanhou uma faca de evisceração de seu cinto, preparando-se para a improvável eventualidade de ser interrompido. Então, disse as palavras de origem africana, as quais levara certo tempo para dominar, pontuadas como eram por grunhidos e delicadas expulsões de ar.

O Sacerdote do Inferno observava a gaiola enquanto falava. Às vezes, o encanto precisava de uma segunda ou até de uma terceira tentativa. Ele estava reunindo fôlego para repetir as sílabas, quando houve uma breve alteração no monte de papéis dobrados. Ela foi seguida quase imediatamente por outro movimento, e mais um — a urgência de viver espalhando-se pelos ocupantes da gaiola. Em menos de um minuto, quase uma centena de garças de origami ganharam vida, batendo suas asas de papel. O único som que eram capazes de fazer era o que estavam fazendo agora: papel esfregando-se em papel, dobra contra dobra. Sabiam que haviam sido criadas para emular e flutuavam até a porta, afoitas para se libertarem.

O Sacerdote do Inferno não tinha intenção de libertar todas de uma vez. Isso arriscaria chamar atenção para a sua fonte. Ele abriu a gaiola e deixou menos de dez saírem. As garças saltitaram em seus pés dobrados, abrindo as asas conforme o faziam. Então, como que por consenso mútuo, todas bateram as asas de papel e voaram, erguendo-se acima das casas do Canal. Três pousaram no telhado da sexta casa, abaixando a cabeça para olhar de volta para a jaula onde haviam nascido. As restantes, tendo circundado a Casa do Canal para se familiarizar, voaram para longe, sendo seguidas, segundos depois, pelas três que haviam ficado para trás. O espetáculo das primeiras partindo havia levado as mais de noventa outras que ainda estavam na gaiola a um frenesi enlouquecido.

"A hora de vocês vai chegar", o Sacerdote do Inferno disse a elas.

Se o compreendiam, não demonstraram. Elas batiam asas, lutavam e se lançavam repetidamente contra as barras. Apesar do peso da gaiola de ferro e da própria fragilidade, as dobraduras ainda conseguiam fazer o contentor balançar. O Sacerdote abriu a porta alguns centímetros e permitiu que outra dúzia saísse, fechando de volta rapidamente, para observar o que aquele segundo grupo faria. Como suspeitava, nenhuma delas perdeu tempo espiando do telhado da Casa do Canal, como as três do primeiro grupo fizeram. Em vez disso, todas voaram de imediato, circulando no alto para se orientar, antes de seguir rapidamente em direções variadas. O vento frio e bruto voltara a soprar, e o Sacerdote observou seus pássaros dobrados que pareciam restos de papel cobrirem a cidade caótica, sabendo que apenas um olhar superficial quebraria a ilusão, pois os papéis não estavam escravizados por um vento específico; estavam obviamente voando em direções bem diferentes e precisas.

Com a dádiva daquele vento ilusório, ele decidiu deixar a precaução de lado e ofereceu a liberdade a todos os pássaros. Arrancou a portinha de suas dobradiças, fazendo as barras se quebrarem onde a porta se segurava na estrutura da gaiola. Ele retirou a frente dela, enquanto a revoada de papel ergueu-se num emaranhado caótico de asas e bicos dobrados.

Nenhum origami hesitou. Tinham um trabalho a fazer e estavam ávidos para tanto, saindo rapidamenta pela portinha. Todo o processo, desde que ele arrancara a porta da gaiola para soltar os pássaros, até o último deles partir, levara em torno de três minutos.

Não demoraria muito agora. Sendo assim, ele não permaneceu na Casa do Canal, mas empreendeu uma caminhada para ser visto nas paragens tumultuadas que havia entre os blocos de células. No entanto, ao fazê-lo, não estava buscando um álibi. Na verdade, dentro em pouco, não precisaria de um, porque logo nenhuma daquelas pessoas que o viram estariam vivas para testemunhar. Sua única preocupação era que a presença dos pássaros fosse descoberta. Porém, para sua satisfação, a existência deles passou despercebida por seus irmãos e suas irmãs. Ele se sentiu maravilhosamente vivo naqueles minutos gloriosos de antecipação.

Com seus sentidos trementes, ele subiu os degraus até o muro acima do portão e olhou para a cidade. As fogueiras de sempre queimavam aqui e ali e, na segunda ponte mais próxima, viu uma colisão violenta entre a guarda do regime em seus uniformes pretos e prateados, e uma massa de cidadãos desgovernada, que forçava os agentes a recuarem pela superioridade dos números.

Bombas caseiras eram arremessadas entre os guardas e sprays de chamas alaranjadas, esvaziados; as vítimas apagando o fogo ao se atirarem de cima da ponte na água. O fogo, contudo, era imune ao seu mais antigo inimigo — os guardas incandescentes mergulhavam fundo para apagar as chamas apenas para voltarem à superfície e tornarem a queimar. Ele conseguia escutá-los gritando enquanto eram consumidos. Era a mesma coisa de sempre.

Mas então, veio um grito mais próximo. Ele escutou um brado vindo do monastério atrás de si. Antes que este terminasse, veio mais um e, quase imediatamente, outros três ou quatro. Nenhum deles era grito de dor, claro. Aquelas eram almas que tinham vivido em estado perpétuo e voluntário de agonia para conseguir um lugar dentro da Ordem, e a execução que o Sacerdote do Inferno planejara visava a eficiência, não a indulgência.

Quando um dos soldados de papel do Sacerdote do Inferno encontrava uma vítima, a influência nefasta da escritura gerava seu efeito e, quando isso ocorria, eles só tinham oito ou nove pulsações cardíacas restantes, cada qual mais fraca que a anterior. Os gritos que ouvia eram de descrença e ira, e nenhum deles durou muito.

Entretanto, houve pânico entre aqueles que trabalhavam para os membros mortos e moribundos da Ordem; os amaldiçoados que, como Felixson, serviam os Cenobitas de todas as formas que lhes eram solicitadas. Agora, seus mestres estavam caindo, a boca expelindo saliva, e os escravos gritavam pedindo ajuda, somente para descobrir que o mesmo estava ocorrendo em outras câmaras do monastério.

O Sacerdote do Inferno adentrou o monastério, passando pelas celas, olhando de forma fugidia para a direita e para a esquerda. Seus irmãos e suas irmãs estavam nos últimos estertores de morte. Sacerdotes, sacerdotisas, diáconos e bispos, todos deitados onde haviam caído; alguns buscando sair, como se tudo de que precisassem era ar fresco, outros visíveis apenas como um membro estendido emoldurado por uma porta semiaberta.

O que tinham em comum, aqueles muitos mortos, era o sangue. Ele fora expelido de seus corpos com força convulsiva, exatamente como o Sacerdote do Inferno planejara ao escrever os feitiços. Os espasmos mortais que lançara sobre os irmãos e as irmãs eram uma crueldade que ele próprio inventara, e plausíveis apenas porque as leis da magia estavam fazendo pelos corpos o que a natureza não era capaz. Quando os feitiços chegavam às vítimas, reconfiguravam em questão de segundos a organização de suas entranhas, de modo que os corpos se transformavam em jarros cheios de sangue, expelindo tudo em duas ou, no máximo, três convulsões.

Enquanto caminhava pelos pavilhões de celas, confrontou apenas duas vítimas vivas. Na primeira ocasião, alguém agarrou a barra de suas vestes. Ele olhou para baixo e viu uma sacerdotisa com quem trabalhara várias vezes para coletar almas. Ela estava no limite, com sangue purgando de cada poro do corpo. Ele arrancou o manto da pegada fraca dela e seguiu adiante rapidamente.

Na segunda ocasião, escutou alguém chamar de uma cela pela qual passava; lá, viu inclinado contra a parede, a uns trinta centímetros da porta, um irmão excessivamente corpulento de óculos escuros de quem nunca gostara e que, em retorno, nunca gostara dele.

"Isto é obra sua", disse o pesado sacerdote de dentro da cela.

"Você está enganado", respondeu o Sacerdote do Inferno.

"*Traidor!*"

Ele levantou a voz ao se sentir mais certo das acusações. Em vez de encorajá-lo a gritar ainda mais alto ao seguir em frente, o Sacerdote do Inferno entrou na cela, pronto para despachar o Cenobita acusador com um gancho nas mãos. Lá dentro, viu os restos desdobrados de sua Ordem de Execução no chão. Por algum motivo, talvez por conta do enorme peso do corpo, o feitiço não surtira efeito naquele irmão.

"...assassino...", acusou o gordo.

Desta vez, ele não gritou a acusação, embora claramente o quisesse. O rosto dele empalideceu de uma hora para outra e barulhos altos vieram de suas entranhas. A morte estava a poucos segundos.

O Sacerdote do Inferno afastou-se do irmão moribundo. Ao fazê-lo, duas coisas aconteceram: o gordo atacou e agarrou as vestes do Sacerdote do Inferno e, então, entrou em convulsão; o corpo obeso liberando um jorro de sangue quente que acertou o rosto do Sacerdote com tanta força que pinicou a pele.

O Sacerdote do Inferno segurou a mão do Cenobita e, com um único aperto, quebrou todos os dedos numa tentativa de se livrar do agarro. Antes que conseguisse se soltar, houve uma segunda convulsão, mais poderosa do que a primeira. Os conteúdos lavaram o Sacerdote como uma onda e, enquanto o irmão obeso escorregava, largou seu assassino, a vida finalmente evanescendo. O Sacerdote do Inferno deu as costas e deixou a cela, voltando encharcado de sangue aos saguões tumultuados.

Ele decidiu que já havia visto o suficiente. Não porque a visão causava repulsão a ele; na verdade, estava bem orgulhoso de ver os frutos de seu trabalho. Mas aquela era só a primeira parte do plano. Ele correra a contento até então, mas era hora de seguir em frente e reunir-se a Felixson. Porém, ao chegar aos portões da fortaleza, encontrou — ou melhor, escutou — o terceiro sobrevivente.

"Parado, Sacerdote", disse uma voz enfraquecida.

Ele fez como lhe fora ordenado e, ao olhar para a direita, viu o Abade, meio reclinado, sendo trazido por um veículo de duas rodas, tratado por médicos que cuidavam dele de todos os lados. A estrutura enfraquecida do Abade estava agravada por todo aquele sangue espirrado pelo seu queixo reptiliano, derramado por sobre os mantos decorados. Sangue ainda pingava da lateral de sua boca e escorria pelas escalas de metal e pedras preciosas. Mais surgia conforme ele falava, mas o Abade não parecia se importar. Ele sobrevivera ao tormento que matara a totalidade de sua Ordem Profana; todos menos ele e aquele outro que tinha diante de si.

Ele estudou o Sacerdote do Inferno, seus olhos dourados anelados por pequenas escalas decoradas com safiras não entregavam seus pensamentos. Enfim, disse: "Você é imune a esta doença que acometeu todos nós?".

"Não", respondeu o Sacerdote. "Minha barriga está se contorcendo e estou sangrando."

"Mentiroso! *Mentiroso!*" Ele empurrou seus cuidadores para longe e desceu do dispositivo que o levara até ali, indo até o Sacerdote do Inferno com espantosa velocidade. "Você fez isto! Você assassinou a minha Ordem! Sinto o cheiro do sangue deles em você!" As joias reluziram em cores diferentes — rubis, safiras, esmeraldas — que escondiam totalmente o corpo podre sob elas. "Confesse, Sacerdote. Poupe a si mesmo do fedor da própria carne queimando."

"Esta não é mais minha Ordem", respondeu o Sacerdote do Inferno. "Sou apenas um cidadão da Trincheira que veio apanhar seus pertences."

"Guardas! Prendam-no! E convoquem os inquisidores do..."

Os comandos foram silenciados pela mão do Sacerdote do Inferno pressionando a garganta do Abade. O Sacerdote o ergueu do chão — o que não era nada fácil, pois o peso dos adornos somados ao peso do próprio corpo eram substanciais. Mesmo assim, o Sacerdote o fez e pressionou-o contra as paredes do bloco de celas.

Com a mão livre, ele escavou os dedos por entre as decorações que adornavam o rosto da vítima e as arrancou. A pele era podre e mole por baixo, como um sabonete deixado na água quente por tempo demais e, quando o Sacerdote começou a remover a carapaça, ela cedeu prontamente. Em questão de segundos, ele expusera metade da face do Abade. Era uma visão lamentável, a carne mal aderia ao osso.

E ainda assim, não havia medo nos olhos dele. O Abade conseguiu, mesmo em meio ao aperto na garganta, dizer: "Parece que estamos unidos por um segredo. Você não é o único que lida com magia. Estou vivo agora por causa dos trabalhos que fiz muitos anos atrás. Pode me matar, mas prometo que o levarei junto".

Ele encarou o Sacerdote do Inferno sem piscar, enquanto declarava sua imunidade, e o algoz soube que a promessa era verdadeira; ele já conseguia sentir a conexão que o Abade formava entre eles.

"Há muita coisa que posso fazer para abreviar sua destruição", disse o Sacerdote do Inferno.

"E quanto mais tempo levar para fazê-lo, mais próximos vão estar os inquisidores."

O Sacerdote do Inferno encarou os olhos do Abade. Finalmente, soltou-o no chão.

"Outro dia, então", ele disse, encaminhando-se para a saída.

O Sacerdote do Inferno chegou aos limites da floresta e encontrou Felixson aguardando-o como o cão leal que era.

"Feito?", perguntou Felixson.

"Sim", bradou o Sacerdote do Inferno, olhando para trás, enquanto um estrondo surgiu da fortaleza.

Havia confusão perto dos portões; uma discussão se eles deveriam ser deixados abertos para receber os dignitários ou fechados para impedir a plebe. Era uma consequência imprevista dos atos dele.

A Ordem sempre preservara de modo mesquinho sua condição privilegiada, executando do lado de fora dos portões qualquer um que violasse a lei ou entrasse sem os papéis de permissão triplamente assinados. Mas teria sido impossível fechar a fortaleza e seus segredos dos olhos curiosos agora; havia cadáveres demais que teriam de ser retirados e sangue demais a ser limpo. E com o Abade no estado de instabilidade mental em que tinha sido deixado, não havia uma só autoridade dentro da fortaleza.

Com o tempo, alguns Cenobitas ausentes retornariam, tendo escapado da chacina por sorte, e as previsíveis contendas internas começariam, mas, por ora, havia somente alguns guardas confusos nos portões, os mortos lá dentro, os amaldiçoados que os serviam e, sem dúvida, uma congregação cada vez maior de moscas.

VII

"Harry?"

D'Amour abriu os olhos e se sentou. Norma estava na beira do palco.

"Você está acordado?"

"Agora estou. Qual o problema?"

"Alguém está tentando entrar, Harry. Os espíritos estão se esforçando, mas dizem que não vão conseguir segurá-los por muito mais tempo."

"Quantos são?"

"Dois. O que quer fazer?"

"Dar uma mijada."

Ele voltou de seu intervalo no banheiro com uma garrafa de conhaque na mão. Deu um gole, a entregou a Norma e subiu pelas escadarias até a porta da frente.

Sem nada no estômago para amortecê-lo, o álcool dera um chute e tanto, e ele quase tropeçou nos degraus escuros conforme subia, mas chegou até o topo sem nenhum osso quebrado, deslizou os ferrolhos e abriu a porta. Não tinha como fazer aquilo em silêncio. Ela ralou por sobre os destroços acumulados enquanto se movia. O sol já tinha se posto, o que significava que ele dormira por tempo demais.

Harry sentiu que os fantasmas de Norma o tinham acompanhado e, enquanto passava por cima do lixo jogado no nível da rua, disse a eles: "Não estou recebendo nenhum sinal. Isso é bom. Mas, se algo der errado, vão até Norma e tirem ela daqui, certo? A saída de incêndio estava fechada com correntes, mas eu as quebrei na noite passada, pois achei que vocês teriam uns colegas vigiando o beco. Então, deem o fora com ela e não me esperem. Posso cuidar de mim mesmo e encontrar vocês onde quer que estejam. Espero que algum de vocês esteja escutando, porque se eu perder...".

Ele seguiu em frente, incapaz de dar voz ao seu receio. Estava no topo dos degraus agora e, em vez de se demorar em seu esconderijo, foi até a interseção, olhando em todas as direções. Não havia ninguém por perto e o trânsito estava leve.

Ele se esgueirou em volta do quarteirão, pausando para acender um toco de charuto, que a seu ver — ao contrário dos entendidos que não tocariam em nada que já estivera aceso — era bastante agradável após ter sido fumado por algumas horas, então apagado com cuidado, fumado novamente e apagado mais uma vez. Agora, estava maduro como uma meia velha, e trazê-lo de volta à vida dava a Harry a desculpa perfeita para fazer uma parada ali e avaliar a situação da rua.

Ele chegou ao fim do quarteirão e deu uma tragada no charuto, só para descobrir que ele havia convenientemente apagado outra vez. Tirou do bolso da jaqueta uma caixinha de fósforos, riscou um e usou a bela chama para acender mais uma vez o charuto. Enquanto inclinava a cabeça para realizar a tarefa, sua visão periférica captou um homem e uma mulher aproximando-se dele, vindos da extremidade norte do quarteirão. A mulher era pequena, mas de olhar feroz, enquanto o careca ao lado dela tinha facilmente trinta centímetros de altura a mais que ela.

Era Caz, e ele trouxera companhia. Harry tragou o charuto, obtendo uma nuvem boa e fragrante. Olhou na direção deles, mas não fez nada que pudesse ser interpretado como um sinal. Deu as costas e voltou para o edifício, esperando que Caz e sua companheira virassem a esquina. Então, desceu os degraus cheios de entulhos e aguardou.

Só quando eles chegaram ao topo da escadaria e começaram a descer que Harry entrou e esperou que os seguissem. Harry já tinha encontrado a amiga de Caz uma vez. Lembrava que o nome dela era Lana. Ela tinha pouco mais de um metro e cinquenta, mas cada centímetro de seu corpo era feito de músculos sólidos. O corpo dela tinha mais tatuagens do que o de Caz e o de Harry juntos, mas não por causa da paixão dela por aquela forma de arte. Toda a pele de seu corpo, incluindo o rosto, era um pergaminho vivo — uma enciclopédia de escritos e sigils arcanos que, segundo ela, "mal conseguia manter os espíritos afastados". A mulher era um ímã para o sobrenatural. Harry ficou feliz ao vê-la.

"Eu a trouxe comigo, caso tenhamos problemas", Caz disse quando entrava no prédio.

"Oi, Harry", Lana disse. "É bom ver você de novo."

Ela estendeu a mão, que o detetive apertou. A pegada dela quase esmagou seus dedos.

"Lana", Harry disse, o epítome da contenção.

"Lana vai nos deixar ficar num apartamento dela pelo tempo que precisarmos."

"Qualquer coisa para Norma", ela emendou.

"Então vamos buscá-la?", Caz disse. "Minha van está parada ali na rua. Devo trazê-la até aqui?"

"Sim. Quando a tiver trazido, já vamos ter..." Ele parou. Então, disse calmamente: "Droga".

"Visitas?", Lana perguntou, com os olhos observando o entorno.

"Alguma coisa. Senti uma fisgada nas tatuagens. Mas passou. Pode ter sido algo passageiro. Nunca se sabe nesta droga de cidade. Vamos tirar Norma deste buraco de merda. Cinco minutos, Caz?"

"Pode ser."

"Lana, você vem comigo?"

"Pode deixar, chefe."

Harry percebeu uma nota de sarcasmo na voz dela, mas preferiu ignorar, enquanto a guiava pelo labirinto mal iluminado.

"Jesus, Maria e José", Norma disse, quando eles entraram em seu quarto. "O que *você* está fazendo aqui?"

"Desculpa. Ele disse que era amigo seu", Lana respondeu.

"Sabe que estou falando com *você*", a idosa prosseguiu.

"Não vou deixar que algo aconteça com você, Norma. Muita gente depende de você. Inclusive eu. Então decidimos que você vai ficar na minha casa."

Harry estremeceu, aguardando que Norma respondesse com alguma objeção, mas ela apenas ficou ali sentada, com um sorriso formando-se em seu rosto.

"Qual é a graça?", Harry perguntou.

"Nada", Norma respondeu. "É legal ter todos vocês me importunando pelo meu próprio bem."

"Então, vamos fazer uma festinha do pijama?", Lana brincou.

"Sim, vamos", concordou Norma.

"Sem discussão?", Harry perguntou.

"Nenhuma."

Ela ainda estava sorrindo.

"Fantasmas sadomasoquistas são uma coisa", Harry observou. "Mas isso? Isso é esquisito."

VIII

Houve um bom número de sinais de que algo de consequências substanciais estava prestes a acontecer em Nova York naquela noite. Para aqueles que sabiam ler os sinais — ou escutá-los, ou cheirá-los —, eles estavam em toda parte: na elegância sutil do vapor que saía dos bueiros em várias avenidas, no padrão da gasolina derramada de cada batida de carro que envolveu uma fatalidade, no estrondo causado pelos milhares de pássaros que circulavam por sobre as árvores do Central Park, num horário em que, em uma noite qualquer, estariam dormindo e em silêncio e nas orações que as almas sem-teto murmuravam, escondidas por questões de segurança onde o lixo era mais abominável.

As igrejas que ficavam abertas até altas horas da noite para aqueles em necessidade de um local para acalentar o coração viram mais almas chegar do que tinham visto em meio ano. Não havia padrão para aqueles homens e aquelas mulheres, negros e brancos, descalços e de saltos altos, a não ser o fato de que, naquela noite, todos queriam tirar da configuração da mente a parte que sabia — que sempre soube, desde a infância — que a ferida do mundo estava se aprofundando, dia após dia, e eles não tinham escolha, senão sentir a dor como se fosse deles; o que, em parte, era.

A viagem para o Brooklyn seguira sem incidentes até ali. Caz tomara a Canal Street e cruzara a Manhattan Bridge.

"Estamos indo para a Underhill Avenue", Lana disse, ao que Caz os levou da ponte para Flatbush. "Vire à esquerda na Dean Street, siga por quatro quarteirões e depois vire à direita."

"Puta merda, pare a van", Harry disse num fôlego só.

"O que foi?", Caz perguntou.

"*Pare!*"

Caz pisou no freio. Harry olhou pelo espelho retrovisor, estudando o que via e murmurou: "Que diabo *ele* tá fazendo aqui?".

"Quem?", mais de uma voz perguntou.

Protegido pelas florestas infernais, o Sacerdote do Inferno observou alegremente como o drama mortal se desenvolvia dentro da sua antiga morada, mas ele tinha negócios mais urgentes para tratar. Deu três passos, o que o levou ao matagal espinhoso que cercava a floresta, demarcando seu final. Seus galhos nodosos eram tão intrincadamente entremeados que pareciam sólidos como uma parede. O Cenobita meteu as mãos lá, sentindo os espinhos cortarem sua pele. Enfiou-as até a altura dos pulsos, então segurou os galhos entrelaçados e os puxou com força. Vários breves lampejos de luz saíram dos galhos decepados, espalhando-se em todas as direções.

Felixson observou espantado. Ele já tinha visto obras bem mais espetaculares do que aquela, mas sentir o poder que ela estava gerando... aquilo era digno de espanto. O matagal estava nas mãos transformadoras das energias de seu mestre, e seus espinhos tornaram-se subitamente flexíveis e oscilantes, como algas marinhas à deriva numa maré furiosa.

Segundos antes de acontecer, Felixson teve aquela velha sensação no estômago e nas bolas, a sensação que significava que o trabalho que estava fazendo — ou no caso, testemunhando — estava prestes a irromper da mera teoria para a realidade. Ele prendeu o fôlego. O significado das manobras que presenciava estava tão além da condição rudimentar das suas próprias habilidades mágicas que ele não fazia ideia das consequências que aquilo traria.

O arvoredo inteiro começou a tremer. Felixson escutou barulhos como fogos de artifício distantes; bum após bum após bum. Fogo atingindo fogo em todas as direções. Felixson olhou para o seu mestre e, para sua surpresa, viu uma expressão até então inédita: um sorriso.

"Cubra o rosto", disse o Sacerdote do Inferno.

Felixson fez conforme fora instruído e cobriu o rosto com as mãos, mas sua curiosidade levou a melhor. Ele espiou por entre os dedos e assistiu ao espetáculo se intensificando. O sorriso continuava no rosto do seu mestre. Na verdade, ele ficou mais claro, conforme o Sacerdote do Inferno erguia os braços numa pose de crucifixo, triunfante. A resposta das energias foi imediata. Elas envolveram seus braços e dedos.

Felixson sabia que algo estava para acontecer e não conseguia desviar o olhar.

Harry olhou para Lana. "Estamos muito longe da sua casa?"

"Mais um quilômetro e meio, aproximadamente. Que merda está rolando?"

"Bom", Harry emendou. Então, ele abriu a porta e saiu do carro. "Esperem aqui. Isto não pode ser uma coincidência."

"A gente não devia..."

Harry silenciou os protestos de Caz com um movimento do pulso, olhou para a esquerda e então para a direita. A rua estava vazia. Os únicos veículos além da van de Caz tinham sido abandonados e despidos de tudo, exceto da tinta na lataria. E nem uma luz estava acesa nas casas da região. Apesar da atmosfera inóspita, nenhuma das tatuagens de Harry estava formigando. Ou aquilo era para valer ou era uma miragem e tanto.

Harry cruzou a rua e gritou para o diminuto homem que estava de pé na esquina. "Ei! Dale! Você tá perdido ou algo assim?"

Dale olhou para Harry como se não tivesse nem notado a presença de outra alma.

"Harry?", Dale perguntou. Ele pisou na rua, desprendendo cinco por cento da sua atenção para o detetive e o restante para olhar ao redor.

"Que coisa encontrar você por aqui", Harry disse.

"Eu vou onde..."

"Seus sonhos mandam. Certo. Eu lembro. E seus sonhos disseram..."

"Para estar neste exato local, neste exato momento."

"Eles lhe disseram que eu estaria aqui?"

Dale sorriu. "Não. Mas é uma boa surpresa." Sua voz transpareceu honestidade melosa.

"Sol e Bellmer não quiseram vir?"

"Sol nunca vem. E a srta. Bellmer... bom, ela foi encontrada morta na noite passada, com seu clitóris gigante enfiado na boca. E não foi o clitóris que cortaram fora."

"Aparentemente, os amigos dela não eram tão importantes assim."

"Vá com Deus, é o que eu digo."

"Você não tá me vendo chorar, né? E então, quer uma carona?"

"Na van? Não. Temo que isso não esteja nas cartas."

"Nas o que..."

Harry parou de falar. Cada gota de tinta na sua pele lançou subitamente um brado de guerra; o som de mil sirenes silenciosas, todas de uma só vez. Foi como levar um chute na barriga. Ele perdeu o fôlego e caiu no chão, cego para tudo, exceto para o tinir das tintas. Escutou ao fundo Caz gritando: "Levante-se, levante-se. Norma disse que a gente tem que sair daqui!". Então, de algum modo, Caz estava ajoelhado ao seu lado.

"Caralho! As suas tatuagens estão dando um grito primal!", ele disse.

Então, tão repentinamente quanto começara, o som sumiu. Harry abriu os olhos e seus sentidos voltaram ao normal. Ele reuniu toda a sua força de vontade; Caz e Dale o estavam observando. Norma escutava o vento.

"Pessoal", Harry disse baixinho, "esse é o Dale."

"Encantado", Dale se pronunciou.

Enquanto todos trocavam cumprimentos, Harry respirou fundo e ficou lentamente de pé.

"Ele é o amigo que conheci em New Orleans. É boa gente, não é, Dale?"

"Vai com calma", Caz falou.

"Eu tô bem", Harry disse.

"Você não parece bem", Lana observou.

"Mas eu tô", Harry repetiu. "Só ficou bem alto. E rápido demais."

"Deve estar chegando perto", Dale disse.

"Acho que sim. Seja o que for, é grande", Harry completou. "Temos de ir agora. Antes que chegue aqui."

"Antes que o que chegue aqui?", Lana perguntou.

Dale virou-se e respondeu a questão.

"O Inferno."

"Droga. Um portal vai surgir aqui", Norma afirmou. "Algo em outro âmbito quer acessar este lugar e... caramba", Norma estancou. "Acabei de perceber que não há espíritos aqui." Ele deu uma guinada e virou o rosto para o céu. Então, após alguns segundos, completou: "Nenhum".

"Que barulho é este?", Caz perguntou.

Ele se iniciara repentinamente ao redor deles, não um som, mas muitos. Harry girou no mesmo local, procurando pela fonte.

"São as casas", ele disse.

As janelas estavam batendo contra as molduras, portas trancadas vibravam como se estivessem prestes a arrebentar. Telhas soltas nos telhados sacudiam e deslizavam, se espatifando contra o chão, enquanto, de dentro das casas, veio o ruído de inúmeros eletrodomésticos dançando no mesmo tom. Houve um aumento estrondoso de objetos caindo e se quebrando — garrafas, abajures, espelhos —, como se todas as casas estivessem sendo vandalizadas ao mesmo tempo.

"Parece que vamos ser arrastados para uma briga", Caz disse.

"Droga!", Lana gritou. "Lugar errado, na hora errada. A história da porra da minha vida."

Caz pegou de debaixo do banco do motorista da van um pedaço de tapete enrolado. O pôs na calçada e, ajoelhando, o desenrolou, chamando seus amigos conforme o fazia.

"Alguém quer uma?"

Harry olhou para a seleção de facas e outros utensílios que estavam dispostos no pedaço de tapete de quarenta centímetros. A maior arma era um facão bastante arranhado (do qual Harry já precisara antes), e uma seleção de seis outras lâminas, sendo a segunda maior uma faca de caça e a menor uma faca que Caz ganhara no Dia dos Namorados de um açougueiro com quem namorou.

"Não, obrigado. Muitas lembranças ruins. Mas pode dar uma faca para Norma."

Caz assentiu e escolheu uma para a idosa. Dale apanhou o facão.

As energias à solta pela rua preenchiam as casas, abrindo e fechando algumas das janelas, como se houvesse um tipo de maré nos poderes que se erguiam. Todas de uma vez, as luzes da rua apagaram e, apesar dos protesto de Harry, Caz meteu uma faca nas suas mãos. Harry acabou acenando em concordância.

"Suas tatuagens?", Caz perguntou.

"Frenéticas", Harry respondeu.

"Alguma ideia?"

"Nenhuma de que eu goste."

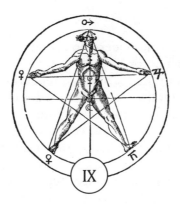

A floresta inteira entrou num complexo e desconcertante movimento; o ar em torno do Sacerdote do Inferno era um cosmo de trilhas constituídas de partículas de pó tão entremeadas que, em certos pontos, formavam nós pelos quais o trânsito de fragmentos luminosos continuava a fluir. Ondas de choque se espalharam do local em todas as direções, empurrando com sua força o pó brilhante para longe do epicentro, criando no processo uma esfera de matéria concentrada em expansão.

"Entre", o Sacerdote do Inferno disse a Felixson, que tinha se afastado para o suave matagal, em busca de um lugar seguro para observar o desenrolar dos eventos.

Ele confiava no mestre e fez imediatamente o que este mandara, saindo do matagal. Ainda agachado, adentrou a parede de feixes de luz flamejantes. Foi rápido, mas não agradável. Os pelos do seu corpo e seus cabelos foram cauterizados instantaneamente. As roupas que ele fizera para si próprio numa vã tentativa de possuir algo se tornaram cinzas em um segundo, enquanto as labaredas purgaram também sua virilha. Ele agora parecia uma criança ali embaixo, com a masculinidade reduzida a uma protuberância e as bolas comprimidas ao corpo. Mas estava seguro dentro da esfera em expansão, ao lado do seu mestre.

Então, o Sacerdote do Inferno rabiscou algo no ar, deixando alguns poucos traços negros à sua frente. "Estou destravando as restrições que havia colocado em sua memória."

"Res... trições?"

"Claro. Sem elas, você teria enlouquecido há muito tempo. Mas preciso do seu auxílio. Pronto. Uma pequena parte daquilo que sabia foi restaurada. Use-a com moderação e a meu serviço, e o recompensarei com mais incrementos."

Algumas portas estreitas se abriram repentinamente na cabeça de Felixson, cada qual um livro, cujos conteúdos eram uma parte do seu poder. O conhecimento trouxe consigo um pedaço da sua história, e ele sentiu-se mortificado pela sua condição: uma próstata aberrante, de humilhante virilha despelada e genitália inadequada. Ele se cobriria assim que tivesse a chance. Mas, por ora, deixou de lado sua nudez literal e metafórica e voltou a prestar atenção ao mestre.

"O presente é mais que bem-recebido, mestre", ele disse, percebendo que a capacidade de formar uma sentença coerente havia sido restaurada. Se fora de propósito ou um efeito colateral do trabalho do Cenobita, Felixson não sabia, mas era sábio o suficiente para não questionar.

"Lembre-se disso", falou o Sacerdote do Inferno.

"Claro. Sua generosidade..."

"Não do presente, Felixson. *Mestre*. Lembre-se do meu nome. Se você se esquecer por um só instante dele, vou apagá-lo por completo. E você nem sequer se lembrará de se agachar para cagar."

"Sim, mestre."

Ele tremia, a mente repleta de portas abrindo e fechando, sopradas por ventos uivantes que vinham de pontos cardeais que ele nem conseguia nomear; e os ventos traziam palavras e frases arbitrariamente destacadas das páginas lembradas.

O matagal de onde saíra para entrar nas chamas começou a se tornar mais brilhante, uma intensidade tamanha que Felixson teve de desviar o olhar e cobrir o rosto com a mão direita, mas ainda tentando enxergar algo daquele ângulo oblíquo. O Sacerdote do Inferno parara de sorrir; Felixson estava certo disso. Na verdade, havia sinais que sugeriam que mesmo ele fora tomado de surpresa pelo tamanho daquela erupção.

"Observe cada detalhe", disse o Cenobita. Então, fez uma observação que trouxe conforto a Felixson. "O futuro vai querer saber."

Será que o Sacerdote do Inferno poderia ser convencido a tratá-lo melhor agora que não era só um mero arremedo de homem nu, mas havia testemunhado uma parte da jornada do mestre em direção à apoteose? E não era qualquer parte; ele testemunhara o início, o expurgo do velho, a lancinação da carne e a fagulha que floresceria numa conflagração que mudaria a história para sempre, isso se julgara corretamente a natureza e a ambição do Sacerdote.

Suas especulações pararam ali. O Sacerdote do Inferno estava andando na direção do ar incendiado, e Felixson seguia seus passos. O fulgor se dividia ao redor deles, mas não sem deixar traços de energias que, conforme avançavam, irrompiam contra o rosto deles.

O efeito sobre Felixson não diferiu muito da primeira vez que ele cheirou cocaína pura — o coração acelerando, a pele repentinamente quente, os sentidos mais alertas. O súbito rompante de confiança também estava presente e fez com que Felixson quisesse acelerar o passo, ávido para ver o que ou quem estava do outro lado do portal brilhante.

Felixson via uma amostra daquele outro local agora; especificamente uma rua escura, à noite, com algumas figuras se afastando do ponto de onde ele e seu mestre surgiam. Felixson ficou desapontado. Não era assim que esperava que seria, não mesmo.

Eles chegavam quase no fim da passagem agora; só mais dois passos e o Sacerdote do Inferno estaria de pé no asfalto úmido — outros dois, e Felixson se juntaria a ele. Aquele era o lugar onde Felixson passou seu tempo usando a máscara de um homem mágico — a Terra — e lembranças o inundaram. Não foi a visão da rua e das casas escuras que cutucou a memória de Felixson mais profundamente, mas o cheiro do ar da cidade e das calçadas molhadas por uma fina garoa. Um sentimento de intensa perda o aturdiu por um momento, quando pensou na sua antiga vida encantada... de amor, amigos e magia; tudo e todos mortos agora.

Se ele não tivesse rapidamente se controlado, teria eclodido em lágrimas e, de todas as ocasiões possíveis, aquela demonstração de fraqueza seria o seu fim. Sabia que a punição seria severa em contraste com os já infinitos atos inomináveis de mutilação que podiam ser encontrados nos grimórios do seu senhor.

Após as chamas do portal e a chegada indesejada das lembranças, foi difícil extrair muito mais do que um senso rudimentar do cenário em que ele e seu mestre pisaram: uma rua escura, casas escuras, céu escuro. E algumas silhuetas, visíveis somente porque foram iluminadas pelo clarão brilhante vindo do portal por onde ele e seu mestre surgiram.

Uma mulher os percebeu primeiro, sua beleza um respiro bem-vindo das inumeráveis formas de feiura que existiam no lugar que ele acabara de deixar para trás. No entanto, não havia nada receptivo no rosto dela. Seu olhar estava fixo no Cenobita, claro, e, enquanto o observava, os lábios dela se moveram, embora ele não tenha conseguido compreender o que fora dito.

"D'Amour!", o Sacerdote do Inferno chamou. Sua voz, embora nunca fosse alta, pôde ser facilmente ouvida.

Felixson se virou, sobressaltado pelas palavras do mestre. Eles tinham retornado à Terra atrás do detetive. Felixson supôs que eles voltaram para terminar o que começaram em New Orleans.

Felixson, nu como no dia em que nasceu, procurou pelo homem que seu mestre convocara. Havia um sujeito baixinho, de olhar confuso, que brandia um facão. Ao lado dele, um homem alto, de nariz quebrado, que parecia proteger uma negra cega. Assim como a mulher mais jovem, a expressão no rosto dela não apontava qualquer traço de boas-vindas; sem sombra de dúvida, ela trazia maldições nos lábios.

Então, das trevas à esquerda deles, bem mais próximo do portal do que qualquer um dos outros, surgiu um homem cujo rosto ostentava as marcas de uma vida dura. Felixson teve apenas um momento para examinar as cicatrizes da figura, porque os olhos do recém-chegado exigiam a sua atenção — e a obteriam. Ele parecia olhar ao mesmo tempo para Felixson e para o Sacerdote do Inferno.

"Ninguém tocou na sua caixa maldita", D'Amour disse. "Não deveriam estar aqui."

"Não tenho mais necessidade da caixa e dos jogos dela", respondeu o Sacerdote do Inferno. "Dei início à minha obra sublime."

"De que merda você está falando?", Harry perguntou, apertando mais firme o cabo da faca que Caz lhe dera.

"Pus fim à minha Ordem para começar uma empreitada que venho planejando por quase toda a sua vida. Uma vida que, parece-me, se recusa a ser ceifada. Você sobreviveu ao que nenhum homem deveria ter sobrevivido. Pensei bastante no processo de escolha de quais olhos deveriam testemunhar o nascimento do novo mundo. Preciso de uma mente que preservará os eventos que vão se desenrolar deste momento em diante. E escolhi você, Harry D'Amour."

"Quê? Eu? E quanto a esse cara fodido do teu lado?" Ele fez um gesto irregular na direção de Felixson. "Por que não ele?"

"Porque o Inferno se interessou por você. Ou você se interessou pelo Inferno. Talvez as duas coisas. Preciso de uma testemunha como você. De fato, encorajo-o a buscar a menor pista de fragilidade em mim e, caso encontre alguma, a enalteça no seu testamento final."

"Testamento final?"

"Você não apenas verá o que vai se desenrolar no Inferno deste momento em diante. Você fará um testemunho dos eventos, em que meus atos e minhas filosofias serão recontados em detalhes. Será meu Evangelho e não vou censurar nenhum capítulo ou verso seu, contanto que seja um retrato da verdade, por mais distante que possa estar do ideal que tenho de mim mesmo. Seu trabalho é testemunhar. Ver e lembrar, talvez modificado pelas visões que vai ter, não obstante, será plenamente recompensado."

Norma tentou se aproximar de D'Amour, mas Caz segurou gentilmente o braço dela. No entanto, foi incapaz de conter sua língua:

"Eu sei como esses acordos terminam, Harry", ela disse. "Sempre há uma pegadinha. Sempre tem um truque."

"Deixei a minha intenção clara", observou o Sacerdote do Inferno. "Qual é a sua decisão, detetive?"

"De algum modo, as palavras 'vá se foder' não parecem fortes o bastante", Harry retorquiu.

Como em resposta à ira do Sacerdote, as chamas em volta da porta de fogo subitamente perderam a paridade do brilho, maculadas por cores mais escuras, como se algo estivesse sendo queimado vivo e o sangue fervendo escurecesse as labaredas. Partes do material seco pelo fogo caíram das paredes da conflagração, fazendo surgir colunas de fumaça cinza escura que eclipsou as chamas.

"Qual parte do 'vá se foder' você não entendeu?", Lana gritou.

O demônio murmurou uma ordem indecifrável, enquanto fazia um movimento no sentido anti-horário com o punho. A ação fez com que Lana saísse voando sobre a rua, batendo contra uma cerca de ferro e desmaiando antes mesmo da sua cabeça encostar no chão. Embora o encanto do demônio não tivesse sido escutado, a mensagem era clara: a criatura possuía um poder que não deveria ter.

"Qual é a sua resposta agora, detetive", perguntou o Cenobita.

Em resposta, Harry sacou a arma e caminhou na direção do demônio, disparando conforme o fazia. Ele não perdeu tempo com balas no peito — até mesmo demônios inferiores eram capazes de sofrer vários ferimentos sem nem se deterem. Em vez disso, mirou na cabeça. Se eu pudesse, arrancaria os olhos do filho da puta, pensou Harry. Ele segurou o Colt, mirando com tanto cuidado quanto a velocidade permitiu e disparou. A bala penetrou a bochecha do Cenobita alguns centímetros abaixo do olho esquerdo e a força do impacto jogou a cabeça dele para trás. Ele não tornou a erguê-la, o que ofereceu ao detetive um tiro direto contra o pescoço da criatura. A bala abriu um buraco no meio da garganta e o ar assobiou para fora.

Harry escutou Norma gritando atrás de si, "Me solte! *Harry*? Me ajude!"

Harry se virou e viu que o cúmplice de Pinhead tinha passado por Caz e agarrara Norma pelo cabelo. Ele segurava uma lâmina curva, como uma pequena cimitarra, pressionada contra o baixo ventre dela. Pelo olhar alucinado e a maneira maligna que apontava a arma, estava claro que adoraria eviscerá-la se Harry e seus amigos fizessem algum movimento em falso. Caz erguera os braços e implorava para a coisa.

"Me leve. Solte ela."

"Gosto delas vulneráveis", Felixson respondeu, afastando-se em direção ao portal para o Inferno.

Com o canto dos olhos, Harry viu que Dale começou a se mover lentamente em direção ao mago, aparentemente despercebido. Harry teve um alívio momentâneo. Então, o Sacerdote lançou um encanto. Harry sentiu uma pontada no rosto e virou-se para ver que o Cenobita estava vazando um líquido escuro e sinistro, tão poderoso que dissolveu o asfalto sobre o qual caiu.

O líquido preto era o sangue escuro que fluía das feridas que Harry infligira ao demônio. O fluido seguia as linhas das cicatrizes no rosto do Cenobita — para baixo, cruzando, para baixo, cruzando — até que as gotas se derramaram pelo pescoço e contornaram cada braço.

A dança do sangue capturou o olhar de Harry por um momento; tempo suficiente para que o poder derivado das mãos do seu adversário alcançasse massa crítica. O Sacerdote virou as mãos na direção de Harry e algumas nódoas do veneno negro se precipitaram e queimaram a mão que segurava a arma.

Uma ideia se formou na mente de Harry e, antes que pudesse repensá-la, ele avançou contra Pinhead, despindo sua jaqueta. Enquanto o fazia, Pinhead lançou outra explosão da gosma assassina, da qual Harry se desviou. Ele estava determinado a não deixar que o bastardo tivesse uma terceira oportunidade.

"O que está fazendo, D'Amour?", Pinhead inquiriu.

Em resposta, Harry envolveu as mãos com a jaqueta e, sem tempo de formular um plano claro, usou-as para segurar os braços do Cenobita. Foi uma ação que já se mostrara eficiente antes, então, Harry pensou que não faria mal tentar uma segunda vez.

Pinhead deu um grito que parecia de fúria, mas era em sua maior parte de ultraje e repugnância. O pensamento selvagem surgiu na mente de Harry como um raio. E sua noção provou ser correta. O demônio vivera tanto tempo sem ser contaminado pela proximidade e, sem dúvida, pelo toque da humanidade, que uma onda de repulsa o atravessou, garantindo uma vantagem momentânea ao detetive. Ele a utilizou. Antes que o demônio voltasse a assumir controle sobre si próprio, Harry pressionou o braço da criatura contra o chão que havia entre ambos. A agitada sujeira continuava a purgar dos dedos do Cenobita, o asfalto onde ela caía rachava e fragmentos se espalhavam em todas as direções.

Harry torceu o demônio com tanta violência e tão repentinamente que o fluxo da imundície que emanava dos braços foi cuspido para a rua escura. Ele acertou a van de Caz — o metal guinchou enquanto se contorcia —, e a porcaria foi parar dentro do veículo, causando mais danos do que parecia possível.

Cinco segundos depois, o tanque de gasolina explodiu num desabrochar bojudo de fogo amarelo e laranja. Aparentemente, havia algo combustor na sujeira assassina de Pinhead, porque as chamas imediatamente seguiram a trilha da imundície de volta ao demônio.

Elas se moveram com incrível velocidade, mais rápido até do que o demônio era capaz de dizer as palavras para extingui-las, e subiram pelos braços venenosos amarrados. Harry mal tivera tempo de soltar a jaqueta, que foi devorada quando o fogo a consumiu, e uma explosão de energia abrasadora o atingiu com tanta força que ele foi arremessado para longe.

O demônio foi lançado para trás pela explosão e a conjuração do veneno e da sujeira inflamável vazando dos seus braços desapareceram, como se nunca tivessem existido. O Cenobita se levantou e, mais uma vez, tentou concentrar os esforços em reclamar a mística força assassina do seu sangue negro.

O problema era que aquela magia não veio como parte do treinamento dele como Cenobita; foi algo que ele aprendeu a partir de um obscuro tratado de magia — o *Tresstree Sangre Vinniculum*. Ele tinha certeza de que dominara o feitiço, mas a matéria invocada carecia de uma estabilidade nunca mencionada pelo texto; uma vez que um elemento insultador fora introduzido — a presença imunda de D'Amour à esquerda, o fogo à direita —, as equações foram catastroficamente perdidas.

Se ele tivesse saído do Inferno usando os métodos convencionais, poderia ter simplesmente utilizado seus tradicionais ganchos, mas tal opção não existia mais. E, em circunstâncias mais calmas, ele teria rapidamente examinado as forças exteriores contaminadoras e as despachado, mas, com a confusão do momento e suas defesas comprometidas, não teve opção senão recuar.

Ele deu três passos rápidos para trás, procurando Felixson enquanto o fazia. O Sacerdote percebeu que, para o crédito de Felixson, ele havia apanhado a cega — quem o Cenobita julgava ser a segunda mais provável fonte de dificuldades naquele campo de batalha.

A manobra do mago conseguira fazer com que toda a trupe de Harry se afastasse. Os dois homens — um era uma coisa bruta e pálida, o outro uma espécie de afeminado diminuto — estavam de joelhos, escravos de um encantamento de eficácia questionável.

Os dois homens estavam resistindo, o corpo do mais alto tremia com o esforço necessário para se colocar de pé e estava claro que em segundos ele se libertaria das algemas místicas de Felixson. Era evidente que não havia nada a fazer além de partir e deixar D'Amour e seus aliados à própria sorte. Contudo, dada a força que sentia na ligação entre D'Amour e a cega, o demônio percebeu que ainda poderia extrair algo daquele fracasso.

"Felixson! Traga a cega com você."

"Não se atreva, filho da puta!", D'Amour gritou.

Como sempre, o mago obedeceu rapidamente as palavras do mestre e, ignorando D'Amour e sua ameaça vazia, puxou Norma em direção à porta inflamada, o pênis e os testículos balançando ao que ele a puxou para mais perto do arco de fogo. Ela lutava furiosamente, arranhando e chutando Felixson sem parar, mas nenhum golpe tinha a força para fazê-lo soltá-la.

A cena foi demais para Harry: o ar noturno tonificante, o odor do fogo infernal, a perda iminente de mais um parceiro nas mãos de uma fera deformada. A combinação foi específica demais na forma como se repetiu para ser crível e fez com que o detetive estancasse no lugar.

Quando o mago se virou, o resquício dos seus poderes sobre Caz e Dale desapareceu. Livre do aprisionamento, o tatuador se levantou e saiu imediatamente atrás de Norma, mas, àquela altura, Felixson já ganhara o portal e, em poucos passos, ele e sua prisioneira desapareceram de vista, deixando apenas o demônio na soleira.

Lana enfim recuperara a consciência e se levantou, embora a breve exposição que tivera à toxina de Pinhead a deixara nauseada e abalada. O demônio os ignorou por completo. Continuou a andar para trás na direção do portal e para o brilhante corredor que havia além dele. Naquele ínterim, as chamas de onde a porta se formava começaram a diminuir.

"Faça alguma coisa!", disse uma voz masculina de algum lugar distante de Harry. "Jesus Cristo! Harold! Acorde, porra!"

Harry percebeu que era Caz quem gritava com ele. Olhou à sua volta e viu que seus amigos estavam feridos e surrados, mas ainda vindo na sua direção, para o portal através do qual um dos demônios mais notórios do Inferno acabara de fugir com sua melhor amiga. Harry percebeu que não tinha tempo para medidas incertas; precisava ser rápido.

"Atrás de você, babaca", ele se escutou dizer.

O Inferno viera buscar Harry D'Amour naquela rua e, tendo falhado em apanhá-lo, levara Norma Paine no lugar. Agora, Harry iria atrás dela, mesmo se tivesse de ir sozinho. Sem pensar, ele saltou para dentro do portal.

Harry escutou Caz gritar algo atrás de si, mas, com as chamas morrendo e a passagem ficando cada vez mais difícil de ser vista, o detetive não arriscou olhar para trás. Mais duas ou três passadas e ele respirou um ar que era mais denso — não, mais sujo — do que o sopro que o precedera. E, duas passadas depois, ele topou com o que pareceram ser roupas novas tiradas de uma panela com água quente e empurradas goela abaixo para sufocá-lo.

Ele fraquejou, o coração pulsando, enquanto tentava impedir que o pânico o dominasse. Era o maior de todos os seus terrores — sufocamento — e Harry sentiu-se tentado a dar um ou dois passos atrás — talvez três — e voltar para o ar piedoso do mundo que deixara para trás. Mas seus amigos o seguiam agora.

"Caralho", Lana disse entre respirações curtas e sufocadas.

Harry os observou com descrença e disse:

"Esta luta é minha. Vocês precisam voltar."

"Meu sonho mandou que estivesse aqui", Dale disse. "E aqui eu hei de estar."

"Não vamos embora sem você e Norma", Caz afirmou.

"Nem a pau", concordou Lana

"Tem certeza de que querem fazer isso?", Harry perguntou.

"Nem um pouco", Caz respondeu.

O detetive concordou. Eles seguiram em frente. Nada mais foi dito enquanto abriam caminho pelo miasma, sem nunca olhar para trás.

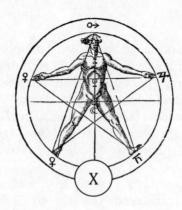

O Inferno os surpreendeu desde o início — até mesmo a Harry, que tivera um vislumbre fugidio da sua geografia na Louisiana. Eles emergiram do outro lado da passagem para um cenário longe de ser desagradável; um matagal numa floresta de árvores antediluviana, de galhos tão baixos por conta da idade que até mesmo uma criança poderia apanhar seus frutos de casca roxa, apenas estendendo o braço. Contudo, não havia tais crianças para concretizar a tarefa e, como resultado, os frutos cobriam o chão, e o odor nauseabundo de degradação que liberavam compreendia somente uma parte do ensopado de cheiros que compunham o fedor opressivo que aturdiu Harry assim que ele atravessou da Terra para o Inferno.

"Cacete", Lana disse. "E eu pensava que as baratas do meu apartamento eram grandes." Ela estava olhando para os insetos de carapaças marrons que aparentavam ter parentesco com as baratas comuns da Terra, sendo a principal diferença o seu tamanho seis vezes maior. As baratas do Inferno cobriam o chão na base das árvores, devorando a comida que caíra ali. O som dos corpos frágeis se esfregando uns contra os outros e das bocas ocupadas devorando as frutas preenchia o matagal.

"Alguém está vendo o Pinhead?", Harry perguntou.

"Esse é o nome dele?", Lana retorquiu. "Pinhead?"

"É um nome que sei que ele odeia."

"Entendo o motivo", Dale disse, dando uma risadinha. "Não é lá um apelido muito bacana. E nem mesmo é acurado."

"Ele é algum figurão do Inferno?", Caz perguntou.

"Não sei", Harry respondeu. "Com certeza ele pensa que é. Eu só quero pegar Norma e dar o fora daqui."

"É um bom plano na teoria. Mas executá-lo pode ser um pouquinho mais difícil", Caz observou, apontando para a passagem por onde tinham vindo, ou melhor, para o lugar onde ela esteve. O portal havia desaparecido por completo.

"Tenho certeza de que encontraremos uma saída", Harry emendou. "Foi fácil de entrar. A gente devia..."

"Pra trás, seu desgraçado!", Lana gritou, interrompendo a sugestão de Harry.

Não demorou para perceber por quê. A faca de Dale estava gotejando sangue. Sem aviso, ele tinha enfiado a faca na palma de Lana. Era um ferimento feio. Caz olhou para a amiga, cujo rosto já estava pálido e úmido, e a fez levantar a mão e mantê-la no alto, para que o fluxo sanguíneo diminuísse. O sangue escorreu pelo braço dela, ensopando a blusa no processo.

"Que porra foi essa?", ela berrou. "Eu vou matar você!"

Caz continuou segurando-a. Dale deu um sorriso travesso. Harry ficou entre os dois e encarou Dale, segurando o cabo da própria lâmina.

"Dá pra explicar que porra foi essa, Dale?", Harry solicitou.

"Ele pirou! Do que mais precisa saber?", Lana disse.

"Sinto muito. De verdade. Apenas precisava ser feito. Os sonhos me disseram. Reconheci o momento e me entreguei a ele."

"Acho que seu amigo pode ser perturbado, Harold," disse Caz.

"Tô ficando enjoada", Lana disse.

"Não tá, não", Caz a tranquilizou. "Não olhe para a sua mão, olhe para mim." Ele tirou seu colete de couro, rasgou uma tira da camiseta preta, fazendo uma bandagem, e prometeu a Lana: "Vou tirar isso da sua vista em dois segundos. Você vai ficar bem".

"Mas que merda. É a mão que uso pra... você sabe."

Caz sorriu, fazendo seu melhor para estancar o ferimento. Enquanto isso, Harry observava Dale com atenção, enquanto este tentava se desculpar. Suas súplicas encontraram ouvidos surdos.

Nenhum dos alarmes de Harry estava soando quando os apontou na direção do companheiro baixinho, mas até aí, ele estava ali, no meio daquela terra que deixara de ser uma fábula, onde os vilões supostamente lidavam com a justiça cármica. Como resultado, suas tatuagens estavam se comportando de forma errática. Harry seguiu a boa e velha intuição e separou Dale do resto do grupo.

"Você está em período de testes", disse. "Siga na frente. Se tentar mais um truque, vou deixar que se entenda com Lana."

"Que tal agora?", Lana disse.

"Espere", Dale falou. "Você vai ver. Os sonhos nunca erram. Eu achei você, não foi, Harry?"

Fez-se silêncio por vários segundos, ao menos em meio aos ocupantes bípedes do matagal. As baratas continuavam a emitir seus sons sibilantes entre os frutos podres.

Enfim, Harry falou, ignorando a pergunta de Dale:

"Vamos ter de priorizar aqui. Com o risco de falar o óbvio, isto não vai ser nada fácil. Temos de encontrar Norma o mais rápido possível, evitar o demônio poderoso que quer que eu seja seu escravo e dar o fora do Inferno. É claro que vamos encontrar umas merdas hediondas e impensáveis ao longo do caminho, mas, com sorte, sairemos vivos daqui."

Os amigos ficaram em silêncio. Lana apertou a carne macia do seu ferimento contra o peito e bufou: "Valeu pelo incentivo, treinador. Estou me sentindo bem melhor agora".

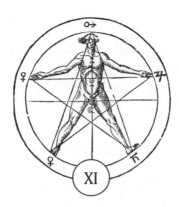

Norma ficou sentada durante o que julgou serem muitas horas nas trevas dentro das trevas. Pela primeira vez na vida, não viu nada. Sua cegueira a oprimia. Ela ansiava por ser curada — ser capaz de ver algo do demônio e seu capanga humano, aquele com o hálito de um homem com úlceras no estômago. Embora o mundo que as pessoas que enxergavam fosse fechado para ela, Norma via o que elas não podiam ver: a presença dos espíritos — em todos os lugares —, seus rostos, sazonados pela necessidade e pela paixão, arrastando sua fome como pólen de flores cuja hora já havia chegado, mas que se recusavam a murchar e desaparecer.

Até então, aquelas visões haviam sido mais do que adequadas para compensar qualquer espetáculo que lhe fora negado. Enquanto tivesse seus fantasmas, ela nunca invejaria as massas que caminhavam pela rua sob seu apartamento. Mas não havia fantasmas ali. Ela escutava sussurros que indicavam a presença deles, mas independente do quanto os chamava, independente do quanto pedia para que se mostrassem, eles não apareciam.

"Você está sozinha", disse o Cenobita.

Ela estremeceu. Não o tinha escutado chegar, o que a deixou irrequieta. Em geral, sentia nos ossos quando alguém — ou algo — estava por perto. Mas o demônio era silencioso. Silencioso demais. E ele fedia. Deus Todo-Poderoso, ele fedia! A sensibilidade dela às nuances dos odores era outra dádiva da cegueira, e aquela criatura fedia como ninguém. Aquele era um ser que, claro, lidava com demônios; as incontáveis variedades de amargor de todos estavam sobre ele. Assim como o sangue, tal qual o cheiro opressor do avental de um açougueiro. Baforadas dele emanavam de quaisquer instrumentos para causar dor que estavam pendurados na sua cintura.

No entanto, o odor mais forte também era o mais antigo — o perfume de suas transgressões. Havia outros cheiros também, alguns que ela pôde nomear — incenso, livros, suor — e muitos outros que não identificou.

Ele mal falara com ela, exceto para lembrar — como se ela já não soubesse — que ele era um especialista na arte de causar sofrimento e que, se Norma fizesse alguma coisa para irritá-lo, conheceria em primeira mão suas habilidades. Somente quando a sanidade dela e todas as terminações nervosas ("e somente então", ele enfatizara) tivessem cedido, ela receberia uma morte digna.

Então, Norma não se moveu.

Permanecera nas trevas dentro das trevas, e dera seu melhor para superar os horrores com alguma imagem mental confortadora: um regresso feliz, em que retornaria ao local onde estariam seus entes queridos, ou os bons tempos que tivera ao lado de Harry e uma garrafa de conhaque, conversando sobre alguma loucura que tinham vivido juntos. Contudo, por algum motivo, as lembranças não traziam prazer agora. Havia uma pedra pesando no seu estômago, impedindo-a de voar ao passado.

Assim, de certo modo, ela estava satisfeita pelo demônio ter finalmente retornado, mesmo com o fedor insuportável dele invadindo os sentidos. Pelo menos, ela era poupada do tédio.

"O detetive e seu bando de renegados vieram atrás de você", ele disse. "Eu a manterei viva. Apesar dos protestos do seu amigo, ele já deu início ao trabalho de ser minha testemunha."

Então, sem aviso, ele a golpeou no estômago. A pancada a dobrou ao meio. Assim ela permaneceu, tentando respirar. Antes que pudesse recuperar o fôlego, ele golpeou o rosto dela com a mão esquerda, então a direita e, novamente, a esquerda — cada soco gerando um som alto e atordoante na cabeça dela. Houve um hiato. Depois, ele retomou a punição, dobrando-a fisicamente ao segurá-la pelos ombros e erguê-la, arremessando-a contra a parede. Mais uma vez, ela ficou sem ar, e suas pernas, que estavam ficando cada vez mais entorpecidas, ameaçaram dobrar-se sob seu peso.

"Não", ele disse quando ela começou a deslizar. "Você ficará de pé."

Ele envolveu o pescoço dela com a mão direita e a segurou no alto, enquanto que com a esquerda voltou a golpeá-la repetidamente, acertando fígado, coração, rins, seios e vagina, para então voltar ao coração, duas, três vezes, repetindo os mesmo lugares.

Era prazer o que ele estava sentindo, disso ela tinha certeza. Ali, quando ela mal conseguia manter-se consciente, alguma parte do seu ser que nunca abandonava o estudo da linguagem corporal escutou as breves exalações de contentamento que o demônio soltou ao recuar por um instante, refestelando-se nas lágrimas e angústias do rosto inchado e ensanguentado dela.

Norma sentiu o olhar dele como uma presença sutil sobre si e, sabendo que ele obtinha alegria no sofrimento dela, reuniu toda a força que restara na alma e refreou as lágrimas, negando a ele aquela satisfação. Sabia que aquilo o deixaria irritado, e esse conhecimento só a fortaleceu ainda mais.

Ela fechou a boca e coagiu os xingamentos que convulsionavam seus lábios a se transformarem num sorriso de Gioconda. Também fechou os olhos, baixando as pálpebras para esconder sua fragilidade. Não haveria mais lágrimas ou gritos de dor agora. Ela congelou a expressão. Era uma máscara; o que sentia de fato estava escondido, inalcançável.

Ele soltou o pescoço de Norma, que deslizou pela parede, as pernas dobrando-se sob ela, e pressionou o pé contra seu ombro, que desmontou. Depois disso, deu mais um chute no tórax, quebrando várias costelas, e outro na garganta, que realmente testou a persistência da máscara da vítima. Mas esta se manteve. Sabendo o que viria a seguir, Norma tentou levar a mão ao rosto para se proteger, mas não foi rápida o bastante. A bota dele chegou antes — um chute direto na face —, e o sangue purgou pelo nariz. Outro chute no rosto e, enfim, ela percebia as trevas dentro das trevas envolvendo-a num cobertor de nulidade, e Norma sentiu-se grata pela sua iminência. O demônio levantou o pé e descerrou firme contra a cabeça dela. Foi a última coisa que ela sentiu.

Meu Deus, ela pensou, *não posso estar morta! Deixei tanta coisa ainda por fazer!*

Engraçado. Ela não se sentia morta, mas, até aí, não era este o sentimento mais comum que ouvia dos seus visitantes? E, se ela não estava morta, por que conseguia ver pela primeira vez? E por que estava planando uns três metros acima do local onde o corpo dela estava, deitado contra a parede?

O demônio... como foi que Harry o chamou? Pinprick? Pin*head*! Isso. Ele estava se afastando, respirando pesado. Não fora preciso tanto esforço para o Cenobita brutalizá-la da forma como o fizera. E, tendo se afastado, ele mudou de ideia e tornou a se aproximar, chutando as mãos dela para longe do rosto.

Ele realmente tinha detonado o rosto dela, sem dúvida, mas Norma ficou satisfeita ao ver que seu enigmático sorriso ainda persistia, desafiando-o. Por pior que tenha sido todo o resto, havia alguma satisfação naquilo.

Exceto pelo motivo óbvio, ela julgou impossível pensar no demônio como Pinhead. Aquele era um insulto infantil ou o nome de uma aberração de segunda categoria. Ele não combinava com o monstro que estava sobre ela agora, com o corpo tremendo de excitação pela surra que lhe dera.

O Cenobita recuou mais alguns passos, ainda olhando para o que alcançara através da força bruta e, então, desviou o olhar com relutância e voltou a atenção para o pequeno arremedo de homem que entrou no quarto naquele instante e permaneceu à porta. Norma não precisou ouvir a voz da criatura para saber que havia sido ele quem a apanhara nas ruas de Nova York, sussurrando todo tipo de ameaça obscena nos seus ouvidos, para impedir que ela resistisse ao sequestro. A aparência dele era mais triste do que ela imaginara, uma coisinha cinza encarquilhada, com o corpo nu coberto de retalhos de tecidos. E, ainda assim, no rosto dele — mesmo agora, após o que ele havia feito a ela, arrastando-a até ali — Norma viu os resquícios do que sem dúvida fora no passado um homem dotado de inteligência prodigiosa. Ele já devia ter dado boas risadas e ponderado profundamente, a julgar pelas linhas deixadas nas suas bochechas por antigas gargalhadas e pelas marcas da testa franzida.

Enquanto o estudava, sentiu-se sendo arrancada do cômodo onde seu corpo espancado estava. Alguma corda invisível a puxava pelo edifício, que era um labirinto de salas outrora belas; grandes salões onde o reboco apodrecia e caía das paredes, e a moldura dourada dos espelhos havia decaído e descascado.

Aqui e ali, enquanto a velha senhora empreendia sua partida não programada, viu sinais dos restos de locais onde outros — prisioneiros das circunstâncias, como ela própria — tinham sido torturados. Os restos de uma dessas vítimas jaziam com os pés em uma fornalha, onde um fogo feroz queimara e consumira as extremidades até os joelhos. A vítima morrera há muito tempo, a carne petrificada, deixando para trás algo que se parecia com um diorama de bronze, que prestava um tributo à cena do crime.

Ela viu o fantasma da vítima também, flutuando no ar, para sempre preso aos seus restos agonizantes. A visão deu a ela algum conforto. Ela não compreendia aquele local supostamente abandonado, mas poderia obter informações com aqueles espíritos. E eles sabiam bastante, os mortos. Quantas vezes ela disse a Harry que eles eram o maior recurso não utilizado do mundo? Era verdade. Tudo o que tinham visto e sofrido, todos os seus triunfos — tudo estava perdido para um mundo carente de sabedoria. E por quê? Porque, a certa altura da evolução das espécies, uma profunda superstição se arraigou ao coração humano de que os mortos deveriam ser considerados fontes de terror, e não de iluminação.

Trabalho angelical, ela pensou; algum exército espiritual, instruído por um comandante ou outro, para manter a população humana num estado de estupor passivo, enquanto a guerra irrompia por detrás da cortina da realidade. A ordem tinha sido cumprida e, em vez de poderem confortar a alma coletiva da humanidade, os mortos viraram fonte de incontáveis histórias de terror, enquanto os fantasmas que eram a manifestação dos espíritos deles passaram a ser abominados, até que, ao longo de gerações, a humanidade simplesmente ensinou a si própria uma cegueira intencional.

Norma sabia a perda que aquilo representava. Sua própria vida fora enriquecida imensuravelmente pelos mortos. Grande parte da ira humana e do apetite pela guerra e suas atrocidades poderiam ter sido amaciados pelo conhecimento de que os anos medidos pela nossa extensão bíblica não representavam a soma total de todas as coisas, mas sim um esboço para um trabalho glorioso e infinito. Porém, tal conhecimento não veria a luz do dia enquanto ela ainda estivesse viva.

Norma dividira suas ideias sobre isso somente com uma pessoa viva: Harry. Mas ela escutara incontáveis vezes espíritos desafogarem a angústia por não serem vistos, incapazes de confortarem seus entes queridos ao dizerem "Eu estou aqui, bem ao seu lado". Ela percebeu que a morte era um espelho de duas faces de dor: a face dos vivos cegos, que acreditavam ter perdido para sempre os que amavam; e a face dos mortos invisíveis, que sofriam ao lado deles, sem poder oferecer uma palavra de conforto.

Os pensamentos dela foram quebrados quando passou por sobre uma construção e a luz do Inferno a lavou. Ela supôs que, a certa altura, apenas perderia a visão, mas não.

Quando a construção diante dela terminou, Norma foi presenteada com o ponto de vista de uma ave, vendo toda a extensão da terra para a qual o Cenobita e Felixson a tinham trazido. Ela realmente não esperava que as regiões infernais se parecessem com qualquer coisa que os grandes poetas, pintores e escritores evocaram ao longo dos milênios, mas mesmo assim ficou espantada por eles terem passado tão longe daquilo que os olhos do espírito viam agora.

O céu não trazia sol ou estrelas — o que era previsível —, mas continha uma pedra do tamanho de um planeta. A pedra alcançava bem no alto, acima da imensa paisagem que se espalhava, dotada de fissuras que eram como raios, por onde o brilho vertia. O efeito sobre o vasto panorama era espantoso.

Aquele não podia ser considerado um ambiente promissor, mas mesmo assim encontrara uma forma de crescer e até mesmo de prosperar. No topo das colinas abaixo dela, grama longa e branca oscilava ante um vento infernal, e havia grandes arbustos de ramos farpados com algumas pequenas flores descoloridas. A mente dela voltou a divagar loucamente. Onde esta jornada a estava levando? Será que havia um destino ou Norma simplesmente estava livre do corpo e fadada a vagar pelo Inferno por toda a eternidade?

Independente de vontade e intenções, as cordas invisíveis continuavam a puxá-la na direção de um propósito desconhecido. Então, seu espírito começou a descer na direção do chão. Em poucos segundos, ela se movia centímetros acima do nível da grama branca. Ao longe, viu uma pequena floresta. O dossel de ramos superiores era intrincadamente amarrado, exceto talvez por trinta ou quarenta ramificações mais selvagens, que haviam se libertado dos demais e cresciam como bastões de raios negros. Enormes pássaros pretos estavam empoleirados em vários galhos, lutando com bicos e garras pelos seus locais de descanso. Ela ficou tão distraída pela visão do feudo que não percebeu as pessoas surgindo das trevas debaixo das árvores até estar quase sobre elas.

Até que Norma sentiu o cheiro de sangue, e tudo ficou branco.

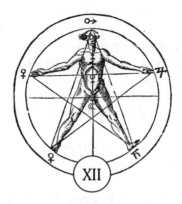

Dale, forçado por Harry a assumir a dianteira, ia na frente, mas agora, quando mal tinham posto o pé para fora da floresta, ele parou e virou-se para os demais.

"Está perto!", Dale disse.

"Continue andando, idiota", Lana mandou.

"Harry, seu amigo tá ficando esquisito de novo", Caz disse.

"Já falamos sobre isso, Dale", Harry alertou.

"Não, não, não", Dale disse com seu charmoso sotaque sulista, "Vai acontecer. Vocês vão ficar muito felizes, prometo. Então, quando tiver acabado, minha cara Lana, espero que mude de ideia sobre mim."

"Você é um cretino esquisito, sabia?", Lana disse. "Só sei que me sentiria bem melhor se..." Ela se calou abruptamente, mudando o tom da irritação para a surpresa. "*Quê?*", ela disse, com a voz calma, enquanto erguia a mão ferida na altura do rosto e examinava o machucado, como se o visse pela primeira vez. Sangue fresco corria por baixo das bandagens. "*Minha nossa...*", Lana falou, na mesma voz suave. "*Harry?*"

"Estou aqui, Lana", Harry respondeu.

"*...acho que estou morta...*", ela comentou, emitindo a seguir um comando brusco. "Sai daqui! Quem diabo... *eu não vou sair.*"

"Não resista, Lana", Dale disse. "É o seu sangue. Foi assim que ela nos encontrou!"

"Resistir ao quê?", Harry perguntou num tom sério, aproximando-se de Dale. "O que foi que você fez?"

"Opa", Caz se intrometeu, apertando mais firme uma das suas facas. "Isso é tipo uma possessão demoníaca? Mato esse sujeito agora mesmo se precisar. Essa merda já tá ruim o suficiente."

"*Todo mundo cala a boca. Sou eu, Norma*", ela disse, de algum lugar de dentro de Lana.

"Quem falou que você podia me sequestrar?", Lana protestou.

"Norma?", Harry perguntou, virando-se para Lana com os olhos estreitando-se em descrença.

"*Sim, sou eu. Não sei...*", as palavras cessaram quando Lana balançou a cabeça, determinada a desalojar a convidada indesejada. "Que merda tá acontecendo aqui?"

"Lana, deixa a Norma falar!", Harry berrou.

"Vai se foder", Lana retorquiu. "Já fui possuída antes. Não é uma coisa de que eu goste."

"Ela não vai ficar muito tempo, querida", Dale disse. "Prometo."

"Só deixa ela dizer o que precisa. Foi pra isso que viemos aqui", Harry recomendou.

"Tudo bem", Lana assentiu, enquanto respirava fundo. "Só deixem eu me recompor. Nunca tive um fantasma amigo dentro de mim."

"Você nunca teve nada amigo dentro de você", Caz brincou.

"Vou me lembrar disso da próxima vez que você estiver bêbado e não conseguir encontrar um *homem*."

Caz apertou os lábios.

"Ah, tenho *certeza* que sempre há um homem à disposição pra você", Dale disse, lançando um sorriso travesso para Caz.

Pego com as calças curtas, Caz olhou para Dale e corou.

"Certo", Lana continuou. "Eu tô pronta. Vamos acabar com isso pra sair deste buraco de merda e voltar pro buraco de merda que eu conheço."

Ela fechou os olhos, suspirou e então:

"*Meu Deus.*"

"Norma! É você mesmo?", Harry perguntou.

"*Temo que sim, Harry. Meu Deus, acho que estou morta. O filho da puta me deu uma surra e tanto.*"

"Pinhead? Com as mãos?"

"*Mãos, pés... a última coisa que vi foi ele pisando na minha cabeça.*"

"Eu vou matar aquele desgraçado."

"*É uma ideia adorável, Harry. Obrigada. Mas não vai ser nada fácil. Ele não é apenas um simples sadomasoquista do além... Ah, querido. Acho que já é hora de ir.*"

"Lana! Deixe-a ficar!"

"*Não é a Lana... Parece que, afinal, não estou morta. Meu corpo está se perguntando onde minha mente foi parar.*"

"Sabe onde seu corpo está?"

"*Sim. Em uma construção enorme, no fim desta trilha. Parece que no passado ela foi bastante importante, mas tá caindo aos pedaços agora.*"

Escuta aqui, Harry, vocês têm que dar o fora deste lugar. Não quero ninguém morrendo por minha causa."

"Ninguém vai morrer. E a gente não vai deixar você aqui."

"Pelo amor de Deus, Harry. Me escute. Ele é forte demais. Seja lá o que você acha que tem na manga, não vai ser suficiente."

"Não vou deixar você aqui, Norma. Seja lá o que acontecer, vou..."

Os olhos de Lana se abriram e o rosto dela mostrou um breve lampejo de confusão. Então clareou, e ela disse: "Acabou?".

Harry suspirou. "Acabou. Obrigado, Lana. Você foi ótima."

"Sem problemas. Contanto que Norma não planeje ser uma inquilina fixa."

"Não, não planeja."

"Ela está morta? Porque é isso que me deixou apavorada, ter um morto aqui dentro comigo."

"Ela está viva", Harry respondeu. "Por ora."

"Ah, e Dale?", Lana disse.

"Sim?", ele respondeu.

"Da próxima vez, diz que merda você precisa fazer antes de fazê-la. Se me cortar de novo sem permissão, mesmo que seja por um bom motivo como esse, eu vou arrancar seu pau fora."

Norma acordou no mesmo local. Cabeça, barriga, costas, pernas... tudo doía, e ela conseguia sentir cada golpe.

"Ponha-a de pé, Felixson. E rápido. Tenho negócios na cidade. É hora de pôr fim a este regime ridículo. Quanto antes melhor, enquanto ainda estiverem discutindo entre si. Ponha-a de pé e, se ela não andar, carregue-a."

"Mas não seria melhor apenas matá-la, mestre?", Felixson perguntou.

O Sacerdote parou seus preparativos e fixou o olhar glacial em Felixson. Sem dizer outra palavra, o servo curvou a cabeça, se desculpando repetidas vezes, e aproximou-se do corpo ensanguentado de Norma. Então, inclinou-se perto do rosto dela e murmurou baixinho um monólogo. A mulher sentiu o fedor do bafo da criatura, o que só acrescentou um novo insulto aos ferimentos dela.

"Sei que está me ouvindo, sua puta negra. Não sei o que ele quer com você, mas não pretendo carregá-la daqui até a cidade, então, vou facilitar a nossa vida. Eu não posso curá-la... não tenho tanto poder... mas posso dar a você um Opiáceo Epoidiático. Vai fazer com que a dor desapareça da sua mente por um tempo."

"Ele vai... diminuir... os meus sentidos?", Norma murmurou em meio ao sangue na boca.

"Que diferença faz? Pegue o que lhe é oferecido e sinta-se grata."

Ele olhou ao redor por um instante, só para ter certeza de que não era visto com seu feitiço. Não era. O Sacerdote tinha mais uma vez retomado seus preparativos — algum tipo de encantamento — quando Felixson começou a murmurar seu próprio feitiço. Ele era bom, Norma tinha de admitir. Ela sentiu o opiáceo espalhar-se pelo seu corpo e o calor remover todos os resquícios de dor.

"Isso deve bastar", ele disse.

"Sim, meu Deus, sim."

"Lembre-se de grunhir. Deveria estar sentindo dor, certo?"

"Não se preocupe. Vou dar um bom espetáculo para ele."

"De pé!", Felixson disse em voz alta, segurando o braço de Norma e forçando-a a se levantar.

Norma soltou uma série de gritos e praguejou, mas o encanto era tão forte que eliminara até problemas que não foram causados pelo demônio: artrite, rigidez, as dores gerais que existem apenas por existir... todas se foram. Ela se sentiu melhor do que se sentia em anos. E daí que o Epoidiático só estava mascarando os problemas? Ela se entregaria alegremente àquele estado entorpecido o máximo que pudesse. Da próxima vez que tivesse um momento a sós com Felixson, tentaria fazê-lo ensinar o truque que utilizara, para que ela pudesse gerar mais uma dose quando esta estivesse se esgotando.

Então, seus pensamentos se voltaram para Harry e sua turma de arruaceiros. Norma não gostava da ideia de eles, amigos ou não, viajarem àquele lugar desgraçado para salvá-la. Mas sabia que Harry não a escutaria. E não podia culpá-lo; se estivessem em papéis invertidos, ela ignoraria os pedidos dele, assim como ele sem dúvida ignorava os dela.

"No que está pensando, mulher?"

A pergunta viera do Cenobita.

"Só estou cuidando dos meus ferimentos."

"Por que cuidar de ferimentos que não pode sentir?"

"Eu não..."

"Detesto mentiras pouco convincentes. Sei o que ele fez", disse o Sacerdote, apontando um dedo deformado para Felixson. "Nunca pensem, nenhum de vocês, que não estou observando, mesmo quando não estejam na minha vista."

"Não, senhor...", Felixson disse, sua voz trêmula de medo.

"Você me desaponta, Felixson. E você", o Cenobita virou-se para Norma. "Pode parar com esses fingimentos. Temos uma longa jornada pela frente. Um nevoeiro pestilento nos aguarda a meio quilômetro dos limites da cidade. Ele garantirá que os amaldiçoados estejam fora das ruas e em suas casas, se as tiverem, claro."

Norma sentiu o escrutínio do demônio abandoná-la quando ele se virou. Felixson foi até ela.

"Maldita seja", ele sussurrou. "Fique atrás de mim e segure meu ombro. Se nos separarmos, não vou esperá-la."

"É melhor eu segurar, então", Norma disse.

"Deus. Odeio a porra do campo", Lana disse. Ela olhou ao redor enojada pela paisagem, uma colina alinhada com árvores e arbustos, todas negras. A grama, onde esta crescia, era branca, e o chão imundo era ainda mais preto que os galhos nodosos das árvores.

De repente, Harry parou e ficou alerta, com os ouvidos atentos. O grupo se pôs em silêncio, todos tentanto ouvir o som ou o que quer que fosse que ele parecia escutar.

"Isso são gritos?", Caz perguntou.

"A gente *está* no Inferno", Lana pontuou.

Erguendo a mão para pedir silêncio aos companheiros, Harry subiu até o cume de um montículo próximo. Quando chegou ao topo, hesitou diante da visão do horizonte.

"Jesus...", ele murmurou. "Isso é... grande."

"O que tem aí?", Lana perguntou, subindo para juntar-se a ele. "Caramba... aquilo é..."

"Um nevoeiro?", Dale disse, terminando a pergunta dela. "No Inferno?"

"Está se movendo", Caz observou, sua cabeça mal tendo coroado o declive, antes que a visão o detivesse. "E rápido."

"Para onde está indo?", Lana perguntou.

"Pra lugar nenhum. Vejam", Harry respondeu.

A cidade, envolta pela névoa daquela maneira, parecia vasta; seus prédios eram mais elegantes e grandiosos do que Harry esperava. Com domos de pedra pálidos e praças cheias de pilares, aquela era sem dúvida a Roma do Inferno. A cidade fora construída em muitas colinas, quase dois terços dela se erguiam gentilmente, exibindo camada após camada de construções imaculadas. Árvores haviam sido posicionadas com cuidado para afastar seus galhos retorcidos dos prédios ao redor dos quais cresciam. Contudo, tais árvores pareciam anãs em comparação até mesmo ao menor dos prédios que havia sobre a colina. Sem dúvida, o arquiteto da cidade fora um visionário. Não havia nada em Roma — nada nas maiores cidades do planeta — que pudesse ser comparado à glória ali edificada.

Alguns possuíam apenas a autoridade do tamanho: edifícios com cinquenta andares de altura, cujas fachadas não apresentavam uma janela sequer. Havia estátuas também; as cabeças e os ombros bem acima até dos edifícios mais altos. Porém, enquanto as estátuas romanas eram fielmente concebidas para retratar ícones cristãos e homens que governaram a cidade, aquelas estátuas eram enigmas. Algumas eram vagamente reconhecíveis como humanoides, outras pareciam congeladas num borrão de movimento; uma fotografia de pedra de um ser desconhecido, capturado em um espasmo de êxtase, agonia ou ambos.

E, em todos os lugares, as leis da física eram casualmente desafiadas. Um imenso edifício era mantido a trinta metros do chão por duas fileiras íngremes de degraus à frente e atrás. Um trio de pirâmides — suas pedras intrincadamente inscritas — fora construído de modo a parecer ter sido apanhado por um abalo sísmico que jogara duas delas no ar e deixara a terceira apoiando as demais da forma mais delicada, canto por canto, beirada por beirada.

E, aninhada em meio a tudo aquilo, havia aquela névoa esverdeada, inerte, naquela enorme favela que se acomodava numa trincheira, diretamente na frente da cidade. A neblina derramava sua tonalidade verde no conjunto de edifícios, das estruturas monolíticas próximas ao cume até as altas muralhas que marcavam os limites da cidade, mantendo-se estagnada por sobre uma porção de tendas, barracos rústicos e animais que constituíam a caótica margem da cidade. Aquele lugar, a vasta favela, era a fonte dos gritos. A névoa bizarra aparentemente estava enraizada no local, e ficara claro que aqueles que não tinham conseguido se afastar das brumas estavam em uma agonia terrível.

"Quem enxerga melhor?", Harry perguntou. "Não sou eu. Posso ver pessoas se mexendo, mas são só um borrão."

"É melhor que permaneçam assim", disse Caz.

"O que está acontecendo?"

"São uns putos loucos ou algo assim", Lana afirmou.

"Estão correndo sem direção", Caz disse. "Batendo a cabeça nas paredes. E, meu Deus, tem um cara... ah, Jesus Cristo..."

"São humanos?"

"Alguns", Dale falou. "A maioria parece de demônios para mim."

"É", Lana disse. "Seres humanos não fazem sons assim."

Era verdade. A cacofonia, que ficava mais e mais alta, era um estrondo doentio — um ensopado torpe de ruídos que estava além da capacidade dos pulmões e das gargantas humanos. Os ritos mortais se misturavam a ruídos que se pareciam com motores e maquinários na fase final de autodestruição; engrenagens se fragmentando e motores guinchando, enquanto se faziam em pedaços.

"Agora, sim", Harry observou. "O Inferno estava começando a me deixar muito desapontado."

"Não diz isso, cara", Caz falou. "Não precisamos de más vibrações, não mais do que já temos. Ou... sei lá, vai ver você precisa." Ele olhou para Harry, que estava forçando a vista para tentar ter uma visão mais clara do que estava acontecendo. "Você mal pode esperar para descer até lá, né?"

"Quero acabar logo com isso, Caz."

"Tem certeza de que é isso mesmo?"

"O que mais poderia ser?", Harry disse, mantendo os olhos fixos no espetáculo.

"Pare de olhar essas atrocidades por dois segundos, Harold. Sou eu. Caz. Sabe que vou seguir você até o final desta bagunça, não é? Vim aqui buscar Norma e não vou embora sem ela. Mas preciso que você me olhe na porra dos olhos e diga a verdade. E não por mim, mas por você."

Harry virou o rosto para o amigo e murmurou um único e desafiador: "O quê?".

"Você está gostando disso?", Caz perguntou.

O queixo de Harry caiu. Após um momento, ele abriu a boca para falar. Foi quando Lana berrou: "Não vou aguentar mais isso!".

Caz e Harry viraram a tempo de ver Lana largar-se no chão, braços cruzados em cima da cabeça, como se quisesse segurar à força a própria sanidade. Caz agachou-se ao lado dela.

"Está tudo bem. Tudo vai ficar bem."

"Como pode dizer isso? Olha só pra eles! Olha o que este lugar tá fazendo com eles. E eles *vivem* aqui! Não temos chance alguma."

Harry sentou-se sobre a grama branca a um metro deles, de costas para as condolências apaziguadoras de Caz, voltando a atenção mais uma vez para o caos dentro do Poço. Harry nada sabia sobre as pobres criaturas cujos gritos subiam aos céus e provavelmente encontravam ouvidos surdos; talvez elas merecessem as agonias que lhes tinham sido atribuídas. Talvez não. De qualquer modo, as súplicas o levaram a um estado mental indesejado, misturando-se com o resto dos ataques aos sentidos dele — o fedor penetrante de enxofre misturado a carne queimada, as tatuagens lançando um refrão selvagem em todo o corpo, fazendo-o entrar em contato mais uma vez com aquela noite que nunca vai estar longe o suficiente. Ele conseguia escutar a voz do demônio na sua cabeça mesmo agora, a um mundo de distância.

Cuspa. Harry ouviu as palavras ferindo-o dentro da sua mente. Como gostaria de poder ter feito algo diferente naquela noite. Se o tivesse feito, então quem sabe fosse capaz de dispensar o sentimento de estar exatamente no lugar onde pertencia agora — onde sempre pertencera —, o Inferno.

"No que você está pensando?" A voz de Dale cortou os pensamentos de Harry como uma faca. As palavras eram uma âncora envolta em inocência.

"Estou tentando ver como vamos funcionar juntos", Harry disse. "Por que estamos aqui."

Dale riu. "Você não tem a menor ideia, né?"

"Não. Você tem?"

"Ah! Essa é a grande pergunta, não?"

"Você já sabe?"

"Com certeza."

"Vai compartilhar o segredo?"

"É fácil: ver não é o mesmo que enxergar."

Harry riu. "Que diabo isso significa?"

"Eu escutei num sonho."

Aparentemente, Dale supôs que a conversa chegara ao fim, porque sem dizer mais nada, deu um beijo no topo da cabeça de Harry e se afastou. Enquanto isso, Caz tinha, de alguma maneira, colocado Lana de pé, enquanto a mantinha de costas para a cidade.

"Não quero descer lá", ela soluçou. "E vocês não podem me obrigar."

"Não vamos fazer isso", Caz respondeu.

Um coro bruto de pássaros foi ouvido acima deles.

Harry olhou para o alto para ver que o barulho vinha da maior das duas espécies de criaturas aladas que circulavam sobre a cidade. Elas tinham se reunido numa velocidade notável, atraídas pelos promissores ruídos de agonia das ruas ou pelo cheiro, que só agora ficava aparente. Era um aroma complicado. Havia uma pontada de sangue, mas também a fragrância de incenso velho e outro cheiro impossível de ser determinado e, por isso mesmo, bem mais atormentador que os demais.

Sentado no cume, os pensamentos de Harry ainda eram atiçados pela troca de enigmas (mal poderia ser chamado de uma conversação) que acabara de ter com o sulista potencialmente maluco. Ele sorveu a mistura de glórias e terrores do Inferno. Não estava menos exausto do que quando saíra do apartamento em Nova York, continuava precisando de dez anos de férias no Havaí — só ele, uma cabana e uma vara de pescar —, mas, se quisesse chegar lá, então teria de terminar aquilo antes.

"Certo", ele disse. "Vamos nessa."

Estar no nevoeiro causou pouca impressão em Norma. O Sacerdote do Inferno fizera como ela havia pedido e, qualquer que fosse a proteção que ele estava usando para não ser afetado pelos efeitos do nevoeiro, a estendera a ela. Mas a idosa escutou claramente os sons pavorosos atrás de si, emitidos por aqueles sujeitados à influência da névoa. Alguns eram simples grunhidos feitos por criaturas em dor, outros imploravam por ajuda de forma mais articulada. No entanto, os mais dignos de pena eram aqueles que, ao verem a figura imponente do Sacerdote do Inferno emergir da sujeira, rogavam com toda a civilidade que podiam reunir para que ele os tirasse daquela angústia.

De repente, Felixson começou a gritar. Norma, que segurava as vestes dele, sentiu o tecido rasgar nas suas mãos.

"Ah, Deus Todo-Poderoso, não!", ele berrou. "Estou sentindo o cheiro da névoa. Ele está entrando nos meus olhos. Na minha boca! Senhor! Mestre! Me ajude!"

Norma estancou.

"O quê? O que aconteceu? Achei que Felixson estivesse protegido..."

"Ele estava", respondeu o demônio, próximo ao ouvido dela. Norma deu um pulo ao som da voz. "Mas eu parei de protegê-lo"

"Quê? Por quê?"

"A história dele está chegando ao fim. Seus serviços estão completos. Em você, tenho tudo de que preciso."

"Você não pode! Imploro misericórdia em nome dele!"

"Você não quer assumir tal débito."

"Ele aliviou a minha dor."

"Porque não queria carregá-la."

"Eu sei. Eu sabia, mesmo enquanto ele estava fazendo. Ainda assim, ele o fez."

"Muito bem. Ele só precisa pedir. Ouviu, Felixson? Peça e receberá."

O mago emitiu um som em resposta, mas este não se parecia com qualquer palavra que Norma conhecesse. Ela cambaleou na direção dos resfôlegos de Felixson.

"Fale!", ela disse. "Felixson, me escute! Seu Senhor chama o seu nome. Responda! É só o que tem que fazer." Ela deu um passo na direção do homem, os braços estendidos. A ponta do sapato direito entrou em contato com ele antes.

"Pode me ouvir?", ela perguntou, inclinando-se para frente em busca do mago.

Um grunhido gasoso foi tudo o que recebeu em resposta.

"Felixson! Diga as palavras!"

Ela escutou sons lamentosos, indicando as tentativas finais dele. Então, não ouviu mais nada.

"Felixson?", Norma sussurrou nas trevas.

"Ele não pode mais ouvi-la", alertou o Sacerdote.

"Ah, meu Deus", Norma murmurou. Seus dedos, sem acreditarem no que a mente ainda percebia, continuaram a procurar o corpo de Felixson. Ela se ajoelhara quando suas mãos entraram em contato com algo quente e rígido. Puxou imediatamente a mão de volta, seu olho da mente ilustrando uma imagem indesejada da carne devastada pela névoa carnívora.

"Eu não entendo", ela disse. "Este homem era leal a você."

"O que ganho sentindo alguma coisa?"

"Existe algo com que você se importe?"

"Tudo é morte, mulher. Tudo é dor. O amor gera a perda. O isolamento gera ressentimento. Não importa a direção que nos viramos, sempre somos feridos. Nossa única herança verdadeira é a morte. E nosso único legado, o pó."

Tendo dito isso, ele se virou e caminhou, deixando o morto para trás. Norma fez uma breve oração para Felixson e seguiu rapidamente o Cenobita, temendo que, se vacilasse, ele decidiria que ela também não precisaria da proteção dele. Apesar da idade e da completa cegueira, não foi difícil para ela acompanhá-lo. Qualquer que fosse a proteção lançada sobre ela, parecia emprestar-lhe extrema força física, de modo que seguiu todos os passos do demônio sem precisar de um grande esforço.

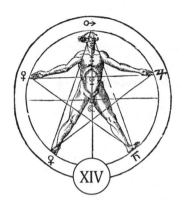

Agora era chamado de Bastião de Tyath, embora já tenha passado por muitos nomes antes, cada qual escolhido pelo mais recente déspota no comando. Porém, ainda que o interior do Bastião fosse modificado para atender às ambições dos seus ocupantes, o exterior permanecia inalterado. Era uma firme torre de pedra, cujos blocos haviam sido medidos e cinzelados com tanta precisão, que era virtualmente impossível discernir onde uma pedra terminava e a outra começava, a não ser que você estivesse com o rosto colado na parede do bastião.

Muitas lendas haviam se acumulado ali, especialmente em relação à sua criação — sendo a mais popular, e provavelmente a mais possível, a seguinte: ele fora a primeira construção do local, sendo seu encarregado, arquiteto e único pedreiro um demônio Ur chamado Hoethak, que a erigira para proteger a sua esposa humana, uma mulher de nome Jacqueline, que estava grávida de um quinteto de híbridos — o primeiro fruto do acasalamento de um anjo sublime, caído ou não, com os ridículos humanos. Todos tinham sobrevivido — pai, mãe e filhos —, e, das cinco dinastias, descenderam linhagens sanguíneas cada vez mais contaminadas e listas de vingança cada vez maiores.

Dos oito membros do atual regime, apenas três estavam no Bastião naquela noite. O entusiasmado general, Augustine Pentathiyea, um impenitente amante da guerra e das suas crueldades, sentado numa cadeira de encosto alto, habitual assento da visível autoridade do regime, Catha Nia'kapo, ausente naquele momento.

Os outros na sala — Ezekium Suth e Josephine L'thi — não escondiam a agitação.

"Se Nia'kapo estivesse aqui", Suth começou, "esta situação já estaria sob controle agora."

"Ela está sob controle" respondeu o general Pentathiyea. Ele tinha cabelos longos, assim como todos os integrantes do regime, embora os dele fossem grisalhos, armados sobre uma fronte arroxeada castigada por três cicatrizes ritualísticas, cada qual da largura de um dedo. Elas tinham sido criadas após repetidos cortes, destacando-se com orgulho na testa, dando ao demônio uma expressão de fúria perpétua, embora a voz dele fosse calma e mensurada.

"Como pode dizer isso?", Suth perguntou.

"Também gostaria de escutar a sua teoria", disse L'thi. Ela estava de pé, na extremidade oposta da câmara, seus longos cabelos brancos despenteados, os olhos fechados enquanto seu olhar destacado buscava o nevoeiro lá fora, abaixo do Bastião, em busca do culpado. "Ele matou quase todos da sua Ordem. Deveríamos prendê-lo e executá-lo."

"Um julgamento seria melhor", opinou Suth. Ele era séculos mais velho do que qualquer um dos parentes no cômodo, embora tentasse ocultar o fato, tingindo os cabelos numa intensa tonalidade preta, as sobrancelhas arrancadas, a pele branca, onde não estava pintada de vermelho. "Algo vistoso para distrair a população."

"Distrair do quê?', perguntou Pentathiyea,

"Do fato de que estamos perdendo o controle", respondeu L'thi. "Não chegou a hora de sermos honestos? Se não agora, quando?"

"L'thi está certa, general", Suth falou. "Se usarmos o Cenobita como exemplo — um longo julgamento público, seguido de algum tipo de crucificação —, vamos recuperar o amor dos cidadãos e..."

"Nosso inimigo está nos portões", L'thi disse, interrompendo o discurso de Suth. "E ele trouxe uma seguidora."

"Outra Cenobita?" Pentathiyea perguntou. "Achei que estivessem todos mortos."

"Eu disse a maioria. Mas não é uma Cenobita. É uma mulher humana."

"Então, o vilão mais procurado do Inferno está à nossa porta. Ezekium, você tem alguma coisa preparada para este demônio?", Pentathiyea inquiriu.

"Na verdade, tenho, general. Preparei um cobertor de metal, que tem um forro que será preenchido com gelo. Vamos queimá-lo na fogueira. Eventualmente, claro, o gelo vai derreter e o fogo encontrará seu caminho, mas já repeti a experiência onze vezes, usando homens, mulheres e até crianças, só para ter certeza de que meus cálculos estão certos."

"E?"

Ezekium Suth permitiu-se um sorriso discreto. "Ele terá plena consciência enquanto sua pele for queimada e os músculos fritarem nos próprios sucos. De fato, vamos arrumar cuidadosamente o combustível para o fogo, de forma que ele não seja sufocado pela fumaça, que é uma morte boa demais. Em vez disso, ele será cremado sistematicamente. Mas descobri que este método põe a pessoa numa postura agressiva, então vamos prendê-lo com correntes para evitar isso. Obrigará os ossos a quebrarem enquanto cozinham dentro da carne."

"Você pensou bastante nisso", Pentathiyea comentou, com uma insinuação de desgosto.

"É preciso sonhar, general", Suth respondeu.

"Até alguns minutos atrás, você nem sabia que o filho da puta estava nos portões."

"Não, mas era só uma questão de tempo até que alguém nos desafiasse, não? Tenha fé. O Cenobita não tem chance. Ele está sozinho e nós estamos em..."

"...menos do que deveríamos", L'thi disse. "Ninguém se perguntou por que nosso glorioso líder não está presente hoje? Ausência sem explicação justamente no dia em que essa névoa assassina surge e aquela... aquela *coisa* lá fora, com a cara cheia de pregos, vem nos visitar?"

"Do que o está acusando?", perguntou o general.

"Quem? Nia'kapo ou o Cenobita?"

"Dane-se o Cenobita! Estou falando do nosso líder, Catha Nia'kapo."

"Estou acusando-o de estar morto, general. E Quellat, e provavelmente Hithmonio também. Todos desaparecidos sem explicação por todos esses dias? Claro que estão mortos! A criatura lá fora se dedicou a matar tantos seres poderosos quanto pôde."

"Mas e daí?" Pentathiyea perguntou.

"Você não é o general aqui?", L'thi retorquiu. "Tudo que está fazendo é sentar no trono do líder e perguntando coisas idiotas. Este deveria ser seu campo de atuação."

"E é", Pentathiyea respondeu, levantando-se. "Liderei exércitos inteiros contra a horda divina e os vi serem rechaçados. Certa vez, tive um lugar à mesa de Lúcifer. Eu era o general do Inferno quando este ainda era um poço de lama. E sei exatamente o que vai acontecer a seguir. O demônio veio para nos matar. Quando tiver arrancado a carne dos nossos ossos, continuará sua busca ensandecida, independente de onde ela o leve. Em resumo, se damos valor às nossas vidas, o melhor a fazer é partirmos agora — não só desta câmara, mas do próprio Inferno.

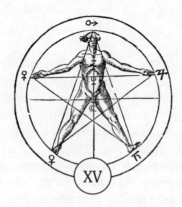

Enquanto os membros do Conselho discutiam o seu futuro, o Cenobita, que era o tema da conversa, abriu os portões de ferro com ferrolhos triplos, que separavam o Bastião das ruas da cidade, despedaçando as trancas como se fossem feitas de gelo.

Ao mesmo tempo, o grupo de viajantes cansados liderado por Harry D'Amour adentrou a cidade pela entrada mais ao leste, pelo Portão de Janker. Havia torres de vigia à esquerda e à direita do complexo, mas elas estavam desertas, e o portão à direita, aberto.

O Portão de Janker lhes ofereceu a vista menos impressionante da cidade até ali. Ele ficava próximo ao rio — o mesmo que eles haviam cruzado em uma sólida ponte de ferro — e, portanto, era ocupado principalmente por aqueles cujo ofício estava ligado ao curso d'água: demônios que trabalhavam para manter vivas as almas dos amaldiçoados que estavam enterrados até o queixo na lama adjacente, impotentes contra os ataques dos pássaros que espreitavam as redondezas, em busca de vermes e sanguessugas, mas encontrando uma nutrição mais fácil entre os bulbos desesperados, comendo seus rostos bicada após bicada; olhos, língua, nariz e nervos, até que os bicos curtos não conseguissem mais penetrar a carne, e eles se viam obrigados a abandonar a refeição para as variedades infernais de garças e íbis, que eram mais bem equipadas para penetrar os orifícios e alcançar a gordura e o tecido cerebral.

No entanto, nenhuma dessas criaturas, fossem torturadas ou torturadoras, podiam ser vistas nas ruas próximas ao Portão. Havia, contudo, bastante sangue evidenciando a presença recente delas; as pedras reluzentes e o ar repleto de moscas gordas oscilando para lá e para cá, como se estivessem intoxicadas. Elas não eram a única forma de vida se banqueteando ali. Nas paredes, onde havia diversos borrifos de sangue, criaturas com a forma e a postura de lagostas tinham saído do meio dos tijolos e se reunido ao redor das manchas vermelhas; as bocas sugando avidamente o sangue derramado.

"Foi isso o que o nevoeiro fez com esse povo?", Caz indagou.

"Só queria saber para onde foram", observou Dale.

"Isto não estava no sonho?"

"Não." A voz de Dale caiu para pouco mais que um sussurro. "E não gosto nada disso."

Lana se esforçava para evitar que as moscas bêbadas pousassem nela, mas as criaturas pareciam imunes às tentativas de espantá-las e pousavam despreocupadamente nos cabelos e no rosto dela.

Harry tomara a dianteira, observando uma rua que enveredava na direção dos prédios de arquitetura mais ambiciosa, visíveis além das modestas moradias de dois andares daquele bairro por onde passavam.

"D'Amour?", Dale sussurrou.

"O que foi?"

"Acho que devíamos ficar juntos", ele disse.

Assim que a observação saíra da sua boca, uma figura apareceu de um beco, atrás dele. Ela agarrou Lana, que foi perfeitamente capaz de lidar com o agressor; um golpe na garganta, um chute no estômago e, conforme ele se curvou, um gancho no queixo que o derrubou, esparramando-o nos paralelepípedos.

"Mas que porra é essa?", Harry disse, aproximando-se do demônio inconsciente.

"Não quero preocupá-lo, Harold", Caz disse, "mas isso é um demônio."

"Qual o problema dele?", Harry perguntou.

Pela primeira vez, o detetive deu uma olhada de perto no que o nevoeiro causara. A criatura era um demônio, ele pôde ver, bem alimentado e musculoso, trajando apenas calças largas presas por cintos ornamentados que os jovens demônios pareciam gostar, seu rabo preênsil surgindo de uma pequena abertura na parte de trás. Em volta do pescoço, havia diversos cordões de fibra ou de couro, cada um deles parecendo ter um significado especial. Em tudo, ele se parecia com a maior parte dos demônios que pertenciam a castas menores que Harry encontrara no passado.

Porém, ele viu que a névoa operara uma mudança naquela criatura — e esta não foi nada bonita. Nos cantos das bocas e dos olhos, nas dobras dos braços ou entre os dedos — em todos os lugares que o nevoeiro o tocara — aparentemente uma semente tinha sido plantada, germinando não para produzir aquela vegetação infernal, mas para aproveitar a deixa do local onde fora plantada e gerar uma nova forma de vida, ordenada a partir do seu ponto de origem. Assim, a semente alojada entre os dedos do demônio gerara uma safra de novos dedos, cada qual possuindo vida própria. E a semente ao lado da boca do demônio criara novas bocas, todas exibindo fileiras de dentes dentro das bochechas e do pescoço. No entanto, todas aquelas anomalias empalideciam diante do trabalho perpetrado pela semente alojada no olho esquerdo, que multiplicara uma quantidade de globos oculares de modo que, da testa à bochecha, havia um conjunto de olhos úmidos e sem cílios, as córneas amarelas olhando para cima, para baixo e para os lados.

Subitamente, o demônio estendeu o braço e agarrou o tornozelo de Caz, seus dedos de muitas juntas fechando-se facilmente em volta dele. Apesar da agonia da criatura — ou, talvez, por causa dela —, a pegada foi deficiente. Nos seus esforços para se libertar, Caz perdeu o equilíbrio e caiu para trás, aterrissando firmemente nos paralelepípedos. Antes que alguém pudesse reagir, o demônio enlouquecido subiu em cima dele, seu movimento perturbando as moscas que descansavam no seu corpo e criando uma nuvem em movimento ao redor deles. O demônio era um ser de barriga proeminente e o peso bastou para que Caz fosse pressionado contra o chão.

"Jesus! Caralho! Alguém me ajude!", Caz gritou.

"Cadê a porra do facão?", Harry disse.

"Está comigo!", disse Lana.

"Me dá!"

Lana jogou a arma para Harry. Assim que ele o apanhou, o demônio, talvez pressentindo que estava prestes a ser atacado, virou-se para Harry, agarrando sua garganta com um dos seus pés repletos de dedos; novos dedos nodosos brotando enquanto ele apertava a garganta de Harry, privando-o de oxigênio.

As unhas penetraram fundo em volta da traqueia de Harry, que deu uma forte pancada no demônio e enterrou a lâmina no peito da criatura. Choque e dor fizeram com que a coisa afrouxasse as mãos na garganta de Harry, e o homem se afastou. As sementes continuavam a dar provas da sua fecundidade; diante dele, o demônio continuava a se transformar. Os cachos de olhos estavam inchando, as bocas brotavam pelo pescoço e peito da criatura. Todas, por conta de alguma reconfiguração elaborada dentro da anatomia interna do demônio, possuidoras de saúde suficiente para liberar um coral de gritos e súplicas. Harry pretendia dar à coisa a única misericórdia que tinha à disposição.

"Agora, Caz!", ele disse.

Como se já tivessem feito aquilo mil vezes antes, Caz empurrou o demônio para longe ao mesmo tempo em que Harry brandiu o facão num ângulo de centro e oitenta graus. O golpe degolou um terço do pescoço da criatura, antes de acertar uma vértebra maciça. Harry arrancou a lâmina em meio a um jorro de sangue quente que verteu do ferimento e caiu na boca aberta de Caz.

"Ah, que bosta!", disse o tatuador em meio a tossidas molhadas.

Harry acertou uma segunda vez a cabeça do demônio, na esperança de conseguir dar o golpe de misericórdia. Contudo, a criatura era muito cheia de vida e se afastou. Desta vez, o facão cortou o conjunto de olhos pretos e amarelos, investindo contra o crânio. Trinta globos oculares ou mais caíram e rolaram aos pés de Harry. As bocas do demônio emitiam um único som agora: um longo lamento fúnebre.

Harry entendeu aquilo como um sinal de que a criatura estava se preparando para morrer e o pensamento encheu de energia o terceiro golpe. Ele acertou, mais por acidente do que por intenção, exatamente no mesmo local que o segundo golpe, decepando a metade superior da cabeça. O demônio cambaleou e o pedaço decepado deslizou e pousou no peito de Caz — vários olhos rebentando com a pressão do golpe. O resto da coisa cedeu por um momento ou dois nos braços de Caz, então tombou morta.

Foi preciso a força combinada de Lana, Harry e Dale, puxando de cima, e Caz empurrando de baixo, para rolar o cadáver para o lado, mas, quando finalmente conseguiram, Caz se pôs numa posição sentada, limpou o sangue do rosto e levantou-se.

"Obrigado", ele disse a Harry. "Achei que tinha chegado minha hora, cara!"

"Ninguém vai morrer nesta viagem", Harry respondeu. "Especialmente pelas mãos de um subalterno qualquer. Entendido? Lana? Dale? Vocês entenderam? A gente vai escapar desta..."

Lana olhava para o cadáver do demônio. "Todos eles têm essa aparência?", ela perguntou. "Cheios de olhos e bocas?"

"Não", Harry respondeu. "Era o que eu estava dizendo antes que o safado voltasse à vida. Acho que é obra do nevoeiro. Isto não é normal. Nem um pouco."

"Acho que deixamos o normal lá em Nova York", Lana observou.

"Querida, deixamos o normal para trás bem antes disso", disse Dale.

D'Amour assentiu. "Provavelmente temos uma boa oportunidade que vai nos permitir andar livre pela cidade, então, sugiro que a gente se mova enquanto ainda temos chance."

Todos concordaram e seguiram pela ladeira rasa que levava do Portão de Janker até a cidade, num ritmo constante. Harry sabia que eles estavam sendo observados a cada passo. No início, foi só uma sensação —, aquele sigil tinindo na nuca, a sempre confiável c_I — mas logo, sinais mais óbvios surgiram: portas abertas apenas um pouquinho eram fechadas quando o olhar dele as encontrava, cortinas eram movidas e, de vez em quando, vozes vinham de dentro das casas: gritos, discussões e, às vezes, o que pareciam ser orações demoníacas, oferecidas em busca de alguma salvação infernal.

A cada interseção que cruzavam, Harry vislumbrava figuras saltando para dentro de becos e vielas, saindo da vista deles. Alguns poucos os espionavam de cima dos telhados, arriscando o que restara de suas vidas para espreitar as quatro formas terráqueas. De repente, as tatuagens de Harry enlouqueceram. Ele não disse nada, mas, por reflexo, sua mão foi para o pescoço, onde a tatuagem cantava o grito de alerta.

"Ah, Cristo", Caz disse. "Sei o que isso significa."

"O quê?", Dale perguntou baixinho.

"Bosta", Harry disse. "Minhas tatuagens. Esqueci que Caz me lê que nem um livro."

"Eu escrevi esse livro", Caz se vangloriou.

"É... bom, estou sendo avisado para prosseguirmos com cautela."

"Harold, estamos no Inferno. Cautela é o mínimo. Eu tatuei você, e a forma como sua mão voou para o pescoço me diz que cautela não chega nem perto do que sentiu."

"Tudo bem. Quer saber a verdade? Não estamos sozinhos e acho que estamos fodidos. Feliz agora?", Harry esbravejou.

"Muito", o outro respondeu.

Como se tivesse recebido uma deixa, de algum lugar bem perto dali, o som de pés sobre pedra foi ouvido. De outra direção, um grito forte ecoou. Como em resposta, Harry e seus amigos ouviram uma ovação ensurdecedora e profana, vinda de todas as direções. O som não era um simples grito — era uma convocação, e estava sendo respondida aos montes.

Uma horda de vozes terríveis repentinamente pontuou o ar com barulhos insanos — guinchos, arfadas convulsivas e gargalhadas de alegria — todas imitações variantes do primeiro som, de modo que, num espaço de menos de um minuto, a cidade não estava mais silenciosa, mas plena com aquela cacofonia; sua força aproximando-se firmemente de onde Harry e seus amigos estavam.

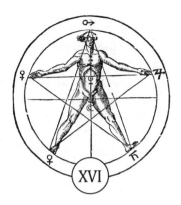

XVI

"Ouça", disse o Sacerdote do Inferno.

"Em nome de Deus, o que é isso?", Norma perguntou.

Eles tinham subido juntos os noventa e um degraus do Bastião que levavam à maciça porta de entrada para o santuário do regime. Era ali que o Sacerdote tentaria invadir.

"Eu vivia em Los Angeles", Norma disse. "Perto da rodovia Coldheart Canyon. De vez em quando, à noite, dava pra escutar o uivo de um coiote e, logo depois, um coro inteiro deles se juntava, quando vinham dividir a presa. Aquele som se parecia com isso; um bando de malditos coiotes, uivando com alegria porque estão prestes a comer."

"É *exatamente* o que o barulho foi."

"Meu Deus", Norma disse, "Harry..."

"Ele deveria se considerar sortudo se morrer aqui e agora", observou o Sacerdote, erguendo uma das mãos e colocando a palma contra a porta. "Os assassinos do regime estão com medo. Consigo escutá-los choramingando do outro lado desta porta."

Norma também podia, agora que prestara mais atenção. Eram mais do que simples lágrimas que escapava deles. Eram lágrimas de terror.

"Eles nunca viram o vazio", disse o Cenobita, falando mais alto, sabendo que eles o escutariam. "São como crianças agora, esperando que eu entre e mostre o caminho para eles."

Uma voz surgiu mais alta que os soluços; seu dono dando o seu melhor para soar seguro da própria sanidade. "Volte para o local de onde veio, demônio!"

"Ouvi dizer que tiveram problemas, meu amigo", disse o Sacerdote do Inferno.

"As Negações da Fortaleza foram estabelecidas pelo próprio Lúcifer. Você jamais obterá acesso."

"Então é melhor não desperdiçar mais seu tempo." Dizendo isso, o demônio moveu a mão por sobre a porta e murmurou um encantamento tão suave que Norma não estava certa se havia escutado algo. Porém, qualquer que fosse o rito dito pelo Sacerdote, funcionou.

"Ah, não. Não! A danação!", disse a mesma voz de trás da porta. "Espere, espere..."

"Sim?", perguntou o Sacerdote do Inferno.

"Não vá!"

"Como disse, vocês estão seguros atrás destas paredes. Não precisam de mim."

"Estamos sob ataque! Estas coisas! Aqui dentro! Conosco! Coisas terríveis! Está escuro demais para ver! Por favor, nos ajude!"

"Alucinações? Acha mesmo que isso vai funcionar? Eles são demônios. Eles sabem...", Norma disse.

"Pare de falar com ele", disse uma segunda voz lá de dentro. "Ele está nos enganando." E a seguir: "Você é um tolo por vir aqui, Cenobita. O regime tem planos para você".

"Viu?", Norma disse, tendo sua pergunta respondida.

"Espere", o Sacerdote do Inferno disse a ela.

"Cale a boca!", bradou a primeira voz. "Deixe-o entrar. Ele tem poderes. Pode nos ajudar..."

"Sim! Deixe-o entrar!", falou outra voz, o seu assentimento ecoado por mais meia dúzia de outros.

"Cesse as Negações, Kafde", ordenou o primeiro guarda. "Deixe o Sacerdote entrar."

"É um truque, seu idiota...", retorquiu o dissidente.

"Basta!", gritou o primeiro. Ouviu-se um som de movimento e, então, o barulho de um corpo sendo batido contra a porta.

"Não! Não faça..."

O dissidente não concluiu a sentença. No lugar das palavras, veio o som de um impacto violento e, então, seu corpo inerte deslizou pela porta e caiu no chão.

A boca de Norma estava aberta, em choque. "Não acredito", ela disse.

"E nossa jornada nem ao menos começou", respondeu o Sacerdote do Inferno.

"Messata", disse a voz do primeiro guarda, "tire esta carcaça do caminho enquanto removo as Negações. Sacerdote? Ainda está aí?"

"Sim", respondeu o Cenobita.

"Afaste-se da soleira e tenha cuidado." Ouviu-se um clique ressonante e a porta se abriu. Um grande demônio alaranjado o cumprimentou. O soldado tinha facilmente o dobro do tamanho do Sacerdote, e trajava uma armadura dourada. Ele gesticulou freneticamente para que o Cenobita adentrasse a câmara. O Sacerdote do Inferno, seguido de Norma, entrou na pequena antecâmara ocupada por uma dúzia de soldados, todos trajando as mesmas vestes de guerreiro.

"Esses monstros estão em todos os lugares", disse o guarda. "Você precisa nos ajudar..."

O Cenobita fez um breve movimento com a cabeça e disse: "Eu sei. Vim atrás do regime. Eles estão em perigo. Onde é a câmara?".

O soldado apontou na direção de uma escadaria que se ramificava em uma dúzia de direções diferentes. "Vou levá-lo. A torre é um labirinto vertical. Ficará louco antes de encontrar o caminho para o segundo andar. Esta é a primeira câmara. A deles é a sexta. Vamos combater juntos este flagelo, irmão! Estes demônios não vencerão. Cada câmara restante possui mil soldados fortes."

"Então tenho muito trabalho a fazer", disse o Sacerdote do Inferno. Ele enfiou a mão dentro do seu manto e tirou de dentro uma Configuração de Lemarchand, entregando-a para o guarda. "Tome", disse.

"O que é isto?", perguntou o soldado, segurando o objeto.

"Uma arma. Eu tenho várias."

Ele apanhou outras três e as deu para o demônio, que as entregou aos outros soldados.

"O que elas fazem?", um deles perguntou.

"Abra-as", disse o Sacerdote do Inferno.

Harry poderia tentar tirar algum conforto da crença de que tudo, exceto a alma, era uma ilusão humana, mas não havia nada de ilusório na sua atual situação. O cruzamento onde ele, Caz, Dale e Lana estavam era um pesadelo sem chances de escapatória. Cada um dos humanos olhava para uma rua diferente, mas todos tinham a mesma visão inescapável: cidadãos da cidade profana transformados em monstruosidades vindo na direção deles. As terríveis multiplicidades tinham brotado dos lugares onde as sementes do nevoeiro haviam se alojado, transformando cada fera num horror em si. Todas estavam completamente nuas e, para piorar, as anatomias já transformadas traziam estranhos desabrochares ensopados em sangue, e, deles, novas gerações de sementes brotavam.

Eles tiveram uma visão clara das sementes fazendo seu trabalho fecundo; novas vítimas convulsionavam quando suas partes inchavam e explodiam, derramando fluidos em todas as direções; a carne que eles molhavam instantaneamente expulsava redes de veias vermelhas que, em questão de instantes, nutriam a criação de novas multiplicidades.

O crescimento da segunda geração era mais confiante que o da primeira, e também mais ambicioso; o terceiro e o quarto eram exponenciais. As formas que eles geravam não eram simplesmente cópias da anatomia onde haviam germinado, mas aberrantes e grandiosos.

E, tal qual ocorrera com seus predecessores, havia a necessidade urgente de estarem nus, de expor cada centímetro e dobra ao germinar, de modo que no espaço de um ou dois minutos a quantidade de apêndices triplicara; os recém-contaminados ainda gritavam, enquanto eram tomados por uma onda de agonia atrás da outra.

As mais estranhas dentre as criaturas daquele regimento inominável eram as crianças demoníacas; livres das restrições de uma casa e um lar, seus corpos, apesar de toda a suposta vulnerabilidade, pareciam mais ávidos que os dos seus pais para se reinventar. Elas queriam ser uma nova espécie, e as sementes proviam a razão perfeita para liberar cada pensamento herege que elas podiam conceber.

Mesmo que os pais alcançassem os limites da desordem, seus filhos os suplantavam, entregando seus corpos para o grande experimento com um abandono que os mais velhos não se permitiam. Assim, havia o garoto com trinta braços ou mais brotando nas costas, ou a garota adolescente cujo sexo tinha se dividido ao longo de todo o tronco até o esterno, os lábios molhados ondulando enquanto se abriam para convidar o mundo a fazer o seu pior com ela, ou o bebê germinado nos braços da mãe, alimentando-se nos seios cheios de leite, cuja mão era uma bola entumecida, inchada três vezes ou mais do tamanho natural, escondendo completamente o rosto da mãe. Seus membros tinham quadruplicado e, no processo, haviam se tornado pouco mais do que ossos e tendões; as juntas desafiando a natureza e virando ao contrário para abraçar o corpo da mãe como as pernas de uma aranha.

Ali não havia nada de piedade ou de amor; apenas a implacável dor do horror do Inferno do amanhã, nascendo numa cama de vidro e pregos, enquanto o Inferno do ontem padecia de forma vagarosa e bagunçada. E os ocupantes do Novo Inferno tinham bloqueado as ruas em todas as direções. Não havia nada a ser feito, nenhum lugar para ir. O círculo de inimigos os fechava completamente.

"Qual é o plano, Harold?"

"Morrer?", Harry disse.

"Não", Dale retorquiu, de maneira mais desafiadora do que amedrontada. "Foda-se isso tudo." E ele seguiu na direção que estava mais atulhada.

"Dale! Volte aqui!", Harry gritou, mas o outro não deu ouvidos.

"E então sobraram três", Lana falou.

Dale parou quando chegou até o primeiro enxame de amaldiçoados e deformados.

"Ah, saiam daqui", ele disse.

Então, levantou sua bengala e acertou a extremidade pontuda na barriga de um garoto-demônio. A jovem criatura gritou, recuando rapidamente com seus muitos pés. Harry viu que uma marca tinha permanecido no corpo; um pequeno círculo negro começava a crescer exponencialmente e logo se tornara um monte de raios pretos que iluminavam todas as veias do vilão. O demônio perdeu o equilíbrio e caiu em meio aos seus companheiros.

Um demônio-fêmea investiu contra Dale, mas ele a aguardava, com a bengala de prontidão. A ponta de prata cutucou um cacho de seios jovens e seus doze olhos dela se arregalaram dentro das órbitas folgadas. Ela deu um uivo e sua pele rapidamente tornou-se um labirinto de carne venenosa. Observando tudo, Harry começou a entender. A carne do menino demônio tinha começado a dobrar para dentro de si própria como as pétalas de uma flor, expondo os músculos úmidos sob ela.

A pele recuava com precisão, enquanto o quadrado aumentava de tamanho; sua simetria atrapalhada apenas pelo sangue que vertia, conforme a fatia de carne exposta crescia.

O mesmo estava acontecendo com os seios do demônio-fêmea, onde algum tipo de milagre deixara sua marca. No entanto, a velocidade do crescimento da marca aumentara em cinco ou seis vezes, e aquele conjunto de tetas foi despelado, ficando pendurado no externo como cortinas cheias de sangue.

Dale acertou mais um demônio. E outro. Cada vítima se contorcia em agonia quando o local onde eram atingidos se abria e, então, se desfazia.

"Que merda está acontecendo?", Lana perguntou.

"Dale, você é um gênio", Harry disse. "Eu poderia beijar você."

"Promessas, promessas", Dale brincou, empalando outro demônio. Harry segurou firme seu facão e atacou a horda próxima de si.

"Novo plano", ele disse. "Usem qualquer arma que puderem e saiam cortando tudo."

"Tem certeza?", Lana perguntou.

Harry olhou para ela e sorriu. "Aposto minha vida nisso."

"Bom, essa não é a melhor escolha de palavras, mas..." Dizendo tudo o que precisava, Lana sacou duas facas, segurou-as firme, flexionou os braços e foi na direção do enxame de criaturas.

"Acho que isso inclui a mim também", Caz disse.

Ele sacou sua arma e seguiu a deixa. O tatuador decepou num movimento o sétimo braço de um enorme demônio velho. A besta agarrou o ferimento com quatro das suas mãos, mas a pressão não bastou para estancar a ferida. Por baixo dos agrupamentos de dedos, a carne do demônio se desdobrou, devorando músculos e ossos, camada por camada, de cima até embaixo.

Harry e seu grupo abriram caminho batendo e retalhando a multidão bulbosa, precisando apenas de um ferimento para deter cada adversário. Não havia demônio imune; todos caíram, jovens ou velhos, os corpos contorcidos em espasmos, desesperados para tentar impedir o processo assassino, sem jamais conseguir impedir o trabalho do inimigo. Em pouco tempo, havia demônios moribundos em todos os lugares, uns caídos sobre os outros — uma massa de corpos despelando a si própria, em meio a enormes poças de sangue.

Harry olhou para Dale, Lana e Caz. "Até que não foi tão ruim", disse.

Ofegante, Caz olhou para os seus companheiros. "Alguém quer explicar para a grande rainha dos idiotas aqui que diabo aconteceu?"

"Você se esqueceu de dizer 'linda'", Dale brincou.

Caz olhou para Dale e sorriu timidamente, enquanto espanava um mamilo dos seus ombros.

"Foda-se como funcionou", Lana falou. "Só o que me interessa é que ainda estamos respirando."

"Claramente", Harry disse, "algo estava fazendo com que esses desgraçados germinassem muitas partes anatômicas."

"Com certeza", Lana respondeu.

"Seja lá o que estava fazendo isso acontecer, parecia não se importar se multiplicava membros ou ferimentos. Sua missão era só dividir e conquistar. Assim que abrimos um buraco nessas coisas, o feitiço fez o resto por nós."

"Saquei", Lana falou. "Para mim está bom."

"Dale, você sabia que isso aconteceria?", Caz perguntou, passando por cima de um pequeno monte de vaginas decepadas.

"Não tinha a menor ideia", ele respondeu. "Só sei que a gente tem que achar Norma e que Deus não nos deixaria sermos detidos agora."

"Me faça um favor, Dale", Harry disse.

"Sim, querido?"

"Sei que deu certo. Mas, da próxima vez que colocar minha vida em risco por causa do que acha que Deus vai fazer, me deixa de fora."

"Nossa, que estraga-prazeres", Dale disse.

"Vamos em frente", Harry disse em resposta.

"Não consigo passar por tudo isso", Lana disse.

"É só um pouco de sangue", Harry pontuou, segurando o braço dela. "Vamos."

Murmurando algo, ela foi com ele, enquanto Caz e Dale ficaram um pouco para trás. Passaram trôpegos pela massa de corpos, somente para descobrir que muitos deles ainda estavam vivos; o processo de peles arrancadas ainda incompleto.

"Que coisa estranha", Caz comentou, observando o contínuo desfazer dos corpos.

"Já vi piores", Harry disse.

"Você diz isso de tudo", Lana falou.

"Não de tudo."

"Ah, é? Tipo o quê?"

Harry apontou além dela, na direção do fim da cidade. Lana se virou. O último resquício do nevoeiro se dissipara e, pela primeira vez, eles conseguiam enxergar até o fim da rua, divisando a construção impossivelmente alta de mármore negro que havia no seu fim.

"É. Aquilo é duro de engolir", ela disse.

Sem que ninguém dissesse mais nada, eles começaram a andar. O vento tinha aumentado bastante, levantando nuvens de sujeira e, quando soprava com veemência particular, abria e fechava portas ao longo da rua. Uma chaminé mal construída foi derrubada do telhado a meio quarteirão de distância da sede do regime, os tijolos trazendo junto ardósia e beirais. O vento também trouxe nuvens, fios cinzentos como roupas sujas, divididos entre os telhados e as pedras esmerilhadas. Algumas das nuvens chegavam até o nível da rua, acompanhando o movimento do vento.

O grupo abaixou a cabeça e seguiu adiante, rumo aos portões desprotegidos da estrutura monolítica, sem enfrentar nenhum outro desafio.

"Quanta consideração", Harry comentou. "Deixaram a porta aberta para a gente."

"Muita", Lana disse.

"O plano é o seguinte", Harry continuou, sem parar de andar. "Eu e Dale vamos lidar com qualquer demônio que encontrarmos. Caz e Lana, se Norma estiver neste lugar, vocês a agarram e tiram daqui a qualquer custo. Deixem-nos para trás se for preciso. Alguma objeção?"

Claro que as objeções eram inúmeras, mas ninguém as expressou em voz alta e, sem qualquer protesto, eles entraram na torre.

"Que bosta é essa?", Lana perguntou.

Eles tinham entrado na torre sem saber o que esperar, mas pensavam que havia ao menos a possibilidade de uma luta. No entanto, o que viram em primeira mão foi o rescaldo de um massacre — e um massacre recente, a julgar pelo vapor que se erguia dos cadáveres ainda trêmulos. Os corpos que bloqueavam a passagem já tinham se tornado alimento e moradia das moscas esverdeadas do Inferno, sendo a menor dez vezes maior do que sua humilde contraparte da Terra. E suas crias eram tão ávidas quanto; alguns corpos já eram massas pulsantes de vida larval, devorando com apetite monstruoso o ambiente onde nasceram.

Enquanto Harry escutava os passos dos seus amigos, examinou com atenção a cena ensanguentada que tinha diante de si. Sabia que era obra do Cenobita. Ele julgou que aquilo era só o início da visão que o Sacerdote do Inferno pedira que testemunhasse. Ficou feliz por ter recusado a oferta, até porque odiaria fazer aquilo. Porém, o demônio que caçavam era poderoso, isso com certeza. O problema, contudo, era que ele era bem mais poderoso do que Harry estava disposto a admitir. O detetive estava com os tornozelos afundados nos órgãos de muitos soldados demoníacos — guerreiros monstruosos que provavelmente haviam passado a maior parte da vida preparando-se para a batalha —, e todos caíram num piscar de olhos. Ele estremeceu.

"Que sorte", Caz disse, arrancando Harry dos seus pensamentos.

Tirado do transe, Harry levantou a vista e viu seu amigo recolhendo armas dos soldados mortos. Caz usara seu tempo com sabedoria e já havia adquirido uma coleção considerável de cintos cheios de facas, todos ornamentados, mas obviamente mais do que peças de decoração.

"Aleluia", Dale cantou. "Ainda vamos sair no lucro."

"Bem-pensado", Lana disse. Ela apanhou uma lâmina que gerou uma segunda, uma terceira e uma quarta, intersectadas à primeira, para criar uma estrela de oito pontas. "Vou ficar com esta."

"Certo", Harry falou, dando uma segunda olhadela na câmara. "Vamos pegar o que precisamos e dar o fora daqui."

Após selecionarem o que queriam da enorme gama de armamento infernal, eles avançaram rumo ao primeiro conjunto de escadas e, embora cada par de olhos tivesse olhado para o mesmo degrau inicial, nenhum seguiu para o mesmo local.

"Putz", Caz falou.

"Exatamente o que pensei", disse Lana.

"Achei que ele facilitaria para a gente, só pra variar", Dale observou.

"Ah, mas ele facilitou", Harry disse.

Todos seguiram o olhar de Harry e viram um pequeno veio de sangue escorrendo pela face de um dos degraus de pedra.

"Migalhas do Inferno", Harry completou.

"Sabe", Lana disse, "a maioria das pessoas *não* seguiria uma trilha de sangue. Já a gente... Jesus Cristo."

"Veja o lado bom", Caz disse. "Se existirem ursos no Inferno, não vão seguir seu curso."

"Isso não faz o menor sentido."

"Urso... sem curso..."

"Cale a boca", disse Lana.

Harry já tinha começado a subir as escadarias, muito concentrado na missão para aliviar seus medos com humor. A sobriedade dele logo se espalhou, e Caz e Lana se calaram, seguindo-o pelo labirinto vertical. Elas passaram por uma câmara após a outra sem vacilar, sempre seguindo uma nova trilha de sangue onde a outra acabava, pois havia diversos corpos nas muitas câmaras do Bastião. Alguns pareciam ter morrido por causa de uma briga, outros pareciam ter sido mortos de forma casual por alguém de passagem. Alguns poucos ainda arfavam com vida, mas já haviam passado do ponto de conseguirem responder a qualquer pergunta que lhes fosse feita. O grupo seguiu adiante até chegar à sexta e última câmara, no topo da torre negra.

Como todas as portas pela qual haviam passado até então, esta também se encontrava escancarada, ainda que a câmara que Harry e seus companheiros entraram era bem diferente de tudo o que haviam visto até agora. A área estava caótica — sem dúvida —, mas não havia sangue, como nas câmaras anteriores. E era claro que houvera luta, mas não havia cadáveres. Pinhead fracassara em destruir o regime e, tendo em vista a situação do local, não ficara nada feliz.

"É como diz o ditado", Dale falou.

"Em Roma...", Harry disse ao entrar na câmara.

Os olhos dele observaram os destroços na sala, fixos num grande arco na extremidade oposta da câmara — aparentemente, o único meio de entrar ou sair do local. Dentro deste arco, ele viu que havia um vazio. Sem tijolos ou argamassa. Aliás, sem luz, objetos ou cores de qualquer tipo; todo senso da composição de um lugar se perdera ali. No mundo superior, uma visão como aquela seria um convite à loucura, mas, naquele reino, era mais um dos exaustivos jogos mentais do Inferno. Harry achou surpreendente a velocidade com que seus sentidos haviam se anestesiado para a loucura daquele ambiente.

"Como os demônios", Dale disse, terminando a sentença de Harry. "O ditado é assim, não é?" Dale andou por entre os destroços, girando a bengala enquanto o fazia.

Caz falou: "Que merda, cara. O que essa coisa quer? Digo, onde o jogo acaba, sabe?".

"Não, não sei", Harry respondeu, aproximando-se do arco que levava ao vazio.

Seus olhos se fixaram na visão (ou na falta dela) conforme chegava mais perto, e ele percebeu que o arco não era uma barreira como parecia a princípio. O vazio era uma ilusão c, quanto mais próximo ele chegava, mais aquela nulidade à sua frente se aplainava, formando uma imagem monocromática. Talvez a magia daquela coisa dependesse da proximidade de um corpo quente. Ou talvez ela apenas implorava escrutínio a fim de funcionar. De qualquer modo, Harry estava agora a dois passos do local e conseguia ver claramente uma imagem tremeluzente de uma das ruas pela qual ele e seus amigos passaram para chegar à torre. Ele reconheceu o local porque era difícil não perceber os restos dos amaldiçoados massacrados recentemente, ainda caídos ali.

"Alguém pode me dizer para o que estou olhando?", Harry disse. "Isso aqui é magia ou tecnologia?"

"O quê? Onde?" Dale perguntou, virando-se na direção do detetive.

"O que tem aí, Harold?", Caz inquiriu.

Harry abriu a boca como se fosse dizer algo, mas nenhuma palavra saiu dos seus lábios. Dale, Lana e Caz juntaram-se a ele na soleira do arco. Em silêncio, todos ficaram observando a mesma imagem. Enfim, Lana falou:

"Parece uma tv. Tipo uma imagem vagabunda de circuito fechado."

Harry fez cara feia. Ele nunca assistira a muita televisão na vida, mas pelo que se lembrava, fora uma experiência bem diferente.

"Posso pegar sua bengala emprestada?", Caz disse a Dale.

"Pode pegar na minha bengala o quanto quiser", Dale respondeu, entregando o objeto a Caz com um olhar travesso.

O tatuador a apanhou, tentando esconder o sorriso, e rapidamente virou-se na direção da imagem tremeluzente. Ele estendeu o braço, tomando o cuidado de não se aproximar demais, e pressionou a ponta de marfim na superfície da tela.

"Cuidado!", Harry disse.

"Eu estou bem, Harold", Caz respondeu e apertou a ponta para dentro do arco. A imagem ondulou onde foi tocada, como ondas concêntricas perturbando um lago sereno e translúcido.

"Ah", Harry comentou. "Não é um nem outro, simplesmente. São os dois. Tecnologia e magia."

"Parece que sim", Lana falou. "Nunca vi nada como isso, mas deve ser algum tipo de tela de exibição líquida, mantida de pé por algum feitiço."

Caz continuou o experimento e aprofundou a bengala dentro do líquido, fazendo com que a imagem diante deles virasse, como as páginas de um livro. A vista das ruas se desdobrou e cedeu lugar a uma nova visão e desconhecida do mundo onde eram forasteiros.

"Como foi que...?"

"Não perca seu tempo, Harold", Caz disse. "É que nem uma câmera de segurança... *Caralho!*"

Caz perdeu a pegada na bengala, que caiu dentro do arco.

"Minha bengala da sorte!", Dale berrou. (No entanto, ninguém sabia que ele tinha uma coleção de duzentas bengalas da sorte, todas idênticas, com o mesmo design opulento. Todas, ao menos de acordo com Dale, igualmente necessárias.) Caz logo ficou de joelhos e estendeu a mão para dentro do vazio.

"Eu não faria isso", Harry recomendou. "Uma bengala é uma coisa, mas..."

"Relaxa. Minhas tatuagens não estão dizendo nada. E acredito que as suas também não." Harry não respondeu. Caz assentiu: "Foi o que pensei". Assim dizendo, ele enfiou a mão dentro do vazio líquido e agarrou a bengala.

"Por favor, tenha cuidado", Dale disse.

Caz se virou para Dale e sorriu, retirando a bengala de dentro do vazio.

"Algo me ocorreu", Harry falou. "Deixe-me tentar uma coisa, Caz."

"Você se importa?", Caz perguntou a Dale.

"Ele também pode pegar na minha bengala", Dale disse.

"Quanta honra", Harry retrucou, enquanto Caz lhe entregava o objeto.

Harry inseriu a bengala no líquido e a moveu rapidamente, revelando imagem após imagem. Cada vez mais rápido, ele continuou a sacudi-la em diferentes direções — para cima, para baixo, para a esquerda e para a direita —, revelando diferentes locais e imagens, baseados nos diferentes movimentos.

"Nossa", Dale falou. "Parece que as paredes têm olhos."

"É. E cada direção representa um eixo", Harry disse, movendo a bengala mais lenta e deliberadamente. "Parece que podemos ir para a esquerda, para a direita, para a frente ou para trás."

"Para dentro e para fora?", Dale perguntou.

Caz gracejou.

"Boa pergunta", Harry disse, e apertou a bengala mais fundo para dentro da imagem na tela — uma vasta cadeia de montanhas escarpadas — e a imagem deu um zoom.

"Isso é um sim", Harry confirmou e continuou a brincar com o mecanismo. "Não costumo dizer isso, mas estou impressionado."

"É", Caz disse. "Esses putos definitivamente tem uns dispositivos do caramba... espera! O que é aquilo? Volta! Caralho!"

"O que você viu?", Lana perguntou.

"Na outra direção", Caz instruiu. "Ali! Para!"

Harry viu o Sacerdote do Inferno na tela, acompanhado de vários soldados do regime, cada um com pelo menos dois metros de altura. Nos ombros do soldado mais alto, ele viu Norma sendo carregada.

"Puta que o pariu", Harry falou.

O grupo ficou ali parado, olhando no vazio a imagem de Norma cercada por um pequeno exército de demônios.

"Então aí está você, *mama*", Caz disse. "Nós vamos salvá-la."

"Pode apostar que sim", Harry completou.

"O que é aquilo?", Dale perguntou.

"Meu Deus", Lana bradou. "Olhem para o outro soldado. O que é aquilo que ele tem nas mãos?"

"É uma cabeça decepada", Harry esclareceu. "Já vi o suficiente dessas pra saber."

Harry enterrou ainda mais a bengala dentro do vazio. A imagem na tela ficou maior.

"Ainda não sei ao que estamos assistindo ou como, mas é bom rever Norma", ele comentou.

Ele gentilmente aliviou um pouco a bengala, para não perder o Sacerdote do Inferno e sua brigada de vista. De repente, o Cenobita e seu séquito pararam. O demônio que carregava a cabeça cortada a ergueu, e o Sacerdote virou-se e começou lenta e cautelosamente a andar na direção deles.

"O que ele está fazendo?", Caz perguntou.

"Não faço a menor ideia", Lana respondeu. "Esta coisa não tem áudio, né?"

"Se tem, não descobri onde fica o botão do volume."

Harry e seus colegas observaram o Sacerdote do Inferno apanhar a cabeça e levantá-la até a altura do rosto, colocando a boca nos seus ouvidos.

"Cara, você não pode estar falando sério", Caz comentou.

"Infelizmente é isso mesmo, meu amigo", Harry disse. "Aquela porra de cabeça ainda tá falando."

"É", Lana completou. "E tenho uma boa ideia do que ela disse."

E, logo a seguir, os demais também tiveram. Ao alerta de Lana, todos voltaram os olhares para a tela e viram que, agora, o Sacerdote do Inferno tinha abaixado a cabeça e estava olhando diretamente para Harry e seus companheiros, como se visse com clareza através das lentes pelas quais era observado.

"Isso é de dar nos nervos", Caz se queixou.

"Pode crer", Harry concordou com a voz trêmula. "Lá se vai nosso elemento surpresa."

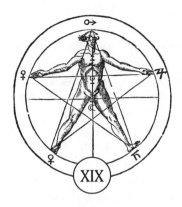

Norma se esforçara para criar um esboço de mapa na mente, traçando a jornada que fizera na companhia do Cenobita, dos poucos soldados que ele reunira entre os sobreviventes do massacre do Bastião e da cabeça decepada ainda viva de um general chamado Pentathiyea, um dos oficiais de patente mais alta no Inferno, a quem o Cenobita decapitara sem hesitação ou esforço. E, embora a chance de fazer a jornada de volta fosse extremamente remota, ela se agarrava à esperança de que conseguiria encontrar um meio.

Eles saíram do Bastião com um dos soldados carregando Norma no lombo. Ela continuava sendo persuasiva o bastante para fazer com que sua montaria, uma criatura chamada Knotchee, descrevesse discretamente as terras por onde passavam quando foram além do Bastião. Parecia um acordo promissor desde o início, com Knotchee usando o vocabulário rústico de soldado para descrever a paisagem. Porém, a eloquência simples dele logo vacilou quando passaram pela última das ruas de Pyratha e se aventuraram nas terras desoladas em si. Não havia nada para descrever além do vazio.

"Estamos em algum tipo de estrada?", Norma perguntou.

Knotchee falou baixinho para evitar ser ouvido pelo Sacerdote do Inferno.

"A única estrada que seguimos é aquela na mente do Senhor das Tentações. E, se ele se perder, estaremos todos mortos."

"Isso não é muito confortador", Norma disse.

A frase pôs fim na conversação por um bom tempo. Quando Knotchee tornou a falar, foi porque a paisagem finalmente tinha mudado. Entretanto, o que ele via agora não era tão fácil de descrever, e as palavras se atrapalhavam. Ele disse que havia enormes destroços espalhados pelo deserto, restos de máquinas como jamais vira antes. Para seus olhos de soldado, parecia que uma guerra fora travada ali, embora admitisse que não via qualquer propósito letal naqueles dispositivos. E, se demônios haviam morrido naquela guerra, ele não tinha como saber, pois nem um único osso restara aos seus pés.

"Demônios têm espíritos?", Norma perguntou.

"Claro", Knotchee respondeu. "Sempre há aqueles que não estão dispostos a abrir mão do que foram."

"Se aqui foi um campo de batalha, deveria haver espíritos vagando."

"Talvez haja."

"Eu saberia se houvesse", Norma respondeu. "Os fantasmas e eu, nós cruzamos nossos caminhos. E eu não os sinto aqui. Nenhum. Então, se isso foi um campo de batalha, todos os mortos rumaram para o descanso. O que é novidade para mim."

"Então, não tenho mais ideias do que esse lugar possa ser", disse o soldado.

Apesar do encorajamento de Norma, as descrições foram ficando mais escassas. Contudo, por estar sendo carregada nos ombros dele, com os braços envolvidos ao redor do pescoço, ela não tinha dificuldade de ler os sinais no corpo do soldado. Sua pele foi ficando mais úmida, a pulsação mais acelerada, a respiração mais ofegante. Ele estava com medo. Norma achou melhor não ferir sua masculinidade ao tentar tranquilizá-lo. Em vez disso, apenas segurou firme e ficou quieta. O vento soprou por um tempo com rajadas tão fortes que a teriam derrubado se ela estivesse sozinha.

Então, quando a força das rajadas começou a fazer o próprio Knotchee se desequilibrar, a tempestade morreu repentinamente. A força não diminuiu aos poucos. Num instante, eles estavam sendo açoitados pelo vento e, no seguinte, ele havia desaparecido por completo.

"O que aconteceu?", Norma sussurrou para Knotchee.

O som da voz dela respondeu ao mistério. O vento não tinha parado, eles tinham apenas saído dele e entrado no que parecia, pelo barulho dos pés dele e pela reverberação da fala dela, um tipo de corredor, cujas paredes corrompiam os sons, alongando-os ou fatiando-os em rodelas.

"As terras desoladas acabaram", ele disse. "As histórias são verdadeiras. Tudo está se desdobrando ao nosso redor e nós desdobraremos junto." Ele começou a se virar e sua respiração se transformou em arfadas de pânico.

"Não se atreva", Norma disse, segurando uma das orelhas dele e torcendo o mais forte que pôde.

Era o tipo de coisa que um pai irritado faria com uma criança travessa e, talvez por isso, tenha angariado a atenção do soldado. Ele parou no meio do giro.

"Isso doeu."

"Bom. Foi para doer. Agora me escute. Eu não conheço você, mas sei que sangue suficiente já foi derramado sem precisar somar seu corpo à cota. Não sei onde ele está nos levando, mas parece que sabe o que está fazendo."

"Se fosse possível, eu ficaria honrado", disse o Sacerdote do Inferno de longe. Era óbvio que ele tinha escutado cada palavra que Norma e o soldado haviam trocado. "Você está certa, é claro. Não vim de tão longe para nos entregar ao esquecimento. Tenho algumas visões para lhe mostrar. Em breve, terá respostas para perguntas que nunca sequer sonhara em fazer."

As palavras atravessaram o pânico de Knotchee. Seu coração estancou, a pele secou e ele retomou mais uma vez o ritmo. E foi exatamente como prometera o Sacerdote do Inferno. Após trinta ou quarenta metros, o corredor se alargou.

"O que está vendo?", Norma perguntou.

Houve uma longa pausa. Enfim, Knotchee disse. "É tão grande que não sei direito..."

"Coloque-a no chão", o Sacerdote ordenou.

O soldado fez como ordenado. Os pedregulhos no chão eram extremamente desconfortáveis para o corpo de Norma, mas, após alguns minutos sentada, ela ouviu o som de passos correndo à sua direita e gritos que eram, sem dúvida, oriundos de adoração daqueles que se aproximavam.

Knotchee se afastara, deixando Norma sozinha para interpretar o que acontecera a seguir somente pelos sons — ao que ela estava habituada. Ela supôs que talvez uma dúzia de criaturas ou mais surgiram para prestar seus respeitos ao Sacerdote do Inferno. Escutou vários sons de choques contra os pedregulhos — se estavam se ajoelhando ou deitando, ela não sabia —, demonstrando reverência, enquanto os gritos se transformavam em sussurros sibilantes. Apenas uma voz se ergueu mais alta que os murmúrios dos adoradores, a de uma anciã, que falou com o Sacerdote do Inferno numa língua que Norma desconhecia.

"Avocitar? Lazle. Lazle matta zu?"

"Ether psiatyr", respondeu o Sacerdote do Inferno.

"Summatum solt, Avocitar", disse a mulher. Então, aparentemente se endereçou aos demais: "Pattu! Pattu!".

"Apanhe a bagagem, soldado", ordenou o Sacerdote do Inferno. "Os Azeel estavam preparados para a nossa chegada. Eles aprontaram as naus."

Assim que Knotchee apanhou Norma, ele disse: "Vou ficar feliz de sair deste lugar". Então, um pouco mais baixo, completou: "E ainda mais feliz de deixar essas aberrações para trás".

Norma aguardou até que a caminhada ao longo da costa estivesse em andamento e a marcha nos pedregulhos ocultasse sua voz. Somente então, ousou perguntar: "O que quis dizer com aberrações?".

"Eles são consanguíneos", Knotchee respondeu. "Não sente o cheiro deles? São nojentos. Quando isto tudo acabar, vou trazer um esquadrão aqui e expurgarei esta imundície."

"Mas eles são demônios como você, não são?"

"Não como eu. Eles são deformados. Cabeças grandes demais, corpos muitos pequenos. Todos nus. É um insulto à herança deles. Me deixa furioso. Eles têm de ser destruídos."

"Que herança?"

"Azeel foi a primeira geração de anjos após a Queda, os filhos e as filhas daqueles que foram exilados com nosso senhor, Lúcifer. Pyratha foi construída pelas mãos deles. Então, quando ela estava terminada e nosso senhor Lúcifer disse que a cidade era boa, eles o seguiram até sua própria terra, que ele criara para os Azeel como recompensa por seus serviços. E, quando Lúcifer foi para seu país secreto, nunca mais foram vistos. Agora sei por quê."

"E onde está Lúcifer? Ele tem o próprio país secreto?"

"Ele desapareceu há muitas e muitas gerações. E não cabe a mim saber onde está agora. O Senhor dos Senhores está conosco a todo momento e em todos os lugares."

"Mesmo agora?"

"A todo momento e em todos os lugares", respondeu o soldado. "Agora, a não ser que queira ir andando, vou deixar o assunto de lado."

Norma e o soldado prosseguiram em silêncio, caminhando ao longo da costa, enquanto os Azeel levavam o Sacerdote do Inferno e seu séquito até os botes.

Agora, os Azeel começavam a entoar um canto rítmico e poderoso, construindo uma frase após a outra com devoção obsessiva. O canto massacrou os pensamentos de Norma; ela não conseguia pensar em duas coisas ao mesmo tempo.

"Eles precisam que você entre no bote, Norma", Knotchee disse. "Posso ir com ela?", ele perguntou a alguém e recebeu a resposta que queria. "Vou sentar à sua frente."

Knotchee tirou Norma dos ombros e a colocou gentilmente sobre um banco de madeira. Ela tateou à sua esquerda e à sua direita, correndo os dedos por vigas esculpidas. O bote não parecia muito estável. Ainda que estivessem no raso, ele balançava de modo alarmante sempre que alguém subia a bordo.

"Onde *ele* está?", ela perguntou a Knotchee.

"No primeiro bote", o demônio respondeu. "Eles esculpiram um tipo de trono para ele."

"Quantos botes há?"

"Três. Todos com asas de anjos entalhadas em cada lateral. Cada farpa e veia de cada pena perfeitamente entalhada. Nunca vi nada tão belo na vida. Realmente somos abençoados por testemunharmos estes eventos."

"Engraçado", Norma disse. "Nunca me senti tão feliz por ser cega."

O demônio-fêmea ancião que falara da primeira vez voltou a se pronunciar: "Quando vocês partir, vou começar grande cântico, para ocultar qualquer barulho que fizer de Quo'oto".

O nome despertou sons quase inaudíveis em meio aos Azeel que estavam nos botes; pequenas preces desesperadas que, Norma supôs, serviam para manter Quo'oto longe, o que quer que aquilo fosse.

"Todos vocês", o demônio-fêmea prosseguiu, "não abrir boca até chegarem ao Último Local. Quo'oto tem boa audição."

A observação foi ecoada em sussurros por todo o público.

"Quo'oto tem boa audição. Quo'oto tem boa audição. Quo'oto tem boa audição."

Então, demônio-fêmea disse: "Sejam sábios e silenciosos. Tenham viagens seguras. Nós aqui, e faremos barulho para que Quo'oto mergulhe mais fundo".

Os botes foram empurrados da margem, os cascos raspando em pedras por alguns segundos antes de flutuarem livres. Então, os que estavam com os remos — um deles era Knotchee — começaram a labuta e, se a força do vento contra o rosto de Norma fosse parâmetro, eles estavam deslizando pela água numa tremenda velocidade.

Norma conseguia escutar a proa do bote que vinha atrás e, ocasionalmente, o som de um dos remos batendo na água do bote à frente, mas exceto por aquilo, a primeira parte da jornada, que levara em torno de meia hora, seguiu sem incidentes.

Porém, pouco depois, Norma sentiu uma súbita queda na temperatura e sua pele começou a formigar. Ela pôde senti-la pressionando seu rosto e resfriando os pulmões quando respirou. Apesar disso, os botes prosseguiram cruzando a água, às vezes entrando brevemente numa brisa quente, somente para tornar a mergulhar naquele ar tão gélido que Norma era incapaz de impedir que seus dentes batessem. O barulho que ela estava fazendo era alto o suficiente para um dos passageiros passar adiante um pedaço de lona, que Knotchee colocou entre os dentes dela para silenciá-la.

Enfim, a neblina começou a amainar e, quando os botes chegaram à margem, ela desapareceu completamente. Foi quando Knotchee disse:

"Ah, pelo Senhor dos Demônios. É lindo!"

"O que é?", Norma perguntou, virando-se para Knotchee, mas ele não respondeu. "Me diga! O quê? O que você está vendo?"

No tempo de vida que tivera até então, bem mais do que qualquer vida humana, o Sacerdote do Inferno tinha testemunhado uma quantidade de coisas que teria quebrado mentes menos capazes como cascas de ovos. Certa vez, ele visitou um continente numa dimensão remota que continha uma única espécie de criaturas de carapaças mosqueadas do tamanho de vira-latas, cujo único alimento era uns aos outros ou, numa emergência, seus próprios excrementos. O Sacerdote do Inferno seguramente estava habituado a aberrações. Contudo, agora que estava no local onde ansiara estar por tantos anos — o local que havia conjurado no olho da mente em um devaneio após o outro —, ele se perguntava por que sentia-se nostálgico ante a presença das feras corrompidas que mereceram apenas seu desprezo em outros tempos.

Assim que formulou a questão, soube da resposta — embora não houvesse uma só alma no Inferno (ou fora dele) a quem ele teria confessado a verdade —, que era simplesmente a seguinte: agora que estava finalmente ali, no mais Profano dos Profanos, onde ansiara estar por tanto tempo, sentira medo. Ele tinha motivos para tal.

Seu bote chegara à margem e, fixando os olhos na estrutura, ele foi até ela como uma mariposa atraída pelas chamas. E agora, estava enterrado na sombra opressiva de uma construção tão secreta, tão vasta, tão complexa, que não havia nada no Inferno ou na Terra — mesmo naquelas câmaras bem guardadas dentro do Vaticano que foram construídas por homens de tamanha genialidade, que desafiavam as leis da física e eram amplamente mais largas do lado de dentro do que fora — que se comparava com o local onde o Sacerdote do Inferno se encontrava. A ilha sobre a qual a estrutura fora erigida era chamada de Yapora Yariziac (literalmente, a Última de Todas as Possibilidades) e o nome era bastante apropriado.

O Sacerdote do Inferno finalmente estava ali, no fim da sua jornada, com tantas traições e trilhas de sangue deixadas no caminho, e ele realmente se viu aturdido por dúvidas. E se todas as suas esperanças de revelações fossem frustradas? E se a majestade do Arqui-inimigo não tivesse deixado a sua marca naquele lugar para o Cenobita retirar seu poder e compreensão? O único motivo pelo qual o Sacerdote do Inferno fora ali era para estar no último testamento da genialidade de Lúcifer.

Ele esperara sentir a presença de Lúcifer dentro de si, preenchendo o seu vazio e, ao fazê-lo, mostrar-lhe a forma secreta da sua alma. Contudo, nada sentia. Ele lera em algum lugar que os construtores da Catedral de Chartres, os pedreiros e escultores da sua grande fachada, não tinham esculpido seus nomes no trabalho concluído como ato de humildade diante do Criador, em nome de quem a catedral fora erguida.

Agora ele se perguntava se era possível Lúcifer ter feito algo similar, apagar ativamente os ecos da sua presença em nome de um poder superior. De repente, viu-se agonizantemente ciente dos pregos que foram martelados no seu crânio, as pontas pressionando a massa mole do seu cérebro. Ele sempre compreendera que aquela porção da sua anatomia, não sendo enervada, não podia lhe causar dor. No entanto, ele sentia dor agora: uma dor sem sentido, estupefata e erma.

"Isto não está certo...", murmurou.

Não houve eco nas paredes do edifício; elas consumiram as palavras assim como tinham feito com a esperança. Sentiu algo se remexer nas suas entranhas, e então escalar seu corpo atormentado, aumentando a intensidade conforme subia. Ele cultivara distância do seu desespero ao longo dos anos, mas este o encontrou naquele lugar, e nunca mais se colocaria fora da sua vista.

Ele apenas repetiu: "Isto não está certo...".

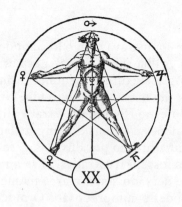

Harry e seus amigos deixaram para trás o tipo de visões para as quais mil vidas não teriam sido capazes de prepará-los — as violentas insanidades de Pyratha, o nevoeiro das terras desoladas, os segredos e horrores do Bastião — e foram levados a um mistério após o outro. Não havia sons de lamentos ali — ou de gritos, súplicas nem nada do gênero —, apenas o som de pequenas ondas quebrando nas pedras, embora não houvesse água à vista.

Ao deixarem a torre e fugirem da cidade construída nas colinas, eles entraram numa terra erma repleta do que pareciam ser maquinários abandonados de ambos os lados. Enormes rodas e bobinas gigantescas; estruturas decaídas que certamente tiveram vários andares de altura, cujo propósito era impossível de determinar. Com frequência cada vez maior, raios caíam e dançavam uma tarantela incandescente em meio às porções de madeira dos equipamentos. Muitas daquelas conflagrações se enfureciam, liberando uma fumaça que tornava o ar denso. Conforme eles seguiam adiante, foi ficando mais difícil enxergar o céu entre os brilhos dos relâmpagos, já que os esplendores devastadores deles nunca cessavam, pelo contrário, estavam se intensificando.

Por fim, o céu, tendo liberado seus relâmpagos em silêncio por três ou quatro minutos, falou com um trovão; um estrondo, engolindo o anterior. As reverberações fizeram o chão tremer e o movimento, por sua vez, fez com que várias peças dos maquinários despencassem; os restos enormes partindo-se em pedaços, sendo que o menor deles tinha o tamanho de uma casa.

O grupo apertou o passo, enquanto a escala do evento ao redor deles aumentava. Embora tenham sido obrigados duas vezes a fazer um desvio para evitar os destroços de madeira e metal afiado que estavam no caminho, eles se reorientaram rapidamente do outro lado e retomaram o passo.

Harry, obrigando-se a permanecer na dianteira, estava achando cada vez mais difícil manter o ritmo. Os pulmões ardiam, a cabeça latejava na mesma velocidade alucinada em sua pulsação, os pés pareciam bobos, ameaçando derrubá-lo na sujeira a cada passo.

Lana estava alguns metros atrás dele, encurtando progressivamente a distância entre ambos, mas Harry focava a atenção o máximo possível na estrada à frente, quando achou ter visto outro arco, bem parecido com aquele que tinham deixado para trás no cume do Bastião. Ele teve certeza de que sua mente estava pregando-lhe peças e, na sua dúvida, o corpo capitulou. De repente, soube que não conseguiria.

Suas pernas estavam tão fracas que não podiam carregá-lo mais; Harry nem ao menos sabia se queria tentar. Ele só atrasaria os demais e os colocaria em perigo. Mas não podia simplesmente parar. Precisava virar-se para os amigos e dizer que tinham de prosseguir sem ele. Poderia alcançá-los depois, quando tivesse recuperado as forças e os pulmões não estivessem mais ardendo.

Na soleira do arco imaginário, Harry forçou o corpo a se virar para falar com os amigos, mas, ao fazê-lo, seu corpo pendeu para a frente e as luzes se apagaram. Os estrondos, lampejos e movimento do chão sob seus pés trôpegos eram um único e insuportável ataque e, drenado das suas forças, ele tropeçou e rendeu-se à gravidade. Harry caiu no chão cinza, e sua consciência desapareceu, levando junto o som dos trovões e o fogo.

"*Assista*", ordenou uma voz nas trevas. Harry não queria assistir. Já tinha visto o bastante. Mas conhecia aquela voz. Ela não pertencia a um rosto, e sim a um sentimento e a um odor. O ar estava sulfuroso e grosso, e a vergonha o dominou, arrastando-o a um local de onde achou que jamais sairia. Então, escutou uma voz diferente — uma que continha um conjunto de associações — e Harry se agitou.

"Harold?"

Era Caz. Harry o escutara com clareza e abriu os olhos. Caz estava agachado atrás dele.

"Escolheu uma bela hora para cair de bunda, meu amigo", Caz disse. Ele falou baixo, quase num sussurro.

Harry se levantou e olhou para o céu.

"Quanto tempo fiquei apagado? Para onde foram os raios?"

"Um minuto, talvez menos. Num segundo a gente mal conseguia nos ver e aí, havia outro arco... tipo, no meio do nada. Olha." Caz apontou para trás na direção de uma inclinação, onde havia uma ruptura no ar. "Foi por ali que viemos." Havia brilhos de relâmpagos do outro lado da passagem. "E paramos aqui."

Harry forçou o corpo dolorido à posição sentada e examinou os arredores. As enormes máquinas haviam desaparecido, assim como o terreno cinzento por onde eles vieram, tendo sido substituídos por um declive suave de pequenos seixos, árvores magras e arbustos baixos, todos cercando um lago pristino. Lana estava sentada a alguns metros de Dale, olhando para aquele impressionantemente limpo corpo de água. Dale havia se aventurado mais próximo da margem, sem dúvida debatendo se ela podia ou não ser bebida.

"Não entendi", Harry falou. "Cadê o Pinfuck? Não estávamos tão atrás e agora ele..."

"Bathate ka jisisimo!", gritou uma voz feminina rasgada, interrompendo a questão.

"Que merda foi essa?", Caz disse.

"Acho que vamos descobrir, querendo ou não!", Harry exclamou.

O grupo mal tivera tempo de sacar as armas quando uma criatura surgiu de trás da curva da praia. Ela parecia um demônio-fêmea disforme; era magra, medindo não mais de um metro de altura e sua cabeça era careca, de formato e proporções virtualmente fetais. Ela estava nua, mas recoberta da cabeça aos pés por sujeira. Parou assim que viu os intrusos e, apesar da postura ofensiva deles, um amplo sorriso cruzou seu rosto.

"Bathate ka jisisimo?", ela repetiu. Ninguém disse nada, então ela repetiu mais uma vez a última palavra, anunciando-a como se Harry e seus amigos tivessem dificuldade de aprendizado.

"Ji-si-si-mo?"

"Alguém entendeu isso?", Harry perguntou, pondo-se de pé, mantendo a mão próxima ao local onde guardava a faca.

"Definitivamente não", Lana disse.

"Negativo", Caz confirmou.

Havia um padrão fresco de seixos atrás da mulher e um brilho cálido se derramava da praia. Várias bolas grandes do que parecia ser fogo trançado surgiram à vista deles, pairando quase um metro acima da praia e, a seguir, ao emparelharem com o demônio-fêmea, ergueram-se juntos num só movimento de varredura e formaram um círculo no alto.

Era uma comitiva com tochas — uma companhia de talvez trinta demônios machos e fêmeas, todos de proporções tão estranhas quanto a mulher. Eles estavam nus, exceto pela mesma sujeira que se grudava ao corpo e aos dreadlocks dos cabelos, deixando-os quase sólidos.

Harry afrouxou a mão na arma e suspirou.

"Se isto for uma armadilha, estou cansado demais pra me importar", disse.

A tribo avançou. Então, outro demônio-fêmea emergiu de dentro do círculo. Ela era velha, os seios murchos pendurados no corpo, os dreadlocks tão longos que relavam no chão.

"Harry D'amour", disse ela. "A Testemunha."

"Quê?", Harry perguntou. "Quem disse isso para você?"

"A Treva Interior", respondeu um demônio-macho, permanecendo de costas para a companhia, sua voz tão clara e confiante quanto os outros da tribo. A criatura continuou a falar: "Ele vir antes. Ele trazer mulher cega. Ele dizer que você vem depois. Testemunhar".

"Bom, ele está errado", Harry bradou.

"Você matou duzentos e trinta e um demônios", pontuou outro membro da tribo, uma criatura jovem que, sem motivo aparente, estava tendo uma ereção, brincando com o membro casualmente enquanto falava. "Assassino de demônios, Harry D'Amour."

"Não mantenho um registro dessas coisas", Harry disse. "Mas, se você estiver certo e continuar brincando com seu pau assim, logo vai ser o duzentos e trinta e dois."

A observação recebeu murmúrios de reprovação da assembleia.

"Isto não pode acontecer", um deles disse. "Estamos próximos demais daquele que dorme. É solo sagrado."

"Aquele que dorme?", Dale inquiriu. "Já encontrei drag queens com nomes mais assustadores."

"Quem é aquele que dorme?", Harry perguntou, lançando um olhar de desaprovação para Dale.

"Ele é ela e é tudo."

A frase angariou uma rodada de ovações de aprovação da multidão e foi repetida aqui e ali novamente: *Ele é ela e é tudo!*.

"Não sabia que o Inferno era politeísta", Harry disse.

"Você encontrar verdade em breve, Harry D'Amour", alertou a velha demônio-fêmea. "Nós, Azeel, fazer veleiro para vocês."

Ela apontou seu dedo rugoso para um ponto além da orla. Lá, uma tripulação de demônios de proporções ainda mais estranhas estava puxando para a praia três belos botes.

"Botes?", Harry disse. "E são para a gente?"

"Azeel ajudar Testemunha a testemunhar. Treva Interior ordena."

"Esta porra de dia fica cada vez mais estranho."

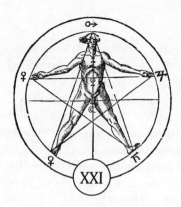

Os Azeel conduziram o grupo do início da praia até os botes. Harry notou que cada bote era grande o bastante para carregar no mínimo dez pessoas. Ele e seus amigos se amontoaram e, conforme o velho demônio-fêmea falava, Harry foi ficando cada vez mais perturbado pela maneira terrena dela de falar sobre o reino inferior. *Por que toda essa água gelada no Inferno?*, ele se perguntou. O lugar estava congelando.

"Um bote ser de resgate", ela disse, "caso bote vire por causa da fúria do Inferno, sim?"

"Não parece muito furioso", Lana comentou.

"Quo'oto", foi a resposta dela.

"Saúde", Dale brincou.

"Certo. Então para que são os outros botes?", Harry perguntou, indicando a segunda embarcação, que estava sendo carregada com pelo menos nove passageiros, todos demônios. Quatro deles eram jovens, mal tinham alcançado a adolescência. Eles se ajoelharam em duas filas na frente do barco, de cabeça baixa. Atrás deles, havia um Azeel bem mais velho, um macho que parecia até mais velho do que a fêmea. Ele também se ajoelhou, mantendo a cabeça inclinada. Quatro jovens demônios fortes assumiram os remos.

"Ah", respondeu o demônio-fêmea; a extremidade da cauda movendo-se de um lado para o outro como a de um felino. "Nós não sem esperança. Mas se sangrar devemos, então eles sangrar."

"Ela está falando em sacrifício?", Lana perguntou. "Porque não concordo muito com isso."

"Harry D'Amour. Testemunha. Azeel ajudar. Por favor. Se Harry D'Amour voltar vivo, Azeel ser levados aos buracos de verme."

"Sem esperança? Buracos de verme? Sangrar? De que merda você está falando?", Harry perguntou.

"A Treva Interior aguarda."

Murmúrios de reverência se espalharam entre os demônios reunidos.

"Sei, sei. A Treva Interior. É só o que você fica dizendo que faz alguma porra de sentido. Ele está com Norma?"

Os Azeel ficaram em silêncio. Harry olhou para seus amigos e de volta para os demônios, perguntando de novo:

"Norma? Humana? Cega? Mulher? Velha?"

As dúvidas tornaram a encontrar um silêncio confuso.

"Harry", Lana disse, tocando o braço dele. "Vamos seguir em frente. Eles não sabem de nada."

Harry inquiriu uma última vez.

"A Treva Interior. Ele disse mais alguma coisa sobre mim, além de me chamar de Testemunha? Havia alguma mensagem?"

"Ah!", exclamou a demônia, com excitação na voz. "Mensagem. Sim! Sim! A Treva Interior diz mensagem. Treva Interior diz: 'Harry D'Amour ir para bote ou Sem Olhos ir para sono eterno'."

Era tudo o que Harry precisava ouvir.

"Muito bem", ele disse, seguindo para os botes. "Não vamos deixá--lo esperando."

"Tem certeza, Harold?", Caz perguntou. Harry respondeu, enquanto subia num dos botes.

"Você ouviu a velha. Sem Olhos. É a Norma. E sono eterno? Acho que não preciso explicar isso", disse Harry subindo no bote.

Então, os demais entraram na embarcação do meio junto com ele, e após apenas alguns movimentos rítmicos dos remos os três botes estavam na vastidão escura do lago. Quando Harry olhou por sobre o ombro, viu que a praia era pouco mais do que uma lasca de luz bruxuleante, diminuindo a cada remada. Observou o velho demônio-fêmea, que ficara na margem, ser engolida pelo horizonte, deixando-o ao lado dos amigos no meio das águas calmas do Lago do Inferno.

Seguiu-se um curioso período de quietude; o único som que podia ser ouvido era o dos remos mergulhando e sendo erguidos novamente — mergulhar, erguer, mergulhar, erguer — e o sibilo suave dos botes atravessando as águas. Harry estudava com atenção as trevas para onde rumavam, em busca do seu destino. Havia imensas nuvens de tempestade sobre o lago ou foi o que seus olhos pareceram dizer a certa altura; mas, a seguir, não parecia haver nuvem alguma, mas sim uma estrutura que se erguia com tamanha ambição que suas espirais mais altas deveriam estar a polegadas do céu empedernido. Porém, assim que seus olhos captaram a estrutura sólida, ela também se dissolveu em um nada. Enfim, ele se virou para seus amigos e perguntou:

"E aí? O que há no fim do arco-íris? Alguém faz ideia?"

"Santuário", respondeu um dos remadores.

"Para quem?"

Um segundo remador, que impunha urgência aos movimentos, de repente levou o dedo aos lábios e disse "Shhh".

Os quatro remadores imediatamente tiraram os remos da água. O bote deslizou pelas águas plácidas sem som e, na quietude, Harry compreendeu o alerta do demônio. Ele ouviu um som árduo e lento de enormes rodas, como se algum mecanismo, não utilizado há muitos séculos, estivesse retirando suas engrenagens de um grande sono e pondo em movimento seu corpo antigo. A fonte do ruído não podia ser localizada; parecia estar vindo de todos os lugares.

"Quo'oto...", Harry murmurou.

Um remador assentiu em silêncio, apontando um único dedo, indicando que aquilo estava debaixo do bote.

Estreitando a vista, Harry espiou lentamente pela lateral do barco e sentiu suas entranhas revirarem. Ele ficou encarando sem piscar para um corpo pulsante e gigantesco, contorcendo-se no fundo das águas plácidas. Não fingiu que tinha qualquer senso da escala ou da forma da criatura; ela não se parecia com nenhum tipo de animal aquático que ele já vira. Tinha a aparência de um enorme miriópode, de entranhas enroladas visíveis através da carapaça translúcida.

Enquanto Harry olhava para o monstro, ele ergueu a complicada cabeça e o encarou de volta. A princípio, a cabeça parecia composta da mesma série de escamas que acompanhavam todo o corpo, exceto que eram completamente opacas. O rosto sem feições ou escamas reparou em Harry — ou ao menos ele imaginou que o fizera — e, após um minuto de estudos infrutíferos, os escudos opacos se retraíram e finalmente revelaram todo o verdadeiro aspecto do leviatã.

Da testa ao queixo ele media por volta de dez metros, mas havia humanidade ali, mesmo numa forma tão vasta; seus olhos eram fundos e havia um anel branco leitoso ao redor das escuras fendas horizontais que o encaravam agora. Seu nariz era similar ao de um morcego, achatado e de narinas largas, mas a boca era completamente humana. Naquele instante, ela parecia fazer algo bastante similar a um sorriso, revelando fileiras duplas de ácidos dentes azuis. E, em meio ao sorriso, as fendas azuis das suas pupilas se abriram num segundo, expelindo para fora qualquer montículo de brilho. Então, fixando em Harry, ele começou a se erguer; ondas peristálticas passaram por sua anatomia para a esquerda e para a direita ao que a miríade de pernas movia-se com eficiência máxima, levando o enorme corpo, cujo fim Harry não conseguia ver, até a superfície. Ele observou, desafiando em silêncio que a fera o apanhasse.

Conforme a criatura subia, Harry se deu conta do quão errado estivera ao julgar a profundidade das águas. Não acostumado a ver uma água tão clara, supôs que Quo'oto estivesse relativamente próximo da superfície, mas não. Era fundo, muito fundo, e a água tão ilimitada que Harry não tinha noção do quão grande a entidade era de fato. Os dois segmentos superiores tinham facilmente o tamanho de uma baleia-azul e, apesar de todas as escamas, a coisa se movia com graça extraordinária, quase hipnotizante, com a moção das pernas e as contorções sinuosas.

Foi a voz de Caz que tirou Harry do seu estado mesmerizado.

"Caralho", ele disse. "Não consigo olhar."

"Shh", Dale censurou.

"Jesus Cristo", Lana bradou. "Isto não está acontecendo de verdade, certo?"

Harry olhou para cima e viu, com surpresa, que seus amigos não falavam de Quo'oto. Eles ainda não sabiam da criatura colossal que estava sob o mísero bote. Em vez disso, os olhos deles estavam fixos no primeiro bote, onde o velho Azeel havia se levantado. Os jovens à frente dele já estavam de pé, com a cabeça jogada para trás, oferecendo com disposição a garganta.

"Yaz Nat, ih. Quo'oto, rih" disse o velho demônio.

Então, uma lâmina cortou a pele macia do primeiro jovem. O demônio adolescente foi entregue às águas. O corpo afundou rapidamente, graças aos pesos amarrados nos seus pés. Sangue pulsou do corte feito pelo demônio ancião, criando uma nuvem carmesim. Os remadores seguiram viagem rapidamente, dobrando a velocidade.

Assistir ao demônio lutando para dar as derradeiras e torturantes respiradas fez com que Harry se sentisse mal, e sua mente vagueou de volta às ruas de Nova York, quando foi obrigado a ver Sacana suplicar por ajuda uma última vez. Aquilo fora assassinato. O que acontecia agora era sacrifício, ainda que o detetive se perguntasse se tal distinção existia entre os demônios.

"Todos mantenham os olhos à frente", Harry disse, voltando o olhar para a criatura das trevas. "Não devemos questionar os rituais deles."

A turbulência ao redor deles aumentou e, através da água mancha-da, enquanto passavam por cima da criatura, Harry viu a vasta forma se abrir e sugar o cadáver para dentro da goela escancarada.

"Puta merda!", Lana gritou.

"Mandei olhar pra frente", Harry disse.

"O que foi aquilo?", Dale perguntou.

"O problema é que, assim que eu disser 'não olhe pra baixo', você vai olhar...", Lana respondeu.

"Meu Deus do Céu!", Dale exclamou.

"Pois é", ela concordou. "Voto em darmos meia-volta."

"Tem o meu apoio", Dale falou.

Caz foi o único que não olhou. Estava de olhos fechados, tremendo mais do que apenas pelo frio. "Já vi coisas demais", ele disse. "E sei que há mais para ver. Então, se não se importarem, vou deixar essa passar."

Dale segurou a mão de Caz. Harry olhou além, percebendo que seu destino — a margem oposta do lago — estava próximo agora. Assim que se aproximaram da orla rochosa, os remadores saltaram e arras-taram a embarcação até a margem. Havia uma boa razão para a pres-sa. As águas um pouco além da costa estavam dilatando e espumando no frenesi. O segundo bote se aproximava, mas, sendo apanhado por uma onda de espuma causada pelas contorções de Quo'oto, virou e ar-remessou todos os Azeel nas águas. Harry se apressou para a praia, ar-rastando diversos demônios para fora da água e, assim que todos os ocupantes chegaram à margem, o terceiro bote aportou com força. Ele atravessou a erupção com energia suficiente para fazer com que a frágil embarcação saísse inteira da água e encalhasse no chão sólido. Com todos a salvo, exceto pelo único sacrifício, Harry tropeçou pela praia, passando por entre os demais, e obteve uma visão mais clara do que havia lá ou, como ele dissera, de como era o fim do arco-íris. Quando pousou seus olhos nela, os joelhos fraquejaram.

Era uma torre tão grande, que a mente de Harry fracassou em cap-tar toda a imagem. Aquele monumento que estava diante de si se erguia a alturas tão impossíveis que ele teve dificuldade de discernir entre o céu e a construção. Era a obra-prima de Lúcifer, sem dúvida alguma. Dos de-graus de pedra obsessivamente decorados, sob os quais Harry estava de pé agora, às mais altas espirais, cuja quantidade desafiava seu juízo des-concertado a contar, tratava-se claramente de um trabalho do Demônio, e a visão preencheu Harry com partes iguais de temor e espanto.

Ele não sabia muito de arquitetura, mas entendia o bastante para saber que a obra de Lúcifer ali havia, mais tarde, inspirado toda uma arquitetura do mundo vivo, com suas próprias criações góticas. Harry estivera dentro de algumas delas quando viajara pela Europa; na Catedral de Santa Eulália, em Barcelona, na Arquidiocese de Bordeaux e, claro, na Catedral de Chartres, onde se abrigara certa vez, tendo matado, nas ruas tomadas por uma tempestade, um demônio que vinha seduzindo e assassinando crianças por meio de rimas infantis corruptas.

No entanto, nenhum daqueles edifícios, por mais vastos, ambiciosos e elaborados que fossem, chegava aos pés daquela estrutura imensa. Contraforte sobre contraforte, pináculo sobre pináculo, a catedral se erguia com uma arrogância que somente uma criatura sistematicamente confiante dos seus poderes ousaria sonhar e tornar real.

Ele pensou nos equipamentos enormes arruinados pelas eras, espalhados pela rota até ali. Aquelas coisas não eram as sobras de máquinas de guerra, como ele pensara inicialmente. Elas eram o que restara dos instrumentos usados para cortar as pedras e levá-las até onde os pedreiros podiam trabalhar a rocha bruta e prepará-la para ocupar seu lugar na imensa estrutura.

Mesmo com os poderes de um anjo caído à disposição de Lúcifer, a criação da catedral deve ter sido um desafio. Apanhar seus companheiros caídos — e as demais gerações de demônios que vieram dos estupros e das seduções deles — e transformá-los, pela força ou pelo intelecto, no tipo de pedreiros, empreiteiros e criadores de pináculos necessários para erigir aquela torre deve ter sido um teste para a astúcia e ambição de Lúcifer. De algum modo, entretanto, ele conseguiu.

"Alguém aqui já ouviu falar da Descida de Cristo no Inferno?", Dale perguntou, quebrando o silêncio.

Ninguém respondeu.

"Foi no período entre a crucificação e a ressurreição de Cristo", ele prosseguiu. "A história diz que Jesus foi ao Inferno, caminhou entre os condenados e libertou diversos deles. Então, voltou à Terra e quebrou os grilhões da morte. Supostamente, foi o primeiro e único perdão que o Inferno já conheceu."

"Se for verdade — e coisas mais estranhas já aconteceram — significa que existe uma saída", Caz comentou.

"*Deus ex Inferis?*", Harry comentou. "Não vai ser um papel fácil de desempenhar. Só espero que estejamos à altura dele."

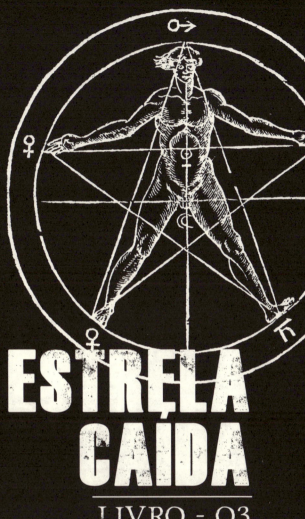

ESTRELA CAÍDA

LIVRO - 03

*Nunca ouvimos a versão
do Diabo da história.
Deus escreveu o livro inteiro.*

— ANATOLE FRANCE —

CLIVE BARKER
EVANGELHO DE SANGUE
I

Harry alertou que eles deviam se separar e procurar uma forma de entrar na catedral. Lana e Dale, acompanhados de alguns demônios, foram em uma direção. Harry e Caz seguiram em outra. Conforme contornava a estrutura que estava diante da margem, Harry refletiu que, se alguma vez uma coisa gritou para o criador do seu criador *"Olhe o que fiz, pai! Não está orgulhoso?"*, era aquela abominação. A questão, ele supôs, permanecera sem resposta.

Conforme vasculhava a catedral em busca de algum tipo de entrada, as águas plácidas do lago se agitaram brevemente, quando Quo'oto se moveu e ergueu uma das suas pernas segmentadas para fora da água; um lembrete da sua presença letal. Harry desviou a atenção do lago para a construção, andando para a parte de trás, seguido de Caz.

"Filha da puta!", Harry disse, voltando-se para o amigo. "Não tem porta desse lado."

"Nenhuma que eu possa ver", Caz respondeu. "Mas ambos sabemos que isso não quer dizer a mesma coisa."

"Você é tão sábio, Caz."

"Não zombe de mim, Harold. Da próxima vez que precisar de uma nova tatuagem, minha mão pode escorregar."

"Diga-me uma coisa, Caz", Harry mudou de assunto. "Por que alguém teria todo esse trabalho para construir uma coisa dessas e a esconderia de todo mundo?"

Caz olhou para a obscenidade e deu de ombros.

"Quem dera eu soubesse."

"É." Harry olhou para a altíssima fachada. "Quem sabe exista uma abertura ali. Isso faria tanto sentido quanto todo o resto nesta terra esquecida por..."

"D'Amour! D'Amour!"

"É Lana" disse Caz

"Eu tô vendo ela", Harry alertou.

A moça vinha correndo ao longo da praia.

"O que foi?", Harry gritou.

Ela respondeu, também dando um grito: "Porta!".

A entrada para a catedral ficava na parte de trás da construção; as portas em si tinham cinco metros de altura e eram feitas de uma madeira escura e desgastada, cravejada de fileiras de pregos, cujas cabeças tinham o formato de pirâmides. Uma das portas estava entreaberta, embora nada do interior do prédio pudesse ser visto.

"Mais alguém sentiu isso?", Lana perguntou, tocando a nuca.

"Com certeza", Harry assentiu.

Harry estava preocupado que suas tatuagens, sobrecarregadas pelos perigos que os cercavam, tivessem se exaurido. Mas agora, diante daquele imenso portal, seu olhar movendo-se de um lado para o outro acompanhando o fluxo dos símbolos nos arcos, ele sentiu as tatuagens alertando-o com força total. Ainda assim, os avisos não faziam diferença, pois ele não buscara uma porta apenas para vacilar diante da soleira.

"Tudo bem", falou. "Só para deixar claro, não há heróis aqui. Somente mortos e não mortos. Entenderam?"

"O que acontece se você morrer enquanto estiver no Inferno?", Dale perguntou, olhando para o vão na porta.

"Se descobrir, não deixe de me contar", Harry respondeu.

Assim, ao dizer isso, ele adentrou a catedral de Lúcifer. Conforme entrava, afastando-se dois ou três passos da porta, fez uma pausa, aguardando que seus olhos discernissem o que o interior mostrava. O que ele viu assim que seus olhos se ajustaram preenchia a visão em todas as direções — do chão, a um metro de onde ele estava, até o teto abobado escorado por duas fileiras gêmeas de pilares, cuja circunferência teria feito um pinheiro maduro parecer fino —, mas compreender o que seus olhos testemunhavam era realmente difícil.

Tudo que não era essencial à estrutura em si — a pedra, o chão pavimentado, os pilares titânicos, os detalhes das abóbadas e a intrincada silharia entre elas — parecia espectral; sua condição transparente permitia que ele visse através das camadas em todas as direções. Todo o interior parecia ter sido preenchido com o labor de centenas de trabalhadores em ambiciosos andaimes, cujos esforços desafiavam as leis da física. Torres delgadas se erguiam do chão ao teto em milhares de locais, emprestando solidariedade umas às outras com redes de hastes entrecruzadas. Em certos pontos, escadarias se erguiam às alturas, enquanto em outros havia escadas em zigue-zague que conectavam uma torre à outra. E bem quando ele achou que estava compreendendo algo da arquitetura geral, esta revelava novas surpresas. Em um local, o andaime parecia ter sido possuído por aranhas taumatúrgicas, criando enormes teias verticais que lutavam pela elegância, porém perdiam-se em meio ao caos; algumas se transformavam em espirais sem fim, umas traziam degraus, enquanto outras eram repletas de farpas. E por todo aquele interior espectral, as mais estranhas máquinas se moviam: formas que se pareciam com gigantescos esqueletos humanos cristalinos, vestindo carapaças translúcidas, virando-se repetidamente — alguns em processos majestosos, outros com graça solitária.

As formas e os instrumentos que preenchiam a catedral eram completamente silenciosos, o que só somava ao seu mistério. Harry ficou observando-os por um longo período, mesmerizado, ainda que vagamente desapontado. Nada daquilo correspondia às suas expectativas. Sua experiência da atuação do Inferno na Terra sempre fora física. A alma demoníaca — se tal coisa existisse — conhecia a natureza da criatura física; ela era libidinosa, glutona, obcecada pela busca de sensações. Harry imaginava que, se um dia chegasse próximo do Demônio, descobriria essa filosofia em larga escala. Sempre imaginara que onde o Demônio estivesse sentado, também o estariam os excessos da carne. Mas aquela demonstração das vastas formas sussurrantes não sugeriam um viveiro de devassidão; pelo contrário, a sensação era pacífica — até bonita ao seu próprio modo. Harry não sabia dizer onde o Demônio se encaixaria naquele mundo de véus e sonhos.

"Harold?"

Foi a voz de Caz que o trouxera de volta. Ele desviou o olhar das máquinas e percebeu que todos os olhos estavam voltados para si.

"Perdão?", falou.

"Ouviu alguma coisa que eu disse?"

Ele encarou os amigos por um momento, enquanto buscava o que dizer e, ao perceber que não tinha nada, apenas balançou a cabeça em negativa.

"Fique comigo, certo? Não podemos perder você", Caz disse em um tom gentil.

"Vai se foder, Caz. Eu estou bem. É só que... não é o que eu esperava."

"Calma. Só estava checando. Acho que Dale encontrou o porão."

Como se tivesse recebido uma deixa, de trás de Caz, a cabeça de Dale apareceu vinda de baixo.

"Eles definitivamente passaram por aqui", ele disse. "Ainda dá pra sentir o cheiro. Mais uma vez para dentro do fosso."

"Não teria dito de forma melhor", Harry observou "Aguente firme, Norma. Estamos quase chegando."

Ao dizer isso, foi na direção de onde a cabeça de Dale surgira. A princípio, parecia que Dale estava flutuando, mas ao cruzar o vasto vestíbulo e se aproximar, Harry percebeu que ele estava sobre uma escadaria fantasmagórica e translúcida. Ainda que pudesse ver que Dale estava seguro, o detetive testou com a ponta do pé o degrau débil diante de si e, ao ver que ele era completamente sólido, começou a descer.

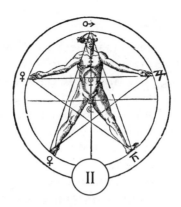

"Enfim, meu Rei está diante de mim", exalou o Sacerdote do Inferno. Ele falava com Norma, que estava próxima dos soldados do demônio em uma antecâmara no âmago da torre de Lúcifer. "Nada nunca mais será igual." Voltando-se para os soldados, ordenou: "Vocês devem aguardar aqui até receberem novas instruções".

"Sim, meu senhor." Eles falaram em uníssono com um perceptível tremor nas vozes.

O Cenobita deu as costas para eles e encarou a porta. Como tudo o mais dentro da extravagante catedral, ela também era ornamentada. Um artesão havia esculpido centenas de linhas de hieróglifos na madeira, cujo significado excedia a compreensão do Cenobita.

Ele tinha se educado em todas as línguas — até na semiótica de criaturas que mal funcionavam no mundo imaterial, quanto mais no sólido. Contudo, um breve exame dos pequenos caracteres bastou para confirmar que jamais vira antes a língua que tinha diante de si. A lição era clara: por mais conhecimento que tivesse angariado para se preparar para aquele encontro com o Anjo Mais Amado de Deus, nunca seria possível estar suficientemente pronto; nem perto disso. Os conteúdos digeridos de todas as bibliotecas por toda a história não teriam bastado para prepará-lo.

O Cenobita exalou de forma leve e fez uma expressão de humildade. Ela parecia totalmente equivocada na fisionomia dele. Ele não era uma criatura feita para a subserviência. No entanto, escutara incontáveis histórias ao longo dos anos sobre o quão pouco bastava para despertar a ira do Demônio. Ele não cometeria tal erro, não agora.

O rosto fixo, ele segurou a maçaneta e a girou. A porta respondeu de imediato, embora tenha permanecido fechada. Um brilho correu pela superfície ao longo das fileiras de caracteres. Aqui e ali, os glifos reluziram, como se estivessem pegando fogo. O Sacerdote percebeu que algum código estava em funcionamento; letras sacrificadas às chamas, escolhidas para um propósito que excedia a sua compreensão. O exame das linhas continuou até a parte inferior da porta e, então, cessou de forma abrupta.

O Sacerdote do Inferno aguardou, escondendo com dificuldade a sua impaciência. Segundos se passaram, e eles se tornaram minutos. A porta não se moveu. O Sacerdote raramente se deixava perder por palavras ou ações, mas, naquele momento, sentiu-se assim. Imagens espectrais dos eventos que o levaram até ali cruzaram sua mente, reunindo-se no seu puro esplendor ofensivo: os magos em suas coberturas ou casebres, cada um deles cuspindo maldições, enquanto os ganchos do Cenobita rasgavam a carne e entortavam os ossos na direção contrária às intenções da natureza. Quase todos entregaram seus segredos antes de serem despachados com rapidez por sua cooperação.

Ele também viu as páginas manchadas e amareladas de todos aqueles raros livros místicos, grimórios que continham rituais de encantamento e banimento, leis, feitiços e hierarquias — livros que memorizara e que, ao tê-los utilizado, destruíra, de modo a ser o único a possuir o conhecimento neles contido.

E todo o tempo — matando, consumindo e em movimento —, ele nutriu a visão de como seria quando tivesse aprendido tudo que havia a ser aprendido e estivesse pronto para conhecer o Caído, oferecendo-se a serviço da grandeza. Ali estava ele, tão pronto quanto poderia estar, repleto de conhecimento e ambição, ensopado em assassinatos da cabeça aos pés; contudo, a porta não abria.

Sua fúria cresceu e ele ergueu as mãos sem perceber, liberando um som que era os gritos de morte de todos aqueles que pereceram para que ele estivesse ali. As mãos erguidas se fecharam em punhos, que golpearam a porta intrincada e incompreensível, carregando em si a força implacável do conhecimento que aspirava alturas divinas. O som que fizeram ao bater na porta não foi de carne contra madeira; foi um estrondo de proporções sísmicas, que abriu fissuras nas paredes e no chão, e derrubou lajes de mármore do teto. Os guardas não desobedeceram as instruções do mestre. Permaneceram no lugar, golpeando e destruindo as placas de mármore que poderiam ferir a eles ou à sua carga cega.

"O que está acontecendo?", Norma perguntou.

Antes que qualquer soldado pudesse responder, os punhos do Sacerdote golpearam a porta mais uma vez, e a violência da pancada ampliou os danos causados pela primeira. Uma fissura no chão com um metro ou mais de largura cruzou a câmara, indo da porta selada até as escadas, subindo a seguir, desviando-se de parede para parede. O Sacerdote do Inferno não se deu ao trabalho de examinar os danos que havia causado; a porta ainda zombava dele. Ele pausou por um momento para examinar a madeira, em busca de uma mera rachadura que indicasse que seu ataque surtira algum efeito. A maldita porta continuava incólume.

Então, ele utilizou o ombro, sua anatomia inteira empoderada pela fúria que corria pelo corpo. Seus mantos, rígidos e quebradiços por causa do sangue espirrado em incontáveis salas onde ele havia tentado e torturado pessoas, se rasgaram e, onde eram costurados à própria carne do Cenobita, abriram novos ferimentos, derramando seu sangue sobre as vestes.

Ele levou as mãos sobre os ferimentos, mas o sangue não fluía rápido o bastante para minar seu estado enraivecido. Dessa forma, ele rasgou as vestes na altura do peito, onde seus músculos haviam sido permanentemente despelados e impedidos de cicatrizar por um meticuloso polimento da superfície. Ele expôs aquelas feridas crônicas com veemência, arrancando as vestes e exibindo as veias pulsando na carne aberta, como se estivessem se oferecendo avidamente para o prazer. Então, arrancou as faixas de couro e tecido penduradas sobre seu cinto e selecionou duas das suas pequenas armas — ferramentas que ele preferia utilizar em indivíduos particularmente corajosos — e, pela primeira vez na história, voltou-as para si mesmo, usando o gancho para abrir as veias e a faca reta simplesmente para estocar os músculos e ossos sem parar. O sangue verteu do corpo. Enquanto suas veias ainda jorravam, ergueu os punhos manchados de escarlate e bateu-os contra a porta, assim como o fizera da primeira vez. O sangue iniciou uma nova e extremamente rápida exploração das fileiras de pequenos hieróglifos, cada qual, aparentemente, combustor.

No entanto, o Sacerdote do Inferno não estava estudando a resposta que seu ataque tivera. Movido pela ira, ele apenas continuou a bater na porta; sangue escorrendo pelo peito e chegando até as mãos conforme espancava a madeira sem parar. Então, o som veio, como se mil rolamentos tivessem sido ativados de uma vez só.

Ele parou de repente e viu, pela primeira vez, que os glifos inflamados diante de si estavam se movendo, virando-se de um lado para o outro — o fogo queimando mais forte a cada giro. Ele olhou para baixo e viu que as poças de sangue em volta dos seus pés também estavam em movimento. Em uma dúzia de pontos, o sangue havia formado veios separados que desobedeciam totalmente à gravidade e subiam em direção à porta. Começando a partir do canto inferior direito, ele seguia o texto indecifrável da direita para a esquerda. Os glifos brasonados na porta queimaram brevemente em um branco quente e, um após o outro, foram consumidos, até que uma fileira inteira fosse coberta. Então outra e mais outra. A velocidade do consumo aumentou, de modo que a terceira fileira queimou duas vezes mais rápido que a primeira e a sexta duas vezes mais rápido que a terceira.

A porta estava se abrindo.

Ele esperou meio minuto até que a câmara se revelasse e sentiu ondas de ar frio golpearem seu rosto e corpo. Uma fragrância amarga pinicou suas narinas. Ele refletira sobre a possibilidade de anunciar sua presença de alguma maneira, mas tudo que pôde conceber soava patético naquelas circunstâncias, então, preferiu permanecer calado. O Sacerdote do Inferno não duvidava que o poder que o aguardava lá dentro sabia tudo o que precisava saber sobre o visitante. O Cenobita concluiu que seria melhor manter um respeito silencioso e falar apenas quando se dirigissem a ele.

A última fileira de glifos foi consumida e a porta se abriu por completo. Ele aguardou ofegante, esperando que, talvez, o Demônio oferecesse algum convite, mas nada ocorreu. Após algum tempo, ele tomou a iniciativa e adentrou a câmara.

A primeira coisa que percebeu foi que as fontes de iluminação na câmara vinham do chão; havia milhares de chamas da altura de um dedo que brotavam de arandelas invisíveis no mármore, todas queimando com um brilho sepulcral. A luz iluminava a câmara, que não trazia semelhança alguma com a grandiloquência do exterior da catedral ou com o espetáculo que preenchia seu interior.

O Sacerdote viu que aquele lugar era quase tão amplo quanto a catedral acima deles. Seu comprimento, porém, era um mistério. O espaço era ocupado por polias e pistões, cilindros e virabrequins, todos dispostos em configurações complexas do teto até o chão, alimentando equipamentos que pareciam funcionar em um delírio de movimentações. Eles utilizavam padrões bizantinos, bloqueando a vista e evitando que ele calculasse o tamanho verdadeiro da câmara.

Embora as peças ainda tivessem o brilho de máquinas em bom funcionamento, não havia sinal de terem sido usadas nos últimos tempos. Os pistões estavam polidos, porém não lubrificados, e o chão sob os canos e os equipamentos misteriosos em que eles se inseriam estava seco. Não havia uma única mancha onde uma gota de fluido tivesse escorrido de uma junção que precisasse ser apertada nem alguma rachadura nos receptáculos de ferro e vidro que tinham o tamanho de seres humanos encolhidos e assinalavam o maquinário em vários pontos, como partes de um antigo astrolábio. Eles pareciam satélites congelados, circundando um sol morto.

O propósito daquilo tudo era tão inescrutável para o Sacerdote do Inferno quanto as fileiras de hieróglifos na porta. Mas não cabia a ele entender; o Cenobita simplesmente acompanhou as peças dos motores conforme elas ficavam maiores e, portanto, mais importantes. Esta verdade, contudo, apresentava um problema: quanto mais ele se afastava da porta — e, assim, ele presumiu, mais se aproximava do criador daquele maquinário silencioso —, maiores se tornavam os mecanismos, a ponto de bloquearem por completo seu caminho e, em cinco ocasiões, ele teve de procurar uma passagem, o que o distanciava bastante da rota que projetara. Percebeu que entrara em um labirinto e que agora se encontrava nas suas profundezas — não que desse a mínima para o caminho de volta; não havia vida lá atrás, nenhum prazer que ele desejava voltar a provar. Toda a sua vida o levara até aquele labirinto e a criatura que o aguardava no seu cerne.

Olhando para cima, viu que as formas complexas tinham sido cortadas no mármore para obter acesso aos canos astutamente construídos, mantendo assim a flexibilidade de serpentes adormecidas. E ali, ele viu pequenos globos de vidro, ligados por tubos curtos da grossura de um dedo que, pendurados às centenas do teto, feriam uns aos outros nas suas preguiçosas descidas. Nada restara de sua beleza reluzente que fornecesse pistas sobre sua função. Ele se encontrava em um mundo que fora criado por uma mente que estava bem além da sua, de modo que só o que podia fazer era vislumbrar os mistérios apresentados diante de si.

Parou por um momento ou dois para saborear o prazer que de repente o insuflou. Seu senhor estava perto. Sentia nas suas entranhas e nas pontas dos dedos. Olhou para o alto e, mais uma vez, estudou a forma como os dutos convergiam dos motores suplementares. Eles estavam dispostos no alto da catedral — numerosos canos frisados e tubos imaculados, drenando juntos (ou era o que sua limitada visão sugeria) — a não mais do que dez metros de onde ele estava.

Se ele tivesse dominado o mais esquivo dos feitiços, que permitia que seu conjurador atravessasse matéria sólida sem se ferir, teria caminhado diretamente para a parte da convergência, onde com certeza seu anfitrião o aguardava, sem dúvida assistindo de longe se o transgressor se provaria digno de ter uma audiência com ele, ao chegar ao coração das máquinas silenciosas. O que aconteceria quando finalmente chegasse ao trono do seu senhor? Será que uma palavra sussurrada pelo criador colocaria todas aquelas máquinas em funcionamento e sua tenacidade e crueldade seriam recompensadas ao ver a obra-prima do Demônio em operação?

Ele fixou os olhos nas artérias convergentes e, acelerando o passo, seguiu na direção do ponto em que elas se juntavam. Uma curva, mais uma curva e depois outra; o labirinto o provocava com seus ardis, mesmo agora que estava tão perto, até que ele dobrou uma última esquina e descobriu que sua jornada chegara ao fim.

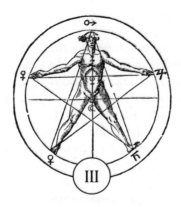

III

Harry chegou ao último degrau e se viu diante do trabalho do Sacerdote do Inferno: os restos quebrados da porta do abrigo subterrâneo de Lúcifer. Lana veio logo atrás, seguida de Caz e Dale. Todos foram cúmplices da mesma visão: algo tinha quebrado o chão e o teto de mármore a poucos metros de onde eles estavam. Rachaduras se espalhavam em todas as direções, algumas chegando longe o suficiente ao ponto de ziguezaguearem sob os próprios pés dos cansados viajantes.

"Que merda aconteceu aqui?", Harry perguntou.

Ante as palavras dele, uma voz veio de dentro da câmara.

"Harry? É você?"

"Norma!", Harry gritou.

"Norma! Meu Deus, garota! Cadê você?", Caz perguntou.

Ela apareceu no vão da porta, segurando a estrutura para se apoiar.

"Pelas estrelas", a idosa disse. "É você mesmo! Não acredito, mas é!"

Harry parou quando viu o estado dela. Embora o feitiço de Felixson tivesse tirado a sua dor, pouco fizera para curar o corpo ferido que, agora, era uma massa de hematomas roxos e machucados abertos.

"Jesus Cristo! Ele fez isso com você? Eu vou matar o desg..."

"Harry, só me dê um abraço, seu tolo." Ele o fez.

"Vamos tirar você daqui. Onde está o Pin..."

Das sombras poeirentas atrás dela, saíram os mais altos e encorpados demônios que Harry já tinha visto: os soldados do Inferno. Harry buscou sua arma. Caz, Dale e Lana, também alarmados diante da visão das criaturas, fizeram o mesmo.

"Norma!", Harry disse. "Atrás de você!"

"Harry D'Amour. Não toque nessa arma", ela alertou. "Eu não estaria aqui se eles não tivessem me carregado e me protegido. Não haverá luta neste lugar. Eu proíbo. Está entendido?"

"Norma...", Harry disse, seu desgosto pela situação evidenciado pela forma como pronunciou o nome dela.

"Estou falando sério, Harry", ela reiterou, fazendo um gesto na direção do maior dos demônios do bando. "Knotchee, este é o homem de quem eu lhe falei." Então, voltando-se para o detetive: "Harry, este é Knotchee".

Knotchee estufou o peito. Harry mordeu o lábio e tirou o dedo do gatilho da sua arma no coldre. Ele apontou para os demônios gigantes e disse: "Só quero que todos saibam que se ela não tivesse dito isso, a esta altura vocês já seriam história".

Os demônios não se moveram. Knotchee estalou os dedos; os ossos dentro das enormes mãos estourando tão altos que o som ricocheteou nas paredes da entrada.

"Certo", Harry disse, voltando-se para o seu grupo. "Galera, garantam que Norma saia daqui em segurança."

"Ela não vai a lugar algum", Knotchee disse.

Harry virou-se para o soldado e o encarou atentamente, enquanto falava com Norma. "Achei que tinha dito que esses caras jogavam no nosso time. Não vamos embora sem você, então diga pra essa porra de montanha sair da frente, ou então, vamos ter que sair com ele."

"Não me ameace", retorquiu o demônio. "Tenho ordens de meu senhor. Um soldado nunca abandona o seu posto."

Norma virou-se para Knotchee e pousou a mão no seu braço bulboso e vascularizado.

"Preciso ir agora. Obrigada por me manter a salvo. Obrigada. Mas seu senhor disse para vocês ficarem aqui. Não eu."

Os outros soldados fizeram menção de protestar, mas não foram além disso. Norma fechou os olhos e, ao fazê-lo, todos adormeceram.

"Cacete, Norma!", Caz berrou. "Não sabia que você podia fazer algo assim."

"Esta velha ainda tem uns truques na manga", Norma disse. "Só gostaria que tivesse funcionado no chefe deles. Poderíamos ter terminado este fiasco há muito tempo. Mas, bom Deus, ele é poderoso!"

"Onde ele está, Norma?", Harry perguntou.

A mulher virou-se e fez um gesto gracioso indicando a localização do Sacerdote dentro da câmara.

"Certo", Harry falou. "Norma, vá com Caz, Lana e Dale."

"Nem pense nisso, Harry. Vamos embora juntos."

"Não posso", ele respondeu.

"Sério, Harold?", Caz interveio. "Deixa ele pra lá. Vamos dar a porra do fora daqui." Harry olhou para a câmara de Lúcifer e disse:

"Eu tenho que ver."

"Não", Dale o corrigiu. "Você tem que testemunhar."

"Apenas partam. Vou ficar bem."

Norma beijou a bochecha de Harry e, a seguir, voltou-se para o grupo, impelindo-o na direção das escadas.

"É melhor que você volte", Caz disse.

"Se voltar", Lana emendou, "vou querer detalhes."

"Eu dispenso", Dale disse. "Já tenho terrores suficientes na minha cabeça para me dar pesadelos por duas vidas. Vejo você lá em cima. Espero que literalmente. Talvez metaforicamente."

Harry os observou em silêncio subirem as escadas e só quando teve certeza de que Norma estava segura nas mãos dos seus amigos, virou-se para a câmara. Respirou fundo e entrou na sala onde encontraria o Demônio cara a cara.

Harry caminhou pelo labirinto tecnológico que se estendia ao longo da vasta câmara. Suas tatuagens pulsavam conforme seguia, guiando-o pelo viveiro de máquinas potencialmente letais. Ele progrediu aos poucos, suor escorrendo pela testa e pelas laterais do rosto. Perguntou-se se chegaria ao fim daquilo. Enquanto as tatuagens o guiavam pela monstruosidade que era aquela sala, seus pensamentos divergiram. Aquela coisa toda começara com um maldito enigma — a simples invenção de um humilde fabricante de brinquedos — e, desde aquele momento, a vida de Harry se tornara uma série de charadas, labirintos e perplexidade, alguns físicos, outros mentais, mas todos desafiadores.

Após aquele incidente, independente de como terminaria, ele esperava ao menos ser poupado de ter que resolver mais enigmas por um bom tempo. E, apegado a tal pensamento, foi conduzido através das tatuagens até a derradeira curva. Ali, o Sacerdote do Inferno estava diante dele e, diante do Sacerdote, sentado em um trono de mármore, estava o próprio Senhor do Inferno. Seus mantos eram brancos, a pele, uma massa de manchas amareladas e pústulas roxas. Seus olhos estavam abertos, mas não viam nada.

"Morto", disse o Sacerdote. "O Senhor do Inferno está morto."

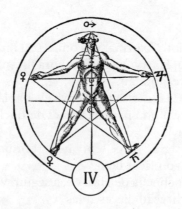

IV

Harry se aproximou. Ao estudar o corpo inerte, ficou claro que o trono em que o Demônio se sentava era, apesar dos entalhes finos, nada além de uma elaborada cadeira de morte. Agora, Harry percebia que todo o maquinário pelo qual passara o levara derradeiramente até aquele trono fatal. O salão inteiro havia sido preparado para ativar um leque de lâminas do tamanho de lanças, dispostas como as penas da cauda de um pavão. As lâminas tinham entrado no Demônio pela esquerda, pela direita e abaixo dele, findando-o sumariamente em uma simetria perfeita.

As lâminas estavam próximas umas das outras, posicionadas de forma imaculada, sendo que só da sua cabeça, dezessete lâminas emergiam; sua disposição formando uma horrenda auréola que estava a quinze ou vinte centímetros do crânio do Demônio. Sangue corria pelo rosto, oriundo das dezessete feridas, coagulado em manchas roxas nos cachos do pálido cabelo loiro. Deus, como ele fora bonito; sua testa sem marcas de expressão, com feições quase eslavas, as maçãs do rosto altas, o nariz aquilino e a boca serena e sensual em medidas iguais. Ela estava levemente aberta, como se tivesse soltado um último suspiro quando a máquina suicida lançou seu arsenal de armas.

Havia combinações iguais de lâminas por todo o resto do corpo também, saindo por aberturas dentro do trono de mármore. Elas atravessaram o cadáver de um lado e emergiram do outro; as extremidades brilhantes parecendo cercar sua forma com sinais de glorificação, até mesmo na morte. Cada uma dessas feridas também sangrara, empapando seus mantos outrora imaculados; manchas vermelhas no tecido branco.

"Há quanto tempo...", Harry perguntou.

"É impossível saber", respondeu o Sacerdote do Inferno. "Mil dias. Mil anos. A carne dos anjos nunca apodrece."

"Você sabia?"

"Não."

"Eu esperava que..."

"Uma mente voltada para si mesma por séculos, completamente em busca da divindade. Em uma palavra: grandeza."

"Sim."

"Ele a tinha visto, conhecido e sido o mais amado Dele."

"Mas perder isso..."

"Foi mais do que ele pôde suportar. Achei que ele procuraria a marca do Criador dentro de si próprio e se confortaria com sua presença. Mas... não."

"Por que o suicídio elaborado?", Harry perguntou, gesticulando ao redor.

"O Senhor Deus é um Deus vingativo. A sentença de morte de Lúcifer era a vida eterna. Ele estava além da morte. Encontrou uma forma de esquivar-se à sua imortalidade."

Enquanto falava, o Sacerdote do Inferno subiu no altar e contornou o trono, onde tocou a extremidade de uma das lanças que transfixavam o cadáver de Lúcifer. Houve um repentino som de vozes sacramentais, e Harry olhou de volta para o Cenobita, segurando desafiadoramente a ponta da lança, que estava ligada a um cabo de cinco centímetros de espessura e a um mecanismo de defesa que fora ativado pela proximidade do Sacerdote. Mesmo na morte, Lúcifer claramente desejava sua solidão.

Houve uma liberação de energias que atingiu o corpo do Cenobita com violência. Ele se manteve firme, então, um segundo coro de vozes foi liberado, dez vezes mais brutal que o primeiro; a força das energias que atravessaram a lança proporcionalmente superiores. Desta vez, o Sacerdote do Inferno não conseguiu se segurar. Ele foi arremessado para trás, para longe do altar e através das entranhas de uma máquina.

Porém, não deixara o trono sem uma lembrança. Ele segurara a lâmina tempo suficiente para conseguir arrancá-la inteira de dentro do cadáver, mas a soltou quando caiu no chão. Ela aterrissou a poucos metros de onde Harry estava. O detetive aproximou-se um pouco e ficou de cócoras para examiná-la mais de perto. Não soube dizer de que tipo de metal era feita. Havia um brilho maledicente em sua substância que, ao capturar o olhar de Harry, o atraíra a um lugar que parecia ilimitado; como se, de alguma maneira, o anjo tivesse apanhado e selado um pouco de infinidade dentro da lança.

Naquele momento, os enormes equipamentos que preenchiam a câmara abaixo da catedral fizeram algum sentido para Harry. Ele vira evidências de quase todo tipo de trabalhos mágicos que conhecia (e muitos que não conhecia) nos instrumentos do labirinto: ícones antigos de magia primordial inscritos nos equipamentos feitos de ouro branco, modelados para sugerir as anatomias sexuais de homens e mulheres; diagramas que haviam sido gravados em prata polida, feitos para — se sua memória estivesse correta — abrir portas onde estas não existiam. Havia mais, claro, em números incontáveis, a maior parte dos quais ele mal vira. Harry percebeu que Lúcifer tinha potencializado seu ato final com desafios ao reunir partes de todos os sistemas mágicos que a humanidade, em sua ânsia por revelações, havia criado. E ele se tornara o seu próprio executor, conseguindo desta forma superar a vontade do Criador.

Tudo isso preencheu a mente do detetive em poucos segundos, tempo que o Sacerdote do Inferno levou para se levantar do golpe e voltar ao trono, movendo-se com tranquilidade glacial, as mãos erguidas à frente, montículos reluzentes de escuridão polvilhando das palmas, dos ferimentos no peito e dos olhos. Harry viu que só no último instante, quando o Sacerdote subiu no altar em uma só passada, seu rosto denotou a fúria que estava alimentando aquele contra-ataque.

Ele era uma criatura que mantinha a dignidade em alta conta, e o ataque do trono golpeando-o para longe fora uma violação a ela. Agora, ele seguia de modo deliberado para o trono, apesar do poder que este demonstrara, e sem hesitação, repetia o crime de puxar uma segunda lança. Houve uma nova descarga de energia, mas desta vez, ele estava preparado. Os montículos negros que continuavam a crescer ao redor e atrás dele irromperam como uma onda em volta da cabeça, e a sua rebentação escura foi de encontro à força que o arrancara do trono, movendo-se através dela como um revolucionário fervoroso, transformando-a conforme passava.

O Sacerdote do Inferno já progredia para a terceira lança e para a quarta, seu rosto iluminado por baixo pelos arcos de energia que saltavam do trono e queimavam seu corpo. Se os sentia, não dava indícios, apenas seguiu desfazendo o mecanismo mortal do trono, lâmina após lâmina. Em uma ocasião, ele separou o cano sinuoso da lança ao qual estava ligado, liberando uma carga de gases ácidos. Nas outras, apenas arrancava as lâminas diretamente do cadáver do Demônio, jogando-as de lado, uma sobre a outra até que o altar onde Lúcifer se sentava tornou-se um ninho de cobras metálicas forjadas de ligas desconhecidas pela humanidade.

O Sacerdote do Inferno olhou por sobre o ombro esquerdo e sussurrou para as trevas reunidas que o encerravam; uma aliada ansiosa determinada a cumprir qualquer ordem que ele desse. Harry assistia a tudo aquilo — sua mente repleta de perguntas. Seria aquela estranha figura — pouco a pouco desmoronando no seu assento suicida enquanto as lâminas que o mantinham ereto eram removidas — realmente o Adversário, o Mal Encarnado, o Anjo Caído, Satanás? Ele parecia demasiadamente humano naquele trono. A noção de que aquele poderia ter sido o Mais Amado de Deus parecia ridícula; uma lenda urbana espalhada por anjos bêbados. Contudo, ele testemunhara provas demais do alcance sobrenatural de Lúcifer aos sistemas de ocultismo — os códigos, os sigils e as consequências — para ter certeza de que aquela criatura no trono era algo mais do que aparentava.

Enquanto isso, o assunto da conversa sussurrada entre o Sacerdote do Inferno e as trevas reunidas tornou-se aparente, quando torrentes dela choveram por debaixo do trono e iniciaram o processo de remover as lanças que estavam enfiadas no cadáver por baixo. Ao que elas seguiam seu trabalho, o Cenobita continuava removendo as lâminas das laterais do corpo, transformando sem esforço os surtos de poder que fluíam do trono em gotículas escuras que inchavam as nuvens atrás dele. Enfim, ele se afastou do trono e encarou o Caído com os olhos repletos de ódio.

"Está esperando que ele te agradeça?", Harry perguntou.

"Não há nada a aprender com esta lastimável cena", respondeu o Sacerdote do Inferno.

Então, o Cenobita voltou a sussurrar para as trevas presentes e partes delas fluíram como balas, atingindo o corpo de Lúcifer. Para formas tão pequenas, elas possuíam uma força espantosa. Elas agarraram o cadáver e o ergueram do trono, os braços estendidos. A alusão da cena no Calvário não escapou a Harry, ainda que a forma como a cabeça do Demônio tenha pendido para frente o fizera se lembrar do Homem das Dores.

Enquanto o Caído estava pendurado, uma centena de outras partículas inundou o seu corpo, devorando as costuras que formavam o todo das muitas peças das vestimentas. Elas se desfizeram sem esforço, revelando por trás das suntuosas dobras provas da verdadeira natureza de Lúcifer. Por baixo dos mantos, o corpo inteiro vestia uma armadura feita de metal escuro, pelas quais muitas cores corriam, como a superfície de gasolina sobre água. Cada porção da armadura era imaculadamente decorada.

Apesar de toda a aparência requintada, claro, ela fracassara em cumprir o propósito para o qual fora forjada: proteger seu usuário. Mas o fato significava pouco para o Sacerdote do Inferno; era evidente que ele a queria para si. E, desta vez, o Cenobita não precisou instruir suas criaturas: elas compreendiam perfeitamente seus desejos. Enquanto o corpo de Lúcifer estava pendurado diante do trono de morte, a armadura foi removida peça por peça do corpo pálido e enrugado.

Harry continuou a assistir, atônito, quando o Sacerdote do Inferno apanhou uma faca de um longo bolso na frente da sua coxa esquerda. Era bem diferente dos demais instrumentos de tortura que ele trazia na cintura. Era uma lâmina bem maior e que também não estava maculada por décadas de sangue e pedaços de carne. Aquela arma reluzia à luz. Era óbvio para Harry que a faca nunca fora utilizada. Parecia que o Cenobita a guardara para uma ocasião especial que agora havia chegado. Ele a usou para cortar o que restara das suas vestes negras, de modo que elas caíram em uma pilha desagradável de tecido e couro manchados de sangue.

Ele era um remendo de cicatrizes e abrasões, seu corpo se parecendo — por mais absurdo que fosse — com a parede de uma cela onde incontáveis almas loucas e enfurecidas tinham sido encarceradas, sendo que todas deixaram as marcas da sua presença ali: arranhões, letras, números, rostos — não havia uma polegada do corpo nu do Cenobita que não revelasse algum tipo de testamento. Ele olhou para Harry naquele breve instante.

"Anjos possuem a anatomia perfeita", disse. "Poucos de nós são abençoados com tal dádiva."

Então, o Sacerdote ergueu a faca virgem e decepou três centímetros, talvez quatro, do músculo já despelado do peito. A carne se curvou ante a lâmina, oferecendo-se sem protestos; uma camada de polpa gordurosa amarela, com o músculo sob ela cinzento graças à sangria. Percebendo na metade do caminho que aquele corte não seria profundo o bastante para expor o osso, o Sacerdote iniciou um segundo corte, que expôs o esterno e uma porção das costelas.

Harry percebeu que os ossos do Cenobita também tinham sido sujeitados aos horrores de serem arranhados e grafados como a pele. Como aquilo fora feito era algo que ele não saberia responder. Só o que poderia fazer era o que o Sacerdote do Inferno lhe solicitara: testemunhar.

E foi o que fez. O Cenobita continuou a cortar a carne do peito, descendo para o abdome, abrindo novas áreas de músculos ensanguentados a cada descida da lâmina. No umbigo, ele finalmente concluiu o talho da fatia de carne, que caiu no chão diante dele. Embora dissimulasse indiferença, gotas de suor se juntavam no seu rosto.

Ele usou a faca para cortar um naco de carne do quadril, tirando um pedaço grande que era feito de gordura. Este mal caíra no chão, quando ele já cortava outra parte, mergulhando fundo na carne atrás do ferimento que já tinha feito, utilizando as duas mãos para ter certeza de que a faca seguiria o curso correto. Penetrou uns dois centímetros mais fundo e foi recompensado pela visão do sangue purgando em pequenos gêiseres; então, correu com a faca pela lateral até descer à canela. Assim que fez a volta no quadril, fez uma pausa; a respiração ofegante, o suor correndo livremente pelas cicatrizes do seu rosto se acumulando no queixo.

O Cenobita se virou, observando o cadáver agora nu de Lúcifer. Cada parte da armadura do Demônio estava pendurada no ar a um braço de distância da parte do corpo de onde fora removida. Aos olhos de Harry, havia uma beleza formal naquilo; o cadáver e a armadura completamente estáticos.

Enquanto o detetive se maravilhava, o Sacerdote continuou seu esforço brutal de fazer novos ajustes à própria carne para caber dentro da armadura do Demônio: primeiro, um corte do outro lado do quadril até a carne vermelha; a seguir nos braços, retalhando a carne dos tríceps; e, passando a faca da mão esquerda para a direita e a devolvendo para a esquerda, cortando com ambas sem medir esforços. A área em volta dos seus pés parecia o chão de um açougue. Fatias de carne gordurosa estavam espalhadas por todos os lugares.

Enfim, o Sacerdote pareceu satisfeito. Largou a faca em meio aos pedaços da própria carne e abriu os braços, espelhando a posição do Senhor do Inferno.

"O Rei está morto", disse o Cenobita. "Vida longa ao Rei."

"Ah, merda", Harry falou.

Assistindo à insanidade que se desenrolava, Harry de repente escutou as palavras de Dale ecoando nos seus ouvidos: "Ver não é o mesmo que enxergar". Harry passara a vida inteira vendo. Ele viu Sacana ser queimado vivo. Viu quando o líder maluco de um culto matou sua congregação inteira. E viu um demônio arrastar sua amiga para o Inferno. Agora, ele percebia com uma clareza aterradora que não queria mais testemunhar tais coisas. Aquele não era o mundo ao qual pertencia. Embora o Inferno o tivesse chamado em mais de uma ocasião, Harry sempre desviara das suas garras e vivera para lutar mais um dia. Hoje, ele determinou que seria diferente. A forte curiosidade de testemunhar o que viria a seguir o abandonara em um instante, fazendo-o se dar conta de que aquele era o momento ideal para começar a correr.

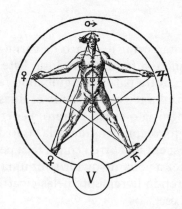

Harry, correndo o mais rápido que podia, aproximou-se da saída da sala, quando um estrondo preencheu o local. Era um som difícil de ser discernido; tambores sem ritmos, vindos primeiramente de um lado da abóbada da catedral e depois do outro.

Ele não permitiu que isso o atrasasse e, como normalmente era o caso, traçou o caminho de volta com relativa facilidade. Em pouco tempo, Harry já havia retornado à antecâmara no fundo das escadarias, mas, com aquele terrível ruído acima de si, mal conseguia sentir-se vitorioso. Ele deixara os amigos na esperança de mantê-los seguros; contudo, tinha agora a sensação de ter saltado da frigideira do Inferno direto para o fogo.

Harry subiu as escadas, preparando-se o máximo que pôde para o que o aguardava lá em cima. Contanto que mantivesse o foco em tirar seus amigos dali, não se equivocaria. Mas precisava ser rápido; todos tinham que sair daquele lugar amaldiçoado antes que o Grande Fingidor lá embaixo pudesse fazer a sua estreia.

As escadarias fizeram mais uma curva e, então, Harry alcançou o térreo. Emergindo do buraco no chão, ele viu seus amigos ao lado dos Azeel na extremidade oposta da catedral, esperando pacientemente diante da porta.

"Corram!", Harry gritou. "Todo mundo! Corram, porra!"

"Harry!", Norma berrou. "Está tudo acabado!"

"É por isso que temos que correr. Rápido!"

"Não, Harold. A coisa está preta", Caz disse.

"Eu sei. Vocês não estão me escutando!"

Ninguém se moveu um centímetro até que Harry tivesse alcançado o grupo e, passando por ele, agarrou a maçaneta polida e ornamentada da única porta da catedral.

"Harry, você não está escutando!", Lana falou.

"Não", ele respondeu, abrindo a porta. "*Vocês* que não estão escutando. Eu disse..."

Quaisquer que fossem as palavras que ele pretendia dizer evaporaram como água no chão do deserto. Os olhos de Harry se arregalaram quando ele viu o que havia lá fora. Assim que abriu a porta, fechou-a duas vezes mais rápido, colando as costas contra ela em pânico.

"Tem um exército de demônios lá fora", ele falou. Foi então que percebeu qual era a fonte daquele terrível estrondo.

Dale segurou o braço de Caz, com medo. Caz o abraçou, se esforçando para oferecer conforto.

"De onde foi que *eles* vieram?", Harry perguntou.

"Do Inferno, eu diria. E estão exigindo que o Sacerdote se entregue", Dale disse.

"Tá bom. Não vieram aqui por causa da gente", Harry falou para si próprio. "Isto pode dar certo."

"Certo?", Lana inquiriu. "Você está completamente fora de si?"

"Isto não vem ao caso. Temos um problema seriíssimo no porão e tem um exército lá fora que quer dar um jeito nesse problema. A questão agora é que a gente deu o azar de estarmos entre esses dois obstáculos. Então, só o que temos que fazer é dar um passinho para o lado e deixar que eles acabem uns com os outros."

"Eu diria que não é sua melhor estratégia, Harold", Caz comentou.

"Harry está certo", Norma disse. "Esta luta não é nossa para que possamos detê-la."

Então, uma série de rachaduras surgiu por debaixo do ponto onde eles estavam; as placas de mármore se quebraram sob seus pés.

"Caralho!", Harry disse. "É a porra do Rei Pinfuck. Ouçam, o chão vai ceder a qualquer instante. A gente precisa sair do caminho e deixar a coisa rolar. O piso vai estar mais firme próximo das paredes. Vamos."

Ele latiu as ordens, liderando o grupo para o lado da catedral, atrás de dois grandes pilares. O chão estava mais sólido quando chegaram perto da coluna mais próxima.

O barulho do exército se aproximando parecia vir de ambos os lados da catedral. Harry sabia que, a qualquer minuto, eles adentrariam o local com um grande peso de carne profana. Só esperava que seus amigos sobrevivessem ao conflito.

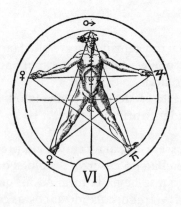

VI

Os demônios reunidos invadiram a catedral com um misto de veneração e terror. O nevoeiro que ocultava a maior parte da construção do lado de fora os deixara despreparados para a escala do que os aguardava lá dentro. Em resposta, alguns ficaram tão estupefatos que perderam todo o controle sobre as suas funções corporais; outros caíram de joelhos ou de cara nas lajes, incitando orações em incontáveis línguas, algumas simplesmente repetindo a mesma súplica várias vezes.

Harry e seus amigos tinham se escondido nas sombras, prontos para o que quer que acontecesse. Todos eles conheciam truques poderosos para se defender e estavam preparados para lançá-los se o inimigo se aproximasse demais.

Porém, eles não precisavam ter se preocupado. A última coisa que aquela tropa de demônios tinha em mente era o grupo de intrusos humanos. Conforme as criaturas adentravam o local, Harry e seus amigos afastaram-se ainda mais para uma das menores capelas laterais e se instalaram nela, observando o número de demônios que adentrava o local crescer sem parar, a presença daqueles na porta forçando o passo das criaturas que entraram primeiro. Os soldados não queriam ser empurrados contra a sua vontade para o interior do misterioso local, de torres translúcidas e escadarias sinuosas, mas tal era o tamanho e a curiosidade da multidão que vinha atrás, que eles eram obrigados a avançar. Enquanto o faziam, soltavam gritos de protesto, audíveis, ainda que incoerentes, acima dos murmúrios da massa. Os gritos eram prontamente ignorados.

Aqueles que tinham entrado primeiro na catedral e estavam na vanguarda da multidão chegaram à metade da estrutura, onde a violência ocorrida antes rachara as placas de mármore e enfraquecera o chão. O peso coletivo era mais do que as lajes comprometidas podiam suportar. Ouviu-se uma série de estalos, ao que as rachaduras se espalharam pelo chão em todas as direções, então o piso cedeu sob os demônios que tinham sido forçados a se aventurar naquele terreno instável. Os gritos foram altos o suficiente para atrair a atenção do líder daquele exército da danação: o Não Consumido.

Ele abriu caminho pela multidão sem encontrar resistência e, quando chegou à frente da horda, o mestre dos demônios ergueu os braços e duas espirais em chamas irromperam das suas mãos, subindo no ar uma dúzia de metros acima da cabeça dele, onde explodiram como um vasto guarda-sol incandescente, cujos rebordos aceleravam ao passar pelo círculo luminoso, apenas para explodir de novo contra os pilares ou as paredes — o que quer que encontrassem antes.

As chamas logo silenciaram a maior parte da multidão, mas nada fizeram para repreender o grupo que estava na praia, todos pressionados por mais integrantes do exército amorfo do Não Consumido; uma vasta multidão fluindo pela enorme árvore que eles puseram sobre o lago cristalino, criando uma ponte improvisada por onde atravessavam.

As consequências para aqueles que já se amontoavam na praia não eram boas; muitos tinham de caminhar nas margens do lago, obrigados a se aventurar cada vez mais longe das massas de criaturas. O Quo'oto estava bastante ciente da situação. Ele vinha à superfície de vez em quando, rolando de lado e, em meio ao caos do ataque, apanhava em silêncio diversos canapés que estavam cambaleando na água. Lá dentro, é claro, não se sabia nada sobre o caos que tomava a orla. A multidão apenas escutava as palavras do líder.

"Quietos!", o Não Consumido gritou; sua voz reverberando no interior. "Vamos nos lembrar de que este é um local sagrado. Há um poder aqui maior do que todos abaixo do Céu, e devemos nossas vidas e nossa devoção a esse poder."

Houve um momento desconfortável antes dos primeiro sussurros começarem: "Lúcifer, Senhor Lúcifer".

Na parede da catedral, a salvo de serem esmagados pela massa de demônios que seguia o Não Consumido, Harry, seus amigos e um pequeno grupo de demônios, assistia enquanto o ídolo daquela enorme multidão — que, pela aparência e quantidade, incluía membros de todas as ordens concebíveis de demônios — falava com seus seguidores.

"Eu lutei por vocês, irmãos e irmãs", ele disse. "Quando vocês eram tributados, e cada copo de tutano que traziam à mesa era surrupiado repetidamente e a maior porção dele tomado, eu protestei. Chorei por vocês e implorei que suas agonias fossem ouvidas e supridas...", ele fez uma pausa, examinando sua congregação. "Querem saber a verdade? "Querem?", ele perguntou. O demônio baixara a voz a um sussurro que, mesmo assim, era ouvido com uma força sobrenatural por toda a construção, sendo a prova do seu alcance a resposta que veio de diversas direções.

"Sim... sim...", disse a multidão.

"Então, direi a vocês, porque no final, como todas as conspirações, a resposta se resume a uma."

A palavra correu em um murmúrio pelo enorme interior. "Uma? Uma. Uma!"

"Sim, uma. Um criminoso que é o cerne da nossa miséria. De todo o nosso sofrimento. Um demônio que se passou por um tentador de almas inferior, mas que ficava o tempo inteiro fazendo planos contra a serenidade do Estado. O caos nas nossas ruas? Ele o instaurou. Não há nada para comprar nos seus açougues além de ossos e cartilagem? Isso aconteceu porque ele vendeu toda a carne boa para a humanidade, cujo narcisismo nutre há anos. Vocês conhecerão seu rosto quando o virem!"

"*Mostre-nos!*", veio um chamado de algum lugar próximo à porta. Ele foi imediatamente imitado por todos os lados.

"Mostre-nos!", eles exigiam sem parar. "*Mostre-nos! Mostre-nos! Mostre-nos!*"

O Não Consumido mandou uma pluma de chamas de cor peçonhenta para o alto; a claridade que derramou sobre a horda de demônios iluminou as evidências dos piores atributos deles. As bocas largas demais, os olhos, pequenos dardos maliciosos, ou apenas oferecendo olhares imbecis. Não havia dois rostos iguais naqueles milhares iluminados. Cada qual foi grotescamente aperfeiçoado pela luz reveladora, as ambições devoradas pelos rostos sem alegria, queimando nos olhos insanos.

A chama lançada pelo Não Consumido silenciara a multidão *dentro* da catedral, mas, do lado de fora, os uivos e gritos persistiam.

"Esqueçam eles!", disse o Não Consumido. "Eles vão ter o seu momento quando eu escolher, e não antes. Agora, vocês me pediram que mostrasse o sujeito que orquestrou os diversos crimes contra vocês. Então, vocês o verão. Um vilão que assassinou a própria ordem inteira. Que deixou um alto sacerdote arruinado. Ele não vai mais nos enganar." Ele lançou mais uma chama no ar acima da cabeça, onde ela se sustentou por um momento, antes de mergulhar atrás dele, passar pela plataforma onde estava e descer pelas lajes de mármore e para o espaço secreto abaixo.

Fazendo uma pausa, como quem quer espremer o máximo de drama possível da situação, ele se virou e deu um passo para trás da beira da plataforma.

"Aqui dentro, camaradas, está a criatura. O ladrão. O destruidor. Sua cabeça vai rolar antes que este dia termine."

"Ainda não é a minha hora", disse o Sacerdote do Inferno, de dentro do orifício no chão.

Foi naquele momento que o Sacerdote do Inferno saiu de dentro das rachaduras, vestindo a armadura de Lúcifer. Apesar do aperto, a multidão ainda conseguiu abrir espaço para o Cenobita, enquanto ele subia. Quando tinha emergido completamente do espaço, virou-se para seu suposto executor.

Sem um instante de hesitação, o Não Consumido gerou uma espada de fogo e a brandiu contra o Sacerdote do Inferno, que ergueu o braço blindado e apanhou a lâmina flamejante. Faíscas brancas saíram dos seus dedos e ele riu, como se aquela fosse a mais deliciosa diversão que tivera em muito tempo. E, enquanto ria e segurava a espada em chamas, ainda encontrou tempo para fazer gestos na direção dos soldados demônios que assistiam a tudo.

Correntes sinuosas com cabeças de ganchos vieram enredando-se aos pés dos espectadores, atingindo com suas pontas afiadas qualquer um que fosse tolo o bastante para bloquear seu caminho. Os condenados sabiam, pela aparência do primeiro gancho, quais horrores viriam inevitavelmente a seguir, e todos tentaram escapar do seu julgamento. Porém, para o Sacerdote do Inferno aquele jogo era mais natural do que respirar.

Quer suas vítimas caíssem de joelhos e implorassem por misericórdia — como um demônio o fez —, ou apenas tentassem fugir dos ganchos que as perseguiam — como fizeram dois outros —, ou simplesmente tentassem investir contra seu inimigo tal qual fariam com qualquer outro, portando espadas e punhais — como muitos fizeram —, todos estavam perdidos. Os ganchos encontraram seus olhos, bocas, traseiros e barrigas; e, ao encontrá-los, escavaram fundo e rasgavam, reduzindo as vítimas em incompreensíveis nós de músculos retorcidos em questão de segundos.

Eles protestaram pelo sofrimento que lhes fora imputado, mas não conseguiam murmurar nada que se parecesse remotamente com palavras agora. O estômago de um havia sido enganchado e arrastado até a garganta, o rosto de outro emergia por entre seu traseiro, como um prodigioso movimento peristáltico da digestão. Suas anatomias eram incapazes de sustentar tamanha desfiguração. Os demônios se partiram; corpos abriam-se como frutos maduros, derramando seus conteúdos ao fazê-lo.

Harry já havia visto aquilo antes, mas não em tal escala. Aquilo era uma guerra; o Inferno de um lado e, do outro, uma única criatura de armadura. Ele se perguntou sobre as ramificações do caos que se desenrolava à sua frente. Se o Sacerdote vencesse, será que levaria a batalha para a Terra e o Céu além dela? Quando sua sede seria saciada? Harry jamais imaginou que tomaria o partido do Inferno, assistindo e até rezando pela vitória daquela facção, impotente para fazer qualquer outra coisa.

Ele observou as figuras que guerreavam no centro da batalha. O Sacerdote do Inferno, satisfeito ao permitir que suas correntes despachassem a horda, ainda segurava a espada flamejante do Não Consumido e começou a virá-la na direção do seu usuário, uma provação de força na qual mostrava-se superior. De repente, ele jogou todo o peso em um só movimento e, com uma rápida guinada, arrancou a lâmina das mãos do Não Consumido.

O Sacerdote do Inferno se ergueu, a armadura caindo-lhe bem sobre o corpo, não como uma carapaça — rígida e quebradiça —, mas fluindo junto com ele e através dele, seu poder se entregando a ele, unindo-se a ele. Ele era uma força em si, além do alcance de qualquer ser vivo; e, embora os anos que o tinham levado àquele momento tivessem sido preenchidos pelo mais intenso sofrimento pessoal, estes valeram a pena já que o conduziram a um momento tão glorioso, em que a armadura de Lúcifer fortalecia todos os aspectos em que a vida monástica que ele tivera o havia enfraquecido, e abençoava aos músculos que ele cortara a fim de moldar seu corpo para vesti-la.

Senhores Acima e Abaixo, que alegria! Ele jamais sentira sua carne, mente e alma em um mundo como aquele, um só sistema, desimpedido de contradições. Ele jamais havia vivido até aquele momento.

Ele viu o Não Consumido com o canto dos olhos, os braços erguidos acima da cabeça. Duas outras espadas estavam sendo conclamadas no ar incandescente, acima dos punhos do demônio, fluxos de lava bruta pingando das extremidades em chamas e espalhando-se sobre o chão de mármore quebrado. O Sacerdote do Inferno não temeu ao caminhar sobre o líquido de fogo, não enquanto estivesse trajando a armadura do Rei do Inferno.

Ele se moveu na direção do Não Consumido e, em três passadas que espalharam fogo, estava bem diante do seu inimigo, mirando um golpe na sua barriga. O Não Consumido atacou o Sacerdote do Inferno com suas espadas cortando o ar como debulhadoras gêmeas, mas o Cenobita não estava disposto a recuar. Ele manteve a posição, rechaçando cada uma das lâminas do inimigo; a força dos golpes bastando para retardar um pouco o avanço do adversário. As rajadas de fogo erguidas pelas espadas logo fizeram com que as chamas entre os oponentes se erguessem como uma parede de fogo, e o Não Consumido a atravessou com sua espada girando.

O Sacerdote do Inferno ergueu a própria lâmina para proteger a cabeça e a espada no braço esquerdo do Não Consumido atacou; o impacto regurgitando uma serpentina de raios que voou por sobre as cabeças dos demônios reunidos, cauterizando imediatamente aqueles idiotas o bastante para tentar apanhá-los. Com a lâmina do Sacerdote do Inferno travada contra uma das suas, o Não Consumido utilizou a outra para atacar o peito exposto do adversário. Ondas de energia irromperam da armadura do Sacerdote no ponto do impacto, seu brilho se desfazendo no metal, roubando a energia do golpe do Não Consumido e somando-a ao poder da armadura.

O Sacerdote do Inferno sentiu o aumento da sua força e imediatamente se aproveitou daquele conhecimento; segurou a espada com as duas mãos e investiu contra o inimigo, dando um rugido de prazer. Seu oponente ergueu a mão esquerda para bloquear o ataque, mas sua espada se despedaçou assim que foi atingida, lançando farpas de metal flamejante em todas as direções. O golpe foi ensurdecedor. Cada criatura no vestíbulo que não sofrera uma morte prematura assistiu ao Não Consumido recuar e olhar embasbacado para o Cenobita diante de si.

"Que magia é essa?", ele perguntou com a voz trêmula de covardia ante o prospecto de uma luta desigual.

"As Joias da Coroa do Inferno", respondeu o Sacerdote.

"Não pode ser."

"Mas é."

O Não Consumido recuou vários passos e virou-se rapidamente para seus soldados, vociferando. "Este é o inimigo do Inferno! Ele transformará todos em pó se não agirmos agora. Eu tive visões. Salvem o Inferno antes que ele o destrua!"

Suas palavras morreram nas trevas, deixando o ar vazio.

"Visões?", o Sacerdote do Inferno perguntou, enquanto se aproximava do Não Consumido.

"Eu vi a sua ambição, Sacerdote", o Não Consumido bradou, recuando.

"Como poderia?", disse o Cenobita. Então, voltando-se para os soldados, fez um gesto para os seus trajes. "A armadura que uso é um presente de Lúcifer, que renasceu em mim. Minha autoridade agora é absoluta. Minha palavra é lei!"

"Loucura!", disse o Não Consumido. "Soldados! Esta é a sua hora! Eu os trouxe até o inimigo. Agora, cabe a vocês. Devem arrancá-lo deste lugar sagrado e fazê-lo em pedaços! Não escutem as mentiras dele. Ele tem medo de vocês! Não percebem isso? Vocês tem a retidão ao seu lado, e ele não tem nada. *Nada!* Ele veio aqui para roubar nosso senhor Lúcifer, louvado seja o seu nome. Roubá-lo no seu local de meditação. Ele mesmo admitiu. A armadura pertence à Estrela da Manhã! E acredito que nosso senhor lhes agradecerá em abundância se vocês a arrancarem deste gatuno!"

O discurso do Não Consumido funcionou. A multidão gritou em uníssono "Sim!" e, ao fazê-lo, o Não Consumido apontou a extremidade da sua lâmina para a conflagração acima de sua cabeça. Ela imediatamente refratou a luz em um espetáculo de fogo que cuspiu incandescência ao longo de toda a largura e o comprimento do vestíbulo da catedral.

O "Sim!" em uníssono ficou mais forte conforme as rajadas explodiam contra as paredes de pedra, abrindo buracos irregulares nelas, nenhum menor de três metros de diâmetro — muitos o dobro deste tamanho.

"Entrem todos!", berrou o Não Consumido. Sua voz possuindo uma magnitude que carregou as palavras até as hordas amontoadas na praia ao redor da construção. "E destruam!"

Harry e seus amigos se retiraram ainda mais para dentro das sombras quando dez mil demônios cujo acesso ao interior até então fora negado, ingressaram pelas paredes rachadas, as costas ossudas pressionadas umas contra as outras como se fosse um rio de baratas amontoadas em um fluxo ininterrupto de escalada e queda.

Aquela insana inundação de demônios preencheu um espaço que não fora feito para conter mais do que uma fração da multidão; a ira deles abastecida pela fome visionária de estar no cerne do batismo que haviam vislumbrado em sonhos por toda a vida. "Sim!", eles gritaram. "Sim!", para o sangue a para a luz. "Sim!", para o martírio, se fosse o preço necessário a ser pago.

O Sacerdote do Inferno sabia que tinha uma câmara do tamanho de uma pequena nação para testemunhar e sabia que havia uma visão que poria fim à insanidade que fora iniciada pelo Não Consumido.

Que eles tivessem provas de que o grande Senhor não estava meditando lá embaixo. Que vissem por si próprios.

"Contemplem o fruto caído!", gritou o Cenobita. "Seu glorioso líder fala da eterna meditação de Lúcifer sobre a natureza do pecado. Seu glorioso líder os enganou. Mostrarei a vocês o anjo Lúcifer em toda a sua glória maculada!"

Ele fez um gesto vigoroso para o chão, que se abriu sob si, levando uma centena de soldados junto. Então, ele desceu por não mais do que alguns segundos e ergueu-se novamente, sendo avistado por todos segurando o cadáver de Lúcifer em uma das mãos. Foi uma visão lamentável, um saco de ossos quebrados, com um rosto pálido e atroz, olhos afundados, boca aberta, nariz esmagado contra a face de modo a não ser mais do que dois buracos.

O Sacerdote do Inferno tornou a dizer, sua voz desta vez não mais do que um sussurro, audível a todos ali reunidos: "Este é o Senhor por quem lutam". Ele erguia-se conforme falava, subindo sem esforço pela mistura densa de azedume e ranço que era o ar, até estar por volta de quatro metros acima da multidão. Lá, largou o cadáver, que caiu de volta ao altar lambido pelas chamas através do buraco que o Sacerdote do Inferno usara para descer, desaparecendo da vista.

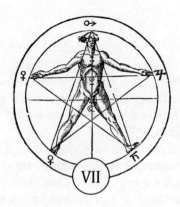

Um intenso silêncio crescera no exército, de modo que o único som audível era o constante crepitar das chamas. O Não Consumido, claramente tão surpreso ao ver o seu senhor caído quanto o resto do exército, lutou para manter o moral dos soldados cabisbaixos.

"O demônio matou nosso Rei!", gritou o Não Consumido. "Ele precisa ser destruído! Ataquem!"

Eles, porém, não se moveram. Lentamente, mas em fluxos constantes, os capangas do Não Consumido começaram a se virar para encará-lo, até que o exército inteiro estava de frente para o seu líder, com olhares de traição e condenação estampados no rosto.

"Vocês enlouqueceram?", ele gritou.

"Provavelmente", respondeu o Sacerdote do Inferno. "Eles veem seus reflexos despidos de mentiras. O fardo da verdade é pesado demais, meu senhor. É um prazer apresentá-lo ao *meu* exército. É a última coisa que verá."

Então, o Sacerdote deu um grito de guerra que ecoou pelas paredes da Catedral, repetindo-se nos ouvidos de todos os presentes. Ele ergueu os braços e investiu contra o Não Consumido, conjurando uma espada na mão direita. Em um piscar de olhos, decepou o braço do seu adversário acima da linha do cotovelo — o primeiro ferimento que o Não Consumido sofria em séculos. O choque do trauma fez com que ele vomitasse uma série de chamas e começasse a balbuciar glossolalias incoerentes.

Ao expor a extensão da sua fraqueza naqueles momentos, o Não Consumido permitiu-se um ataque do resto do exército. E eles aproveitaram a oportunidade em um rompante de pânico, afoitos para concluírem o trabalho o mais rápido possível. Quando se virou para encarar os traidores, o Não Consumido já tinha quatro lâminas cravadas nas costas e o dobro deste número de ferimentos — o mais grave, um ataque na nuca que visivelmente visava decepar a cabeça, o que poderia ter acontecido se ele não tivesse revidado ao usar a mão que lhe restara para bloquear a lâmina no momento em que ela cortava sua carne, derretendo-a na mesma hora.

"*Assassinos!*", ele rugiu, as flamas do braço decepado adotando a forma de uma cimitarra monstruosa. Ela era tão poderosa quanto sua equivalente de ferro. Ela decepou as pernas de sete oponentes e bifurcou o oitavo na linha da cintura.

Enquanto o Não Consumido usava sua cimitarra para massacrar os soldados cujas pernas cortara, outro veio pelas costas e, com um golpe limpo, decepou o braço da cimitarra na linha do ombro. O Não Consumido virou-se para encarar seu mutilador, somente para se ver de frente a mais cem assassinos que investiam sem restrições — batendo, perfurando, cortando, eviscerando — em um ataque tão veloz que as conflagrações letais devoraram a coragem do Não Consumido e chamas que teriam transformado seus assassinos em cinzas jamais foram lançados.

O resto foi só uma ação sem graça ou vida; a criatura de joelhos, caindo sobre o braço restante, rolou de lado com a ajuda do cotovelo, mal distinguível da fornada de pernas queimando. Então, dois pedaços do seu próprio braço também começaram a queimar, até que, por fim, uma densa fumaça preta, que para Harry parecia cheirar como uma pilha de lixo em chamas, começou a subir.

"E assim termina", disse o Sacerdote do Inferno. "Tive uma visão nestes muitos anos de que, quando tivesse me preparado de todas as maneiras possíveis, lideraria um exército para fora deste abismo onde sofremos por causa dos pecados do Caído."

Ele tocou sua testa. "Aqui estão todos os grandes trabalhos que outrora pertenceram aos magos do Mundo de Cima. Eles não se entregaram facilmente. Muitos me enfrentaram, mas fui paciente. Sabia que este dia chegaria na hora certa, e que meu dever seria vir diante de vocês com todo o poder que nossos adversários já tiveram na minha mente. Com o conhecimento que possuo, poderia matar o mundo dez mil vezes e reerguê-lo dez mil vezes mais, sem nunca repetir o mesmo truque. Agora, a estrada se divide. Tenho partes desta magia para oferecer àqueles que vierem comigo. Quem vai estar ao meu lado quando levarmos as ovelhas para o matadouro?"

A resposta da multidão foi como o som de um grande animal, rugindo ao despertar. Quando o exército lançou seu grito primal, um véu de sombras surgiu do buraco no chão da catedral, diante do Sacerdote do Inferno, algumas partes dele aparecendo com mais rapidez que outras, derramando um pó escuro ao fazê-lo.

A princípio, os demônios dentro da catedral acharam que se tratava de mais um feitiço do seu novo e glorioso líder, mas os gritos confiantes logo cederam lugar a murmúrios supersticiosos, conforme a cortina de sombras continuava a se erguer; seu pó derramado espalhando a mensagem ao que o fogo de todas as tochas que eles seguravam era extinto, a fumaça escura da morte delas contribuindo para a soma das sombras que engrossava o ar.

"Que magia impotente é esta?", perguntou o Sacerdote do Inferno.

As sombras estavam tomando toda a catedral. Elas chegaram ao teto e se espalharam por todas as paredes, até que não houvesse nada que iluminasse o interior, exceto as últimas brasas do fogo moribundo.

Então, estas também desapareceram, e a catedral tornou-se uma noite dentro da noite, de ponta a ponta. Os demônios começaram a expressar suas dúvidas.

"Senhor, fale conosco!", suplicou um deles.

E outro: "É um teste da nossa fé?".

"Eu tenho fé, meu senhor!"

Mil deles murmuraram: "Sim!".

"Nós todos temos fé!"

"Leve-a embora, senhor. Ela nos cega!"

Os gritos da multidão pararam subitamente quando um lampejo de luz surgiu nas trevas, atrás da plataforma e, com ele, uma voz grande e ressonante.

"*Quem se atreve a profanar meu santuário?*", disse a voz, e o véu de trevas foi erguido.

A figura iluminada de Lúcifer estava nua, flutuando. Foi uma visão extraordinária. Harry ficou pasmo ao ver que, agora que o Rei do Inferno não estava mais curvado e quebrado, ele tinha facilmente dois metros e meio de altura.

A anatomia de Lúcifer era humana. Porém, havia diferenças sutis em suas proporções que lhe emprestavam uma extrema eloquência particular. Seus membros eram longos, assim como o nariz e o pescoço, a testa incomumente larga e intocada por um único vinco de preocupação. Suas genitálias tinham tamanho incomum, os olhos eram de um estranho azul, a pele de rara palidez. O cabelo fora aparado tão rente à pele que mal era visível, mas parecia ter uma luminescência própria, assim como os breves pelos crescidos no rosto, no pescoço, no peito, na barriga e na virilha.

Nenhuma alma ousou falar. Desta vez, pareceu que até mesmo as chamas queimando dentro da catedral o faziam em silêncio, aguardando que Lúcifer vociferasse as palavras seguintes. Quando ele finalmente o fez, a luz surgiu da sua garganta e iluminou a nuvem de névoa que carregava o seu discurso.

"*Eu fui o mais amado pelo Senhor Deus Jeová*", disse ele, abrindo os braços para se apresentar. "*Mas fui privado da presença de meu pai por ser muito orgulhoso e ambicioso. Ele queria me punir com a Sua ausência; uma punição tão grande que minha alma não pôde suportar. Embora eu tenha tentado, a dor era descomunal. Queria pôr fim à vida que meu criador me dera. Queria partir para sempre, deixar de ser e saber, que são as peças do sofrimento. Então, morri desta vida. Estava livre. Descansei pela minha própria mão em uma tumba sob a catedral que construí nos limites do Inferno...*" Sua voz atenuou-se ao falar sobre sua liberdade, morrendo até mal se tornar audível. Então, cresceu repentinamente do sussurro para um rugido de fúria:

"*MAS A MORTE ME FOI NEGADA! DESPERTEI NU, NA MISÉRIA DE MINHA CRIPTA DESTRUÍDA! E NO MEU SANTUÁRIO, ONDE DEVERIA ATRAVESSAR AS ERAS NOS BRAÇOS DO SILÊNCIO, ENCONTRO UMA MULTIDÃO, FEDENDO A LOUCURA E MATANÇA, CHAFURDANDO EM IRA SANGUINÁRIA, DESPOJANDO MEU LUGAR DE DESCANSO.*"

Ele ficou estático por um momento, deixando que os ecos dos seus gritos, que pareceram durar minutos, morressem. Quando voltou a falar, a voz não estava alta, mas as sílabas ressoaram nos crânios dos presentes.

"Por que *estou nu?*", perguntou o Caído, voltando-se imediatamente para encarar o Sacerdote do Inferno, que vestia a armadura do Demônio. O Cenobita nada falou. O Demônio sorriu. Refez a pergunta, seu tom assumindo uma sedução doentia. "*Por que estou nu?*"

Harry assistia da segurança do seu esconderijo, recusando-se a piscar.

"Vamos lá", ele sussurrou tão baixo que nem mesmo Norma, que estava ao seu lado apertando seu braço, conseguiu escutar. "Mate o filho da puta!"

O Sacerdote falou.

"O Senhor estava morto, meu Rei. Eu vim até você. Minha vida inteira foi..."

"*...uma preparação para o momento que me encontraria*", completou Lúcifer.

"Sim."

"*Nem mesmo a morte pode me salvar desta repetição torturante.*"

"Meu senhor?"

"*Já ouvi esta história. Já vi você. Já vi todos vocês! Em incontáveis encarnações!*" O Demônio gritou para a multidão que observava atentamente cada movimento seu. Quando voltou a falar, foi de forma lenta e deliberada. "*Não quero mais isto.*"

Ele caminhou pelo ar conforme falava, indo na direção do Sacerdote do Inferno. Porém, a armadura que outrora vestira tinha um novo senhor, e respondeu à aproximação de Lúcifer ao lançar cordas de luz defensivas que se desenrolaram enquanto acertavam aquele novo oponente.

Em um instante, o medo do Cenobita evaporou. O traje o aceitara como dono, sua magia era infinitamente mais forte do que jamais fora, e o Demônio diante dele estava nu e abatido. A guerra não estava acabada. A vitória ainda não tinha sido decidida. O Sacerdote do Inferno respirou fundo e, então, murmurou as sílabas de convocação fatal do Oitavo Motor:

"Uz...Yah...1...Al...Ak...Ki...Ut...Tu...Ut...Tu...Jeh...Maz...Az...A...
Yah...Neh...Ark...Bej...Ee...Ut...Tu."

Mal o fluxo dos sons terminara, o poder das palavras se ergueu, criando um fedor; o cheiro da vida e da morte rolando em um monstruoso rio de gordura senciente, onde os segredos do começo do mundo e, sem dúvida, do seu fim, estavam circulando juntos naquele mesmo licor irresistível. Todas as pragas assassinas de planetas estavam lá, circulando o ar em volta da sua cabeça — e também os seus antídotos, se houvesse alguém paciente o suficiente para rastreá-los no conjunto tóxico de insanidades e doenças. Era o que o Sacerdote do Inferno queria e ele afundou as mãos até os punhos dentro do Lodo do Submundo.

O Lodo respondeu de imediato, não só se aprontando sobre ele, mas estreitando seu caminho indolor por carne, ossos e tutano, de modo que a substância pantanosa o possuísse. Foi só quando ele subiu até a espinha e começou a bombear sua potente matéria na cabeça, que o Sacerdote sentiu um espasmo de inquietação. Ter aquela força primordial nos membros, no coração e na barriga era uma coisa; tê-la na mente, onde sempre reinara supremo, recusando-se a saciar até mesmo a mais modesta alteração mental a fim de manter seus pensamentos imaculados, não era algo tão bem-vindo assim. O fluido pareceu sentir a sua resistência momentânea e, antes que ele pudesse protestar, inundou completamente a cabeça do Cenobita.

Ele soltou um único grunhido, e seu corpo — ainda erguido pela armadura — enrijeceu. Então, o Sacerdote do Inferno começou lentamente a ficar na posição horizontal. Ao fazê-lo, a perfeita simetria do seu rosto cheio de cicatrizes foi destruída pela criação de novas veias que abriram caminho através da sua fisionomia perfurada; a magia que ele invocara esculpia níveis de poder que seu corpo não fora feito para conter. Ela não só forjara novas veias para o rosto, mas também modificara os músculos sob a armadura de Lúcifer, fazendo com que inchassem até que a carapaça angelical rangesse por causa da pressão do corpo germinando dentro dela.

Tudo isso — do murmurar das sílabas à sua nova posição flutuando no ar — levara meros segundos, período em que os olhos do Sacerdote se mantiveram fechados. Quando a demonstração chegou ao fim, Lúcifer falou:

"Tem mais alguma coisa a dizer?"

"Apenas isto", o Sacerdote respondeu abrindo os olhos e, das suas mãos cheias de veias, duas lâminas curvas brotaram — truques criados pela sua nova vontade. Então, o Sacerdote lançou-se contra antigo soberano do Inferno e ambos os titãs liberaram toda a sua fúria.

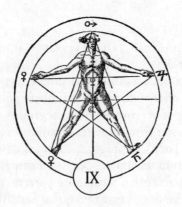

A natureza do campo de batalha dentro da catedral mudou várias vezes. A luta, a princípio travada por demônios que aparentemente nem sabiam ou se importavam de que lado estavam, se transformara em um banho de sangue que agora entrava na fase final, em que as duas figuras centrais circulavam uma a outra acima das cabeças de um grupo de demônios mutantes, cada colisão das suas armas lançando camadas de chamas no ar.

Para Harry, ainda era atordoante ver a criatura — que ele julgava ser um demônio menor dentro do panteão do Inferno — tão transformada pelo fruto dos seus crimes (os assassinatos, os roubos e todo o resto) a ponto de ser capaz de enfrentar o próprio Lúcifer em batalha como se ambos fossem iguais. As duas forças da natureza não trocavam palavras, apenas colidiam e circulavam, e colidiam e circulavam de novo, cada qual possuída por um desejo inequívoco de erradicar a outra; arrancar a vida do oponente com tamanha ferocidade, que seria como se ele jamais tivesse existido.

Como resultado, o clamor dos gritos de guerra morreu; os únicos sons audíveis eram os estrondos dos golpes furiosos desferidos pelo Cenobita e pelo Príncipe das Trevas. O recém-recrutado exército do Sacerdote do Inferno tinha se emparelhado em um núcleo de uns mil demônios, que assistiam em silêncio e defendiam a causa; o resto partira, ou porque temia um golpe fatal de Lúcifer, ou simplesmente porque não tinha mais estômago para a batalha. Até as reclamações e súplicas dos moribundos (os demônios, assim como os humanos, com frequência chamam pelas suas mães no momento final) tinham diminuído.

O motivo disso tudo não era difícil de ser percebido; as ondas de energia liberadas pelo choque de Lúcifer com o Sacerdote do Inferno eram mais potentes do que a maioria conseguia suportar. Agora, havia alguns poucos sobreviventes nos cantos mais distantes da catedral, onde as ondas não alcançavam, mas eles ficavam cada vez mais fracos, conforme o sangue vertia para fora dos corpos perfurados e a respiração minguava. O imenso espaço que, poucas horas atrás, estava vazio e imaculado, era agora um matadouro em ruínas, com duas forças de poder imensurável batalhando acima do chão coalhado de cadáveres.

Harry duvidava muito que, naquele momento, o Sacerdote do Inferno se importasse ou sequer se lembrasse dele e de seus amigos. A batalha contra Lúcifer consumia completamente a sua atenção. E as espadas que brandiam não eram, claro, as únicas armas de que dispunham. Os olhos de Lúcifer, sua pele, seu hálito e seu suor eram todos instrumentos de poder por si só, enquanto que as sílabas murmuradas pelo Sacerdote do Inferno continuavam a expandir sua energia, surgindo através da armadura, cuspindo cordas espinhosas de raios negros que envolviam os braços do Demônio, abrindo terríveis ferimentos.

Agora, havia corpos amontoados suficientes para que a partida deles não fosse notada. E, com o Caído e o Sacerdote do Inferno ainda envolvidos na sua fúria, não haveria momento melhor para partir discretamente e ainda vivos.

"Certo. É hora de ir", Harry disse. "Temos que cair fora desta merda de lugar antes que eles parem de comparar o tamanho dos seus paus. Estão todos prontos?"

"Eu estou", Norma respondeu. "Não suporto mais o cheiro deste lugar."

"Não poderia concordar mais", comentou Lana.

"Tudo bem, tudo bem!", Dale disse. "Vamos acabar este negócio para podermos ir pra porra das nossas casas."

Harry e o grupo passaram pelo chão fraturado de onde Lúcifer se erguera e moveram-se até uma das paredes esburacadas, sem serem vistos. Harry chutou um dos corpos que estava no caminho para abrir espaço para Norma e, conforme se moviam adiante, uma voz grave e retumbante se dirigiu a eles.

"Todos vocês vão testemunhar como isto acabará", disse a voz. Eles se viraram para ver os olhos do Sacerdote do Inferno fixos neles. "A história está próxima da conclusão. Não podem partir agora. Não antes que a história seja contada."

Harry sentiu o corpo congelar. Não de terror iminente, mas em uma resposta física a uma elocução não ouvida. Ele precisava se mover, gritar, salvar os amigos do mesmo destino, mas não conseguiu fazer nada daquilo. Conseguia apenas sentir o corpo se virar contra a vontade dele para ficar de frente para a furiosa batalha que eclodia no alto. O Sacerdote o tinha enredado. Ele estava preso ao édito do Cenobita: testemunhar.

Harry percebera que, embora tivesse objetado às exigências do vilão, desde o início as cumprira. Ele testemunhara o grande êxodo do Sacerdote, a ressurreição e, agora, era forçado a assistir à sua vitória final. Estava claro que o Cenobita não o deixaria escapar até que tal vitória estivesse consumada. Parecia que o conselho presciente de Dale de nada servira. Agora, quando a vontade de desviar o olhar era forte, Harry sentia-se impotente contra a ditadura do seu corpo.

Então, escutou a voz dos amigos ao longe.

"Puta que o pariu!", Dale disse.

"Foda-se ele", Caz gritou. "Vamos em frente. O que ele vai fazer? Vai parar de lutar com o Diabo?"

"Caz!", Lana berrou.

"Não olha pra trás! É o que ele quer!"

"Não, Caz!", Norma protestou. "É Harry!"

"Temos de seguir em..." Harry escutou as palavras de Caz fenecerem e, então: "Harold? Que porra é essa?".

Ele reuniu todas as forças que restavam nos seus músculos, gritando para que seu corpo ouvisse. Um último favor era tudo que pedia; então, cumpriria de bom grado aquela tarefa programada. Seus músculos se retesaram, mas ele os sentiu se movendo, lenta e dolorosamente. Enfim, seus olhos encontraram os de Caz. Harry chorava, e seus lábios lutavam para encontrar a liberdade da fala. Em uma cena torturante, Harry emitiu uma única palavra:

"Vão!"

"Nem a pau, Harold!", Caz protestou.

"Prometa!", ele implorou.

Caz foi até o amigo e uma onda de choque foi transmitida do corpo de Harry, fazendo com que o tatuador saísse voando para trás pelo impacto. O detetive se desculpou com os olhos. Se tivesse como mudar aquilo, o faria, mas só tinha poder sobrando para mais uma palavra:

"Prometa!"

Então, sua cabeça guinou e ele assistiu às respectivas lâminas do sacerdote e do Rei lançarem faíscas ao acertarem uma à outra. Harry se preparou mentalmente, pronto para assistir ao desenrolar daquele quadro até o amargo fim, enquanto ouvia à distância seus amigos continuarem a fuga, deixando escapar soluços pesarosos ao saírem do santuário.

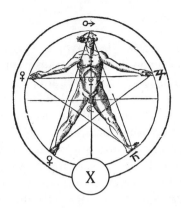

Lúcifer e o Sacerdote do Inferno ainda estavam se enfrentando, embora estivesse claro pela lentidão dos ataques das armas e a forma como suas cabeças pendiam a cada choque de lâmina contra lâmina que estavam lutando com os últimos recursos de energia que possuíam.

O Sacerdote do Inferno começara a murmurar o que parecia um cruzamento de cântico e equação: números e palavras entremeadas. Conforme falava, movia-se com velocidade espantosa ao redor do seu oponente, evitando a lâmina de Lúcifer. Então, começou a descer, até ficar de pé sobre os cadáveres no chão. A combinação de palavras e números estava gerando alguma alteração anormal nos mortos e moribundos. O processo de decadência pareceu ter acelerado na pele deles; seus músculos fervilharam, como se moscas os tivessem tomado para ser seu covil de descanso.

Ele jogou sua espada longe bem quando Lúcifer circulava sobre sua cabeça, preparando o golpe final. Então, o Sacerdote abriu os olhos diante dele com as palmas para baixo e cruzou as duas mãos sobre o peito. Qualquer que fosse a vida em morte que ele semeara nos campos da matança onde estava agora, a tomou de volta e a costurou dentro de si.

Aos seus pés, os mortos estrebucharam violentamente enquanto as equações e litanias do Sacerdote do Inferno arrancaram os últimos resquícios de força demoníaca dos cadáveres secos. Seu corpo virou uma fornalha em que os ossos queimaram e os órgãos se liquefizeram dentro da jaula febril que as costelas se tornaram. As impurezas se derramaram dos confinamentos do seu corpo. Ele se banhou neles conforme transbordavam de poros, olhos, nariz, boca, pênis e ânus. Seu corpo expurgou toda a carne imperfeita por todos os orifícios que possuía, criando um ser além da entropia. Um ser que não precisava mais de pulmões para respirar ou intestinos para cagar. Um ser que se alimentava da própria substância em chamas.

E, enquanto Lúcifer preparava o golpe final, a carne do Sacerdote liberou um brilho atordoante. Lúcifer protegeu os olhos, assim como todos os demais seres vivos no local, com exceção do próprio Sacerdote do Inferno, que deu boas-vindas à morte do seu antigo corpo. Ele ainda recitava a sequência de sílabas e numerais que iniciara o feitiço, os cadáveres atrás dele se contorcendo e rolando em resposta às suas instruções. Porém, de repente, o feitiço atingiu um ponto em que não havia mais volta e a transfiguração incandescente do corpo do Cenobita tornou-se um único movimento apressado, com cada feixe brilhante de ligamento momentaneamente claro para Harry, como uma alma roubada do conjunto de cadáveres sobre o qual o Cenobita preparara seu último espetáculo de poder. Então, ele olhou para Lúcifer, que se preparava avidamente para a fase seguinte daquela batalha.

No entanto, quando o Demônio investiu, o Sacerdote do Inferno o atacou com seus braços incandescentes e segurou Lúcifer pelo pescoço. O Demônio o estocou pela esquerda e pela direita, mas o corpo do Sacerdote não era mais vulnerável àqueles golpes. Línguas de fogo branco se esvaziaram dos ferimentos, derramando-se e envolvendo a espada de Lúcifer, subindo pelas mãos e pelos braços do Estrela da Manhã. O Rei do Inferno soltou um uivo raivoso e lutou para se libertar, mas o corpo maleável do inimigo cuspiu novas cordas de fogo que o apanharam pelas genitálias.

Lúcifer fez mais uma tentativa de enfiar a ponta da espada no corpo do Sacerdote, mudando o alvo do torso para a cabeça. O Cenobita respondeu curvando os braços do Demônio atrás das costas no sentido contrário às articulações, moendo as juntas até virarem pó e rachando os ossos em uma dúzia de lugares. As espadas caíram das mãos dele, e o Sacerdote, com um movimento rápido, decepou cada dedo das mãos do seu oponente, para ter certeza de que eles jamais voltariam a segurar uma arma.

Harry assistiu sem fôlego à reação de Lúcifer, mas, para seu horror, nenhuma veio.

"Então este é o fim?", o Sacerdote do Inferno perguntou.

Se o Demônio tinha alguma resposta, ele não podia oferecê-la com palavras. Tudo que conseguiu fazer foi levantar sua pesada cabeça para encontrar o olhar do Sacerdote do Inferno.

"Morte, não seja orgulhosa...", disse o Cenobita.

Enquanto falava, um conjunto de formas de fogo brotou do seu corpo — algumas pouco mais do que tiras incandescentes, outras como membros multiarticulados de insetos — que se entremearam umas às outras, saltando a alguns metros de distância do seu mestre, antes de se virarem e investirem na direção da vítima.

O transe de Harry por conta do espetáculo fora tão intenso que ele não percebera mais nada, assistindo à execução iminente com pavor. Havia ainda mais ramificações perfurantes do corpo do Sacerdote do Inferno agora, todas fluindo em uma mesma maré, enquanto aguardavam instruções para desferir o golpe de misericórdia.

Lúcifer não parecia ciente da presença deles. Ele não se esforçava mais para se endereçar ao seu executor, mas permitira que a cabeça pendesse; os olhos revirados sob as pálpebras, enquanto outros gritos, todos diminuindo de volume, escapavam da boca aberta. Com a batalha vencida e o golpe final prestes a ser desferido ao seu bel-prazer, o Sacerdote do Inferno examinou a forma angelical diante de si.

O Cenobita fechou os olhos por um momento; os lábios movendo-se como se ele oferecesse uma oração silenciosa. Então, ao abri-los, as armas de execução que ele invocara da própria carne — do fio mais fino à farpa mais brutal — voaram sobre a Estrela da Manhã.

Nenhum centímetro do corpo foi isentado do ataque. As maiores armas do Sacerdote do Inferno abriram caminho pelo peito de Lúcifer e, contorcendo-se descontroladamente, irromperam entre as cicatrizes nas costas, onde as asas costumavam ficar. O ataque foi impiedoso: uma substância atingiu o pomo de adão, três voaram entre os dentes com precisão incrível, outra atravessou a língua e o lábio inferior e um dardo afiado como um bisturi penetrou no olho esquerdo, derramando fluidos por todo o rosto.

Lúcifer se contorceu quando as primeiras armas o perfuraram, mas, quanto mais era atingido, menos respondia, até que logo parou de se mover. Ferido em talvez milhares de lugares, o Caído ficou inerte aos pés do Sacerdote.

O Cenobita examinou a catedral, ainda iluminada pelas energias que a luta liberara. Apesar da chacina que ocorrera ali, havia muitos sobreviventes. Diversos com ferimentos que teriam matado uma pessoa comum, mas havia também os que tinham escapado do confronto sem um arranhão.

Todos os olhos que restaram estavam voltados para o Sacerdote do Inferno, triunfante sobre o seu oponente. Cordas de energia que tinham se derramado da sua anatomia para derrubar Lúcifer estavam penduradas folgadas do seu corpo, ainda conectando os dois, como um cordão umbilical de napalm. O Sacerdote do Inferno deixou aquela ligação ali, como prova a todos que tinham olhos para ver, de que ele fora o responsável pela segunda queda de Lúcifer.

Então, abrindo os olhos, discursou:

"Sei que muitos de vocês trouxeram antigas inimizades a este lugar. Vocês têm contas a acertar e vieram aqui não porque se importavam com quem estava sentado no trono do Inferno, mas porque queriam assassinar algum inimigo no calor da batalha." Houve muitas trocas de olhares carregados de culpa e um ou dois até fizeram menção de falar na sua defesa, mas o Sacerdote do Inferno tinha mais a dizer. "Eu sou o Rei agora. E, como tal, ordeno que deixem suas vendetas de lado, esqueçam o passado e sigam-me para fora deste lugar, rumo a um trabalho melhor e mais terrível."

Segundos silenciosos se passaram. Então, um grande grito de batalha eclodiu de todas as direções.

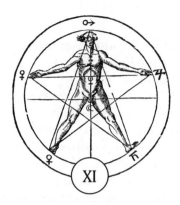

A casca de carne que era agora Estrela da Manhã se estendeu e segurou os pés do Sacerdote do Inferno.

"*Chega*", ele disse.

Por um momento, o Cenobita apenas olhou para o adversário em descrença, então, começou a lutar para se desvencilhar.

Mas Lúcifer, apesar dos ferimentos, não tinha intenção de soltá-lo. Ele estendeu o outro braço, o que, no seu estado, adquirira a fluidez estranha de um tentáculo, e agarrou as vestes as quais no passado usara para morrer. Com a pegada firme, ele se ergueu e ficou frente a frente com o oponente, seu corpo perfurado em incontáveis lugares, sangue escorrendo pelas feridas, reunindo-se em regatos que desciam pelas pernas.

Lúcifer direcionou as mãos ao abdome do Sacerdote do Inferno, que gritou quando o Demônio agarrou suas entranhas. As armas que o corpo do Cenobita tinha produzido para derrubar seu inimigo murcharam e ele invocava desesperadamente as energias que as abasteciam, na esperança de erguer uma nova defesa contra Lúcifer, mas o Demônio o tinha apanhado e não estava disposto a soltar. Ele mergulhou ainda mais fundo no corpo do Sacerdote do Inferno, maculando-o.

"*Cuspa alguma magia, idiota.*" Ele arrastou uma porção de entranhas para fora da barriga do Sacerdote, desenrolando-as. "*E pare de gritar. Achei que você gostasse da dor.*" Ele largou os intestinos, deixando-os cair aos pés da vítima. "*Por que você teria isto*", ele disse correndo os dedos ensanguentados por sobre os pregos na cabeça do Cenobita, "*se não fosse pelo prazer da dor?*" Então, cerrou os punhos, colocando os ligamentos deslocados dos seus dedos de volta ao lugar. Levou o dedão e o dedo indicador ao rosto do Cenobita e escolheu um dos pregos da bochecha da criatura. Puxou-o com um pouco de esforço, trabalhando para liberar o prego que tinha mais da metade da extensão enfiada nos ossos do Sacerdote.

O Sacerdote estava ferido demais para fazer qualquer coisa em resposta. Lúcifer jogou fora o prego e escolheu outro, arrancando-o e jogando-o no chão, seguindo para um terceiro e um quarto. Sangue corria pelos sulcos que marcavam o rosto do Cenobita. Ele havia parado de gritar. Qualquer que fosse a agonia que sentira quando suas entranhas foram arrancadas, não era nada comparada à desfiguração que sofria agora. Lúcifer arrancava os pregos aleatoriamente, cada vez mais rápido. Enfim, a criatura implorou:

"Por favor."

"*Um protesto que sem dúvida você já escutou milhares de outras vezes.*"

"Sim."

"*Você viajou pelas terras desoladas do Inferno e enfrentou Lúcifer. Você é único, Cenobita. Mesmo assim, sua vida está nas minhas mãos, enquanto você foi reduzido a um mero clichê.*"

"É..."

"*Sim?*"

O Sacerdote do Inferno balançou a cabeça. Lúcifer respondeu arrancando prego atrás de prego. Desesperado para impedir aquilo, o Cenobita iniciou mais uma vez sua confissão.

"É quem eu sou."

Lúcifer parou para observar o prego que acabara de retirar do rosto do Sacerdote do Inferno. "*Este pedaço de metal enferrujado? Minhas desculpas. Fique com ele.*" Ele puxou a gola das vestes e enfiou o prego na garganta do Cenobita, apertando-o até o fundo com a palma da mão.

Então, Harry sentiu o controle que o Sacerdote tinha sobre seu corpo cessar. Ele caiu no chão, tentando recuperar o fôlego. Até mesmo seus pulmões estavam a serviço do Cenobita. Ele se recompôs e, satisfeito ao saber que havia testemunhado o fim daquele episódio e, na verdade, o fim de uma era — e, potencialmente, uma guerra que poderia ter se espalhado para o Céu e para a Terra —, começou a se arrastar na direção da parede desabada mais próxima. Não sentiu necessidade de ver o golpe definitivo. Só queria reencontrar seus amigos.

Ao que Harry saía do santuário, o Sacerdote do Inferno segurou o rosto de Lúcifer e com certeza teria arrancado um olho do Demônio se tivesse a chance, mas o outro foi rápido demais. Com um tapa, ele afastou a mão do Cenobita.

"*Você teve o seu momento*", Lúcifer disse. "*Agora ele se foi e não voltará. Faça as suas preces, criança. É hora de ir dormir.*"

Harry saiu da catedral. Conseguia escutar todo tipo de som: gritos dos demônios que assistiam à luta final do Sacerdote do Inferno com o Demônio, lamúrias dos moribundos e outros sons que talvez viessem do ataque de Lúcifer ao Cenobita: carne e tecido se rasgando, ossos se quebrando.

Ele passou por cima de uma pilha de corpos e avistou uma saída. Ainda havia demônios na soleira do santuário, aparentemente incertos se deviam entrar ou não. Harry passou pelos retardatários e, enfim, respirou ar fresco. Seus amigos o aguardavam na beira do lago.

"Harold! Graças a Deus!", Caz disse, enquanto corria até o amigo para ajudá-lo. "Eu disse a eles que ia te dar mais cinco minutos e, se não viesse, iria atrás de você!"

Harry absorveu a cena. Apesar da árvore colossal que havia sido posta ao longo do lago e das hordas de demônios que cambaleavam atravessando-a, fugindo da zona de guerra infernal, o lago estava um pouco mais plácido do que quando ele e seus amigos haviam chegado à catedral e o Quo'oto remexera suas águas em um frenesi branco. A visão do lago sombrio e do céu sem estrelas acima era maravilhosamente calma comparada às cenas massacrantes que eles tinham deixado para trás. Caz ajudou Harry a chegar à orla e ficou encarando a *tábula rasa* diante deles.

"Cansou de dançar com o Diabo, D'Amour?" Dale perguntou.

"Nunca", Norma respondeu por ele. Ela tinha mais razão do que Harry gostaria de admitir.

"Que merda aconteceu lá dentro?", Lana perguntou.

"Não importa", Harry disse. "Aqui está uma coisa que vão ouvir de mim só desta vez: vamos seguir aqueles demônios."

Norma riu. "É a quarta vez que escuto você dizer isso!"

"Senti a sua falta, Norma", Harry disse. "Vamos pra casa!"

O grupo se virou na direção da ponte improvisada, por onde um grande número de sobreviventes decidira fugir da catedral, muitos com sangue vertendo dos ferimentos, mas ainda carregando facas e espadas para se defender, caso fosse preciso. Apesar disso, havia pouco antagonismo em meio à multidão em fuga. Eles estavam ansiosos demais para sair dali e se afastar do que acontecia lá dentro, para comprar brigas uns com os outros.

De repente, assim que Harry e seus amigos se moveram para cruzar a ponte, a voz estrondosa de Lúcifer foi ouvida.

"Eu já fui um anjo! E tive asas! Ah, que asas!"

Todos olharam para a catedral, onde feixes de luz dançavam contra as poucas paredes que haviam restado.

"Mas elas são só uma memória agora", ele prosseguiu. *"E fui deixado com uma dor que não consigo suportar. Vocês me ouviram? Vo-*
cês me ouviram?"

A repetição da pergunta foi dolorosamente alta, até mesmo para quem estava do lado de fora do santuário O prédio, apesar dos pilares e das colunas que o apoiavam, tremeu conforme a voz do Caído ficava mais alta. Pó caiu em uma chuva fina, e o ruído de pedra raspando contra pedra cresceu.

"Eu tinha dado fim à minha vida", disse o Demônio. *"Terminado este Inferno que criei. Eu estava morto e feliz. Mas parece que não poderei gozar da morte até que traga tudo isto abaixo, sobre nossas cabeças, e não exista mais um Inferno que possa me chamar de volta."*

"O Inferno acabou, entenderam? Se tiverem outros lugares para ir, vão enquanto ainda podem, porque, quando eu terminar, não restará nada. Nada!"

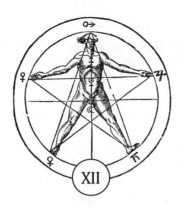

XII

Quando o grupo iniciara sua jornada de retorno da catedral, todos diante de Lúcifer já tinham percebido a gravidade da situação e começaram a fugir por qualquer meio possível. Havia fissuras nas paredes agora, nascendo do chão como relâmpagos negros; as colunas começavam a ruir, aumentando progressivamente o risco de a estrutura central desabar sobre si própria.

"O que vai acontecer quando sairmos desta ilha?", Caz perguntou durante o trajeto. "Como vamos voltar pra casa?"

Harry lançou um olhar desesperado para ele. "Não tenho a menor ideia. Mas aquele velho demônio-fêmea mencionou alguma coisa sobre voltar pra casa, então acho que vamos ter que fazer uma visitinha a ela. Até onde posso dizer, *conseguimos* sair dali vivos."

"A pergunta é se sairemos com a sanidade intacta", disse Norma.

"Tudo o que sei", Lana se intrometeu, "é que quando esta bagunça terminar, vou virar alcoólatra."

"Somos dois", completou Dale.

O êxodo da catedral era uma inundação caótica de demônios amedrontados, muitos dos quais, na pressa de fugir do edifício em ruínas — e, principalmente, das criaturas no seu interior —, estavam correndo pelas beiradas do lago, para evitarem a praia atulhada. Era só questão de tempo até que o movimento da água chamasse a atenção de Quo'oto.

A criatura surgiu de repente em uma grande explosão de água espumante e, aparentemente deslocando sua mandíbula inferior para que ela se pronunciasse ainda mais, capturou com facilidade duas dezenas de demônios em uma única passada. Então, recolheu a cabeça, jogando seus prêmios garganta abaixo e voltou a submergir no lago, somente para reaparecer menos de um minuto depois e fazer a mesma coisa mais perto da praia, próximo da porta dianteira.

Sua aparição pouco fez para dissuadir muitos da multidão de correr pela água, preferindo arriscar serem pegos pela fera do que estarem próximos à catedral. O frenesi era compreensível. O teto começara a cair agora, erguendo uma nuvem de pó iluminada por uma luz azul trêmula vinda de dentro da construção.

Porém, havia uma boa notícia para Harry e seus amigos: a ponte recém-construída colocada sobre o lago pelo exército do Não Consumido facilitou a travessia, pois não tiveram que lutar por um barco. Não era uma estrutura elaborada, mas, com Quo'oto ocupado digerindo os demônios restantes, os humanos cruzaram o corpo de água e alcançaram a praia do outro lado sem incidentes. Eles correram o caminho inteiro, com Caz carregando Norma. Quando enfim tocaram o chão, não estavam longe do acampamento demoníaco de onde originalmente os botes haviam partido.

"Temos que ir ao vilarejo", Harry disse. "A velha vai estar lá."

"Vocês fiquem aqui e cuidem de Norma", Dale falou. "Eu vou. Não é longe."

"Eu vou com você", Caz disse.

Harry, Lana e Norma encontraram um local afastado na praia, abrigados pelo que parecia ter sido um bosque no passado, agora reduzido a algumas poucas árvores sem folhas.

"Vamos esperar vocês aqui."

"E, se não voltarem em uma hora, vou atrás de vocês", alertou Lana. "Não confio naquela velha."

Caz e Dale seguiram rumo ao acampamento, enquanto Harry fez o melhor que pôde para deixar Norma confortável naquele chão pedregoso.

"No que está pensando, Harry?", Lana perguntou.

"Há!", Norma latiu. "Ele está quebrando a cabeça."

O coração de Harry se aqueceu. Norma estava de volta aos seus braços, ferida, mas viva. Ouvir aquele tom maternal de novo fez com que tivesse a sensação de que as coisas podiam mudar em favor deles. Ele virou-se para Lana e disse, apontando para a estrutura comprometida da catedral:

"Passar por aquilo fez com que me sentisse um pouco desgastado por dentro. Mas tudo vai ficar bem, certo?" A demolição da construção continuava, embora tivesse desacelerado agora que suas paredes eram, em diversos pontos, pouco mais do que montes de entulho.

"Não acho que a vida seja assim", Lana disse. "Mas ao menos é algo em que se possa apoiar a partir do instante em que entramos nessa porra de mundo. Acho que bebês choram quando nascem porque eles sabem de toda a merda terrível que vai acontecer a eles. Por isso nunca tive filhos. Toda vida é uma sentença de morte. A gente só se esquece disso conforme a vida passa, que nem sonhos que esquecemos assim que acordamos. Quer a gente se preocupe com isso ou não, a merda ainda vai bater no ventilador. O importante é que a gente está aqui. Pelo menos por enquanto."

"Animador", Harry disse.

"É só mais um motivo para sairmos do Inferno o quanto antes." Lana olhou ao longo da praia. "Não vejo mais os meninos. Espero que estejam conseguindo ajuda com aquela bruxa velha."

"Aí está você, testemunha."

O Sacerdote do Inferno apareceu de repente. Ele desceu da ponte e caminhou na direção deles, seu corpo tão esfarrapado e o rosto tão despido da antiga simetria e elegância, que se ele não tivesse falado, Harry não o teria reconhecido. Agora, eles estavam cara a cara enquanto a multidão passava por ambos, cruzando a praia e fugindo para as trevas. D'Amour percebeu naquele instante que suas tatuagens não emitiam um único alarme há horas. Quem sabe ele as tinha exaurido. De qualquer modo, elas o traíram. Ele ficou na frente de Norma para protegê-la, enquanto Lana se preparou para o combate.

"Jesus Cristo", Harry disse. "Você está horrível."

"Minha testemunha... minha fiel e inequívoca testemunha."

"Vai dar um livro e tanto, Pinhead."

"É uma pena que não verá o fim dele, D'Amour. Você vive no escuro e é lá que vai permanecer", respondeu o Sacerdote do Inferno. E, ao dizê-lo, ergueu a mão esquerda até o rosto e sussurrou um encanto indecifrável. Suas palavras inflamaram os dedos enegrecidos.

"Mais truques?", Harry perguntou. "Eles fizeram maravilhas por você até aqui."

Ele se moveu para a esquerda da criatura e deu dois, talvez três passos para a praia, posicionando-se melhor para a luta, mas o Sacerdote do Inferno tinha outros planos e, contra a sua vontade, Harry sentiu novamente seu corpo ser controlado.

"Filho da puta!", ele protestou.

"Harry?", Norma gritou. Lana deu um berro enquanto avançava: "Não!"

"Afaste-se, vagabunda", o Sacerdote disse para ela. "Ou cuidarei para que sua punição exceda de longe os seus crimes."

"Norma. Lana. Deixem pra lá!", Harry disse. "Isto é entre eu e o Pinfuck."

Os olhos de Harry começaram a doer.

"Deus. O que está fazendo?" O coração dele se acelerou, não batendo, mas martelando. E, a cada martelada, a dor piorava, como se mãos invisíveis estivessem pressionando agulhas quentes dentro dos seus olhos. Ele tentou piscar, mas as pálpebras se recusaram a fechar. O Sacerdote do Inferno se virara para observá-lo, enquanto os olhos do detetive captavam um lampejo da luz azul fria que Lúcifer estava emanando. Conforme a dor crescia, a escuridão envolvia a visão de Harry.

"Veja pela última vez, testemunha."

Embora o Sacerdote ainda detivesse magia, a força dos seus trabalhos claramente o abandonara e a pressão sobre o corpo de Harry não estava nem perto da energia paralisadora com que o Sacerdote o apanhara dentro da catedral. Harry lutou contra o encanto e avançou, fazendo contato com o corpo frio e úmido do Cenobita. Seus dedos encontraram algo a que se enganchar, ainda que, se era carne rasgada ou uma porção das vestes roubadas dele, Harry não sabia dizer, nem se importava.

"O que mais você quer de mim?", D'Amour perguntou. "O que sou eu pra você? Preciso dos meus olhos. Sou um detetive."

"Devia ter pensado nisso antes de abandonar os seus deveres."

As trevas o envolveram em velocidade ainda maior e, agora, Harry não divisava mais o rosto do Sacerdote do Inferno em uma só olhadela, precisando examiná-lo atentamente. Não percebeu nada no rosto do demônio que sugerisse qualquer adiamento. Havia apenas a luz fria do Caído refletida nos olhos da criatura. O resto, aquilo que outrora fora um tipo de perfeição, estava em ruínas.

Esta tem sido a sua vida, disse uma voz fria e firme vinda de dentro dele, aparentemente imune ao terror que possuíra o restante dos seus pensamentos. *Você tem andado em meio ao mal, capturado por uma intoxicação doentia que o atraiu para bancar o papel de herói, enquanto todo o tempo estava, na verdade, satisfazendo um vício.* Aquela clareza terrível foi mais do que pôde suportar. Por que agora, de todos os momentos, seu cérebro decidira fazer tal julgamento? A voz tornou-se um caracol que, aos poucos, retroagiu para dar vazão ao terror crescente.

Então, o restante da sua visão desapareceu.

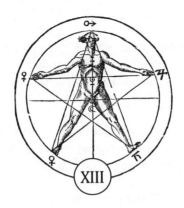

XIII

O barulho da partida caótica dos demônios ficou mais irregular após um período, quando o fluxo sólido começou a diminuir. Os feridos começaram a chegar, muitos resfolegando enquanto davam o máximo para alcançar a praia, gemendo de dor e alguns até chorando baixinho. Foi o choro de um desses demônios que despertou Harry. A noção do tempo se perdera enquanto ele estivera caído nas pedras, a lateral do rosto dolorida por conta dos ferimentos feitos quando ele desabara de cara no chão.

"Olá?", ele perguntou. "Lana! Norma! Tem alguém aí?"

"Harry!" Ele ouviu a voz de Lana chamando seu nome. "Você acordou. Ai, meu Deus..." A voz dela foi seguida do som de passos se aproximando.

"Lana! É você?"

"Como assim? Estou bem aqui!"

Ela estava ao lado dele agora, tocando seu rosto. Os olhos de Harry estavam abertos, mas ele não conseguia ver nada.

"Caralho. Acho que o filho da puta... me cegou."

"Graças a Deus você acordou." Ele percebeu a dor na voz da parceira. "Harry. É horrível..."

"Ei, não se preocupe. Não é a primeira vez que um demônio me cega."

"Não!", disse ela, quase chorando. "Não é isso."

Harry congelou. "Lana?"

"Ele..."

"Não. Lana, me diz... a Norma está bem?" Lana tinha se entregado. Harry conseguia ouvi-la chorando agora. "Lana, cacete! Me diga o que está acontecendo!"

"Ela ainda está viva, mas... Jesus Cristo, ela está zoada. Eu tentei detê-lo assim que ele nocauteou você, mas não consegui me mexer. Ele cuspiu umas palavras na minha cara, e eu caí. Só pude assistir enquanto ele..."

"O quê?"

"Ele violentou Norma, porra. Bem na minha frente, Harry. E fez com que eu assistisse. Não conseguia fechar os olhos."

"Eu vou matar aquele desgraçado. Eu juro, vou arrancar o coração dele. Cadê ela?"

"Vou levá-lo até ela." Lana pôs a mão sob o cotovelo de Harry.

Os dois conversaram enquanto andavam, um pouco para quebrar o silêncio no ar, mas principalmente para afogar os ruídos dentro da cabeça dele.

"Alguma coisa teria de ceder cedo ou tarde", ele disse. "O número de vezes que eu deveria ter acabado dentro de um caixão, mas, de alguma forma, saí ileso. Uns ossos quebrados, nada mais sério que isso. Norma dizia que eu tinha um anjo que tomava conta de mim. Ela falou que já o tinha visto algumas vezes, quando eu a visitava. Mas acho que ele tinha outras coisas para fazer hoje."

"Com calma agora", Lana falou.

"Eu consigo", Harry disse, subindo um aclive na praia, enquanto pedras soltas deslizavam sob suas botas.

"Devagar..."

"Falta muito?"

"Mais dois ou três passos e aí nivela de novo."

"Está vendo Norma?"

"Sim. Ela está deitada onde eu a tinha deixado."

"Como ela está?"

"Ainda respirando. Sabia que ela não se permitiria partir até que você voltasse. Graças a Deus você acordou. Só mais uns passos."

"Norma! Norma! É Harry!"

A velha murmurou alguma coisa.

"Fique deitada." Harry escutou Lana instruindo-a, mas Norma sempre seguira suas próprias leis e não era agora que começaria a receber ordens.

"O que ele fez com você, Harry? Me diga. Sem mentiras. Só me diga. O que ele fez?"

Harry percebeu a dor na voz dela, acertando-o como um soco no estômago. "Sempre me perguntei como era ver o mundo através dos seus olhos", ele disse a ela. "Agora eu sei."

"Ah... meu querido..."

Lana tirou a mão do cotovelo de Harry e deu um passo para trás, permitindo que ele se acomodasse com as pernas cruzadas. Norma se estendeu e encontrou o rosto dele tão facilmente quanto se ela enxergasse. Ela acariciou a bochecha com a barba por fazer.

"Você não está sentindo dor?"

"Não. Mas você sim, certo? Lana me disse o que o bastardo..."

"Não gaste saliva, Harry. Tem outras coisas que precisamos conversar. Só você e eu. Lana, pode nos dar um minuto?"

"Claro", Lana disse. "Vou esperar ali perto. Gritem se..."

"Eles vão me ouvir em Detroit se tiver algum problema", Harry disse.

Então, ele escutou os sons de passos afastando-se pelas pedras, ao que Lana deixava Norma e Harry à vontade para trocarem suas últimas palavras.

"Talvez ela seja a sua alma gêmea, Harry."

"Por favor, Norma. Nós dois sabemos que eu não tenho uma dessas."

"As pessoas são complicadas. Claro que grande parte do tempo, elas ficam usando máscaras. Pelo menos enquanto estão vivas. Mas, quando morrem, sabe, elas acabam com toda a besteirada. Então, você consegue ver a verdade. E a coisa toda é bem mais rica e estranha do que poderia esperar."

Ela não estava mais falando da forma hesitante e bruta que usara quando Harry chegara até ela. Agora, falava em sussurros urgentes.

"Deixei as instruções com um homem chamado George Embessan."

"Que instruções?"

"Do que deve ser feito quando eu partir. O que será daqui a pouco."

"Norma, você não vai..."

"Sim, eu vou, Harry. E você não está fazendo nenhum favor a nós perdendo tempo com banalidades. Meu corpo é carne, pura e simples. Tudo o que Pinhead fez foi me apressar rumo à saída, pelo que, para ser honesta, sou grata. Eu preciso morrer por um tempo. Recuperar meu apetite pela vida, antes de escolher novos pais e retornar ao jogo, com tudo o que aprendi escondido dentro da minha alma. A próxima será uma vida e tanto, sabendo tudo o que sei."

"Gostaria de estar com você."

"Você vai estar. Você vai."

"Certeza?"

"Eu mentiria pra você?", ela disse com indignação genuína. "Vamos continuar juntos. Rostos diferentes, as mesmas almas. Então, não sofra. Só continue de onde parei."

"Você quer dizer... ajudar os mortos a encontrarem seu caminho?"

"Isso mesmo. O que mais vai fazer com o seu tempo?"

Harry permitiu que uma leve risada descrente escapasse.

"Você sabia que seria eu."

"Na verdade, não. Esta é uma revelação total para mim."

"Não posso ajudar os mortos, Norma. Não sei nada sobre eles."

"Sabia o bastante para vir até o Inferno e salvar minha alma."

"E veja só como isso acabou pra nós dois."

"Acha que isto aqui é uma merda?"

"Claro que é", Harry respondeu. "Você está morrendo."

"Harry, Harry", ela voltou a acariciar o rosto dele. "Me escute. As coisas nunca são da forma como parecem. Você fez o que achou que deveria fazer porque é um bom homem. Você veio até o Inferno me encontrar. *Até o Inferno.* Não tem muita gente que dirige até Jersey para ver a própria mãe, quanto mais se aventurar até o abismo por uma velha cega louca."

"Você não é..."

"*Me escute.* No final, não tinha nada a ver comigo. Nunca teve. Eu era só a isca."

"Não entendi."

"Nem eu, se serve de algum consolo. Mas pense. Pense em como as coisas mudaram por aqui, neste lugar, obviamente, mas também dentro de você. Tudo porque decidiu vir atrás de mim."

"Então, você está dizendo que alguém armou isso tudo?"

"De modo algum. Isto é pensamento mágico."

"Mas você disse que era a isca. E isso significa que há um pescador, correto?"

Norma pensou por um bom tempo antes de responder.

"Estamos todos juntos nisto, Harry. Somos todos uma parte do pescador. Sei que soa como uma resposta boba, mas você vai ver quando começar a trabalhar com os mortos. Todos são cúmplices: até as mais inocentes criancinhas, bebês que vivem um dia, uma hora... eles ainda têm seu papel nisso, mesmo as suas mortes. Sei que é difícil de compreender agora, mas acredite em alguém que passou um longo tempo ao lado dos mortos."

Ela fez uma pausa e Harry a escutou suprimir um gemido de dor, enquanto movia o corpo ferido.

"Eu ainda vou matá-lo", ele disse.

"Eu estou bem, Harry", ela o tranquilizou. "Não precisa se preocupar comigo. Ou com ele. Ele é só mais um dos Perdidos e Assustados. Todos estão tão fodidos", ela riu um pouco. "Não é engraçado, na verdade. A Alma do Mundo está doente, Harry. *Muito* doente. E se cada um de nós não fizer a sua parte e tentar arrancar as raízes da dor e queimá-las, então tudo será em vão."

"Então, o que devo fazer?"

"Não posso responder a todas as perguntas, Harry", Norma disse, a resposta tingida de uma inquietação remota. "Nem todas serão respondidas. Você tem... tem que aceitar isto."

"Que tal se dividirmos a diferença? Eu reconheço, mas não aceito."

Norma sorriu e tocou o braço dele, recolhendo-o com uma força que o surpreendeu.

"Eu estou... feliz... só nós..."

"Você está feliz mesmo?", Harry perguntou. Ele tentou livrar a voz da dúvida, mas sabia que não conseguira.

"É... claro...", Norma respondeu. A cada sílaba, sua voz ficava mais fraca.

"Eu vou sentir tanto a sua falta, Norma."

"Eu... amo..." Norma não teve forças para terminar. Ela desapareceu, ao passo que o fôlego que carregava suas palavras cessou com um ruído pouco perceptível na garganta. Ele não precisou chamar o nome dela e não ser respondido para saber que Norma se fora.

Ele tateou o ar na esperança de encontrar o rosto dela para fechar seus olhos. Para a sua surpresa, seus dedos encontraram a bochecha dela com a mesma precisão que ele a vira demonstrar; a imagem do que estava fazendo apareceu na sua mente, fixa como uma pintura: *Tentando Fechar os Olhos da Cega Após a Morte Dela.*

Foi mais fácil do que ele gostaria. As pálpebras dela obedeceram ao toque das pontas dos dedos de Harry, e se fecharam para sempre.

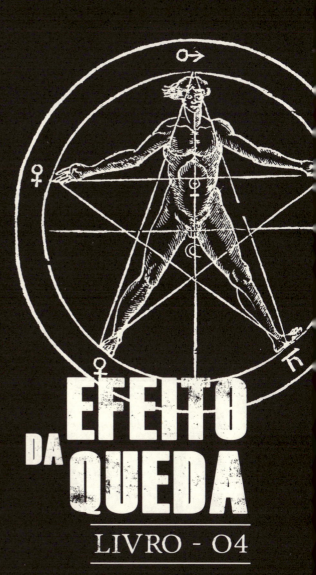

EFEITO DA QUEDA
LIVRO - 04

*Do sofrimento,
emergiram as almas mais fortes.*

— E.H. CHAPIN —

CLIVE BARKER
EVANGELHO DE SANGUE

I

Lúcifer, outrora o Anjo Mais Amado daquela dimensão incandescente que os mortais chamam de Céu, exilado de suas glórias e seus poderes pelo Criador, jogado em um local de pedras e trevas onde, em um desafio aos tormentos de Deus, ele criou um segundo Céu ou, ao menos tentou, o qual os mortais chamam de Inferno, estava em meio aos destroços da catedral e planejava sua segunda despedida da vida. Desta vez, ele não cometeria o mesmo erro de antes. Não haveria catedral que servisse como lugar de peregrinação para aqueles que quisessem meditar sobre a injustiça e a tragédia da sua história. E o submundo não seria povoado pelos filhos bastardos dos amaldiçoados e seus atormentadores, estes últimos, os rebeldes como ele, expulsos do Céu por conspirarem com Lúcifer para tomar o Trono.

"Basta", ele murmurou para si mesmo. Então, tornando a voz um rugido que poderia ser ouvido até mesmo nos confins mais distantes do Inferno, repetiu: "Basta!".

O grito fez com que as pedras na praia saltassem, como se estivessem aterrorizadas, e então caíssem e rolassem na direção do lago, cuja superfície também estava agitada. Caz e Dale ainda não haviam retornado e, em vez de aguardar ao lado de sua amiga falecida, Harry e Lana saíram em busca deles. Eles tinham acabado de chegar ao acampamento dos Azeel, quando Lúcifer deu outro grito e o som fez com que o velho demônio-fêmea de dreadlocks saísse de uma das cabanas. Ela trazia uma faca nas mãos e os cabelos estavam desarrumados, como se ela tivesse sido interrompida no meio de algo importante e fisicamente exigente.

Ao ver Harry e Lana nos limites da sua propriedade, ela acenou a faca no ar de modo ameaçador.

"O que vocês fazer aqui?", ela exigiu.

"Você viu nossos amigos?", Lana perguntou.

"Não. Vocês partir agora, por favor", sibilou o demônio-fêmea.

"O seu tom é tão convincente", disse Harry.

"É mesmo", Lana disse à criatura. "Com certeza você não se importará se dermos uma olhada, certo?" E, assim, ela seguiu direto para a tenda do demônio-fêmea.

A resposta da criatura foi uma cusparada no rosto da moça, a saliva pinicando a pele e queimando tão forte que ela titubeou e agarrou a face em agonia.

"Sua vaca desgraçada!", a moça berrou.

"Lana! O que aconteceu?", Harry perguntou.

O demônio-fêmea aproveitou a vantagem sem hesitar. Apertando a faca, ela deu um corte no peito de Lana e então na barriga, derramando sangue em ambos os ataques. Antes que conseguisse ferir sua vítima uma terceira vez, Lana recuou de modo desajeitado por sobre o fogo moribundo próximo da entrada da tenda, pisando nas cinzas quentes e revirando as brasas vermelhas escondidas. Ela sentiu o cheiro das botas assando e o calor nas solas dos pés, mas não pretendia voltar a ficar no caminho da faca do demônio-fêmea, então, chutou as brasas na direção dela. A criatura gritou uma série de maldições quando as brasas se espalharam em todas as direções e encontraram a sua carne.

"Não se preocupe, Harry", Lana disse. "Eu cuido disso."

A demônia, como em resposta, deu dois passos desarticulados antes de voltar a atacá-la, mas, desta vez, Lana estava pronta e se esquivou da lâmina da anciã. Então, atirou-se contra a criatura, segurando-a pelo pescoço e travando o braço dela. Lana o sacudiu até que a demônia soltasse a lâmina. Com ela desarmada, a mulher libertou o braço escamoso e pôs ambas as mãos no pescoço da criatura.

"Onde estão nossos amigos, sua vaca velha?"

Em resposta, o demônio-fêmea sibilou. Os ferimentos infligidos em Lana doíam, mas a dor era combustível para a raiva. "Tudo bem. Então vou apenas matar você", ela disse, com uma pontada de verdade. "Vou jogar você no fogo e encontrá-los sozinha!"

"Mulher-macho louca! Assassina de demônios!"

"Que bom que estava prestando atenção, vadia", Lana disse, apertando ainda mais a garganta da criatura.

Os fortes dedos ossudos do velho demônio-fêmea puxaram as mãos de Lana, tentando desesperadamente afrouxar o aperto. Porém, a metade da moça que realmente queria estrangular a criatura até a morte a fez apertar os dedões lado a lado contra a traqueia. O demônio-fêmea começou a arfar desagradavelmente, e suas mãos perderam a força, deslizando para a lateral de Lana, cuja sanidade acabou prevalecendo, já que ela acabou soltando o monstro. A anciã caiu no chão, usando o primeiro fôlego que pôde para amaldiçoar Lana outra vez.

Ela recolheu a faca da velha e enfiou no próprio cinto.

"O que vem de baixo não me atinge, vaca", ela disse. "Vamos, Harry."

"Espere." Harry segurou Lana, voltando-se na direção em que escutara o demônio-fêmea sibilar suas pragas e se endereçou a ela. "Você disse algo sobre vermes mostrarem a saída. O que isso significa?"

"Você morrer agora é o que significa!", a criatura respondeu.

A ponta da bota de Lana encontrou a boca da anciã, jogando-a vários metros para trás.

"Errado", Lana disse, esfregando o rosto para limpar os últimos resquícios da gosma tóxica da demônia. A seguir, segurou Harry pelo braço e o levou para dentro da tenda. Havia uma pequena fogueira ardendo no seu interior, sua fumaça sendo ventilada por um buraco no teto. Pela luz dela, Lana viu Caz e Dale ajoelhados de costas para o fogo, olhando para a parede. Eles estavam com as mãos atrás das costas como se estivessem atadas, embora não houvesse corda as prendendo.

"Jesus! Falem comigo, gente!", Lana disse.

"Eles estão vivos?"

"Sim. Ela os prendeu em um... tipo de transe. Mas estão vivos!"

Lana segurou as mãos de Caz em uma tentativa de estabelecer contato e quebrar as algemas mentais. Um arrepio passou pelo corpo dele em resposta e o homem emitiu um som indecifrável, como se falasse dormindo. Lana ficou de cócoras, de costas para a parede da tenda e olhou direto no rosto de Caz. Seus olhos estavam arregalados e a boca fechada. Ele olhou para ela, através dela, sem denotar mudanças na expressão.

"Caz. É a Lana. Você consegue..."

"Ei, seus putos do caralho", Harry se intrometeu. "A gente tem que ir andando. Lúcifer está dando uns latidos e tanto e não quero ficar por aqui quando ele decidir morder."

Caz fez o mesmo som sem palavras de antes. Lana moveu a palma aberta para cima e para baixo diante dos olhos de ambos. Nenhum deles piscou.

"Seus imbecis, escutem o Harry! Vocês não estão nem amarrados", Lana disse. "Aquela vaca velha só os fez acreditar que estão. E vocês também não estão amordaçados. Ouviram?"

De novo, o ruído abafado dos lábios selados.

"É um truque, só isso", Harry comentou. "Algum encanto estúpido. Caz, suas tatuagens deviam conseguir livrar você dessa."

Harry e Lana aguardaram uma resposta. Ela não veio.

"Nada", ela disse. "Que merda a gente vai fazer? Não dá pra carregarmos eles assim..."

"Espere", Harry falou. "Eles estão de olhos abertos, não?"

"Sim. Nem sequer piscam. É de arrepiar."

"Eles estão olhando para algo em particular? Há alguma coisa na linha de visão?"

Lana olhou para a parede diante de Caz e Dale e viu que, pintado no tecido esfarrapado de que a parede era feita, havia um quarteto de hieróglifos, dispostos tão próximos uns dos outros que quase se tocavam. Os olhos de Dale e Caz Estavam fixos nos glifos.

"Ah!", ela disse. "Harry, você é um gênio! Tem alguma coisa pintada na parede. E eles não tiram os olhos dela. O que eu faço?"

"Apague. Lave. Esconda. Não importa, só faça desaparecer."

"Tudo bem", Lana assentiu e passou a mão no peito, sujando a palma com o sangue do ferimento aberto.

Ela foi até a parede e espalhou o sangue sobre os hieróglifos, escondendo-os por completo. A libertação foi imediata. As cordas, vendas e mordaças invisíveis perderam a força no subconsciente de Caz e Dale. Os dois homens piscaram, como se despertassem de um sonho, e olharam para Harry e Lana, seus rostos contorcidos em confusão.

"Quando foi que chegaram aqui?", Dale perguntou.

"Quando as duas rainhas aí não apareceram", Harry respondeu, "viemos procurá-los."

"O que foi bom", Lana disse. "Uns minutos a mais e acho que teriam virado o jantar daquela bruxa velha."

"Jesus", Caz suspirou. "Sério? A última coisa de que me lembro é chegarmos até a vila e, então... isso."

"Aposto que aquela velha puta conhece algumas magias bem antigas", Harry alertou. "Não sei de que outra forma ela poderia ter driblado as tatuagens."

"Por que não está olhando pra mim, Harold?"

"É. É muito estranho. E cadê a Norma?", Dale perguntou.

Harry apertou os lábios e deu uma única balançada de cabeça como resposta. Dale segurou a mão de Caz e apertou firme. O tatuador respirou fundo e semicerrou os dentes. Palavras não eram necessárias. A mensagem fora entregue.

"Certo", Caz disse. "Vou ter meu apocalipse particular mais tarde. Agora, qual é o plano?"

"O plano", Lana disse, apontando a cabeça para fora da tenda, "é encontrar o buraco onde aquela velha desgraçada está..." Mas o demônio-fêmea tinha desaparecido sem deixar traços. "Bosta. Eu devia ter matado a vagabunda."

"Não", Harry falou. "É melhor que ela esteja por aí, apodrecendo pelo resto da eternidade."

O grupo voltou pelo caminho por onde viera, enquanto Lana contava o que Pinhead havia feito com Harry e Norma.

"Não acredito", Caz disse.

"Nem eu", concordou Harry. "Mas não adianta pensar nisso agora ou não conseguiremos fazer o que é preciso."

"Que é?", Caz perguntou.

"Achar uma saída deste lugar", Harry respondeu. "O velho demônio-fêmea disse que havia uma."

"Ela também disse que iria nos ajudar", Caz alertou.

"Vai ver ela só estava mesmo pensando em nos transformar em aperitivos", disse Dale. "A velha vaca não tinha um linguajar muito avançado mesmo."

Naquele instante, uma luz brilhante iluminou todo o campo de visão deles. O chão tremeu e as pedras sob seus pés sacudiram.

"Que merda foi essa?", Harry perguntou.

"Não sei", Caz respondeu. "Mas foi um brilho do cacete."

Eles passaram por entre o arvoredo e foram engolidos pelas trevas em algumas poucas passadas.

"Deve ser Lúcifer de novo, certo?", Harry inquiriu.

Eles chegaram a uma clareira e a fonte da luminosidade logo ficou evidente.

"Ah, meu Deus", Dale disse.

"Lúcifer não está mais na catedral", Lana explicou. "Ele está brilhando."

"Brilhando?", Harry perguntou.

"E flutuando sobre o lago", explicou Dale. "E perturbando as águas."

"Acho que eu tinha percebido isso", Harry disse. "Meus ouvidos parecem estar compensando os olhos. Dá para ouvir as águas ficando doidas."

"Doidas é pouco. Ele..." Caz parou de falar. "Uau."

"O que foi?", Harry perguntou.

"Ele está voando agora. Bem alto. E rápido. E aquela porra de fera do mar...", respondeu Lana.

"O Quo'oto?", Harry indagou.

"Esse mesmo!", ela confirmou. "Ele subiu atrás dele. Droga, essa coisa é grande. Está cavalgando em um redemoinho reverso ou algo assim. É uma porra..."

As palavras para descrever a cena pareciam faltar a todos. Era um espetáculo imenso demais: as águas circulando em um frenesi espumante que seguia a forma serpentina de Quo'to, erguendo-se em meio ao vórtice, potencializado pelas energias espirais, e a luz do corpo de Lúcifer ficando mais brilhante conforme ele ganhava os céus, sendo seguido de perto pelo monstro. O Quo'to desafiava os limites do seu corpo com esta luta, mas Lúcifer o fisgara com algum anzol invisível e atraíra acima da linha das águas.

Harry assistiu sem ver ao espetáculo, fazendo seu melhor para compreender toda a comoção.

"Galera? E aí?"

"Nunca achei que diria isso, mas estou sem palavras", Dale observou.

"Que tal tentar? Alguém? Eu quero *ver!*"

"O Quo'to tem o tamanho de dez trens, juro", Lana disse.

"E está seguindo ele", completou Caz.

"Indo para onde?"

"Para fora do lago e para o alto."

"Por quê?"

Antes que qualquer um arriscasse um palpite, Lúcifer respondeu a pergunta por eles.

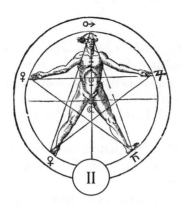

Lúcifer, o Anjo Caído, Estrela da Manhã, tinha vivido e morrido no submundo, sob um odiado céu. Deus havia estabelecido o próprio reino nas alturas, isolando o Demônio como um túmulo fechado por uma pedra. Assim, a corrupção dos mortos nunca poderia macular o mundo.

Agora, enfim, em vez de conduzir sua batalha interna, Lúcifer reagia pondo tudo para fora pela primeira vez em um milênio, atingindo o teto de pedra, movido puramente pela ira. O Quo'to ainda se erguia em meio ao vórtice; seu corpo maior até do que o próprio Senhor do Inferno antecipara. Mesmo assim, ele o arrancou da água sem esforço, ainda que a criatura tenha urrado de objeção ao ser ejetada do seu ambiente natural; seu hálito fedendo à carne podre nas suas entranhas. O monstro queria Lúcifer na própria barriga, queria mais do que qualquer coisa que seus olhos famintos já tinham visto e, por isso, não lutava para se libertar das amarras estabelecidas por Estrela da Manhã. Ele estava tão próximo, apenas uma pequena distância das suas mandíbulas abertas. A qualquer momento, Quo'to conseguiria apanhá-lo.

Mas não. Lúcifer continuava subindo, seguido pelo monstro; uma espiral atrás da outra, erguendo-se para os céus em meio ao vórtice, agora a trezentos metros de altura.

Na praia, os humanos que ainda enxergavam assistiam ao espetáculo em silêncio. Naquele momento, toda a comoção, aquelas camadas sonoras que haviam escalado consistentemente enquanto Lúcifer preparava o balé das águas, agora cessava. Até mesmo o rugido do vórtice tornou-se remoto. O silêncio durou dois, três, quatro batimentos cardíacos. Então, Lúcifer levou Quo'to para os limites do céu, e a fera colidiu com a pedra. Do impacto, um único estrondo surgiu, começando ao longe e, então, reverberando pelos céus. A criatura deu um grito profano e ctônico de dor — seu último ato em vida — e morreu, mergulhando das alturas na direção do túmulo aquático.

"Que merda foi essa?", Harry gritou, levando as mãos aos ouvidos.

"Jesus. Aquela coisa... bateu no céu", Lana respondeu.

"Na pedra?"

"Bem forte", disse Caz. "E tem uma rachadura. Mais de uma, na verdade. Bem mais. Puta merda, há rachaduras se espalhando por toda a rocha."

"E quanto a Lúcifer?"

"Está lá em cima, forçando as rachaduras a se abrirem mais com sua luz."

"E o Quo'oto?"

"Morreu. Despencou do céu. Nunca vi nada igual."

"Deu pra entender", Harry comentou.

"Ele vai escancarar o céu", Lana alertou.

"Vamos nessa?", Dale perguntou, "Ou vamos ficar esperando pela música de encerramento?"

"Vamos nessa", disse Caz. "Certo, Harry?"

"Já vi tudo o que queria", Harry respondeu, sério.

"Então, vamos", Lana recomendou.

"Me leva até Norma", Caz disse. "Ou nós mesmos vamos acabar como fantasmas."

Houve um ruído de estrondos vindo do alto, ao que novas rachaduras se abriram na pedra, espalhando-se a partir das fissuras que já adornavam a superfície. Uma liteira de fragmentos caiu das rachaduras, aparentemente inofensiva nos primeiros segundos da queda, mas logo revelando sua verdadeira imensidão. Não era só o tamanho dos blocos que enganava, mas o curso também. A relação entre a pedra fraturada no alto e a camada de terra abaixo era ilusória. Fragmentos de pedra que pareciam certos de cair na praia (ou até diretamente sobre eles) se espatifavam a quilômetros dali, em algum lugar nas proximidades de Pyratha ou nas redondezas, enquanto pedaços que pareciam destinados a pousar bem longe caíam na água, próximos à margem. O maior daqueles pedaços — uma rocha do tamanho de uma dúzia de casas ou mais — atingiu o lago a uma centena de metros da orla, e o impacto ergueu uma onda que desafiou a altura da catedral.

A garoa de fragmentos tornava-se rapidamente um dilúvio, enquanto a luz de Lúcifer pressionava cada vez mais a superfície fraturada do teto, arrancando diversos fragmentos. Uma pedra do tamanho de um carro caiu diretamente na praia, onde Harry e seus amigos estavam.

"Você só pode estar de sacanagem comigo", Caz disse.

"O que foi..."

"Não há tempo para perguntas!", Lana gritou, empurrando Harry para fora do caminho. O fragmento passou próximo da cabeça de D'Amour, errando-a por pouco, e desapareceu silenciosamente na fileira de árvores atrás deles. Todos estavam paralisados.

"Uau", Harry falou. "Essa parecia grande. Onde diabos caiu?"

O fragmento era grande o bastante para que sua aterrissagem fizesse todas as árvores tremerem das raízes até o último galho, arrancando todas as folhas. Contudo, ele passou pelos humanos e foi engolido pela vegetação como se nunca tivesse existido.

"Vocês viram isso?", Dale disse, recolhendo o queixo do chão.

"Não", Harry respondeu. "E estou começando a achar que vocês estão fazendo de propósito."

"Puta merda", Lana disse. "Harry! Acho que finalmente encontramos a nossa saída!"

"Buracos de verme, mostrando o caminho pra casa. É isso aí", Caz gritou. "Buracos de verme, Harold! Você estava certo, era disso que aquela vaca velha estava falando. A gente achou nosso caminho pra sair desta. Vamos!"

Lana mostrou o caminho até o corpo de Norma. Ao ver o cadáver destruído e inerte da amiga, Caz titubeou por um momento, mas manteve-se centrado.

"Jesus Cristo", ele disse. "Eu não estava pronto pra isso!"

Após um momento para se recuperar, ele se curvou, apanhou a amiga e pôs seu corpo sobre os ombros.

"Vamos nessa", ele bradou.

Juntos eles marcharam com cuidado pela beirada interna das árvores e para dentro de um cenário repleto de obsidianas empilhadas. Lá, o céu deteriorado se despedaçava com as rachaduras e os pedregulhos potencialmente letais que se desprendiam em todas as direções, ricocheteando nas pedras negras como balas. O grupo moveu-se cabisbaixo por entre as rochas, tentando encontrar de toda forma o buraco de verme.

"Jesus", Harry disse. "Quanto tempo mais isso vai ficar em pé?"

"Pelo que parece, ele vai botar todo o Inferno abaixo", Caz observou.

"É. Esse deve ser mesmo o plano", Dale confirmou.

Seguindo a resposta de Dale, vieram três monstruosas trovoadas, de magnitude muito mais alta do que qualquer coisa que as precederam. Elas ecoaram entre o céu e a terra, indo e voltando, e o volume de cada eco, em vez de diminuir, só ficava mais alto; ecos de ecos de ecos tão numerosos que logo deram vazão a um único e sólido som.

"Corram!", Lana gritou.

"Que merda! Lá vem o Juízo Final!", disse Caz.

Apesar do perigo dos fragmentos que caíam, Caz ficou ereto e ergueu a cabeça, a fim de ver com mais clareza o imenso espetáculo por alguns segundos. Os ataques de Lúcifer tinham finalmente levantado a pedra, quebrando-a em pedaços que ainda eram monumentais. Aos olhos dele, o cataclismo parecia ocorrer em câmera lenta; os vastos fragmentos deslizando em uma elegância preguiçosa.

"Acho que estou vendo!", Lana alertou.

"Diz que a gente está perto!", Harry berrou.

"Se eu estiver certa, sim. Tem um ponto lá na frente entre dois pedregulhos, onde as rochas não estão ricocheteando. Deve ser ali, certo?"

Caz desviou os olhos relutantes do céu e mirou na direção de Harry. Ele e Lana estavam de cócoras, a seis ou sete passos dali, seguindo para investigar o espaço vazio entre os pedregulhos onde as rochas desapareciam.

"Pra mim é isso", Harry disse. "Caso não seja o que a gente pensa que é, se você me escutar gritar..."

"E aí? A gente fica aqui?", Lana inquiriu. "Vai em frente, Galahad. Não existe plano B."

Antes que Caz pudesse ver seus amigos entrarem no buraco de verme, houve mais uma trovoada. Ele se virou na direção do som e, naquele momento, enfim compreendeu, ao menos em parte, o que levava Harry a fazer as coisas que fazia. De repente, viu-se ávido por mais um vislumbre do céu moribundo. As partes caíam mais rápido agora, precedidas por uma feroz chuva de pedras. Era tudo o que Caz não podia fazer: ficar inerte e assistir ao espetáculo desenrolando-se diante dos seus olhos.

"Caz!" Dale estava bem ao lado dele, puxando-o pelo braço. "Precisamos ir já. É agora ou nunca!"

Enquanto Dale empurrava Caz para o buraco de verme, um enorme bloco de pedra acertou uma das pedras de obsidiana próximas dali. Ela se despedaçou, arremessando pedaços enormes em todas as direções. Caz virou-se e viu que Harry e Lana já tinham desaparecido dentro do buraco. Ele esperava que aquela não fosse a última vez que os vira.

Então, com o canto do olho, viu um dos fragmentos arremetendo contra eles e preparou um grito de alerta, mas, antes que conseguisse falar, Dale puxou-o para a fenda entre os dois pedregulhos. De súbito, a paisagem sinistra e ribombante, com seu teto desabando, desapareceu, e ele e Dale estavam em outro lugar completamente diferente, onde apenas feixes de luz, que passavam por eles ao longo da vereda ou sobre o chão desigual, ofereciam alguma pista da localização.

"Então isto aqui é um buraco de verme?", Caz perguntou.

"Acho que sim", Dale respondeu. "Nunca tinha entrado em um lugar assim até agora."

"É difícil compreender o que é isso", Caz disse. "Harry? Lana?" Não houve resposta. "Onde diabos eles foram? Você está vendo eles?"

"Querido, não estou vendo bosta nenhuma. Só espero que isto aqui não despeje a gente em algum lugar no meio do Atlântico."

"Não. A gente vai sair no meio da Times Square e tudo vai ter sido um sonho."

A observação de Caz foi pontuada por um poderoso, porém mudo, choque vindo do outro lado da passagem, enquanto as pedras restante caíam do teto sobre o Inferno, esmagando a paisagem infernal sob sua massa. As reverberações atravessaram a soleira e dispersaram suas energias através do chão partido, luzes cintilantes que cabriolavam pelas paredes, erguidas a alturas tais que pareciam convergir.

Supostamente bem longe do Inferno agora, Caz e Dale foram adiante, enquanto o barulho do cataclismo infernal e suas vibrações concomitantes se transformavam em silêncio e quietude.

"*Bon voyage*, Perdição", Dale disse. "Até a próxima vez."

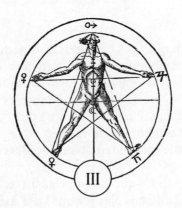

III

O buraco de verme não os jogou nas águas geladas do Atlântico, mas também não os levou a uma calçada tranquila de Nova York, onde poderiam ter encontrado prontamente uma forma de transportar o cadáver de Norma para o apartamento dela. Não, o buraco era requintadamente arbitrário. Ele ofereceu a Lana e Harry, este acompanhando-a um passo após o outro, um vislumbre tentador da rua de uma cidade (não Nova York, mas sem dúvida civilização). Contudo, não permitiu que eles saíssem ali. Ela mal comentara sobre a rua com Harry, quando um aglomerado de chamas ardeu, apagando a visão.

"Acho que não era a nossa parada", ela falou, tentando evitar que sua voz soasse desesperançosa. Porém, qualquer que fosse o desespero que estava sentindo, ela tinha certeza de que ele não era nada em comparação com os pensamentos que circundavam a mente de Harry.

"Onde estão Caz e Dale?", ele perguntou. "Algum sinal deles?"

"Não. Mas tenho certeza de que não estão muito longe", ela mentiu. "Não se preocupe. Tem mais uma parada vindo aí."

Dessa vez, ela falava a verdade: uma nova porta começava a se apresentar. Era um cenário bem menos tranquilizador do que a rua da cidade que o precedera: uma paisagem de rochas negras e neve imaculada, seus véus de um branco cegante sendo agitados pelo vento implacável.

"Se essa for a nossa parada, estamos fodidos", ela disse.

Não era. Mais uma vez, ela mal tivera um vislumbre da cena, quando esta foi apagada pelo mesmo conjunto de luzes. Pouco tempo passou enquanto eles caminhavam em silêncio pelo buraco de verme. Lana estava na frente, com a mão direita de Harry sobre seu ombro esquerdo, de modo a evitar que ele tropeçasse naquele terreno em desnível.

Uma terceira porta surgiu e a paisagem ao menos parecia mais quente que a anterior; uma autoestrada norte-americana, a julgar pelas placas, atravessando um deserto. A imagem se solidificou o bastante para Lana perceber que era ali. Então, o chão do buraco de verme lançou uma extensão das suas trevas com feixes de luz sobre o terreno poeirento amarelado na lateral da estrada.

"Não é bem um tapete vermelho", ela disse, "mas vai servir. Vamos rápido antes que essa bosta mude de ideia."

Lana levou Harry ao calor do deserto ao meio-dia e, olhando para trás, viu Dale e Caz, com Norma nos ombros, saírem de dentro do buraco de verme, pisando aquele chão manchado, respirando o ar quente e cintilante pelo calor. Então, o buraco de verme desapareceu.

"Onde vocês estavam?", Lana gritou. "Achei que tinham morrido!"

"Você não disse que eles estavam bem atrás da gente?", Harry protestou com um sorriso torto.

"Nem vem. Eu tinha que nos manter em movimento."

"Há quanto tempo vocês estão esperando?", Caz perguntou.

"Tempo nenhum", Harry respondeu. "Vocês saíram logo depois da gente. Mas poderiam ser horas de diferença. Não espero que um buraco de verme partilhe das nossas leis do espaço-tempo."

"Bom, é ótimo ver todo mundo de novo", Caz disse. "Nem acredito que conseguimos."

"Nem todos conseguiram", Harry o corrigiu.

"Eu sei, Harold", Caz disse, apertando Norma mais contra o corpo. "Não precisa me lembrar disso. Só estou feliz por estarmos todos juntos. Não sabia onde esta coisa cuspiria a gente e nem se nos levaria para o mesmo lugar. Alguém sabe onde a gente está?"

"Fora do fogo", Dale disse. "E direto pra frigideira."

"Farei um brinde a isso", Lana falou, enquanto espiava a extensão da estrada, que era uma enorme linha reta a perder de vista. "Onde quer que a gente esteja, onde quer que a gente vá a partir daqui, nada vai ser tão ruim quanto o que encaramos."

"Tem um prédio a alguns quilômetros naquela direção", Dale disse.

"Não estou vendo", Caz comentou.

"Nem eu", brincou Harry.

"Olha aí o humor de volta", Lana respondeu. "Bom, eu consigo ver. Está longe, mas está ali. Pode nos levar a uma cidade."

"Acho que vamos naquela direção, então", Caz ofereceu.

"Podíamos esperar algum carro", Harry sugeriu. "Pedir uma carona."

"Por favor", Dale disse. "Adoraria conhecer o motorista que encostaria pra apanhar um almofadinha, uma lésbica, um cego coberto de sangue e uma bicha gigante carregando o cadáver de uma negra nas costas."

"De repente, sou grato por estar cego", Harry falou.

"Pode apostar que sim."

"Então vamos andando."

"Vamos."

Com o plano traçado, eles seguiram pela autoestrada. Caminharam por um tempo e chegaram a ver alguns carros passando por eles na direção oposta. Cada veículo diminuía um pouco para dar uma olhada nos andarilhos, mas, ao constatar as condições deles, todos aceleravam, levantando nuvens de pó amarelado ao passar.

No entanto, após o sétimo carro ter desaparecido velozmente, Harry começou a escutar o som de música gospel. Conforme ela ficava mais alta, virou a cabeça na direção dos amigos e disse: "Por favor, digam que não sou o único que está escutando isso. Ainda não estou pronto pra ir para o Céu. Acabei de sair do Inferno".

Caz respondeu:

"Não. Também estou ouvindo."

"Somos três", Dale confirmou. "Na verdade, parece que ela está vindo na nossa direção."

Então, um grande sedã com um crucifixo de um palmo de altura enfeitando o capô surgiu acelerando pela estrada.

"Cristãos", Caz disse. "Temo não haver qualquer esperança."

Caz voltou a atenção para a estrada à frente e trocou o peso de Norma de ombro. O corpo dela parecia bem leve quando o apanhara da primeira vez; só pele e osso. Mas ele estava bem mais fraco agora e, embora ficasse trocando o corpo do ombro esquerdo para o direito e de volta ao esquerdo (e, às vezes, para dar um descanso aos ombros, apenas a carregava nos braços), não havia alívio de fato. Mas ele não tinha intenção de pôr o corpo dela no chão, não sem ter noção real de onde estavam.

Ele jamais se perdoaria se algum dano ocorresse aos restos de Norma por ele ter sido negligente em algum momento. Caz sabia que se perdoar por tê-la deixado morrer já era difícil o bastante. Então, seguia em frente, focando sua pouca energia no pedacinho de chão diante de si onde daria o próximo passo. Então, na próxima porção do terreno, indistinguível da anterior, exceto por uma consideração vital: ela o levaria mais próximo ao fim daquela insana jornada de ida e volta ao Inferno — mais próximo da pequena loja na 11th com a Hudson Street, do cheiro de tintas e do prospecto de outra tela nua à sua frente —, algumas trêmulas de felicidade diante da aventura que as aguardava. Seria maravilhoso estar lá agora! Abrir uma cerveja — não, foda-se a cerveja: naquele momento, ele mataria por um copo de leite gelado.

"Vocês querem uma carona?" A voz despedaçou os pensamentos de Caz como uma parede de tijolos. O grupo virou-se e viu que ela viera do motorista da enorme limusine preta.

"Por favor. Meu Deus, sim", Harry disse.

Um homem jovem, de pele pálida e óculos, trajando uma camisa branca de manga curta e gravata preta abriu a porta do passageiro e saiu.

"Meu nome é Welsford. Vocês parecem estar precisando de ajuda, e o reverendo Kutchaver quer que aceitem seu convite para entrar no carro e sair deste calor monstruoso."

"Aceitamos alegremente", Harry disse. "Mas devo alertar que uma das nossas amigas está morta."

"Sim, tentei dizer isso ao reverendo, mas..."

"Aleluia", disse uma voz vinda de dentro do carro. "Uma das nossas amadas irmãs partiu para conhecer o Criador. Este é um dia muito, muito feliz. Traga-a para dentro e deixe-a confortável."

Caz teve um pouco de dificuldade de entrar na limusine com o corpo de Norma sem perder a dignidade; um trabalho difícil para fazer sozinho, mas o reverendo Kutchaver, que estava sentado no canto do banco traseiro (um homem branco gordo, beirando os sessenta anos, vestindo um terno caro), não tinha intenção de oferecer qualquer ajuda física.

Caz largou o cadáver de Norma meio deitado, meio sentado, na frente do reverendo e, então, guiou Harry para o longo assento, que compreendia toda a extensão da limusine.

"Um pouco mais, Harold. Aqui!"

"Você é cego, meu jovem?", o reverendo perguntou.

"É uma coisa recente", Harry respondeu.

"Oh, Deus.", bradou o reverendo. "Vocês todos sofreram bastante."

"Pode-se dizer que sim", Caz observou enquanto saía, para deixar que Lana e Dale entrassem no veículo. Somente então permitiu-se entrar e se posicionar entre Norma e Dale, fechando a porta. "Estamos todos a bordo."

"Vocês parecem ter passado por muita coisa", o reverendo observou.

Dale grunhiu. Harry assumiu as rédeas da conversa.

"Obrigado por parar. Se puder nos deixar em qualquer lugar onde possamos fazer os preparativos para voltar a Nova York..."

"Nova York?", inquiriu o assistente do reverendo. "Vocês estão bem longe de casa."

"Onde estamos?", Harry perguntou.

"Esta é uma boa pergunta", disse o reverendo. "Que lugar é esse, Welsford? Parece que estamos no carro há horas."

"Arizona, reverendo", Welsford respondeu. Então, voltando-se para os caronistas. "O reverendo deve estar em uma igreja em Prescott em...", ele consultou seu relógio, "...uma hora e vinte e dois minutos."

"Então, se tudo bem para vocês, ficaríamos satisfeitos de ir até Prescott", Harry disse. "De lá podemos nos programar para voltar."

O assistente olhou nervoso para Kutchaver, que não parecia nem sequer ter escutado a proposta de Harry. Ele estava olhando para os demais com um intenso fascínio.

"Está tudo bem, reverendo?", Welsford perguntou.

"O quê?"

"Se eles forem a Prescott conosco?"

"Prescott...", Kutchaver disse, perdido em seus pensamentos.

"Isto é um sim ou um não?"

O reverendo não respondeu a questão, mantendo a atenção em Caz e Dale, que estavam agora de mãos dadas. Enfim, disse com uma intimidade quase terna na voz. "E vocês, meus irmãos? Quais são as suas histórias?"

Nenhum dos dois respondeu. Harry sabia o que viria a seguir e, cansado como estava, começou a se preparar para o chacoalhar rude que o reverendo estava prestes a receber. Ele tinha escolhido o dia errado para levar aqueles pecadores desgarrados ao Senhor.

"Pobres crianças", ele disse. "Sendo enganadas a crer que nasceram assim. As dificuldades que devem ter enfrentado. Mas Deus sempre tem um propósito, meus filhos. Por mais difícil que possa ser para nós compreendermos."

"Ele tem?", Caz perguntou.

"Mas é claro, filho. Claro. Quaisquer que sejam os seus pecados, ele os convida a deixarem de lado e aceitarem seu perdão e proteção. Oh, glória a Deus nas alturas... vejo agora com tanta clareza. É por isso que estão aqui! Obrigado, meu Deus..."

"E lá vamos nós", Harry disse, com um sorriso no rosto.

O reverendo manteve a atitude proativa.

"Graças ao Senhor por trazê-los aos meus cuidados, para que eu possa salvar as suas almas."

Agora foi Caz quem grunhiu.

"Deus jamais nos testa além do que podemos suportar", prosseguiu o reverendo. "Prometo-lhes, tão certo quanto estou sentado diante de vocês agora, que se não se arrependerem, jamais verão a luz do Céu. Mas eu posso salvá-los. Ainda há tempo, meus filhos! Vocês desejam ser salvos das chamas do Inferno?"

"Não existe mais Inferno", Harry disse. "Não mais."

"Ah, mas existe", respondeu o reverendo. "Já tive muitas visões deste lugar. Testemunhei os seus fornos. Contei as suas chaminés. Observei sodomitas como você" — ele apontou para Caz — "e como você" — e agora para Dale — "serem levados por demônios cujos rostos eram terríveis além do que palavras podem descrever."

"Assustador", Harry disse.

"E é. Juro pelo sangue de Cristo, o Demônio está dentro de você. De todos vocês. Mas, em nome de Jesus, eu posso retirá-lo. Posso..."

O reverendo foi interrompido pelo som da gargalhada de Harry. "Jesus Cristo. Já ouviu a expressão 'conheça seu público'?", Harry perguntou. A atmosfera dentro da limusine ficou mais densa. "Juro pela alma desta querida mulher sentada próxima de você que acabamos de voltar deste Inferno que está descrevendo. Seguimos um demônio até lá para trazer minha amiga de volta com vida. Vimos populações sendo destruídas por uma neblina. Vimos exércitos sendo obliterados por feitiços. Vimos o próprio Demônio morto ressuscitar, cavalgar uma fera aquática colossal e arrebentar os limites do Inferno, trazendo-o abaixo sobre a cabeça de todos. Mal escapamos com vida. Estamos famintos, cansados e de luto. Não temos paciência para sermões agora, reverendo. Então, ou cala a boca ou dê o fora, porque este carro está indo para Nova York."

"Eu...", o reverendo gaguejou. "Eu... eu... motorista!"

O reverendo bateu bruscamente na divisória de vidro que separava o motorista do resto do veículo. "Motorista!"

"Está tudo bem aí atrás?", o motorista perguntou.

"*Não*", Welsford disse, com um tremor na voz. "Pare o carro!"

O motorista reduziu o veículo e o parou no acostamento da estrada vazia. Ele saiu, bateu a sua porta e abriu a porta do reverendo. Inclinou-se e espiou dentro da limusine. Viu todos sentados educadamente em seus assentos.

"Qual o problema, reverendo?"

"Estes viajantes estão acima de qualquer esperança! Estão destinados ao Inferno e vão arrastar para lá qualquer alma viva que encontrarem no caminho!"

"Claro que sim", disse o motorista, apaziguando o chefe. "E então? Quer que eles saiam?"

"Sim!", o reverendo gritou.

O motorista lançou um olhar simpático para os passageiros. "Certo. O reverendo pede para que saiam. Por favor."

"Vamos sair em Nova York", Harry disse.

"Não dê uma de espertinho comigo, cara. Este aqui é o carro do reverendo, e ele vai para Prescott e depois... esqueci o que diabo vem depois. Mas Nova York não está na lista. Então, vocês terão de achar outra carona."

"Ou outro motorista", Caz disse atrás do volante. Ele tinha se esgueirado pelo lado do passageiro enquanto o motorista ia até a parte traseira da limusine; não saíra do Inferno sem a sua faca. Ele a acenou para o o homem, cuja resposta foi rápida e inequívoca.

"Levem o carro. Só não me machuquem, ok? Eu tenho cinco filhos. Nenhuma esposa, mas cinco filhos. Quer ver? As fotos estão aqui." Ele buscou dentro da jaqueta.

"Tenho certeza que você é um ótimo reprodutor", Caz falou. "Não preciso ver as fotos dos moleques. Só preciso da sua ajuda pra tirar o reverendo do carro."

"Tirar?"

"Bom, ele pode ficar, mas não acho que queira ir até Nova York com um carro cheio de pecadores imperdoáveis."

O reverendo não precisou que Caz repetisse. Ele já tinha a resposta em mente:

"Tirem-me logo desta porra de carro. Ele não vai para Nova York, vai para o lago de fogo, e eu não quero estar dentro quando chegar lá. Me ajude aqui, Jimmy, ou Julius, ou seja lá qual é o caralho do seu nome."

"Frederick."

"Só me tira desta bosta de carro."

"Por favor, não use o nome do nosso Salvador em vão, reverendo", Caz provocou.

"Ah, vai se foder", respondeu o reverendo.

O reverendo se esticou e teria segurado a porta se Caz não tivesse encontrado sua mão antes e, ajudando Frederick, erguido os cento e quarenta quilos de Kutchaver para fora da considerável depressão que ele fizera no banco da limusine. Uma vez que tinham feito a pior parte do trabalho, Frederick soltou sua metade do fardo, e Caz, aproveitando a deixa, fez o mesmo. O reverendo deu um grito agudo e caiu de quatro no chão rochoso da beira da estrada.

"Welsford, seu idiota. Cadê você? Eu caí. Me ajude ou juro por Cristo que vou despedi-lo e garantir que ninguém nunca mais o contrate nem se viver até os cento e cinquenta anos."

Welsford titubeou para ajudar seu adorado empregador, avaliando-o como o pior dos bajuladores. A visão bastou para fazer com que Caz soltasse uma gargalhada.

"Qual é a porra da graça?", perguntou o reverendo, enquanto Welsford espanava o pó do terno dele com pequenas palmadinhas.

"É uma piada interna", Caz respondeu. "Ah, claro. Precisarei dos telefones de todos."

Assim que todas as formas de comunicação foram confiscadas, Caz sentou no banco do motorista, baixou a janela e arrancou, deixando o reverendo hipócrita e sua equipe no pó do Arizona.

"Caz?", Harry disse, enquanto o carro acelerava pela autoestrada.

"Sim, Harold?"

"Deus te abençoe."

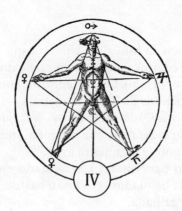

IV

Lúcifer estava debaixo de uma tonelada de pedras quebradas, seu corpo tão requintadamente esmagado, que permanecera inteiro, mesmo perante a queda do teto do Inferno. As vozes que o tiraram do seu estado comatoso não eram humanas; em vez disso, falavam na língua dos anjos, embora seu debate (que ele entendia perfeitamente bem, apesar da passagem dos séculos) dificilmente fosse evidência de que eles eram mensageiros do amor.

"Devíamos ter estado aqui para ver isto, Bathraiat. Alguém devia ter ficado de olho nas coisas e dado o alarme no momento em que as rochas ficaram instáveis. Eu gostaria de ter tido um assento na primeira fila para isso! Consegue imaginar o pânico, os gritos e as orações..."

"Demônios não rezam, Thakii!"

"Claro que rezam."

"Você é mesmo um cretino, não? Para quem eles rezariam?"

"Eles têm um líder. Um rebelde. Bosta, não me lembro do seu nome. Sabe como sou com nomes. Ele era um idiota, é o que todos dizem. E o velho Tetas de Vaca o chutou até aqui. Ele começou algum tipo de rebelião."

"Lúcifer?"

"Esse aí. Lúcifer. Eles rezavam para Lúcifer."

"Por quê?"

"Não foi ele quem construiu este lugar?"

"E daí? Quem se importa?"

"*Eu* me importo."

"Você se *importa*? Com alguém além de você mesmo? Que merda é essa?"

"Não digo que me importo no estilo 'lágrimas e lamentações'. Me importo que o estúpido encarregado disso tenha falecido — e é um trabalho importante. Estou dizendo que, seja lá quem este idiota era, ele podia ter contado a alguns amigos, e todos nós poderíamos ter sentado nas arquibancadas para assistir à matança como criaturas civilizadas. Em vez disso, ficamos sem fazer nada, em um estado de pura ignorância..."

"Cale essa boca, ok?"

"Eu posso fazer o que..."

"Cale a boca, irmão, e abra os olhos. Está vendo o que eu vejo? Ali! Debaixo das pedras!"

Então, Lúcifer respirou fundo e a maciça rocha que pressionava seu corpo soltou um único estalo alto, conforme se partia de ponta a ponta.

"Deus. Do. Céu", disse aquele que se chamava Bathraiat.

Os dois anjos olharam para Lúcifer. A natureza deles era incapaz de sentir vergonha. Do que seres perfeitos como eles poderiam se envergonhar? Mas seus instintos, por mais embrutecidos que estivessem pela falta de uso, lhes disseram que aquele não era um demônio comum.

"É ele", Bathraiat falou.

"Mas ele parece tão..."

"Cale-se, irmão", disse Bathraiat. "É melhor guardar as suas opiniões para si próprio."

"Você não tem medo dele, tem?"

"Mandei calar essa boca."

"Que saber? Que se foda", disse Thakii. Então, voltando-se para Lúcifer, "Especialmente você. Vá se foder, Todo-Poderoso Lúcifer. Nós estávamos nos divertindo até você aparecer."

Tendo dito o que pensava, o anjo começou a se virar, mas uma palavra murmurada por Lúcifer — "Não" — bastou para travar o anjo no meio do movimento.

"Quê?", perguntou Thakii.

"Você está incluído entre os mortos, anjo", Lúcifer observou.

"Estou?" Thakii pareceu intrigado. Então, sorriu em uma feliz adoração e parou.

As energias pelas quais ele vinha sendo nutrido, herdando sua obstinação, suas luxúrias e suas crescentes confusões, imediatamente começaram a deixar seu corpo e seguir em busca de novas pastagens para semear. A luz da carne quente dos seus músculos brilhou, ao que toda a força dentro dele pereceu. Ele curvou-se sobre si próprio, sua cabeça se alongando e encolhendo, enquanto ele caía como um prédio implodido. Se havia alguma dor na sua partida, ele não se queixou.

O outro anjo, cuja pele era sutilmente impressa com o que pareciam olhos delineados em vermelho com íris pretas, piscou em aceitação.

"É entediante, dia após dia", a criatura disse. "Tenho a sensação de que qualquer coisa é preferível a isto."

"Qualquer coisa?"

"Sim", disse o anjo, oferecendo a deixa para seu executor.

"Morte", Lúcifer falou.

O outro anjo assentiu e, dobrando-se sobre si próprio, desfez-se duas vezes mais rápido.

Lúcifer subiu no pináculo mais alto do céu de pedras e avaliou as cercanias. Mas não foi fácil. O dilúvio de pedras tinha aplainado com eficiência todos os detalhes topográficos que poderiam ajudá-lo a compreender onde estava e em qual direção teria esperança de fazer uma partida discreta. Ele não tinha desejo de encontrar mais ninguém ali. Simplesmente buscava o anonimato por um período; sentar-se em um local tranquilo e tentar descobrir o que fazer com a indesejada ressurreição que lhe fora concedida.

Mas antes precisava sair do cenário desolado do Inferno, sem atrair atenção. O número de presenças angelicais estava crescendo; ele as viu descerem das trevas que o cercavam, ávidas para testemunhar a ruína do Inferno. Ele se aproveitou da morbidez delas — traçando um caminho de partida que o manteria longe dos locais sinistros que atraíam mais atenção, seguindo pelas fendas estreitas das pedras amontoadas.

Uma vez que colocou uma boa distância entre ele mesmo e o pior de tudo aquilo, foi fácil. Encontrou um soldado morto enrolado em um manto que era grande o bastante para envolver a si próprio. Tirou a roupa do demônio e a passou ao redor do corpo, para impedir que a luz da sua pele atraísse olhares curiosos enquanto deixava o Inferno rumo ao mundo dos homens.

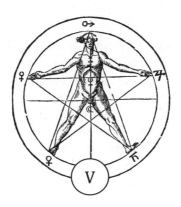

D'Amour permanecia na escuridão. Qualquer que fosse a hora, dia ou noite: escuridão. Ser cegado no Inferno parecia pouco real, mas, assim que retornou a Nova York — de volta ao seu apartamento e, depois, ao seu escritório —, começou a compreender o quão impiedosa fora a maldição final do Sacerdote do Inferno. Como todos os abençoados com o dom da visão, ele o tomava como certo. Harry vivera com seus olhos. Eles tornaram possível que ele existisse no presente eterno. Contanto que pudesse ver à frente de si, não precisava olhar para trás. Agora, tinha que confiar na memória para encontrar seu caminho no mundo, e a memória o tirava do presente, forçando-o o tempo todo a lançar sua mente nas águas lúgubres do passado. Ele nunca fora muito bom naquilo, mas, mesmo assim, queria o agora de novo.

Sem motivo para crer que haveria um fim na sua maldição, Harry decidiu fechar a agência. Também não era como se precisasse do dinheiro. Assim que Caz e Harry foram descartados como suspeitos na morte de Norma, as questões do espólio dela foram estabelecidas. Para uma mulher vivendo em circunstâncias tão humildes, Norma estava muito bem de vida. Harry ficou surpreso ao descobrir que ela era dona do prédio onde vivia, junto de metade dos prédios da vizinhança, vários postos de gasolina, um punhado de concessionárias de carros e uma ilha na costa da Califórnia. Ela deixou tudo para Harry.

Porém, mesmo com esta recente riqueza, a decisão de fechar a empresa foi um golpe brutal, e Caz era sua única conexão com a sanidade. Quando a decisão fora enfim tomada, eles seguiram juntos ao escritório de Harry e repassaram os serviços que ainda estavam em vigor quando a busca por Norma fora iniciada. Havia alguns que Harry sentira ter virtualmente desvendado, e que seria capaz de encerrar com Caz ao seu lado para lhe dar suporte. Mas a maioria dos trabalhos simplesmente não era executável no seu estado de cegueira, o que o obrigou a telefonar para todos os clientes em questão e explicar que ele sofrera um acidente que o deixara incapaz de concluir o contrato. Se houvesse adiantamentos, ele prometeu devolver todo o dinheiro.

"A sensação é a de que eu morri", ele disse a Caz, uma vez que terminou.

"Bom, não morreu."

"E eu devia ser grato, certo?"

"Sim."

"Bom, não sou."

"Eu te amo, Harold, mas não tenho energia para tentar alegrá-lo. Por que a gente não deixa a festinha da autopiedade para depois, enquanto você diz pra mim o que quer fazer com toda essa merda?"

"Essa merda é a minha vida, Caz. Tenta mostrar um pouquinho de compaixão."

"Você está começando a soar como uma rainha pior do que eu. Mau humor só é bacana nos filmes. Acredita em mim, na vida real, é uma bosta chata pra cacete. Vamos começar a examinar esses arquivos para ver o que quer guardar? Você tem que desocupar o escritório até o fim da semana que vem."

"Eu devia ter ficado com o local."

"E fazer o que com a empresa? Abrir uma autoescola?"

"Tá bom, tá bom. Já entendi."

Harry procurou a garrafa de uísque que mantinha guardada na mesa.

"Você tirou meu uísque daqui?"

"Claro."

"Por quê?"

"Você estava balbuciando com os clientes."

Harry sentou-se por um momento, digerindo as palavras de Caz, então mudou de assunto.

"Como está a vida de casado?"

"Legal", Caz respondeu. "Dale é a melhor coisa que aconteceu comigo. Você devia ligar para Lana. Vocês dois têm muita coisa em comum. Principalmente, por ambos serem cuzões teimosos."

"É", Harry disse, desejando ter algo melhor para falar.

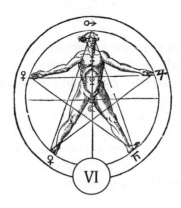

Até onde o Sacerdote do Inferno podia discernir, o céu de pedra tinha se quebrado em três partes enormes. Havia fragmentos do tamanho de um palmo e outros grandes o bastante para serem pequenas luas.

O Inferno inteiro fora virtualmente amassado pelo teto que caíra, o que obrigava o Cenobita a tentar adivinhar sua localização conforme viajava. Ele sentia agora que finalmente descobrira os restos da cidade, e seus instintos se confirmaram quando encontrou uma fenda na rocha que mal era uma rachadura em uma extremidade e se estendia por uma distância de talvez um quilômetro até a outra. Ele caminhou até a outra ponta da fissura, espiando nas suas profundezas. Não havia luz suficiente para divisar qualquer coisa abaixo, mesmo para alguém cujos olhos eram sensíveis como os dele, pelo menos não até que vários planos de luz amarela explodissem da fenda e iluminassem os escombros.

Ele viu ali as moradias dos demônios mais ricos: o Crescente Crawley, com seu perfeito circuito de casas de mármore branco que outrora ficava de frente para um antigo arvoredo Thriasacat, cuja lenda dizia que, se um dia ele adoecesse, a cidade também o faria. E, se ele morresse, a cidade também morreria. Ali, agora, estava a prova. Deitadas, esmagadas no fundo da fissura e iluminadas pelo mesmo fogo que brilhara antes nas profundezas, ele conseguia ver os galhos de várias Thriasacat, partidos e despidos de folhagens, o doce odor da sua seiva pairando no ar.

O Sacerdote do Inferno não era supersticioso, mas havia alguns casos que cruzavam as fronteiras da sua desconfiança e se tornaram parte profunda do entendimento que ele tinha do mundo. A lenda das árvores Thriasacat provou ser real. Era estranho dizer — uma vez que ele testemunhara a queda das rochas e sabia que nada sob elas poderia ter sobrevivido —, mas ele se apegara à ideia remota de que as árvores Thriasacat haviam escapado por algum milagre. Mas não. A avalanche destruíra tudo.

E ele teve um papel naquela destruição. Se não fosse pela sua ambição, não haveria tido a necessidade de se colocar contra Lúcifer. E, se o Demônio tivesse permanecido no seu sono da morte, ainda haveria um céu sobre a sua cabeça. Então, aquilo era criação sua: aquele silêncio, aquela morte. Era o que ele pensou que queria por todo esse tempo.

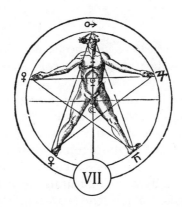

VII

Caz terminou de empacotar as coisas de Harry e foi se encontrar com Dale. Esperando que o amigo retornasse, Harry se sentou ao lado da janela semiaberta e escutou o fluxo do tráfego conforme os faróis abriam e fechavam. A tarde estava chegando ao fim; o recorte de céu azul visível entre os edifícios começava a escurecer. Em breve, o tráfego ficaria mais pesado conforme o fluxo se inchasse com as pessoas voltando para casa ou saindo para jantar, a cabeça ainda cheia com todos os acontecimentos do dia. Claro, o trabalho podia ser um porre, mas dava um propósito — e o que é a vida, *qualquer* vida, sem propósito?

"Nada...", ele murmurou para si mesmo e, abrindo a garrafa que Caz finalmente lhe entregara antes de sair, levou o uísque aos lábios. Ao fazê-lo, um brilho de luz apareceu no canto do seu olho. Ele abaixou a garrafa e sentiu o coração repentinamente disparar. Ele *tinha* visto algo. No final das contas, sua visão *não estava* completamente extinta!

Devagar, como que para não contrariar a cura que acontecia na sua cabeça, virou-se na direção do que quer que estivesse entrando no seu campo de visão. Foi quando a viu.

"Norma?"

"Oi, Harry."

Ela parecia saudável, mais como a Norma Paine que ele conhecera muitos anos atrás. Seu corpo não era insubstancial, como algum fantasma barato de Hollywood. Ela era perfeitamente sólida. Mas apenas ela era vista; o corpo estava emoldurado pelas trevas.

"Eu posso ver você. Jesus Cristo, eu posso ver você. Sempre tentei imaginar como os fantasmas pareciam, mas nem cheguei perto. Ah, Norma, nem consigo acreditar que você está aqui."

"É bom ver você, Harry. Senti saudades."

"Nós podemos... digo... eu posso abraçá-la?"

"Infelizmente, não. Mas podemos nos sentar e conversar por quanto tempo quiser. Eu não tenho um toque de recolher. Posso ir e vir à vontade."

"Ir e vir de onde?"

"Isso é entre eu e... o Arquiteto das minhas Novas Acomodações. Basta saber que é bem confortável onde estou agora. E, acredite em mim, a espera valeu a pena. Mas eu tinha que voltar e encontrá-lo, Harry. Sinto tanto a sua falta. E tenho algumas dicas que quero passar. Coisas que deve ou não fazer quando lidar com os recentemente falecidos.

Achei que morreria de causas naturais aos cento e um anos. Era a idade que minha mãe tinha quando morreu. E minha avó também. Então, tinha certeza absoluta que comigo seria o mesmo e, a esta altura, já teria ensinado a você tudo o que sei sobre, ajudar os mortos a seguir em frente. E você simplesmente assumiria a partir daqui."

"Espere..."

"Mal consegue conter a animação, não é? Você vai salvar pessoas que foram chutadas para o além-túmulo muito repentinamente. Elas ficam vagando que nem loucas, Harry, tentando descobrir o que devem fazer a seguir, em nome do bom Deus. A boa notícia é que você é a única esperança delas!"

"Devagar. Eu não..."

"Você tem vários escritórios para escolher", ela prosseguiu. "Muitos deles têm vista panorâmica da cidade."

"É. De onde diabos veio tudo isso?"

"Juntei muito dinheiro nesses anos todos, Harry. Veio dos parentes dos mortos que ajudei. Eles souberam o que fiz pelos seus entes queridos e queriam agradecer. Deixei tudo para você."

"Eu sei. E foi bastante generosa, Norma..."

"Generosidade não tem nada a ver com isso. Dei esse dinheiro para que consiga fazer o que tem que fazer. Não me faça pegá-lo de volta. Eu posso fazer isso, sabia?"

"Talvez você precise. Não acho que eu tenha condições de fazer o que está me pedindo."

"Você voltou a sentir pena de si mesmo por causa de um pouco de escuridão na sua vida? Escutei você falando com Caz. Ele está certo. Toda essa infelicidade não é saudável. Não me faça lhe dar um sermão do além. Já cansei de fazer isso."

Harry sorriu. "Deus, senti a sua falta. Mas isso não tem nada a ver com estar cego, Norma. Você fazia parecer fácil. Mas é bem mais forte do que eu. Como uma alma perdida pode ajudar almas perdidas?"

Norma sorriu e as trevas na sala diminuíram.

"Quem pode ser melhor?", ela disse. "E, enquanto está pensando nisso, abra as persianas e olhe para baixo."

"Quando eu abrir aquela janela, verei o que você via todos os dias da sua vida sem visão, não é?"

"Talvez", Norma respondeu, ainda sorrindo.

Harry virou sua cadeira e se levantou, alcançando com dedos inseguros a cordinha das antiquadas persianas, que eram truculentas, enlaçadas e quase impossíveis de serem abertas quando ele ainda tinha olhos para separá-las. Hoje não era uma exceção. Harry desistiu de desembaraçar as cordas e levantou as persianas com as mãos. Ao fazê-lo, olhou para a rua lá embaixo, como Norma pedira, e soube que nada nunca mais voltaria a ser como antes. Foi como se tivessem tirado o chão sob seus pés e ele tivesse caído dez andares em um piscar de olhos.

"Eles estão em todos os lugares", disse ele.

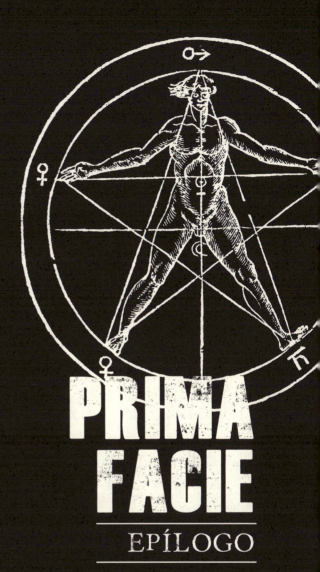

PRIMA FACIE

EPÍLOGO

*Não se descobre uma nova terra
sem consentir em perder de vista,
desde logo e por muito tempo,
qualquer costa.*

— ANDRÉ GIDE —
Os Moedeiros Falsos

I

Lúcifer chegou ao mundo com um senso inequívoco de como as linhas de poder eram traçadas e qual seria a melhor para seguir, caso quisesse chegar ao cerne da história humana da mesma forma que fizera com tanta frequência nos primórdios. As linhas convergiam para a cidade de Welcome, Arizona, onde ele se demorara por dois dias para assistir ao julgamento de um homem que tinha abusado e assassinado várias crianças na região.

Não havia nada de novo no espetáculo: os pais das crianças mortas sentados na corte, lançando venenos sem palavras contra o assassino, o louco buscando refúgio na sua loucura e, do lado de fora do tribunal, manifestantes jogando laços improvisados sobre os galhos das árvores que cresciam em meio à praça. Quando Lúcifer teve certeza de que não havia nada ali para ele, passou pela multidão sem ser percebido, parando para observar as árvores agitadas, seus ramos rangendo ante as rajadas de vento que levavam as primeiras vítimas caídas do outono.

Então, retomou seu caminho, seguindo o fluxo de energias que emanava do chão. Ele já sabia qual cidade o aguardava no final da sua jornada. Tinha visto o nome dela muitas vezes nos jornais que tirara de latas de lixo ou debaixo do braço de algum ser humano. Ela se chamava Nova York e, por tudo que lera a seu respeito, parecia ser a maior cidade do mundo, um lugar onde poderia se demorar e aproveitar o tempo. Ele caminhou por longas distâncias, porque a linha não corria ao lado de uma estrada. Porém, quando o fazia, ele nunca esperava muito por uma carona. Uma mulher dirigindo sozinha o apanhou quando ele ainda estava a mais de quinhentos quilômetros do seu destino. Ela disse que seu nome era Alice Morrow. Eles conversaram um pouco, nada muito significativo, e ficaram em silêncio. Dez minutos se passaram. Então, Alice falou: "Quando era criança, eu tinha um abajur que mantinha ao lado da cama para ter certeza de que o Bicho-Papão não viesse me pegar. Seus olhos têm a mesma luz dentro deles. Eu juro".

Eles pararam em um motel para passar a noite, e Alice pagou o quarto e a comida. Ele comeu pizza. Depois daquele momento, ele só comeria pizza. À noite, ele estava nu na cama, aguardando por ela. Ela não veio imediatamente, mas duas horas depois, bateu na sua porta e disse algo sobre querer ver os olhos dele no escuro. Ele fez sexo com Alice seis vezes antes da alvorada e, na quinta vez, ela já estava apaixonada. No meio do dia seguinte, perguntou a ele se tinha um lugar para ficar em Nova York. Quando Lúcifer respondeu que não, ela pareceu ficar feliz, como se fosse uma confirmação da certeza do que sentia.

Eles chegaram a Nova York à uma da manhã, e a cidade deixou o Demônio perplexo. Alice os registrou em um hotel, prometendo que, no dia seguinte, o levaria para sair e compraria algumas boas roupas. A longa viagem a deixara exausta, mas o sono não vinha. Ela foi até o quarto dele, onde ele a aguardava; duas chamas gêmeas tremeluzindo em sua cabeça.

"Quem é você?", ela perguntou.

"Ainda não sou ninguém", ele respondeu.

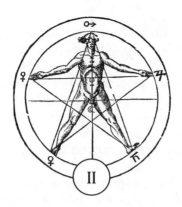

II

O Cenobita subia os degraus da fortaleza que, embora atulhada com pedaços de rochas, ainda podia ser escalada, quando uma onda de choque atravessou o ar e o chão. Ele se virou para ver explosões douradas e chamas escarlates brotando das fissuras na pedra que demolira a cidade. A força das erupções bastara para fazer com que as fissuras se alargassem, liberando torrentes de fogo ainda maiores. Ele observou por um curto período de tempo e retomou a subida, sua sombra delgada projetada precedendo-o a cada degrau. Ele estava a dois degraus de alcançar o topo quando uma segunda onda de choque, bem mais violenta do que a primeira, irrompeu. Desta vez, os tremores não morreram. Na verdade, foram ficando mais e mais poderosos. Com bastante cautela, o Cenobita deu um passo atrás, mantendo os olhos nas chamas. A visão das pedras, da fumaça e dos tremores mudava de natureza, e os choques começavam a dar lugar a movimentos de marés que cresceram até se tornarem um tsunami.

Outra onda de choque o desequilibrou, fazendo-o cair. O chão rachado da soleira cedeu aos seus pés ao movimento da onda, tornando sua queda ainda maior. Quando ele aterrissou, os ossos do seu rosto quebraram em uma dúzia de lugares e, a seguir, veio uma súbita carga de dor — dor que durante anos fora uma confiável fonte de prazer, mas que agora não passava de agonia. Seu corpo se rebelou, marcado pelos seus próprios tsunamis, mergulhando fundo no poço gangrenoso do seu estômago e indo ainda mais fundo, dentro das suas entranhas, onde podridão se transformava em lascas de pedra. Era como se o seu corpo estivesse tentando virar do avesso. Ele emitiu um som que era parte arroto e parte soluço, então vomitou um jato de sangue, preto e grosso como fleuma. Em meio ao ruído da própria agitação, escutou um som mais profundo, e alguma parte dele que ainda era capaz, mesmo em meio àquela decadência violenta, examinou as circunstâncias com objetividade.

É o fim começando.

A violência do vômito o deixara incapaz de controlar o próprio corpo. Seu rosto desfigurado tão desconfiado do grito que dera, que seus lábios se desfizeram como papel molhado. Não lhe restara nada agora a não ser uma última pobre esperança de abrir os olhos, para que pudesse testemunhar a visão final que o Inferno lhe reservara.

Ele juntou um último resquício de energia dos sulcos do seu corpo em colapso com um derradeiro propósito.

"Eu vou abrir meus olhos", ordenou a si próprio.

Relutantemente, seu corpo o obedeceu. Ele descolou os lábios, selados com a cola cinza da própria carne se desfazendo, e focou o olhar naquilo que tinha diante de si. Ele podia ver tudo: as chamas subindo mais altas do que nunca, enquanto os movimentos do chão exerciam novo estresse sobre a rocha. Ele assistia há poucos segundos quando a mudança de marés no chão cessou de repente e os estrondos que as acompanhavam pararam no mesmo instante.

A pulsação do Sacerdote se acelerou em antecipação ao que quer que estivesse na extremidade daquele silêncio. Não demorou muito. Foi um som simples, como se um imenso golpe tivesse sido desferido no chão atormentado. Ele fez com que os pedaços de rocha que tinham esmagado a cidade se erguessem da sua cama de pedras; seu imenso peso posto de lado sem esforço pelo poder liberado por aquele único golpe. No topo da subida, eles pareceram fazer uma breve pausa. Então, caíram em uma magnitude tão grande que o chão sobre o qual a cidade fora erguida simplesmente se partiu. As chamas encontraram o filão que as abastecia e gêiseres de fogo espirraram tão alto que teriam lambido o céu se este ainda estivesse lá. A explosão de luz delineou o cataclismo com clareza brutal. Mas não restara nada ali para testemunhar, somente as pedras caindo no abismo. O Cenobita olhou para o fogo e, naquele instante, o fogo olhou de volta para ele.

Ele sabia que estava assistindo ao Inferno se desfazendo. O lugar estava sendo varrido por uma grande mão invisível. Talvez ele fosse reconstruído. Talvez um novo sistema fosse posto no lugar. Não cabia a ele saber. Esses pensamentos o satisfizeram. Ele desafiara um poder superior e perdera. Era a ordem natural das coisas. Naquele desafio, causara destruição e agora estava morrendo, junto com todos os demais naquele local condenado. Satisfeito por saber que o seu legado seria para sempre agonia e perda, ele se entregou ao esquecimento.

Seus olhos se fecharam — se afivelaram, na verdade —, os ossos do rosto, de tão frágeis que estavam, quebraram ante o peso das próprias pálpebras, enquanto ele caía no limiar da existência. Seu último suspiro já havia deixado o corpo. E, enquanto ele se esvaía, a vida fez o mesmo.

III

Além da impressionante coleção de televisores de Norma, os únicos itens físicos que Harry herdou do apartamento dela foram os diversos talismãs e encantos que a anciã reunira nos seus anos como Rainha dos Mortos de Nova York, quase todos enviados a ela por parentes dos clientes espectrais, agradecendo-a pela ajuda que havia prestado a uma esposa, ou um irmão, ou um filho.

Como fora Harry quem lera para Norma as cartas que tinham vindo junto com os itens, ele foi profundamente respeitoso ao tanto de amor e gratidão que vertiam dos presentes. De cada item vertia poder daqueles sentimentos, gerando uma vasta coleção de proteções potentes. Nenhum deles foi descartado.

Com tanta coisa a ser transportada do apartamento e do escritório de Harry, Caz sabia que o trabalho levaria várias semanas se fosse feito apenas por ele e Dale. Conversou com Harry e perguntou se podia chamar uns músculos a mais para que tudo fosse mais rápido; assim, Caz também poderia reabrir o estúdio e ganhar algum dinheiro. Para Harry, tudo bem, ele pediu apenas que Caz fosse o único a encaixotar e carregar os conteúdos das duas grandes cômodas à direita e esquerda da sua cadeira.

"O que você tem de tão especial aí?"

"Só umas salvaguardas. Lembrança de várias encrencas em que me meti. Não quero que mais ninguém além de você lide com aquelas gavetas, certo? Já sabe quem vai ajudar com a mudança?"

"Sim. Uns amigos meus. São gente de confiança."

"Eles são...?"

"Ex-companheiros de trepadas, Harold. Sou um novo homem, lembra?"

"É verdade. Fico esquecendo que Dale fez de você um homem honesto."

"Também não atrapalha ele ser dotado como um cavalo."

"Fui detetive por um bom tempo, Caz. Já tinha deduzido isso."

Os amigos de Caz, Armando e Ryan, chegaram no dia seguinte. Lana também estava lá, convidada por Caz sem que Harry soubesse. Harry pôs todo mundo para trabalhar no depósito, com a tarefa de empacotar tudo o que havia nas prateleiras abarrotadas e nos armários. A sala tinha o formato de um L, com a porção que não era visível do escritório, abandonada por Harry ao caos há anos. A maior parte daquilo, Harry admitiu para Caz, eram caixas com velhos materiais de escritório, da época em que ele ainda acreditava que sua vida como investigador seria uma lucrativa e indolor maratona de casos de divórcios e investigações para seguradoras.

Lana, Armando e Ryan trabalhavam na sala em L, a porta entre os dois cômodos entreaberta, conversando bem pouco. Eles moveram várias caixas que estavam de fato cheias de materiais de escritório e que contavam a sua própria história melancólica. Somente um item foi passado para Caz.

"Dê uma olhada nisso. Tem uma caixa cheia", Lana disse, entregando a Caz um cartão de Natal. Se havia alguma prova realmente triste das altas expectativas de Harry para o seu negócio, era aquele cartão desbotado, com pinturas inócuas de pinheiros e neve ao luar, com uma mensagem impressa dentro, que dizia: "O melhor Natal até o próximo Natal! Boas festas da Agência de Detetive D'Amour".

Caz riu: "Aposto que ele nunca enviou nenhum desses".

"Qual é a piada?"

Caz se virou e viu Harry abrindo a porta.

"Só estávamos falando sobre o Natal", Caz respondeu, um pouco sem graça. Ele colocou o cartão sobre a mesa de Harry. "Nada importante."

"Todo mundo está bem?"

"Estamos exaustos, nojentos, suados e com fome", Lana disse. "Mas vamos sobreviver."

"Querem que eu peça comida chinesa? Tem também um bom restaurante tailandês a uns quarteirões daqui que faz entregas. Ou preferem pizza?"

"Eu voto no tailandês", Armando gritou lá dos fundos do depósito.

"Para mim tailandês está ótimo", Lana confirmou. "Pede um pouco de cerveja tailandesa? Estou com uma sede inacreditável."

"Sem problemas", Harry disse. "O telefone ainda fica no mesmo lugar?"

"Quer que eu peça?", Caz perguntou.

"Não, Caz. Eu sou cego, não aleijado."

Harry seguiu com confiança na direção da mesa, evitando com assombrosa facilidade as pilhas de arquivos que estavam no seu caminho. Ele chegou à cadeira e afundou nela.

"Esta cadeira é bastante confortável. Pode colocá-la ao lado da janela para mim, Caz?"

"Você quer dizer na sala grande? No lugar da cadeira da Norma?"

"É."

"Pode deixar."

Harry aproximou a cadeira da mesa e apanhou o telefone, discando o número de memória.

"Vou só pedir um monte de coisas que eles fazem bem. Pode ser?"

"Ryan não gosta de coisa muito apimentada", Armando alertou. "Não é, Ryan?"

Eles escutaram um grunhido de Ryan.

"Você está bem aí atrás?"

"Sim... só tô me concentrando."

"Em quê?"

"Nada. Só garanta que não seja apimentado demais."

"Pode deixar", Harry disse. "Droga". Ele desligou o telefone. "Disquei o número errado."

Ele puxou o telefone, deixando-o bem na sua frente e correu os dedos pelos botões. "Por que diabo fiz isso? Minha cabeça parece..."

Ele parou.

"Quer que eu cheque o número?", Caz perguntou.

"Ouça", Harry murmurou. "Ouviu isso?"

"O quê?"

"Esta música tilintando." Harry se levantou, deixando o receptor na mesa ao lado do telefone. "Você não está ouvindo, Caz? Lana?" Ele começou a circular a mesa na direção da porta do depósito, derrubando várias pilhas de papel na pressa. Lana abriu a porta o máximo que pôde, empurrando a montoeira de coisas que estavam atrás dela contra a parede.

"Cuidado", ela disse a Harry. "O chão está cheio de..."

Tarde demais. O pé de Harry prendeu em uma das caixas e ele cambaleou para frente, caindo de quatro sobre uma pilha de envelopes e elásticos que rolaram da caixa que chutara.

"Ai, meu Deus, Harry", ela falou. "Você está bem?"

"Estou!"

Ele se virou para a direita, a memória guiando seus dedos até a maçaneta da gaveta de cima do armário de arquivos para se apoiar. A gaveta estava destrancada e vazia. Ela deslizou, e Harry teria ido parar no chão uma segunda vez se Lana não tivesse jogado o peso sobre a gaveta, fechando-a. Harry ainda levou um instante para recuperar o equilíbrio. A música continuava a tilintar: um ciclo doce e melódico, acelerando-se como uma valsa insana.

"Cadê o Ryan?", Harry perguntou.

"Lá atrás", Armando respondeu. Ele falava do canto do salão, Harry supôs — um ponto de vantagem de onde ele conseguia ver ambos, Harry e Ryan. Os fundos da sala eram onde o caos estava maior. Quatro sacos de lixo preto, notas soltas fora de arquivos e arquivos sem notas, câmeras descartadas que haviam sido jogadas em uma caixa ao lado de centenas de rolos de filmes expostos. E, enterrados atrás de todo aquele caos, alguns itens que Harry sentira-se obrigado a guardar, mas os quais não queria ver diariamente por conta das associações desagradáveis que traziam; lembranças tóxicas da sua jornada ao fim do mundo.

Ele se amaldiçoou em silêncio por não ter focado os pensamentos suficientemente a ponto de perceber o perigo que estava enterrado em meio ao lixo ali: um bisturi que ele confiscara de um demônio que causara danos terríveis ao se passar por um cirurgião plástico de segunda categoria; algumas recordações de um cassino demoníaco que ele fechara. Harry pensou em todas aquelas coisas, mas...

"Não", Harry falou. "É impossível. Eu a deixei na Louisiana."

Com cautela, ele tateou seu caminho até o canto. Era inequívoco. Aquela era a melodia da caixa, a obra-prima infernal de Lemarchand.

A música que produzia capturaria o homem que estava prestes a abri-la.

"Ryan?", ele disse. "O que tem aí?"

Em resposta, Ryan resmungou. Obviamente, estava ocupado com o trabalho hipnótico da caixa.

"Qual o problema, Harold?", Caz gritou. "Você está começando a me assustar, cara."

"Ryan! Sei que é divertido brincar com o que encontrou, mas precisa largar isso agora mesmo."

Em defesa da sua propriedade, Ryan respondeu, gritando:

"Eu encontrei no lixo!"

"Eu sei", Harry disse da forma mais calma que conseguiu. "Mas ela precisa voltar para lá."

"Você ouviu o Harry", intrometeu-se Caz. Ele tinha se movido até pouco atrás do ombro esquerdo do ex-detetive, onde estivera confiavelmente durante toda a marcha ao atravessar o Inferno. "Ele não brinca com essas coisas", Caz prosseguiu. "Então entregue logo a porra da caixa. Não sei com o que você está brincando, mas nem você."

"Os hieróglifos são tão lindos..."

"É o Teufelssprache", Harry disse. "É alemão. O cara que fez isso tudo vivia em Hamburgo. Ele está morto agora, mas deu nome ao código antes de morrer."

"Teufelssprache", Lana disse. "Caralho, isso..."

"É, Língua do Diabo. E já estou cansado dela."

"E o que diz?", Ryan perguntou.

"Me devolve a caixa que eu conto."

"Não". Ryan respondeu.

"Ryan, escute a si mesmo", Caz falou. Ele apertou o ombro de Harry por um momento enquanto falava, sinalizando que estava prestes a agir.

"Só o que ouço é uma música bonita."

"Besteira." Caz se moveu repentinamente e Harry escutou um tumulto, então um grito de dor de Ryan, e a fonte da melodia lunática caiu no chão e rolou para longe da briga, parando perto dos pés de Harry.

Ele se abaixou e, tateando, localizou a caixa imediatamente. Ao que ele a segurou, Ryan berrou:

"Isso é meu, seu filho da puta!"

"Para trás, Harry!", Caz gritou.

Harry virou-se, mas Ryan o alcançou e o segurou pelo braço, pressionando tão firme que rasgou a camisa do ex-detetive e arrancou-lhe sangue. Harry tirou o braço da pegada, ferido pelas unhas de Ryan no processo, e cambaleou para o que esperava ser a direção certa. Lana o encontrou e segurou seu braço.

"Onde Armando está?", Harry perguntou.

"Fugiu assim que você falou 'Língua do Diabo'. Para onde a gente está indo?"

"Para o escritório."

Eles estavam a apenas quatro passos da porta; cinco passos e eles estavam dentro. Atrás da dupla, Ryan ainda xingava Harry. O enigma aparentemente não precisava mais de um agente humano para ser resolvido — estava fazendo aquilo sozinho, abrindo-se nas mãos de Harry conforme ele caminhava segurando o objeto, sua melodia arranhando a nuca para tentar adentrá-la e perturbá-lo, tal qual fizera com Ryan. A caixa conseguira abrir uma pequena portinha entre os ossos, só uma fenda, mas Harry já sentia o veio familiar do Teufelssprache que enlouquecera Ryan.

Na raiz dela, havia resquícios do discurso angelical que ascendia em música quando as paixões se inflamavam. Mas as palavras foram envenenadas e a música, corrompida. Após sua viagem ao Inferno, Harry sabia que aquilo que estava percorrendo sua cabeça era a imundície do esgoto, maculada por desespero e flagelos. Ele queria que aquilo desaparecesse.

"A mesa", disse para Lana. "Derrube tudo. Deixe-a limpa. Rápido."

Lana percebeu a urgência na voz de Harry e fez conforme ele pedira, derrubando os papéis e as fotografias que Caz organizara em meio àquele caos no chão. De todos os cantos da sala e das tábuas sob o tapete gasto, uma litania irregular de grunhidos e chiados irrompia, enquanto a estrutura do velho edifício era testada pelos mecanismos que a resolução da caixa ativava. Em algum lugar na terra sem nome entre o espaço-rastejante e o espaço-sonho, onde a bruta simplicidade de tijolos e argamassa perdia a fé em si própria, algo deslizou pelo limiar.

Harry posicionou com cuidado a caixa sobre sua antiga mesa. Ele passara grande parte da vida adulta atrás dela; tempo demais desperdiçado investigando os mistérios gêmeos da crueldade e da graça. No entanto, agora, aquilo era passado. O único mistério que faltava acabara de se resolver sozinho, bem ali, na sua mesa. A música desacelerara de novo e o tom caiu para um murmúrio gutural.

O que aconteceu a seguir foi colírio para os olhos dos que enxergavam. Arrancou um admirável "Puta merda, olhem só isso!" de Lana.

"O quê?"

"A luz. Vindo de cima do quebra-cabeça. Está subindo reto. E brilhando. Espera... começou a cair."

"Fique longe dela."

"Não está nem perto da gente. Está deslizando pela parede onde tem aquele mapa grande de Nova York. Agora parou."

"Descreva-a."

"É só um feixe longo de luz. Uma extremidade na parte inferior da parede e a outra..."

"Dois metros para cima."

"Acho que um pouco mais alto. O que é?"

"Uma porta. Para o Inferno. Apenas uma fenda foi aberta."

"Mais uma?", Lana disse. "Caz!"

"Estou aqui", Caz disse. Ele estava à porta, entre os cômodos.

"Deu um jeito no Ryan?", Harry perguntou.

"Mais ou menos. Ele está sob controle."

"Tire-o daqui. Sai todo mundo daqui."

"Não. Que se foda isso. A gente já fez o que tinha que fazer. Não podem nos obrigar a fazer de novo!"

"Acho que não é assim que funciona. O que está acontecendo?"

"A luz está morrendo", Lana descreveu. "Ficou bem brilhante por alguns segundos e agora está se apagando. Talvez você tenha impedido antes que acontecesse?"

"Não."

A estrutura sólida do cômodo não aceitou sem queixas o surgimento da porta no seu cerne. Tijolos, forçados para o lado para acomodar a porta, racharam de cima a baixo e agora voltavam a se unir; rachaduras de luz preta cruzaram o teto e desceram pelas paredes em zigue-zague, derrubando flocos de tinta sobre a cabeça deles.

Uma rajada de vento maculada pelo fedor da podridão soprou do Inferno e acertou a porta, escancarando-a. A sala queixou-se veementemente, tendo de abrir espaço para a porta inteira de repente, e as paredes sacudiram de fúria, particularmente a do mapa, onde as rachaduras tinham uma polegada de largura ao redor da estrutura da porta. As madeiras rangeram e se partiram, ao que a geometria confortável do real era recalculada pelo sobrenatural; pó de tijolo, moído em uma fina névoa vermelha, preencheu o cômodo, movido em turbilhões pelo vento vindo do outro lado.

"O que vocês conseguem ver através da porta?"

"Pouca coisa", Caz disse. "Se eu for até a soleira, vou ser sugado lá para dentro?"

"Não foi assim que aconteceu comigo", Harry disse.

"Não deveria haver um sino? Lembro que você me contou sobre um sino batendo."

"É", Harry confirmou. "Como um sino fúnebre."

Ele moveu a cabeça para trás, tentando escutar atentamente os sons. Nada. "Nenhum sino no Inferno, hein?"

"Não. Nada no Inferno", Caz disse, espiando pelo portal. "Harold, se esta caixa deveria abrir um portal para o Inferno, ou o lugar não existe mais, ou a caixa discou o número errado."

"Vou até aí", Harry falou.

Ele se endireitou e Lana voltou a segurar seu braço, ajudando-o a contornar a mesa e mover-se com cuidado pelo chão atulhado de coisas. Quando chegaram à extremidade da escrivaninha, Harry fez uma pausa por um momento, então virou-se e apanhou a caixa. Ele não a pegara com reverência agora, fato que ela reconhecera liberando um grito estridente — um som tão repentino que quase o fez largá-la. Ela se modulou na mesma hora; seu som tornando-se o soluço de um bebê.

"Caz?"

"Estou aqui."

"Três passos, Harry", Lana disse. "É, isso aí. Dois. Um. Pronto. Tem um degrau de pedra a alguns centímetros de onde você está. É o limiar."

Harry tocou o degrau com a ponta do sapato. Então, colocou o objeto no degrau. A caixa rolou algumas vezes e parou. Seu choramingo angustiado feneceu. Ele não precisava da visão para evocar o cenário que estava além do portal. Sentiu o vento tempestuoso. A terra de Lúcifer cheirava a morte e doença. Não havia apelos, julgamentos, orações ou gritos — apenas o zumbido ocasional de uma mosca, procurando algum lugar para depositar seus ovos, e o ruído remoto do trovão vindo das nuvens tempestuosas, carregadas de chuva ácida.

"Tem o cheiro do Inferno", Harry disse. "Mas, graças a Deus, acho que se foi."

"Alguma ideia do que fazer sobre esta porra de portal?", Caz perguntou.

"Uma. Você era jogador de futebol, não?"

"Nunca falei isso para você. Como..."

"Chute a caixa."

"Quê?"

"A caixa, Caz. Chute-a o mais longe possível."

Harry sentiu o sorriso de prazer de Caz. "Abram espaço." Harry e Lana recuaram alguns passos.

Ele não conseguiu ver o chute de Caz, claro, mas o sentiu e o escutou. O deslocamento de ar quando Caz passou por ele, o som do sapato conectando-se à caixa e o grito de satisfação do amigo:

"Caralho! Aquela coisa *não* queria ser chutada!"

Os tremores recomeçaram, sacudindo a sala, derrubando novos flocos de tinta e pó de tijolo. Harry permaneceu na soleira, Caz de um lado, Lana, segurando firmemente seu braço, do outro, enquanto escutavam a porta se fechar de uma vez por todas.

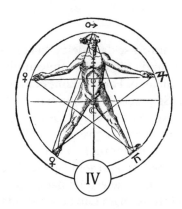

IV

Harry andou incerto por entre as televisões empilhadas que desligara duas horas atrás, quando começara a escurecer, e chegou até a cadeira de frente para a janela que dava para o rio, colocando uma garrafa de puro malte ao seu lado. A seu pedido, Caz lhe fizera uma descrição meticulosa daquela visão; contudo, antes que ele pudesse levá-la ao olho da mente, algo brilhante moveu-se da esquerda para a direita do que outrora fora seu campo de visão. Então, um segundo borrão de luz surgiu. Desta vez, Harry o seguiu com sua visão espiritual até a extremidade da sala, então, perdeu-o quando virou no canto, deixando para trás feixes luminosos por onde passara.

Porém, assim que ele saiu de vista, um enorme conjunto de luzes surgiu, atraindo seu olhar de volta para o lado esquerdo. As formas se entrecruzavam conforme vinham e pararam diante da cadeira de Harry, de modo a conseguirem examiná-lo com seus olhos reluzentes e permitir que ele as examinasse. Eram os mortos, claro, alguns ainda vestindo suas fatalidades como uma insígnia em seus corpos brilhantes, outros com os traumas que os mataram, talvez internos, sem serem vistos. Mas todos estavam mortos, eram fantasmas e, Harry supôs, estavam perdidos — do contrário, por que suas andanças os teriam levado até ele?

Ele tivera duas longas sessões de cinco horas cada com Norma sobre como lidar com os visitantes falecidos quando viessem.

"E eles virão", ela disse. "Pode ter certeza disso. Porque eu vou até os mortos e direi onde podem encontrar ajuda."

Ela tinha cumprido bem o seu trabalho. Agora, o resto era com ele. Harry deu um gole no uísque e, bem lentamente, para não causar pânico entre os fantasmas, levantou-se da cadeira. Ela estava a seis passos da janela. Ele andou cinco, ainda seguindo com cautela, e viu a multidão de espíritos rebeldes lá embaixo. Foi subitamente aturdido pela percepção de que a vida era boa. Se precisasse de um lembrete, só o que tinha que fazer era olhar para baixo, para os espectros desesperançosos que buscavam respostas. E daí que ele não conseguia ver? Para começo de conversa, as visões que trazia na memória não eram todas agradáveis. Parecia que a metáfora testada pelo tempo sobre atravessar o fogo era verdadeira. Harry estava do outro lado dele, queimado, mas purgado. Quem sabe naquela noite até telefonasse para Lana e a convidasse para sair, naquele encontro que todos ficavam tentando armar. Ou quem sabe o fizesse amanhã. O Inferno era fácil; romance era difícil.

Ele respirou fundo e voltou a focar a mente na tarefa que tinha diante de si. Ergueu a mão e a encostou no vidro gelado da grande parede.

"Meu nome é Harry", ele disse, na esperança de que suas palavras fossem audíveis a eles. "Estou aqui para ajudar se tiverem dúvidas e para direcionar os que estão perdidos. Não posso garantir que terei todas ou mesmo alguma das respostas que buscam. Mas farei o meu melhor para resolver seus problemas, para que sigam o seu caminho. Por favor, aproximem-se."

O convite mal tinha saído dos seus lábios, quando toda a multidão foi até ele em uma aproximação tão repentina que o fez recuar para a cadeira. Eles voaram através da sala, sua presença imediatamente abaixando vários graus na temperatura. Eles o circularam, ganhando velocidade a cada volta, dividindo-se ao redor dele. Norma alertara que ele poderia achar as primeiras noites um pouco ásperas, até que as notícias se espalhassem de que ele era para valer, mas não o aconselhara sobre como lidar com tais situações. Não importava; Harry já tinha encurralado demônios suficientes para saber lidar com espíritos enérgicos.

"Já chega!", ele gritou. "Já viram a sala. Agora, deem o fora daqui! E estou falando sério! Quero esta sala completamente vazia. Vocês ouviram? Eu disse completamente vazia!"

A multidão se dividiu; aqueles que foram intimidados pelas ordens de Harry fugiram pelo ar aberto, deixando três ou quatro encrenqueiros circulando-o e escorando-o de forma deliberada.

"Se não saírem daqui agora", Harry ameaçou, "ninguém vai ganhar um único conselho meu. Entenderam? Não me interessa o quanto a morte de vocês foi uma merda ou o quanto se sentem perdidos. Vou ficar de boca calada!"

Os fantasmas desaceleraram o voo, trocando olhares que Harry não pôde interpretar, então deram as costas, voltando-se para a janela, e fugiram diretamente pelo vidro, ganhando o ar da noite.

A balbúrdia não passara despercebida — longe disso. Lá fora, Harry viu que havia espíritos convergindo para a sala, vindos de todos os lugares. Alguns vinham em companhia de outros, mas a maioria estava sozinha.

"Certo", Harry disse baixinho. "Mais um gole de uísque e vamos nessa."

Ele voltou para a cadeira, apanhou a garrafa, abriu e a levou aos lábios, pausando por um ou dois segundos em doce antecipação, antes de tomar um belo gole.

Tem coisas piores que eu poderia fazer com a minha vida, ele pensou, enquanto largava a garrafa mais uma vez.

Então, voltou a olhar pela janela e percebeu a mais perturbada de seus visitantes até então. Era uma mulher com uma criança ao seu lado — um garoto, ele pensou, embora não pudesse ter certeza, já que a multidão os eclipsou rápido demais. Ele se sentou e examinou os muitos rostos diante de si. Quantos havia agora? Quarenta? Cinquenta? Ele levaria a noite inteira para falar com todos. Muitos talvez tivessem de esperar até amanhã, quando, obviamente, as notícias já teriam se espalhado e haveria muitos outros novos espectros. Não admira que Norma fosse tão cobiçosa com suas bebidas e tão satisfeita por ter suas televisões à mão, para dar a ela algum tempo para si, longe dos barulhos sufocantes das almas em necessidade.

Houve um breve movimento na multidão e uma criança — sem dúvida o garoto que ele tinha visto ao lado da mulher — se adiantou.

"Bem-vindo", Harry disse. "Por favor, entre."

"E a tia Anna? Ela se comporta muito bem."

"Ela pode vir também."

O garoto se virou e acenou para a mulher. Ela entrou, tremendo. Engraçado, ele jamais imaginou que fantasmas fizessem isso.

"Oi, Anna", disse ele.

"Oi, senhor..."

"D'Amour."

"Viu", o garoto disse à tia. "É 'amor' em francês. Que nem eu disse."

"Eu perdi minha fé por um tempinho lá fora", ela lamentou. "Achei que não havia ninguém para ajudar a gente."

"Não houve por um tempo", Harry respondeu. "Mas estou aqui agora. Vou cuidar de vocês."

PARA AS CITAÇÕES, FORAM USADAS AS SEGUINTES TRADUÇÕES:

EPÍGRAFE
LOCKE, John. Ensaio Acerca do Entendimento
Humano. *Trad. Anoar Aiex. São Paulo:*
Nova Cultural, 1999. p. 163-64.

PRÓLOGO
COLERIDGE, Samuel. A Balada do Velho
Marinheiro. *Trad. Alípio Correia de Franca Neto.*
São Paulo: Ateliê Editorial, 2005. p. 81.

LIVRO DOIS
MELVILLE, Herman. Moby Dick. *Trad.*
Irene Hirsch e Alexandre Barbosa de Souza.
São Paulo: Cosac Naify, 2008. p. 188.

EPÍLOGO
GIDE, André. Os Moedeiros Falsos. *Trad.*
Celina Portocarrero. Rio de Janeiro: Francisco
Alves, 1983. Coleção Clássicos Francisco Alves.

CLIVE BARKER é um homem renascentista de nossos tempos. Escreveu mais de vinte best-sellers de terror, incluindo *Imajica*, *Livros de Sangue* e a série de livros infantis *Abarat*. Produtor, roteirista e diretor de cinema, é o criador por trás das franquias *Hellraiser* e *Candyman*. O filme *O Último Trem* é baseado em um de seus contos. Dirigiu o videoclipe "Hellraiser", do Motörhead. Desenvolveu os games *Undying* e *Clive Barker's Jericho*. É artista plástico. Saiba mais em **clivebarker.info.**

"Aquilo que hoje está provado não foi outrora
mais do que imaginado." – WILLIAM BLAKE

MESMO NO FRIO O SANGUE É QUENTE COMO O INFERNO –INVERNO DE 2016

DARKSIDEBOOKS.COM